The Mainstream of
Honkaku Mystery

2001–2020

本格ミステリの本流

本格ミステリ大賞20年を読み解く

C O N T E N T S

本書では表題作および周辺作品について真相に触れている部分があります。未読の方はご注意ください。

まえがき

円堂都司昭

二〇二〇年で本格ミステリ作家クラブは、設立二十周年を迎えた。本格ミステリにかかわる作家や評論家などが参加したこの団体は、ジャンルの年ごとの最も優れた作品を顕彰する本格ミステリ大賞を運営するために発足した。同賞には小説部門と評論・研究部門が設けられているが、数多い文学賞のなかでもユニークなのは、会員の投票によって受賞作が選ばれることだ。しかも候補作全部を読んだうえ、二百字以上の選評を付して投票しなければならない。ジャンルのプロによる選評がこれほど多く書かれる文学賞は、他にないだろう。

本書『本格ミステリの本流――本格ミステリ大賞20年を読み解く』は、大きな節目の記念として、この二十年間の小説部門の受賞作すべてを論じたものである。各作品論は、その受賞作に一票を投じた評論家のなかから執筆者が決められた。自身が支持した作品とあらためてむきあい、じっくり論じるため、小説の内容に踏みこんだ原稿が少なくないことをあらかじめお断りしておく。

また、数多い執筆者のなかでなぜ私がまえがきを担当しているかといえば、二十周年を記念する評論集が出せないかと南雲堂の星野英樹氏に持ちかけた、いわば言い出しっぺだったからである。二〇一〇年の十周年の際に私は、本格ミステリ作家クラブ編の『本格ミステリ大賞全選評　2001‐2010』と『ミステリ作家の自分でガイド』という二冊の記念出版製作にかかわった。このため、二十周年でも何かできないかと考えたのだ。ただ、本書に関しては、作家クラブとの最初の連絡のほか、求められれば製作進行への意見を述べただけで、企画の具体化、執筆者の人選は星野氏にお任せした。感謝申し上げたい。

本格ミステリとはなにか。人によって見方は様々だろう。ジャンルの偉大な先達、江戸川乱歩は、ミステリが探偵小説と呼ばれていた時代に次のように述べた。「探偵小説とは、主として犯罪に関する難解な秘密が、論理的に、徐々に解かれて行く径路の面白さを主眼とする文学である」。個人的に、乱歩のこの定義は今でも有効だと考えるが、謎解きを主眼とするジャンルである本格ミステリは、長い年月のうちに様々なヴァリエーションを生んできた。本格ミステリ大賞がスタートしてからの二十年の間にも変化はあったのだ。

本書は、第一回から第二十回までの受賞作を時系列順に論じる構成をとっただけでなく、この期間の本格ミステリに関連した事項を十年ずつふり返るパートを設けた。また、巻末には小説部門、評論・研究部門の各回の受賞作と候補作の一覧も掲載している。そうすることで、二十年間のジャンルの推移を感じとれることを目指した。

本書が、本格ミステリについてのあらたな見方を提示し、読む楽しみを深めるものになっていれば幸いである。

2001年
第1回受賞

倉知淳
『壺中の天国』
角川書店

◉

千街晶之

※『壺中の天国』の内容に言及しています。

◉著者略歴

千街晶之（せんがい・あきゆき）

北海道生まれ。立教大学卒。１９９５年「終わらない伝言ゲーム——ゴシック・ミステリの系譜」で第２回創元推理評論賞を受賞。２００４年『水面の星座　水底の宝石』で第４回本格ミステリ大賞、第57回日本推理作家協会賞をダブル受賞。

平穏と不穏の街

江戸川乱歩や横溝正史の尽力で日本に移植された本格ミステリは、第二次大戦後の時代に大きく飛躍した。さらに一九八七年の綾辻行人のデビュー以降、未曾有のジャンル的繁栄をとげつつあることは周知の通りである。だがこのムーヴメントを支えてきた作家の多くは、広範な支持を受けたことに甘んじることなく、さらなるジャンルの発展を望んでいる。

そのための第一歩として今、本格ミステリ大賞を創設し、年間の最優秀作品を表彰することにした。文学賞が乱立する中においても、本格ミステリとしての評価を第一義とした賞の制定には大きな意味があると信じる。そしてこの賞を運営するために、多くの助力、賛同を得て、我々は結集した。

我々はここに、本格ミステリ作家クラブの設立を宣言する。

ここに引用したのは、二〇〇〇年十一月に本格ミステリ作家クラブを設立するにあたり、本格ミステリ作家クラブ会員一同名義で発表された設立宣言である（現在、同クラブのウェブサイトで読める）。その中に記されているように、同クラブの設立の大きな目的にして主要な活動内容が、本格ミステリ大賞の運営である。

本稿を執筆している二〇二〇年一月現在で十九回を数える本格ミステリ大賞は、小説部門と評論・研究部門から成っており、小説部門は前年の一月から十二月までに書籍として刊行された本格ミステリから予選委員が五作の候補を選定し、クラブの会員がその中から投票で大賞を決定する仕組みになっている（評論・研究部門も選出の手順は同じだが、候補作は単行本になっていないものも対象となるという違いがある）。

二〇〇一年に発表された第一回本格ミステリ大賞の最終候補は、前年に発表されたミステリのうち、泡坂妻夫『奇術探偵　曾我佳城全集』、北森鴻『凶笑面　蓮丈那智フィールドファイルⅠ』、倉知淳『壺中の天国』、古泉迦十『火蛾』、殊能将之『美濃牛』の五作（著者名五十音順）。二〇二〇年現在から振り返ってみると、泡坂・北森・殊能の三人が既に鬼籍に入っており、この二十年間が短いようで長かったことを感じずにはいられないのだが、それはともかく、第一回受賞者の栄冠に輝いたのは、十三票（泡坂妻夫と一票差）を獲得した倉知淳だった。

……と、こうして選出までの経緯に筆を費やしたのは、第一回受賞作を扱った本稿が評論集の巻頭に置かれるという事情から、そもそも本格ミステリ大賞とはいかなる賞であるのかについて、まず説明しておかなければならないからである。と同時に、歴代受賞作の中でも最も現時点の二〇二〇年から遠く離れた時期に刊行された作品である以上、発表当時と現在とでは、何が変化し、何が変わらなかったのかを検討する必要があるからでもある。二十年という時の流れは、ひとつの作品の評価にどのような影響を及ぼしたのか。

その『壺中の天国』は、「猫丸先輩」シリーズで知られる倉知淳の六冊目の著書であり、長篇としては三冊目にあたる。二〇〇〇年九月に角川書店（現・ＫＡＤＯＫＡＷＡ）から単行本として上梓され、二〇〇三年五月には角川文庫版、二〇一一年十二月には創元推理文庫版が刊行されているが、最新の創元推理文庫版は上下巻に分冊されており、著者の作品中でも現時点で最長の分量を誇る。

舞台は関東某県（創元推理文庫版の戸川安宣の解説によれば所在は栃木県で、日光線沿線にあると推定される）の架空の街・稲岡市。主人公の牧村知子は、父親の嘉臣、十歳になる娘・実歩と三人暮らしをしながら、クリーニング店の配達のパートで生計を立てているシングルマザー。趣味は盆栽だ。

稲岡市はどこにでもありそうな長閑《のどか》な地方都市で、牧村一家の日常の描写もほのぼのとしており、全体の六分の一くらいまで第一の殺人が起こらない構成のせいもあって、ミステリらしい緊迫感とは無縁である。しかし冒頭に掲げられているのは、「江口陽子は電波の卑劣技術を悪用してわたくしに。良からぬ電波を合てております」（原文ママ）という異様な文章から始まる、宮尾静枝なる人物による告発文。舞台の平和なイメージとは程遠い、些《いささ》か不穏な幕開けだ（創元推理文庫版の片山若子による装画は舞台の長閑さを重視した解釈であり、逆に角川文庫版の小岐須雅之の装画は、女性が抱えた壺から人間の顔が覗き、その左目から光線のようなものが放射されているという絵柄で、不穏さのほうに重点をおいた解釈となっている。なお、角川文庫版までは「家庭諧謔探偵小説」という風変わりな副題（？）がついていたけれども、創元推理文庫版ではカットされている）。

こうした日常と不穏な要素の混淆は、デビュー当時から著者の作風を特徴づけている。著者は一九九三年、『競作　五十円玉二十枚の謎』（若竹七海が大学生時代にアルバイト先の書店で経験した出来事の謎を、プロアマの作家らが解いたもの）の一般公募部門に佐々木淳名義で応募した「解答編」で若竹賞を受賞、翌年に連作短篇集『日曜の夜は出たくない』で倉知淳と筆名を改め小説家デビューした。この作品は、当時、東京創元社から上梓される「日常の謎」系新人のデビュー作に多いパターンだった、一見それぞれ独立した内容の収録作に密かに張ってあった伏線が最終話で回収される構成を採っているけれども、設定や語り口などが漂わせる日常性やほのぼのした飄逸さにもかかわらず、扱われる謎や解決にはかなり不穏な色が濃い。その後の著者の作風も、飄々たるユーモアと、どこか空恐ろしいような感触とが両立していると言えるのだ。

『壺中の天国』の内容に話を戻そう。知子がこの告発文に接したのは、洗濯物の配達先の女性から誘われて何となく参加した「送電線鉄塔建設に反対する市民の会」という集会においてである。会自体は、送電線鉄塔建設に伴う電磁波汚染を恐れる住民たちによる集会だったが、その会場に入る際、知子は挙動不審な女性から件《くだん》の「電波文」を手渡されたのだった。

その後、何事も起こらなければ、このビラの存在は誰からも忘れ去られていただろう。ところが、稲岡市在住の野末由香という女子高生が殺害され、犯人らしき人物が同種の電波被害を訴える犯行声明（ただし、句読点のない文体は先述のビラとは異なっている）を発表したのだ。続いて家事手伝いの甲斐靖世が殺害され、事件は連続殺人へと発展する。しかも、ここまでは被害者が若い女性ばかりだったため、犯人は変質者だと思われていたのが、第三の被害者・吉田孝子は四十代の主婦であり、第四の犠牲者・小金井忠治に至っては八十歳の男性だったため、全市民が犠牲者になり得る可能性が浮上してくる。

女性も男性も犠牲者に選ばれる連続殺人を扱ったミステリというと、エラリイ・クイーンの『九尾の猫』（一九四九年）などが思い浮かぶ。だが、九件にも及ぶ連続殺人のせいで大都会ニューヨークがパニックに陥り、暴動まで発生する『九尾の猫』に対し、『壺中の天国』の舞台である稲岡市は終盤まで長閑な印象を崩さない。いや、確かに住民たちは疑心暗鬼に苛まれ、陰湿な密告合戦が発生したりもするのだが、それでもどこか他人事っぽさが漂っているのだ。

その印象の原因は、幾度か挿入される被害者視点や、フィギュアを作っている何者かの視点を除いて、この物語の視点が、知子とその身近な人々から離れることがないせいでもある。知子を含む牧村家の三人は人並みの好奇心で事件の推移に関心を持つが（中でも、新聞記事やテレビ番組の内容に文句をつけるのが趣味の「義憤の人」たる嘉臣や、小学生らしい無邪気さでクラスメイトたちと事件に関する噂に興じているらしい実歩は、かなり強い関心を持っている様子だ）、それでもアガサ・クリスティー作品のミス・マープルのような、ミステリによく登場する素人探偵たちとは一線を画しており、彼らの情報交換が世間話の域を出ることはない。

とはいえ、それでは話が全く動かないので、知子たちに詳しい情報を伝達する役割のキャラクターが設定されている。かつて牧村家に下宿していた青年で、今では革新系県議会議員の事務局の機関誌記者となっている水嶋則夫だ。彼は、議員の指示でこの事件に関する情報を警察などから入手し、牧村家を訪れては嘉臣と酒を飲みながらそれらの情報を伝え、その場にいる知子たちも情報を共有する……という流れになっている。単なる街の噂レヴェルの情報の真偽を判定できない立場の牧村一家に、水嶋がある程度確実な情報を持ち込むことで、彼らの推理の錬度が高まるというこの設定は巧みである。

もうひとり、知子サイドの重要人物――というか、本書の実質的な探偵役として登場するのが、彼女の元同級生の棚橋正太郎である。隣の市にある芸大予備校の非常勤講師を務める傍ら、近所の小学生たちに絵を教えているらしい。顔つきも喋り方も生き方もぼんやりしていてメリハリがなく、些か頼りなく得体が知れない人物である彼は、しかし時に硬直した知子の発想に別の角度からの刺激を授けてくれる存在である。

それは事件に関する推理に限ったことではない。知子はある日、娘の実歩が男性アイドルグループをモデルにした、同性同士の恋愛小説を書いていることを知る。娘が「ホモのエロ小説」を書いている――と衝撃を受ける知子に、正太郎はそれが不健全でも特殊な現象でもないことを説明する。ここで「やおい」や「耽美小説」といった表現が使われているのは流石に時の流れを感じさせるが（今なら一般に通用する表現は「ボーイズラブ」あるいはその略称の「BL」だろう）、こうした趣味を持つ女性は、本書発表当時も現在も変わることなく多数存在している。常識人である知子を、彼女が時に陥りがちな偏見から解放しようとする正太郎は、同時に読者の頭の固さをほぐしてくれる役目でもある。

知子の盆栽、実歩のやおい小説、嘉臣の時事政談……種類は全く異なるものの、牧村家の三人はそれぞれに熱中する対象を持っている。これは被害者たちを含む他の登場人物もそうなのだが（例えば殺害された野末由香は占い、甲斐靖世はダイエット、吉田孝子は新聞への投書、小金井忠治は健康食品が趣味だった）、最もエキセントリックなのは知子がパートとして働いているクリーニング店の店主・葉場照次である。発明狂の彼は、いつもアイディア倒れで実際の役には立たない代物を次から次へと作り出し、妻の顰蹙《ひんしゅく》を買っている。

一方、正太郎は子供たちに絵を教えるという口実のもと、実は彼らそれぞれのおたく趣味を伸ばす秘密授業を行っている。自らのおたく性にはっきりした自覚がなさそうな他の登場人物と一線を画して、いわばおたく英才教育を積極的に普及させようという意図があるらしい。

全篇がこうしたキャラクターたちの言動の描写で埋めつくされ、しかもタイトルが『壺中の天国』と来れば、作品のテーマがひとりひとりの趣味嗜好（おたく趣味的なものに限らず）であることは容易に想像がつく。タイトルの出典である「壺中の天」とは、ある役人が手に入れた魔法の壺に入ると、彼の願望を充足させる美女や美食や美酒が揃っていて、現世を忘れて大いに楽しんだ――という古代中国の故事に由来する言葉で、作中の表現を借りれば「俗世を忘れさせる理想郷、別天地、それから仙境、別世界」を指す。とすれば、事件そのものもこのテーマと関わってくる筈だということも予想できるだろう。作中の四人の犠牲者は殺害される直前しか描写されないのだが、いずれも趣味の最中に（あるいは直後に）命を奪われており、それらの描写も登場人物全員が「壺中の天」の住人であることを示している。

とはいえ、犠牲者それぞれの趣味は互いに共通性がないし、そこからは殺されるほどの強い動機も浮かんでこない。一見互いに無関係な人間が立て続けに殺害されるような事件の場合、ミステリでは主に二つのパターンが存在する。ひとつは、ある特定の人間（ひとりとは限らない）を葬り去る目的のために、無関係な複数の人間も殺害して動機をカモフラージュするというもの。アガサ・クリスティーのある長篇が有名であり、その作品から影響を受けたミステリを多くの日本の作家も執筆している。もうひとつは、関係ないように見える被害者に実は共通点がある、所謂《いわゆる》「ミッシングリンク」のパターンだ。『壺中の天国』の場合、前者の可能性も一応は検討されるものの、ミッシングリンクのパターンであることは大体推察できる。とはいえ、年齢も性別も境遇も統一性がまるでない（途中で、全員定職がないという指摘はあるものの）被害者たちの関連性を見出すのは難しいだろう。

この作品が真相を推理する際に難度が高い理由は他にもある。先述の『九尾の猫』も含め、ミッシングリンク・テーマのミステリでは、たとえ容疑者が不特定多数であろうとも、大抵最後には意外な真犯人の名前に辿りつく。『壺中の天国』の場合、終盤で真犯人が特定されるし、その人物は確かに作中に登場してもいる。ところが、異例なことに、その人物の名前は最後まで言及されないままなのだ。もし真犯人が主人公である牧村知子やその周囲の人々にとって無縁な人物であったとしても、普通ならば名前くらいは紹介されるのではないだろうか。連続殺人を取材していた水嶋のような人物が登場している以上、むしろ事件解決後の報道などのかたちで犯人の名前が出て来ないほうが不自然とも言い得る。何より、本書にフーダニットを期待した読者にとっては、この結末が不満につながった可能性が高い。本書について、本格ミステリのイメージからズレるという感想をしばしば見かけるのも、原因は恐らくそのあたりにある（本格ミステリ大賞投票時のコメントを見ても、「日常の物語を描きながら、非日常の日常というメビウスの輪のような異界を築いた高度な手練、そこに仕掛けられたあまりに大胆にして明快なるギミック！　『壺中の天国』は本格ミステリの天国でした」（霞流一）といった絶賛から、「『壺中の天国』についてはその筆力は認めるものの、冗長過ぎる上に、本格ミステリとして評価できる何かを見いだすことはできなかった」（我孫子武丸）といった否定的意見まで、評価はかなり割れている）。著者も、そのあたりはきっと想定済みの筈である。

ひとつには、主人公とその周辺にとっての「他人事っぽさ」を最後まで貫き通したということなのだろう。といっても、知子は物語のかなり早い時点で（もちろん、そうと気づかぬうちに）犯人とニアミスしていたし、嘉臣に至ってはある時点で犯人に狙われる条件を満たす状態になっていたので、牧村一家にとって完全な他人事などではないけれども、それでも結局、彼らは事件の当事者の座を占めることはないままだ。

そしてもうひとつ、やや異色の試みとも思える本書が、実は著者にとって決して新しい試みではないということも記しておくべきだろう。というのも、それまでの倉知の作品にも、『壺中の天国』同様に犯人の名前が明記されないまま終わる話が散見されるからだ。例えば、デビュー作『日曜の夜は出たくない』収録の「空中散歩者の最期」や表題作。『猫丸先輩の推測』（二〇〇二年。創元推理文庫版では『夜届く　猫丸先輩の推測』と改題）に収録された「夜届く」もこれにあたる。また、『まほろ市の殺人　春　無節操な死人』（二〇〇二年。現在は夏・秋・冬を担当した我孫子武丸・麻耶雄嵩・有栖川有栖の作品とともに合本となっている）も同様の趣向となっている。恐らく著者にとって、推理の辻褄が合うかどうか、その推理が面白いかどうかが重要なのであり、それに比べれば推理が真実であるかどうかは二の次で、まして真犯人の名前などは瑣末な事柄なのではないか（従来は短篇で試みられることが多かったので、そのあたりの特異性が目立ちにくかったのだが）。何故そうなるのかは、著者の作品における謎が、限定された人間のいる狭い空間より、都市などの不特定の人間が悪意を秘めている空間を舞台にすることが多いからで（もちろん一方では、クローズドサークルを舞台にした『星降り山荘の殺人』（一九九六年）のような傑作も発表してはいるのだが）、その意味で『壺中の天国』は異色作のように見えて、実は著者の作風を代表する内容とも言えるのである。

さて、その名無しの犯人は、精神を病み、異様な妄執《もうしゅう》に憑依された人物である。それは冒頭に掲げられた

「電波文」の書き手本人ではないものの、そこから大きな影響を受けて犯行に及んでいた。本書においてミステリ的な意外性の点で犯人の正体よりも重要なのはミッシングリンクの種明かしだが、確かに伏線は張られているけれども、あまりにも奇抜すぎて言い当てるのはかなり難しいと思われる。しかし、この異常な動機に説得力を持たせるため、著者は視点の違いによるミスリードを導入している。具体的に言えば、殺害される直前の被害者の視点を挿入することで、同じ言葉を被害者と犯人とでは違う意味で受け取っていることが最後に判明するという仕掛けだ。例えば、被害者にとっての「更新」を犯人が「交信」と解釈してしまったり、被害者にとっての「受診」「痩身」が犯人にとっては「受信」「送信」だったり——。正太郎の推理で指摘される動機だけを見ると、被害者候補に該当しそうな住民があまりに多すぎて、何故その四人が選ばれたのかという疑問が残る筈だが、被害者の発言に関する犯人の誤解を持ち込むことで、ミッシングリンクの手掛かりを鏤《ちりば》めているのは秀逸な趣向と言える。

　本書のように、犯人が正気ではないが、狂気の世界では辻褄が合っている論理に突き動かされて犯行に走るタイプの話を、「狂人の論理」というミステリ用語で表現する場合がある（少々不適切な用語とも思えるが、代わりが思いつかないのでこのまま用いることとする）。この路線のミステリで、古典的な作例から代表を選ぶなら、やはりS・S・ヴァン・ダインの『僧正殺人事件』（一九二九年）ということになるだろう。評論家の瀬戸川猛資は『夢想の研究　活字と映像の想像力』（一九九三年）でこの作品を、「常人の眼には狂っているとしか見えないが、じつは宇宙的な『論理性』と『整合性』に支配された殺人事件——というのが作者が描きたかったものであり、『彼方』への途方もない空間を垣間見せるからこそ、読んでいて怖く感じられるのである」と評している。新本格の時代に入ってからの国産ミステリでは、山口雅也の「キッド・ピストルズ」シリーズ、中でも中篇集『キッド・ピストルズの妄想　マザーグースの事件簿』（一九九三年。文庫化の際に

『キッド・ピストルズの妄想　パンク＝マザーグースの事件簿』と改題）が到達点と言えるだろう。その収録作「神なき塔」において、作中の探偵役キッド・ピストルズは「――さっきも言ったが、おいらは、狂気の論理というやつが知りたいと、いつも願っている。人はわけのわからない事件に出合うと、みな、狂人のやったこと、で済ませてしまう。おいらが知りたいのはその先だ。狂気には狂気なりの筋の通った論理があるはずだ。――ほら、ダンプリー博士が教えてくれたアインシュタインの時空理論にあったじゃねえか。光が曲がるのは、光の通り路の時空の方が実は歪んでたからで、光自身は最短コースを通っているつもりなんだって。狂人の論理というのもそれと同じさ。外からは歪んで見えるが、本人は真っ直ぐ筋が通ったつもりでいる。正真正銘の精神を病んだ者ならずとも、この手の妄想を抱え込んでいる奴は多いんじゃないか？」と語る。

この「外からは歪んで見えるが、本人は真っ直ぐ筋が通ったつもりでいる。正真正銘の精神を病んだ者ならずとも、この手の妄想を抱え込んでいる奴は多いんじゃないか？」というくだりは、そっくりそのまま『壺中の天国』の真犯人とその動機にも当てはまる。しかし、『壺中の天国』はヴァン・ダインや山口の作例のように、高踏的なペダントリーで「狂人の論理」に説得力を持たせるタイプの小説ではない。また、作中人物の狂気を仕掛けに用いた作例としては、我孫子武丸の『殺戮にいたる病』（一九九二年）、今邑彩《いまむらあや》の『ルームメイト』（一九九七年）、殊能将之の『ハサミ男』（一九九九年）など、九〇年代のサイコ・サスペンス・ブームを背景とする「サイコ本格」の系譜も存在するが（それらの多くは叙述トリックがメインとなっていた）、『壺中の天国』はそれらともやや位相を異にしているようだ。ヴァン・ダインや山口雅也がペダントリーによって「狂人の論理」に説得力を持たせたのに対し、本書は登場人物個々人が内に抱え込んだ嗜好や妄想の多彩さによって犯人の歪《いびつ》な論理に説得力を付与したと言える。

この作品で描かれる狂気は、「電波」というイメージによって表現される。これは、二〇二〇年時点で本書を読み返した際、少々わかりにくい点かも知れない。今でも「電波系」という言葉が全く使われないわけではないだろうが、本書刊行直前の一九九〇年代、この言葉はもっとポピュラーだった（作中でも知子から例の「電波文」を見せられた正太郎が、「電波なら離れていても攻撃できる、具体的な証拠がなくても、視覚で確認できないのもおかしくない――そうなっちゃうんじゃないかな、と僕は思うんだけど。世に電波妄想が結構多いのは、そんなことからなんだろうね」と説明している）。

電波・電磁波の人体に対する影響が問題視されはじめたのは一九八〇年代のことである。身近に電子レンジなど強い電波・電磁波を発する機器が普通に存在するようになり（一九九〇年代には携帯電話の普及がそこに加わる）、それに伴って、電波・電磁波による攻撃を受けているという妄想に入り込んだ人間も増えてくるようになった。こうした妄想と電波の関係において決定的な出来事と言えるのは、一九八一年に起きた「深川通り魔殺人事件」の犯人が、自らの行動の理由を電波の命令によるものだと供述したことだろう（この事件を担当した裁判官が判決を読み上げている最中、自分にも電波が聞こえると叫び出した傍聴人が退廷させられる一幕もあったという）。この犯人は覚醒剤を用いており、妄想的な発言はそのせいとも考えられるが、いずれにせよ、「神」や「霊」や「動物」などの指令といった類の前近代的な妄想を主張した犯罪者と異なり、「電波」という近代的イメージが犯罪の世界へと持ち込まれ、一般にも認識された点にこの事件の画期的特異性がある（ちょうど本稿を執筆中の二〇二〇年一月末にも、兵庫県で電磁波兵器の攻撃という妄想に駆られて五人を殺害した事件の被告が、高裁で一審の死刑判決を破棄され無期懲役となったニュースが話題になっており、こうした犯罪自体は現在に至るまで断続的に発生していることがわかる）。

もっとも、電波あるいは「電波系」という言葉は、やがて厳密な医学的定義から逸脱し、単に荒唐無稽な主張を公言する人間などにまで用いられるようになった。その種の電波解釈の拡大に伴って、一九九〇年代には、ミュージシャン・小説家の大槻ケンヂ、特殊漫画家の根本敬、自らも電波を受信していると主張したライターの村崎百郎らが電波系カルチャーを牽引した。この電波系ブームも含むかたちで、一九九〇年代中盤には、バッドテイスト、アンモラルといった価値観を前面に打ち出した「鬼畜系」と呼ばれるカルチャーが流行する。ネーミングがおどろおどろしい上、コンプライアンス重視の現在の風潮では考えられないような身も蓋もない本音重視主義のブームであったため、一部では過剰に悪辣かつ非道なものだったと言及される場合もあるが、当時のことを振り返った著書としては、ロマン優光『90年代サブカルの呪い』（二〇一九年）が、リアルタイムでこのブームを知る人間による、弊害と美点の双方を指摘した公平な視座の本と言える。

『壺中の天国』は、こうした特異なカルチャーを取り入れている。そのことは、巻末に掲げられた参考文献に、根本敬と村崎百郎の共著『電波系』（一九九六年）が含まれていることからも明らかである。「鬼畜系」あるいは「電波系」のブーム自体は一九九五〜九六年にピークを迎え、九八〜九九年には終息した。とはいえ、本書が刊行された二〇〇〇年は、一過性のブームでしかないものが終わったからこそ、電波という概念が拡散・定着した時期であるとも言えよう。ヴァン・ダインや山口雅也の作品のペダンティックな「狂人の論理」とも、我孫子武丸や殊能将之らの叙述トリック重視の「サイコ本格」路線とも異なる、どこか生々しく不穏な感触がこの作品にあるのは、恐らくそのせいだ。本書がその意味で、二〇〇〇年前後という執筆・発表の時期と切り離せない関係にある小説なのは確かだろう。

しかし、それをもって本書が今では時代遅れな小説だと言いきるのは単純にすぎよう。本書に描かれた今世紀初頭と二〇二〇年の世相や価値観には、当然ながら違いもあれば変わらなかった部分もある。恐らく、本書での「おたく」の描かれ方が、発表当時と現在とでは最も異なる部分と言えるかも知れない。

本書において、犯人像をミスリードする仕掛けとなっているのが、作中に何度か挿入される、被害者をモデルにしたフィギュアを作っている人物の独白だ。いかにも怪しいため、読者はこれが犯人の独白に違いないと推測する筈である。

しかし最後に、これは探偵役である棚橋正太郎の独白であると判明する。そして、このラストシーンに至って、正太郎の人物像は奇妙な分裂を見せる。彼は、事件を振り返りながら「カッコつけた云い方をすれば――人は壺中の天の甘美な幻に浸りきったまま生きることはできないってことだね、いつかは出て来て、現実と向き合わなくちゃならない。ただ、あの犯人は、とうとう出て来ることができなかった。妄想という壺中の天では、彼は大宇宙を総《す》べる大きな存在に認められ、宇宙の成り立ちを学び、人類を救うための世界でただ一人の切り札という、崇高な使命を持っていた。そこでは誰もが彼を崇《あが》め誉《ほ》め称《たた》えるばかりで、軽視したり無視する者など一人としていないんだろうね。壺中の天には、自分の大切な、大好きなものしかないんだから」ともっともらしく述懐し、「僕もその辺は、以《もっ》て他山の石としなくちゃいけないかもしれないね。おたくの求道も、価値観が極端に片寄ってちゃ社会性を失うって意味では、犯人の電波妄想と似たようなものかもしれないんだから」と自省的なことさえ口にする。ところが、直後にフィギュアの店から電話が来ると、正太郎の悟りすましたような態度は一瞬で変化し、おたくとしての本性を露《あらわ》にする。

そんな正太郎の豹変ぶりを目の当たりにした知子は、彼の秘密部屋と、ニュースで流れる犯人の仕事場が似通った印象であることに気づき、「正太郎は犯人の特徴を、割とあっさり看破できたと云っていた。もしかしてそれは、さっきの本人の弁のように、二人が本当に似た者同士で、表と裏の関係にあったからなのではないだろうか。実歩がよく読んでいるファンタジー小説風に云うのなら、今回の事件は、『白おたく』と

『黒おたく』の一騎討ちだったのかもしれない――」と内心で考える。

被害者を模したフィギュアを作るシーンにおける正太郎の独白は些か不謹慎で、果たして「白おたく」と称していいものか――と戸惑う読者もいるだろう。しかし、いかに背徳的な思想や趣味であろうとも、それが内心にとどまっている限り、それを裁く権利は誰にもないのである。

しかし現在では、かつておたくを迫害した小市民的・保守的な常識ではなく、リベラリズムやフェミニズムといった「進歩的」な立場をとる側の人間が、平気でおたくを蔑視する傾向が見受けられる。そんなご時世にあっては、子供たちにおたく教育を授けようとする正太郎のような人間はますます逼塞《ひっそく》して生きることを余儀なくされてゆくだろう。その点では、二〇〇〇年代初頭のほうが多様性が認められていた部分もあったのではないか。

『壺中の天国』は、二〇〇〇年代初頭という時代の価値観から出ることのなかった小説として忘れ去られてゆくのか、それとも、「壺中の天」に象徴される趣味嗜好の多様性の価値と人間の内心の自由を称揚する小説として再評価されるべきなのだろうか。今の時代にこの小説を読み返すということは、そうした読者自身の価値観を問われるということでもある。

2002年
第2回受賞

山田正紀
『ミステリ・オペラ
宿命城殺人事件』
早川書房
◎
円堂都司昭

◉著者略歴

円堂都司昭（えんどう・としあき）

1999年「シングル・ルームとテーマパーク　綾辻行人『館』論」で第6回創元推理評論賞を受賞。2009年『「謎」の解像度　ウェブ時代の本格ミステリ』で第9回本格ミステリ大賞、第62回日本推理作家協会賞をダブル受賞。著書に『戦後サブカル年代記　日本人が愛した「終末」と「再生」』、『意味も知らずにプログレを語るなかれ』、『ディストピア・フィクション論　悪夢の現実と対峙する想像力』など。

オペラ三部作が描いた歴史と個人

終わらない昭和

山田正紀『ミステリ・オペラ 宿命城殺人事件』は、昭和から改元したばかりの平成元年（一九八九年）の東京で起きた編集者の墜落死と、昭和十三年（一九三八年）の満州における奇怪な事件の数々を扱っていた。同作が発表されたのは、二十一世紀になったばかりの平成十三年（二〇〇一年）四月である。

死んだ編集者・萩原祐介は、南京虐殺事件を題材にした本を企画していた。また、同作で探偵役を務めるのは、「検閲図書館」と呼ばれる黙忌一郎だ。彼は戦時中であっても、発禁になった本、検閲で抹消された文章、つまり歴史に抹殺される言葉にアクセスすることを許され、日本という国家の歴史の真偽、正邪を判断する仕事を与えられていた。だが、既決囚でも未決囚でもない「無決囚」として国家に管理される立場でもある。

『ゴーマニズム宣言』の小林よしのりや新しい歴史教科書をつくる会など、一九九〇年代後半以降は、南京虐殺や従軍慰安婦の事実を否定し、過去の戦争を美化する言説が広まった。『ミステリ・オペラ』は、同時代の歴史修正主義を批判する作品でもあっただろう。平成元年を作中現在に設定した同作を平成十三年に刊行したことには、戦争をめぐる問題は清算されていない、改元されても昭和は終わっていないという作者の意識がうかがえた。

平成十四年（二〇〇二年）には『ミステリ・オペラ』が多くの作家や評論家の支持を集めて第二回本格ミステリ大賞小説部門を受賞し、第五十五回日本推理作家協会賞長編及び連作短編集部門も受賞した。作品発表から両賞受賞までの間には、アメリカがイスラム過激派の同時多発テロにあう世界的大事件があった（二〇〇一年九月十一日発生。通称9・11）。同国はテロとの戦いを表明してアフガニスタンを攻撃したが、アメリカを支持する日本の自衛隊がどこまで協力するか議論になった。そうした時代背景も『ミステリ・オペラ』の評価に寄与したと推察される。

なかでも同作に何度も出てくる「この世には探偵小説でしか語れない真実というものがあるのも、また真実であるんだぜ」というセリフは、インパクトがあった。セリフに示されるごとく、探偵小説によって戦争に代表される国家的な歴史をとらえること。ジャンルを愛好する者たちは、作者のその志を支持したのだ。

そして、平成から令和への改元を経た今、この小説を読むと、未だに昭和は終わっていないと感じざるをえない。過去を否定する右翼的傾向は『ミステリ・オペラ』発表時以上に広まり、書店には歴史観で対立する隣国を扱った嫌中、嫌韓の書籍が多く並んでいる。また、長期化した安倍晋三政権下では公文書の偽造や廃棄が相次ぎ、記録の軽視が著しかった。菅政権もそれを継承するようだ。日本の首相の姿勢は、自分の意に反するメディアの報道を、フェイク・ニュースと決めつけたアメリカのトランプ大統領の姿勢にも通じる。今こそ「検閲図書館」が必要だと感じる。『ミステリ・オペラ』は平成元年と昭和十三年を往還する大長編小説だが、令和の世界でもそのテーマは意味を失っていない。むしろアクチュアリティを増している。

ここでは、『ミステリ・オペラ』から始まる三部作の意味をあらためて考えてみたい。

つぎはぎの『魔笛』

『ミステリ・オペラ』では、昭和十三年の満州のパートでモーツァルトの歌劇『魔笛』が大きな意味を持つ。南京に入城した日本軍は、満州国の建国神廟にオペラを奉納し、それを映画化する企画を進めていた。祭神に天照大神を迎えた神廟に奉じるのにふさわしく、五族協和、王道楽土といった満州国の理念を象徴するオペラとして『魔笛』が選ばれたのだ。

王子タミーノは大蛇に襲われるが、夜の女王の侍女たちに救われる。帝王ザラストロに囚われた娘パミーナを救ってほしいと夜の女王から頼まれたタミーノは、鳥刺し男パパゲーノとともに出発する。だが、ザラストロは実は賢者であり、彼を殺せとパミーナに短剣を持たせた夜の女王が悪役なのだった。夜の女王が敗北する一方、試練を乗り越えてタミーノとパミーナは結ばれる。

フリーメーソンの教義を盛りこんだという『魔笛』は、前半と後半の不整合が議論されてきた。夜の女王とザラストロのどちらが善か悪かが、唐突に反転するからだ。奉納オペラの企画には、ザラストロを日本、夜の女王を中国に見立て二国間の支配関係を正当化する意図があるらしい。これに対し、出演者で抗日組織に属する中国人たちは、オペラのテーマを無化しようとする。両者の物語解釈の争いは、歴史観の闘いでもあるのだ。

小説では『魔笛』について「道化師のマントのようにつぎはぎだらけ」とたびたび形容される。前半と後半の不整合を指しているわけだが、『ミステリ・オペラ』全体もつぎはぎだらけだ。過去においては、古代の戦車に轢き潰された死、ロケ地の宿命城での三重密室殺人など『魔笛』関係者が相次いで命を落とし、駅で幻の化石人骨を載せた列車が消失する。現在においては萩原祐介がビル屋上から地上に落下するまで三十分浮遊していたと証言する目撃者が現れ、彼が暗号を残していたこともわかる。各事件について本格ミステリらしく謎が解かれるが、一発の大トリックや統一的な構図があるわけではない。それこそ、ばらばらなものをつぎはぎした印象なのだ。

現在と過去を往還する大長編であり、オペラが出てくる点で村上春樹『ねじまき鳥クロニクル』と『ミステリ・オペラ』は共通する。『ねじまき鳥クロニクル』では、主人公が失踪した妻を捜す決意をし、彼女の兄の国会議員が関係していることを知る。また、作中では、満州国とモンゴルの国境線をめぐり日本とソ連が戦闘したノモンハン事件の時代の暴力が語られるのだ。主人公は、空き家の井戸に潜って時空を超えた不思議な体験をする。

『ミステリ・オペラ』では、夫が墜落死した萩原桐子のもとに「検閲図書館」関係者が接触してくる。夫婦の片方がいなくなり家庭の問題かと思われたが、背後に大きな権力が蠢《うごめ》いていることは村上作品と共通する。また、『ねじまき鳥クロニクル』には時空を超える場面があるが、『ミステリ・オペラ』ではSF作家として出発した著者らしく、複数世界が並立する「平行世界」のモチーフを盛りこんでおり、やはり時空を超越するのだ。

村上の場合、『ねじまき鳥クロニクル』は平成六年（一九九四年）に刊行された「第1部泥棒かささぎ編」と「第2部予言する鳥編」を書き終えてしばらくしてから、「第3部鳥刺し男編」の執筆を決意し翌年の刊行に至った。当初は第2部までで完成と、本人が考えていたのである。そして、第1部は主人公がロッシーニの歌劇『泥棒かささぎ』の序曲を口笛で吹きながらスパゲティーをゆでるところから始まり、第3部には妻を救い出そうとする彼の境遇が『魔笛』に似ているといわれる会話があった。『泥棒かささぎ』も権力者に囚われた女性を救い出す話である。

村上は、ヒロイン救出という小説のストーリーとの近似性でオペラに言及したのであり、作品のテーマであるつぎはぎの象徴として『魔笛』を導入した山田と発想が異なる。ところが、あとになってから第3部を書き足したことは前半との微妙な不整合をもたらし、『ねじまき鳥クロニクル』につぎはぎの印象を与えることになった。村上は同作について『村上春樹全作品1990-2000　5　ねじまき鳥クロニクル2』(二〇〇三年)所収の解題で語っていた。自分はミステリを書いているわけではないから、謎解きは求めていない。世界は謎を包含しているというのが自身の世界認識であり、ある種の謎は放置されるべきだ。そう考える村上は、こう語る。

しかしすくなくともそれらは、最終的に解ける解けないにかかわらず、より強く追求されなくてはならないというのが、今回の僕の執筆の主眼になった。

この判断で第3部が書き継がれた結果、犯人にたどりつくまでを描いたミステリの結構に接近した作品になった。そんな同作に比べれば「探偵小説にしか語れない真実というものがある」と標榜する『ミステリ・オペラ』のほうが、むしろ結構からはずれたところがある。

知る特権と歴史の前での無力

探偵小説研究会編著『本格ミステリこれがベストだ！　2002』(二〇〇二年)所収の巽昌章との往復書簡で笠井潔は、『ミステリ・オペラ』に関し『すべてが操られている』というパターンの現代本格の総決算的な大作」と形容した。それに対し、千街晶之は『水面《みなも》の星座　水底《みなそこ》の宝石　ミステリの変容をふりかえる』（二〇〇三年）で「総決算的な大作」と呼ぶべきは京極夏彦『絡新婦《じょろうぐも》の理』（一九九六年）であり、『ミステリ・オペラ』は「『すべてが操られている』というパターン」の失墜を示すと異論を述べている。

一九九〇年代以降のミステリでは、操りが複雑化して対象範囲が広がり、世界を包もうとするかのごとき大長編が書かれた。その極致ともいえる『絡新婦の理』には超越的立場の黒幕がいたのに比べ『ミステリ・オペラ』には「強力な〈操り〉の主体は存在しない」と千街は指摘する。同作には占部影道という黒幕が登場するものの、作中の多数の事件に大きな支配力を有したわけではない。また、操りを行う者は対象の情報を多量に持つのが、このパターンの通常の設定である。だが、その立場にある「検閲図書館」黙忌一郎は、国家の手のひらから出られぬ「無決囚」の探偵役であり、黒幕になりえない。『絡新婦の理』と違って『ミステリ・オペラ』には全体を統一する意志がなく、操りテーマのミステリの約束事が壊れていると千街はいう。指摘は、正しい。

その点、『ねじまき鳥クロニクル』では綿谷ノボルが、主人公の妻の失踪だけでなく大きな凶事を担う存在と位置づけられていた。同作は幻想的な飛躍が多いため、黒幕というより悪の象徴と表現したほうがいいだろうが、物語の悪は彼一人に収斂される構造だ。

過去と現在のつながりを、つまり歴史をつかまえることを主題とする。その際、主題に呼応する手法として、謎と解決、探しものが見つかるという因果のつながりを骨格としたミステリを採用する。読者につながりの感覚を強調する効果があるからだ。そして、『ねじまき鳥クロニクル』では、現代の主人公と綿谷ノボルの対決が過去の間宮中尉と皮剝ぎボリスの対決に重ねられ、『ミステリ・オペラ』では、平成の萩原夫婦が満州の善知鳥良一と朱月華でもある平行世界が語られた。

しかし、ミステリ的な統一感や一貫性は、探偵小説であると作中で繰り返し主張される『ミステリ・オペラ』よりも、ミステリを意図していないと作者がいう『ねじまき鳥クロニクル』のほうが逆に強かった。『ミステリ・オペラ』が歴史、世界はつぎはぎだとする認識で書かれたからだ。

それは言葉の問題と関係する。『ミステリ・オペラ』では『魔笛』以外にも解釈の争いがある。化石人骨に刻まれた古代中国の甲骨文字を関東軍は、満州国建国の祝福の予言と解釈する。だが、黙忌一郎はそこに不吉な意味が読みとれると指摘し、相手の目論見《もくろみ》を崩す。また、同作は、江戸川乱歩「芋虫」が発売禁止になった歴史的事実に言及しつつ、小城魚太郎の発禁処分になった探偵小説「宿命城殺人事件」を重要な鍵と位置づける。「小城魚太郎」は、小栗虫太郎の小説に登場する著者自身をモデルにした探偵小説家の名である。『ミステリ・オペラ』で彼は、南京虐殺事件を目撃した経験を「宿命城殺人事件」に反映して検閲に引っかかったとされる。

戦時中は戦争の真実を書くのが禁じられたうえ、探偵小説は不謹慎なものと抑圧された。その過去の事実を反転させ、『ミステリ・オペラ』は「探偵小説でしか語れない真実というものがある」の決めゼリフを呪文のごとく繰り返す。同作で大きなモチーフとなる検閲はディストピア小説の定番要素であり、ジョージ・オーウェル『一九八四年』がその代表だろう。

トランプ大統領誕生の前後から、対立する陣営同士が互いの指摘をフェイク・ニュースと決めつけるポスト・トゥルースと称された状況が常態化した。このため、書き換えられる真実を描いた古典『一九八四年』が再評価された。主人公ウィンストン・スミスは、独裁政府が無謬であるとの見かけを維持するため、ニュースを絶えず書き換え続ける真理省に勤めている。彼は組織の歯車でしかなく、国家の真実全体を知るわけではない。スミスは周囲から隠れてノートに自分の考えを書くが、国家の監視から逃れられない。

一方、『ミステリ・オペラ』の「検閲図書館」黙忌一郎は、発禁になったり伏字だらけになったりした文章のオリジナルへのアクセスが許され、真実の全体を知りうる立場にいる。事件に関して国家が隠しておきたいこと、国家の意に反することを口にすることもできる。スミスとは違い、彼だけの特権があるのだ。だが、黙が真実を解き明かしても他人に広く伝えることはできず、歴史を変えられはしない。「無決囚」黙忌一郎は、国家に飼い殺しにされている。国家の意図は不明だ。誰かが真実を把握して保存する必要はあるが、真実が明らかになったとしても国家が誤謬を認めるつもりはない。ただ、万が一に誤謬が露呈した際、善後策検討のため真実を保存する必要はある。そのような意図かと想像するばかりだ。

操りミステリの極大化だった京極夏彦『絡新婦の理』の場合、探偵役の中禅寺秋彦が謎を解くことは、事件関係者すべての「憑き物落とし」をすることでもあった。だが、黙忌一郎の場合、事件の真相を語れても、必ずしも関係する範囲に影響を及ぼせない。「検閲図書館」は、歴史にアクセスできても、歴史の前で無力な存在なのだ。

想像できないことを想像するための探偵小説

山田正紀のデビュー作『神狩り』の第二部までを一挙掲載した「S‐Fマガジン」一九七四年七月号には、作者の「抱負」として「想像できないことを想像する」という言葉が記されていた。同作は、人間に理解不能な神の言葉を解読し、神と戦おうとする物語だった。「想像できないことを想像する」は山田の創作姿勢を語る際に必ず引用されるフレーズであり、その実現のため、『ミステリ・オペラ』では「探偵小説でしか語れない真実というものがある」とする理念が掲げられたわけだ。

後に山田は『僧正の積木唄』（二〇〇二年）所収のインタビューで名探偵の役割について、秩序が乱れた時に共同体を建て直す存在と語った。秩序を回復する論理があればいいため、事実かどうかはべつであり、名探偵は占い師と同じ気がするともいっていた。だが、神のごとき超自然的なものがあるなら、人間は弄《もてあそ》ばれるだけで探偵がいても秩序を建て直しようがない。そうして失敗する話が『神曲法廷』（一九九八年）だったとふり返った。

同作の三年後に発表された『ミステリ・オペラ』は、神と探偵のテーマを引き継いでいる。歴史のなかの個人の運命を弄ぶ超越的ななにかが存在する。この感覚が濃厚に漂う作品だ。歴史の意味を解釈次第で変えようとするものがいる。それに対し、情報収集と推理によって真実を見出す探偵小説的な名探偵が登場するのだ。ならば、偽の歴史は敗北し、真の歴史が勝利するのか。同作では、そうでありえたかもしれない他の世界が複数あるという平行世界の論理が、全体を覆っている。偽の歴史に対置された真の歴史が、唯一の歴史とも限らない。そんなアンビバレントな認識が、『ミステリ・オペラ』の底流にはある。

同作の翌年、山田は横溝正史の創造した名探偵金田一耕助を主人公にした『僧正の積木唄』を発表したのだった。先にも触れた同書のインタビューでは『ミステリ・オペラ』に次いで戦後のGHQの検閲時代と現代編で三部作を構想したが、無理そうで書けてもう一作ともらしていた。実際には当初構想と異なる形で三部作が実現し、二番目に発表されたのが『マヂック・オペラ　二・二六殺人事件』（二〇〇五年）である。

大日本帝国が軍国主義化するうえで節目になった昭和十一年（一九三六年）の二・二六事件の裏側を描く大枠のなかで、乃木坂芸者殺人事件、囚人の縊死《いし》、小林多喜二を殺した特高警察警部補の彷徨などが絡まり、複雑な様相を呈する物語だ。作中に文書が挿入されつつ現実と幻想を行き来する展開は、『ミステリ・オペラ』と同様である。この作品は、乃木坂芸者殺人事件を「D坂の殺人事件」を踏まえて「N坂の殺人事件」

と称し、「押絵と旅する男・考」なるパートがたびたび出てくるなど江戸川乱歩をかなり意識している。『マヂック・オペラ』発表前の前記インタビューで山田は、乱歩が高等遊民で現実離れしているといわれることに異論を唱えていた。

物心ついたときに戦争は終わっていたんですが、いわゆる戦後文学みたいなものは周りにいっぱいあったわけですし、何より松本清張さんが戦後の実像みたいなものを見つめたミステリをお書きになっていました。それに僕は江戸川乱歩の小説にしても、時代と絡まっていないとは思えないんですよ。

乱歩の昭和史としての『マヂック・オペラ』

『ミステリ・オペラ』の終盤では戦後日本の文化状況が語られ、松本清張の登場を「凄いの、これが」とほめる一方、「宿命城殺人事件」が「古めかしい探偵小説」になったことをいう場面があった。それに対し、『マヂック・オペラ』には、著者による次のあとがきがあった。

『マヂック・オペラ』を書いた動機の一つに、松本清張の〝昭和史〟があるんだったら、江戸川乱歩の〝昭和史〟があってもいいのではないか、と思ったことがあります。それにもう一つ、山田風太郎が〝明治物〟を書いたような手法で、〝昭和物〟を書けないか、と考えたことも強い動機になりました。

山田風太郎の明治物と同じく、歴史上の人物の行動が実名で語られる。二・二六事件にかかわった人々だけでなく、江戸川乱歩、詩人の萩原朔太郎と萩原恭次郎、プロレタリア文学作家の小林多喜二、そして殺害した愛人の局部を切りとり悪名を残した阿部定までが登場する。前作に続き黙忌一郎が探偵役を務め占部影道も顔を見せるが、注目すべきは遠藤平吉だろう。二・二六事件があった昭和十一年に「少年倶楽部」に連載された『怪人二十面相』で乱歩の書名のキャラクターは初登場した。彼の本名が、遠藤平吉だった。『マギック・オペラ』では、何組ものドッペルゲンガーの関係が語られる。某と某が似ている、某と某が入れ替わっているという疑惑がいくつも浮上し、誰が誰だか不安になる。ドッペルゲンガーは二重身とも訳されるが、誰の顔にもなってしまう遠藤平吉＝二十面相がいることで「多重身」のごとき状況になる。

作中にはエドガー・アラン・ポー「群衆の人」に言及しつつ、「都会の群衆の匿名性に埋もれて生きている人間」について語る部分がある。また、『マギック・オペラ』では「東京の急速な都市化によって、すべては〝複製〟にさらされ、そのなかで自分自身を見失ってしまった人物」と二十面相を形容している。同作では黙忌一郎が錯綜した情報を解読するだけでなく、特高警察の志村恭輔が乃木坂芸者殺人事件と二・二六事件直前の不穏な蠢きの間で足の捜査を行う。志村は、遠藤が二十面相で黙が明智小五郎、自身は小林少年なのではないかと「少年探偵団」シリーズの配役に三者の関係を見立てる。

『マギック・オペラ』の群衆に関する議論は、ポーが「モルグ街の殺人」以前に執筆し、事件は起きないものの雑踏での追跡を描いた「群衆の人」こそ探偵小説の起源であるとしたヴァルター・ベンヤミンの議論を踏まえたのだろう。『マギック・オペラ』でも、探偵小説であることが意味を持つ。

「探偵小説でしか語れない真実というものがある」のセリフを繰り返した『ミステリ・オペラ』は、本格ミステリ大賞を受賞した。だが、同作に謎と解明はあるが、一つの真実を見出す本格ミステリの基本スタイルからは逸脱していた。平行世界の設定が全体を覆っていたからだ。乱歩の本格ミステリ作家の顔を示す「D

坂の殺人事件」と幻想性に富み変格ミステリ作家の顔を示す「押絵と旅する男」の両方にインスパイアされた『マヂック・オペラ』も二面性を有する。同作におけるドッペルゲンガー＝二重身は、トリックであると同時に、乱歩短編で男が押絵のなかで生きるようになったのと同種の幻想である。

『マヂック・オペラ』の第一部冒頭には、三島由紀夫「『道義的革命』の論理——磯部一等主計の遺稿について——」（一九六九年『文化防衛論』所収）、松本清張『昭和史発掘10』「諸子ノ行動」（一九七〇年）の引用がそれぞれ掲げられていた。いずれも二・二六事件を扱った文章からの抜粋だ。

三島は、二・二六事件を題材にした短編小説「憂国」（一九六一年）を残した。また、輪廻転生の設定を用いて各時代の人々のドラマを描くことで時の流れをとらえようとした『豊饒の海』四部作があった。その第四巻『天人五衰』では、最後の転生者が贋物だったというミステリ的でもある展開をみせる。やはり平行世界や転生などの超常現象を盛りこんで歴史を描いた山田のオペラ三部作を『豊饒の海』への応答のように読むことも可能だ。三島は『天人五衰』を書き上げて間もなく、昭和四十五年（一九七〇年）に死去した。それは、陸上自衛隊市ヶ谷駐屯地で決起呼びかけの演説後に割腹自殺した、二・二六事件のパロディのごとき最期だった。

一方、松本清張は社会派推理小説の開拓者と位置づけられ、「探偵小説を私は『お化け屋敷』の掛け小屋からリアリズムの外に出したかった」の発言も知られている。彼は小説家であると同時に、史料の読みこみや関係者への取材で歴史に新たな光を当てるノンフィクションも多く残した。山田正紀は、清張の昭和史に対し乱歩の昭和史を意図して『マヂック・オペラ』を書いたが、日本の本格の先達であると同時に変格の代表でもあった乱歩は「お化け屋敷」の側面が強い作家だった。では、社会派の清張の昭和史は、リアリズムだったのか。

清張のノンフィクションについては、戦後史が題材の『日本の黒い霧』(一九六〇年)に対し発表時からGHQ謀略史観が強いとの異論があったほか、事前に考えた筋書きへのあてはめ、史料の精査不足などの批判があった。大衆小説家の書いたノンフィクションを「お化け屋敷」のように受けとるむきもあったのだ。どんな専門家でも個人が歴史を把握するのは難しい。

個と全体

シリーズを締めくくる『ファイナル・オペラ』は「ミステリマガジン」連載(二〇一〇年八月号‐二〇一一年十月号)を経て、加筆のうえ二〇一二年に単行本化された。連載中に二〇一一年三月十一日の東日本大震災と福島原発事故が発生しており、刊行された物語にも直近の大災厄が影を落としていたように思う。奇しくもオペラ三部作は、9・11の時代と3・11の時代を結ぶように綴られたのだ。

同作がまだ連載中の平成二十三年(二〇一一年)九月に刊行された論集『3・11の未来　日本・SF・創造力』(笠井潔・巽孝之監修、海老原豊・藤田直哉編集)所収の座談会に山田正紀は出席していた。同書は、科学の発達、原子力への夢と不安、人類の運命といった問題をテーマにしてきたSFは震災及び原発事故に応答する責任があるのではないかという問題意識で編まれたもの。座談会では3・11以後のナショナリズムの高まりが話題になった。それに対し山田は、日本的な心情が語られるからそのナショナリズムは「個と全体」の「全体」に感じられるが、実は「個」ではないかと指摘する。加えて彼は語る。

SFは全体を書くもの、人類を書くものという命題がありますが、実際にそこで悲鳴を上げているのは書き手の個かもしれない、という気がします。

座談会ではＳＦについて議論されているが、山田の「個と全体」をめぐる発言は、探偵小説であると同時にＳＦ的着想を盛りこんだオペラ三部作の執筆経験を踏まえたものにも読める。黙忌一郎シリーズは、国家の歴史という「全体」のなかで、自分が「全体」を担えると夢想する「個」や、「全体」に翻弄されるちっぽけな「個」を描いていたからだ。

『3・11の未来』の翌年に出た三部作の完結編『ファイナル・オペラ』は、神社の神主であり秘能が伝わる明比家をめぐる物語だった。終戦間際である昭和二十年（一九四五年）の作中現在と、青島《チンタオ》陥落の大正三年（一九一四年）など過去を往還しながら、転生のモチーフも織り交ぜ、衆人環視の能上演中に起きた演者の殺人事件が語られる。

『ミステリ・オペラ』での『魔笛』のように『ファイナル・オペラ』で焦点となるのは、秘能「長柄橋」だ。人買いにさらわれた子どもの死を知った母が嘆くという、能では知られた作品「隅田川」は梅若丸伝説をもとにしている。「長柄橋」もそこから派生した演目とされる。子どもを見殺しにした人買いの信夫藤太が得度し改心しようとするのを、母の花御前は許せない。藤太を救済する仏の慈悲に抗ってでも、母は相手を殺そうとする。復讐のために不可能犯罪を企てるのであり、それゆえ「長柄橋」は世界最古の探偵小説と称される。それに対し黙忌一郎は、能が描く罪のない子どもの死を戦争や飢餓で死ぬ現実の子どもの死と重ね、人間の原罪だと説く。同作は、子どもの死に注目することで「一人殺せば殺人で百人殺せば英雄だ」の戦争の時代に「個」の生がいかに軽んじられているかを強調する。

作中では、能を演じることで世界を新たに作り直すという覚悟が語られ、八月十五日ではなく八月六日八時十五分に戦争が終わった、すなわち原爆が落ちなかった平行世界らしき場面も登場する。だが、終盤では八月二日の八王子の大空襲が書かれ、大正時代にまだ建築途中だった東京駅の屋根のドームと広島の原爆ドームが重なる幻視のシーンもある。身元不明の死体が多数に上り、弔われぬまま埋葬ではなく処分に回される。そんな時代にあって「墓標を与えられただけ、まだしも幸せなのかもしれない」とふと思い、「幸せ？」と自分の考えを嫌悪する人物もいる。

この自問もそうだが、オペラ三部作には笠井潔の大量死理論（大戦間探偵小説論）の影響がうかがえる。二十世紀の世界大戦は戦場の匿名の大量死をもたらし、人間の無意味を露わにした。それに対し、本格ミステリは、殺害犯の巧緻な計画と名探偵の精緻な推理によって死者を二重に飾り、逆説的に人間固有の死を回復させる。このことにジャンルの意義を見出したのが、笠井の本格ミステリ論だった（『探偵小説論Ⅰ　氾濫の形式』『同Ⅱ　虚空の螺旋』など）。

黙忌一郎シリーズをふり返ると、『マヂック・オペラ』でも「群衆の人」に言及した都会の匿名性の話題があり、ドッペルゲンガーの跋扈《ばっこ》によるアイデンティティ不安に満ちていた。三部作の出発点『ミステリ・オペラ』でも、過去の人間が「戦場に於いて、一人の人間の死がどれほどの意味を持つか」と考える一方、平成元年に男の墜落死を目撃した女が「わたしの人生にはドラマチックな要素は何もありません」「ドラマもなければ謎もない」とうめく。「個」の無意味とそれに伴う不安への山田のこだわりは、笠井の大量死理論形成に大きな影響を与えた中井英夫『虚無への供物』（一九六四年）につながるものだろう。大量死の一つになってしまった「個」の尊厳の回復は、多数の死者を出した洞爺丸事故をモチーフにした同作のテーマだった。「大切な人が死んでいくのが、それを悲しむことが、それでもやっぱり意味のないことだなんて、わたしにはそんなことは我慢できない」。『ミステリ・オペラ』のこのセリフは、『虚無への供物』にあってもおかしくない。『ファイナル・オペラ』には「無責任なご見物衆……」と『虚無への供物』中のフレーズがつぶやかれてもいた。それは、罪なき子どもの死の原罪を背負った、読者も含む人間みんなを指した言葉だろう。

山田は『僧正の積木唄』所収のインタビューにおいて、SF作家としてデビューする前、「結局、本格ミステリみたいなものは中井英夫さんの『虚無への供物』で完全にとどめをさされたと考えていたんです」と述べていた。だが、オペラ三部作の執筆で山田は『虚無への供物』のテーマに挑んだといえる。

また、『3・11の未来』座談会で彼は、放射能不安をめぐる科学的言説について「それは客観的に正しくないかもしれないけれど、でも客観的に正しいことが正しいとは限らない」と語った。それに対し、『ミステリ・オペラ』では南京虐殺否定論を批判的にとりあげ、『マヂック・オペラ』では芥川龍之介が関東大震災の大火の原因を「不逞鮮人の暴動だそうだ」と話したところ「嘘だよ」と一喝された話に言及している。どちらにも歴史を客観視しようとする姿勢があらわれているが、三部作はその人にしか見えないそれぞれの歴史があることも表現している。歴史に関しても「客観的に正しいことが正しいとは限らない」のだ。

時間をテーマにした日本SFの古典に小松左京『果しなき流れの果に』（一九六六年）がある。山田は小松ファンだったが「宇宙の進化のなかで君たちの人生にも意味があるんだよ」とする世界観については、自分の人生に意味はないが、誰かに踏みつけにされるのは嫌だと反感を抱いたという。

「踏みつけにされるのにも意味があるんだよ」なんて言われるのは、まっぴらですよね。

（「SF　Japan」vol.07、二〇〇三年の座談会発言）

歴史の大きな流れを描いたオペラ三部作には、この「まっぴら」の思いが谺《こだま》している。

2003年
第3回受賞

乙一『GOTH《ゴス》リストカット事件』
角川書店
◉千街晶之

※『ＧＯＴＨ　リストカット事件』および『ＧＯＴＨ番外篇　森野は記念写真を撮りに行くの巻』の内容に言及しています。

ゴスの宝石、異能の原石

ゴシック文化への関心とは、忘れた頃に噴出する間欠泉《かんけつせん》のようなものなのだろうか。そう感じたのは、二〇一九年末、後藤護の『ゴシック・カルチャー入門』という評論書が刊行されたからだが、これは同種の本としては、樋口ヒロユキの『死想の血統　ゴシック・ロリータの系譜学』と高原英理の『ゴシックスピリット』（ともに二〇〇七年）以来、久しぶりの試みではないだろうか。そこから更に遡れば、今世紀に限定しても小谷真理の『テクノゴシック』（二〇〇五年）、高原英理の『ゴシックハート』（二〇〇四年）といったゴシック文化に関する評論書・解説書が存在する。高原は『リテラリーゴシック・イン・ジャパン　文学的ゴシック作品選』（二〇一四年）や『ガール・イン・ザ・ダーク　少女のためのゴシック文学館』（二〇一八年）といったゴシック文学のアンソロジーの選者としても活躍している。また、海外発の研究に目を向けると、キャサリン・スプーナーの『コンテンポラリー・ゴシック』（二〇〇六年）は二〇一八年に邦訳されている。

それぞれの論者によってゴシック観には相違も見られるが、本稿ではそこまで立ち入る気はない。ただ、これらの評論で取り上げられている「ゴシック文化」が、むしろ現在「ゴス文化」と略して呼ばれることが多いタイプのものであり、そもそもの語源である中世ヨーロッパのキリスト教建築様式のことではなく、また一八世紀後半～一九世紀初頭に英米で流行した「ゴシック・ロマンス」と呼ばれる怪奇小説をメインに扱っているわけでもないことは押さえておきたい。現在のゴス文化は、音楽・美術・文芸・写真・映画・ファッションなどさまざまな分野に定着した傾向で、高原の『ゴシックハート』によれば「これらから生まれた非日常的で過剰な装飾による白黒のファッション、サディズム・マゾヒズム、人形嗜好、自傷願望、死への接近、暗黒と頽廃への好み、といったイメージが日本のゴスだ」ということになる。また同書では、そうした現在のゴスが英米のゴシック・ロマンスの伝統と直接は関係していないことを指摘した上で、「だがスピリットは同じだ。光より闇が気になる、正統より異端、体制より反体制、反時代、ただしそこでは様式美が何より重要、といって誰もが真似するいわゆるイケてるスタイルには興味なし、ホラー・怪奇・残酷さなどに強く反応する、自分を異形と感じる……といったところ」と、その本質を素描している。

高原が指摘したゴス文化の本質を読み返してみると、第三回本格ミステリ大賞小説部門を受賞した乙一の連作短篇集『ＧＯＴＨ　リストカット事件』の解説そのもののようにも思えてくる。この小説が、伝統的なゴシック・ロマンスではなく、現代的な意味でのゴス文化をモチーフにしていることは、タイトルに「ＧＯＴＨ」の四文字を掲げていることからも明らかだろう。本書刊行後、先述の『ゴシックハート』『テクノゴシック』といったゴシック文化の解説書が相次いで刊行されたのを見ても、本書はゴス的なものがある程度広い範囲で受容された二〇〇〇年代前半の時代相を反映していることは確かである。

さて本書は、二〇〇二年七月に角川書店（現・ＫＡＤＯＫＡＷＡ）から刊行された際、「暗黒系　Goth」「リストカット事件　Wristcut」「犬　Dog」「記憶　Twins」「土　Grave」「声　Voice」という六つの短篇が一冊の単行本に収録されていた。ところが二〇〇五年六月の文庫化の際、「暗黒系　Goth」「犬　Dog」「記憶　Twins」は『ＧＯＴＨ　夜の章』、「リストカット事件　Wristcut」「土　Grave」「声　Voice」は『ＧＯＴＨ　僕の章』……という二分冊に変更された。本格ミステリ大賞を受賞したのはあくまでも文庫化以前なので、本稿では文庫版に言及する場合でない限りタイトルを『ＧＯＴＨ　リストカット事件』という表記で通すことにする。また二〇〇八年十二月には、映画版『ＧＯＴＨ』（高橋玄監督、同年）で森野を演じた高梨臨《りん》の写真集『GOTH　モリノヨル』に寄稿するかたちで、「GOTH番外篇　森野は記念写真を撮りに行くの巻」という新たな短篇が発表されている（二〇一三年七月の文庫化の際に『GOTH番外篇　森野は記念写真を撮りに行くの巻』と改題。単行本版に収録されていた新津保建秀《しんつぼけんしゅう》の写真は文庫版には未収録）。本稿ではこの作品についても言及する。

『GOTH　リストカット事件』は二重の意味において、極めて乙一らしい小説である。ひとつは、少年少女を主人公としつつ、極めてダークな世界を現出している点だ。一九七八年に生まれた乙一は、新本格やライトノベルを中心とする読書遍歴から影響を受けて、一九九六年、「夏と花火と私の死体」で第六回ジャンプ小説・ノンフィクション大賞を弱冠十七歳にして受賞するという伝説的な作家デビューを果たしている。この中篇は、友人を突き落として殺してしまった九歳の少女とその兄が、死体を隠そうと試行錯誤を繰り広げる……というアンモラルな話を、殺された友人の死体の一人称という奇抜な発想と、瑞々しさと完成度の高さを兼ね備えた文体で綴った暗黒青春小説の傑作だった。その後も、著者は少年少女を登場人物とするダークな小説をしばしば発表している。

もうひとつの乙一らしさとは、叙述トリックなどを駆使したどんでん返しの巧妙さである。本書に先駆けて角川スニーカー文庫から刊行された『失踪HOLIDAY』（二〇〇〇年）の表題作も、やはりどんでん返しが仕掛けられた優れたミステリだった。これは、先に述べた通り著者が新本格から大きな影響を受けたことが関係しているだろう。

この『失踪HOLIDAY』も含め、それまでの著者の小説は主にライトノベルのレーベルから刊行されており、『GOTH　リストカット事件』は、大人向けハードカヴァーとして上梓された初の作品となる。ただし、著者の中では本書と従来の作品とのあいだに、執筆の姿勢において差はなかったようだ。というのも、本書の収録作中「暗黒系　Goth」と「リストカット事件　Wristcut」は、そもそもライトノベル雑誌《ザ・スニーカー》に掲載された作品だし、『ＧＯＴＨ　僕の章』のあとがきには、「ライトノベルの読者にミステリのおもしろさを知って欲しいという気持ちがあった」「ライトノベルでミステリを書けばいいんだ。そうすればライトノベルしか読んでいない人でも、ミステリという形式を知って、そこから読書の守備範囲が広がるに違いない。僕はそう考えて『ＧＯＴＨ』を書きました」という執筆動機が記されている。あくまでライトノベル読者に向けて書きつつ、ミステリの面白さを伝えようとした小説――それが本書であり、少なくとも執筆時点での想定読者層は、著者の従来の小説と同じだった筈である。その意味で、本書が本格ミステリ大賞を受賞したのみならず、第五回大藪春彦賞の候補にもノミネートされ、『このミステリーがすごい！　２００３年版』で国内部門二位にランクインするなどの評価は、著者自身にとっても予想外だっただろう（また、本書収録作のうち「犬　Dog」は第五十六回日本推理作家協会賞短編部門にノミネートされた）。

ライトノベルの読者層を意識していた小説らしく、主人公のひとりは「僕」という一人称で語り手を務める高校生（名前は最終話まで明かされない）、もうひとりは彼のクラスメイトである森野という少女である。「僕」は虚ろな心を抱えつつ普通の少年を装ってクラスに溶け込んでおり、逆に森野は群れることを好まない孤高の存在だが（「記憶　Twins」の冒頭で、森野と似た雰囲気の少女が登場する映画として言及されるのは『ビートルジュース』（ティム・バートン監督、一九八八年）のことだろう）、ある日、森野が「僕」の笑顔が作り笑いであることを見抜いて「私にも、その表情のつくりかたを教えてくれる？」と声をかけてきたのをきっかけに、二人は死や殺人などに関するダークで不条理な話題、あるいはゴス文化の話題で語り合うようになる。そして、彼らは自分たちの周りで起きる幾つもの猟奇犯罪に関心を持ち、素人探偵としてそれらの真相を探ろうとする。

連続解剖殺人、手首の切断（手首の蒐集自体が目的であり、被害者の生死に興味はない）、生き埋め殺人……等々、この連作で扱われる犯罪はどれもかなり陰惨かつ残忍なものだ。特に「暗黒系　Goth」がそうだが、惨殺屍体のグロテスクな描写を故意に避けているわけでもない。にもかかわらず、本書からは血腥《ちなまぐさ》さはさほど感じず、むしろ澄明な平熱の美意識で満たされている。これは、乙一という作家の文体から必然的に帰結する境地なのだが（著者の他の作品でも、どんなに残酷なシーンがあってもその描写は品格を失うことはない）、同時に、凄惨な事態を平然とした心境で受け止める「僕」という特異な主人公の視点で話が進むからでもある。

正義感ではなく、好奇心と闇への関心とが行動原理である以上、「僕」と森野の探偵ごっこは常識的な倫理とは無縁である。例えば、「暗黒系　Goth」では二人は犯人のものらしき手帳を入手するのだが――。

　手帳を警察に持っていけば、犯人の逮捕が早まるかもしれない。最終的な犠牲者の数は減るだろう。本来は手帳を警察に渡すのが義務だ。

　しかし残念ながら僕たちは、手帳など拾わなかったことにして黙っていることに良心を傷めない、爬《は》虫類《ちゅうるい》のようなひどい高校生だった。

「四人目の被害者が出たら、それはきっと僕たちが殺してしまったことになるんだ」

「いたたまれないわ」

　僕と森野は蕎麦をずるずると食べながらそんな話をした。彼女は「いたたまれない」という顔をしてはおらず、目下のところ蕎麦にしか興味はないという投げやりな声だった。

こうした、常識的ではない思考をさらりと書いてしまえるあたりが乙一の文章の真骨頂なのだが、「僕」と森野は——というか主に「僕」は、証拠の隠匿どころか、犯人の逃亡を見逃したり、犯人に自首を思いとどまらせたり、自殺幇助にまで手を染める。しかも、「僕」は真相に辿りつくために、幾度も森野を囮《おとり》として利用しさえする（彼女自身はいつもそのことに気づいていないのだが）。この姿勢の違いから、「僕」と森野という、一見似たもの同士の主人公の本質的な相違が、連作を通して浮かび上がってくる。

「僕」の一人称で描かれているせいもあって、この連作は、当初は森野という少女のエキセントリックさが際立って見え、二人の主人公が鏡像のように似た者同士として印象づけられる。しかし、森野の過去の秘密などが明かされると、彼女がゴス少女として生きるようになったバックボーンが浮かんでくるのに対し、「僕」のほうはそれらしきものが一向に見えてこないし、そもそも人並みの感情があるのかどうかも疑わしい。麻耶雄嵩作品におけるメルカトル鮎、森川智喜作品における三途川《さんずのかわ》理《ことわり》など、新本格やそれ以降の国産本格では、しばしば悪徳と言っていいタイプの名探偵が活躍するケースが見られるけれども、最終話「声　Voice」における行為を見る限り、「僕」はそうした悪徳探偵と比較してさえ一線を越えた印象がある。しかし考えてみれば、黄金期の古典的な本格ミステリに登場する名探偵も、実は倫理的・法的な一線を越えた行為に手を染めているケースが少なからず存在している。彼らがその理由づけとして正義を掲げていたのに対し、現代の悪徳探偵たちはそのような自己正当化のための旗印など必要としていない。それを大きな差と見るか、些細な違いにすぎないと見るかは、ひとによるだろう。

とはいえ、そんな「僕」が、何故いつも（結果的にとはいえ）森野を救うことになるのか、という謎は残る。「GOTH番外篇　森野は記念写真を撮りに行くの巻」で、「僕」は犯人に「あなたが僕と森野にかかわろうとしないかぎり、こちらもあなたの人生に関知しません」と契約を持ちかけ、森野が「僕」の指示に従った理由を問う犯人に「友だちですから」と答える。「友だち。その言葉を聞いた瞬間、私はぞっとして、鳥肌が立った。少年の声には何の感情もこもっていなかったからだ。まるで友だちという概念さえ存在を認めていないかのような言い方だ」と犯人は戦慄する。また「声　Voice」では、森野への感情について「愛情ではありません、これは執着というのですよ」と「僕」は心の中で呟いている。愛情もなく友情もなく、それなのに森野に執着する「僕」の内心には、絶対的孤独者である人でなしが、にもかかわらず（あるいは、そうであるからこそ）同類を探し求めずにはいられない哀しみが存在するのかも知れない。数多《あまた》の猟奇犯罪者の犯行を追うのも、同類を求める一種の巡礼と考えれば腑に落ちる。その意味で「僕」の孤独からは、ゴシック文化の血脈の作家たる江戸川乱歩や中井英夫が描いた「人外《にんがい》」の哀しみに通じるものを感じる。

そんな「僕」に、森野は「声　Voice」のラストで「最初あなたは、私に似ていると思ったの。（中略）でも、違う。私たちは似ていない……」と呟き、続けて「私はあなたが、ときどきすごく憐れに思えるの……」と告げる。そしてこの物語は、「僕の手を借りないいつもの立ち姿に、彼女は戻っていた。僕たちは別れの挨拶もしないまま、その場所で反対方向に歩き出した」という一文で締めくくられる。クラスメイトである以上、「僕」と森野はその後も学校で顔を合わせるだろう。しかし、これまでのようにダークサイドの話題に花を咲かせ、猟奇犯罪を一緒に探索することは、もう二度とないのかも知れない――そう思わせる幕切れだ。そのため、続篇の「ＧＯＴＨ番外篇　森野は記念写真を撮りに行くの巻」が発表された時は蛇足になりはしないかと不安になったものだが、森野の巻き込まれ体質（後述）を利用した話のつなげ方に不自然さはさほどない。

ところで著者自身は、本書を執筆するにあたり、ゴスという文化を深く掘り下げる意図はなかったらしい。といっても無関心だったのではなくその逆で、『ＧＯＴＨ　夜の章』あとがきによると、「僕は十代のころからゴス友達とそれらしい本を貸し借りしていた人間なので、ゴスという文化は空気のように身近に存在していました」という環境だったようだ。

続いてこのあとがきでは、「作品を読んでいただくとわかりますが、僕はゴス文化について深く掘り下げて書いていません。むしろゴス文化と殺人事件を結びつける結果になってしまいました。僕はゴスという文化の魂の部分を考慮せず、ファッションのひとつとして小説に適用して読者への売り文句にしてしまったのです」と記され、更に読者からお叱りの手紙をもらったというエピソードも記されている。

そうは言っても、本書の「暗黒系　Goth」は先述の高原英理・編『リテラリーゴシック・イン・ジャパン』にも収録されているし、その解説で高原は「乙一は『宣言』(引用者註・このアンソロジーの巻頭に高原が寄稿した「リテラリーゴシック宣言」)のところで引用したように、現在のゴスを語るには欠かせない作家である」と述べている。今世紀のゴス文化の担い手たちが、一八世紀後半〜一九世紀初頭のゴシック・ロマンスの代表作であるホレス・ウォルポールの『オトラントの城』(一七六四年)やマシュー・グレゴリー・ルイスの『マンク』(一七九六年)を読んでいるとは限らないように、「ゴス文化について深く掘り下げて書いていません」と著者自身が言明した『GOTH　リストカット事件』が、ゴス文化の真髄に触れていないわけでもない。むしろ、ゴス文化が生んだ紛れもない宝石であると思う。その意味で、「僕はゴスという文化の魂の部分を考慮せず、ファッションのひとつとして小説に適用して読者への売り文句にしてしまったのです」という言葉には、著者自身が自作の価値や本質を理解できていないのでは……という疑問も覚える(読者に対して誠実な姿勢であることは認めるにせよ、果たしてあとがきで「ゴス文化を利用してしまい申し訳ありませんでした」と謝罪する必要があったのかというと首を傾《かし》げざるを得ない)。

ただし、この時期、著者には『GOTH　リストカット事件』への評価について神経質にならざるを得ない事情があった……ということも推察できる。『小生物語』（二〇〇四年）は著者のブログ日記を本のかたちにまとめたものだが、その二〇〇三年十一月前半の記述には、「朝にジョギングをしながら、殺人者（の彼女？）の本棚に小生の本があった件について考える。その本はずばり『ＧＯＴＨ』という殺人鬼についての本だった。犯人が殺人を実行するに至る過程で『ＧＯＴＨ』がどの程度の影響をもたらしたのか考える必要があった。はたして、読まなければ人を殺さなかったのか、それとも読まなくても殺していたのか。小生の本の影響など微々たるものだったにちがいないとは思うのだが、それでも殺人に至るメーターの目盛りが1くらいは上昇したのかもしれないなとも考える。まったく無関係とも言えないし、自分のせいとも言えないしで、小生は微妙な位置にいる」とある。実際の犯罪で、ミステリ小説を容疑者が所持していたと報道されたケースはその後もあったけれども、犯罪を扱うことが多い以上、こういう場合にミステリは槍玉に挙げられやすいジャンルなのは事実である。だから、事件の翌々年に出た文庫版のあとがきで、著者が必要以上にゴス文化の扱いに気を遣ったことは理解できなくもない。とはいえ、この小説について、今となっては実際に起きた事件への影響について語るのはナンセンスだし、本書が売れ続けているせいで当時の著者の心境を反映したあとがきが今も読まれているのは些《いささ》か皮肉だとも思う。

……ここまでは『ＧＯＴＨ　リストカット事件』という小説を、ゴス文化との関連で論じてきた。そのように論じることは間違いではない筈だし、恐らく本書が刊行されてからしばらくのあいだは、誰が論じてもそのような角度の解釈を無視できなかっただろう。

しかし、刊行から十八年も経った二〇二〇年の時点からこの作品を振り返ってみると、現在のミステリ界の動向との関連において、そこには別の観点も浮上する。ここからは、その点について言及しておきたい。

本書の翌年（二〇〇三年）に刊行された短篇集『失はれる物語』単行本版のあとがきで、著者は「少し前に私は『ＧＯＴＨ』という猟奇殺人を扱った小説を書いたが、私にとってそれは怪物を描いた小説だった。その小説においては私は人間の心理や価値観を表現することに興味がなかった。私が『ＧＯＴＨ』を書いたのは純粋にモンスター映画が好きだったからだ」と記している（ここで著者のお気に入りとして挙げられているモンスター映画は『ジョーズ』『トレマーズ』『フランケンシュタイン』『ドラキュラ』）。この記述だけならば、本書の成り立ちをゴス文化との関連で捉えることも可能だろう。だが、次の文章はどうだろうか。少々長くなるけれども、『ＧＯＴＨ　夜の章』あとがきから、本書の成立の事情について記された部分を引用しておきたい。

僕が目指していたのはスニーカー文庫で刊行されている『妖魔夜行』（引用者註・一九九一年から二〇〇〇年にかけて角川スニーカー文庫を中心に刊行された、複数の作家によるシェアード・ワールド形式のライトノベル・シリーズ。現代の日本で妖怪が生活しているという世界観を設定として共有している）という小説シリーズのようなダークファンタジーでした。（中略）というわけで『ＧＯＴＨ』に登場する犯人たちは、人間ではなく妖怪だと考えてください。それと対決する主人公の少年も、敵と同等の力を持った妖怪です。もう一人の主人公の少女は、強い霊感があるせいで妖怪が近寄ってくるという特異体質の女の子です。異世界を彷彿とさせる設定やアイテムや用語を使用していないので、現実を舞台にした小説だと思われがちですが、作者の心の中ではおとぎ話のようなものでした。
犯人たちを怪物として描きたかったので、殺人の理由や過去のトラウマといった問題には触れませんでした。殺人の理由を描くということは、人間を描き出すということで、怪物を描くという本来の趣旨とは異なると考えたからです。犯人が殺害衝動を持つまでに至る葛藤を描いたら絶対におもしろいはずなのですが、それはやっぱり他の機会にやるべきだと思いました。怪物と怪物の頂上決戦。妖怪大激突。そして恋愛要素あり。といった能天気な小説が『ＧＯＴＨ』です。

如何《いかが》だろうか。発表当時、多くの読者が受けた印象と、著者自身のこの作品に対するイメージが、かなり異なっていることがわかるだろう。少なくとも、多くの読者はこの小説から「能天気」という印象は受けなかったのではないか。

とはいえ、「犯人たちを怪物として描きたかったので、殺人の理由や過去のトラウマといった問題には触れませんでした」というのはその通りだし（「土　Grave」の犯人の場合などのように必要最低限の説明はあるものの）、彼らと対峙する「僕」も、バックボーンが描かれないという点では同じようなものだ。また、「ＧＯＴＨ番外篇　森野は記念写真を撮りに行くの巻」で森野と出会った相手こそが殺人犯だと推測したことについて「僕」が「彼女の引きの悪さを考慮すると、殺人犯に出会ったとしてもおかしくありません」という滅茶苦茶な（しかし、この連作の読者にとっては強い説得力がある）理由を挙げているように、森野という少女は自覚なしに事件を引き寄せる一種の特異体質として描かれている。その点を考えれば、著者が言うように本書を異能者同士のバトルものと見なすことも可能になるだろう。

ゴス文化の系譜に連なる作品ではなく、異能者同士の戦いを描いた小説として『ＧＯＴＨ　リストカット事件』を読み直した時、まず浮かんでくるのは荒木飛呂彦の漫画『ジョジョの奇妙な冒険』の第四部「ダイヤモンドは砕けない」（一九九二〜一九九五年）との共通性だろう。「リストカット事件　Wristcut」に登場する手首ばかり切断する犯罪者は、「ダイヤモンドは砕けない」に登場する、女性の手首に異様な執着を持つ連続殺人犯・吉良吉影《きらよしかげ》を連想させるし（吉良は著者のお気に入りのキャラクターらしい）、大都会でもないのに不自然なほど猟奇犯罪者が集まってくる本書の舞台は、「ダイヤモンドは砕けない」の舞台であるM県S市杜王町《もりおうちょう》に似ている（「ダイヤモンドは砕けない」の東方仗助《ひがしかたじょうすけ》の台詞にある「スタンド使いはスタンド使いにひかれ合う！」という法則さながら、『GOTH リストカット事件』の舞台となる町でも猟奇犯罪者は猟奇犯罪者にひかれ合うのである）。実際、著者は後に、「ダイヤモンドは砕けない」の後日譚にあたる小説『The Book jojo's bizarre adventure 4th another day』を荒木公認のもとで執筆することになる（刊行は二〇〇七年だが、完成までに五年を要したとのことなので、構想は『GOTH リストカット事件』刊行の時期とそう離れてはいないと推測される）。

『ジョジョの奇妙な冒険』といえば、現在流行している異能バトルもののマイルストーンとして位置づけられている。登場人物が常人離れした特殊な能力を身につけていて、それを用いてバトルを繰り広げる作品のことだが、このタイプの物語は、頭脳バトルを描くミステリとも相性が良く、そのため両者を融合させた作品もしばしば見かける。この異能バトル＋頭脳バトル路線の原型と言えそうなのは、『甲賀忍法帖』（一九五九年）を第一作とする山田風太郎の「忍法帖」シリーズだが、そもそも作者が探偵小説から出発したということもあって、このシリーズにはミステリ的なアイディアも豊富に詰め込まれている。また『甲賀忍法帖』は、せがわまさきが『バジリスク〜甲賀忍法帖〜』（二〇〇三〜〇四年）というタイトルで漫画化し、この漫画版が二〇〇五年にアニメ化され、山田正紀が原典および漫画版の続篇にあたる小説『桜花《おうか》忍法帖 バジリスク新章』（二〇一五年）を執筆するなど、二一世紀に入ってもメディアミックスや二次創作を通して広く親しまれているコンテンツとなっている。

現在の異能バトルブームを牽引しているのは、朝霧カフカ・原作、春河35・作画の漫画『文豪ストレイドッグス』（二〇一三年〜）である。実在の文豪たちが美形キャラクター化され、それぞれの作品に因んだ名前の異能力（例えば太宰治なら「人間失格」、宮沢賢治なら「雨ニモマケズ」といった具合）を用いて戦うアクション漫画だが、作中には江戸川乱歩やアガサ・クリスティーといった過去の文豪のみならず、綾辻行人、京極夏彦、辻村深月、ダン・ブラウンといった現役のミステリ作家まで登場するし、原作者の朝霧カフカが手掛けた小説『文豪ストレイドッグス外伝　綾辻行人VS.京極夏彦』（二〇一六年）はタイトル通り綾辻行人と京極夏彦の異能力対決を描いているのみならず、特殊設定本格ミステリとしても極めて高い水準に達している。七人の自称超能力者が騙しあいを繰り広げる河野裕『最良の嘘の最後のひと言』（二〇一七年）も、この路線の近年における優れた収穫だ。また、こうした流行を意識して執筆されたかどうかはともかく、恩田陸の『夜の底は柔らかな幻』（二〇一三年）やその姉妹篇『終りなき夜に生れつく』（二〇一七年）をこの系譜に含めることも可能だろう。TVドラマでは、『SPEC《スペック》〜警視庁公安部公安第五課　未詳事件特別対策係事件簿〜』（二〇一〇年）の存在も見逃せない。

　異能バトル＋頭脳バトル路線のミステリはその後更に増えており、二〇一九年に刊行された作品だけでも、浅倉秋成の『教室が、ひとりになるまで』、青柳碧人《あいと》の『悪魔のトリック』、詠坂《よみさか》雄二の『君待秋ラ《きみまちあき》は透きとおる』、吹井賢の『破滅の刑死者　内閣情報調査室「特務捜査」部門CIRO-S《サイロス》』とその続篇『破滅の刑死者2　内閣情報調査室CIRO-S第四班』といった作例が思い浮かぶし、より『甲賀忍法帖』の直接的影響が強い作例なら、安萬純一の『滅びの掟　密室忍法帖』が存在する。この路線の作品が二〇一〇年代後半にこれほど増えたのは、この前後の時期に、白井智之、阿津川辰海、今村昌弘、片里鴎《かたざとかもめ》ら、特殊設定本格を作風の中心に据えた書き手が本格ミステリ界に数多く登場したことと無縁ではない。新本格初期の山口雅也や綾辻行人の作例、あるいは松尾由美や西澤保彦らの作品群など、特殊設定本格は新本格の時代に定着した感があるが、今世紀になって更に普及し、今や当たり前のように発表されている背景としては、ライトノベルやライト文芸における異世界設定と、ミステリにおけるそれとの相互影響も無視し得ない。

こうした異能バトル＋頭脳バトル路線の作品群と対置すると、乙一の『GOTH　リストカット事件』は一見似ていないように思える。恐らく、乙一本人が文庫解説でこうして自作の背景を語らなければ、それらの作品との共通性は見えてこなかったかも知れないし、共通性といっても異能という面が強調されていない『GOTH　リストカット事件』は磨かれていない原石とも言える。しかし、二〇一〇年代後半になってからのブームの源流にこの作品があったという見方は、ゴス文化の影響から捉えてきた従来の解釈とは異なる観点が出てきたことになり、その点は極めて興味深い。

先述の『失はれる物語』単行本版のあとがきで、著者はもともとライトノベルとして発表されたこの短篇集が一般書として刊行されたことを「ライトノベルのままでは手に取ってもらえない客層がいるという、当然の事実を覆せなかったという証明」「ある種の敗北」と記している。だとすれば、同じようにライトノベル雑誌に一部が掲載されながら一般向け単行本として刊行された本書にも、著者は同じ感慨を抱いている可能性が高い。また、『GOTH番外篇　森野は記念写真を撮りに行くの巻』の文庫版あとがきの些か意味深長な言及から窺えるように、著者は本書にやや複雑な思いがあるらしく、今後この連作の続篇が執筆されることはないかも知れない。しかし、二〇〇〇年代前半のゴス文化ブームの反映と、二〇一〇年代後半における異能バトル＋頭脳バトル本格ミステリの先駆という二つの面で、本書は今後も記念すべき作品として語り継がれることになるだろう。

2003年
第3回受賞

笠井潔
『オイディプス症候群』
光文社

◎

乾くるみ

◉著者略歴

乾くるみ（いぬい・くるみ）

静岡県生まれ。静岡大学理学部卒業。1998年『Jの神話』で第4回メフィスト賞を受賞し作家デビュー。著書に『イニシエーション・ラブ』、『スリープ』など。

1

第三回本格ミステリ大賞は、小説部門で乙一と笠井潔の二人同時受賞という同賞初のおめでたい出来事があった回として記憶されているが、もうひとつ、笠井が小説部門を『オイディプス症候群』で、評論・研究部門を『探偵小説論序説』で受賞し、一人の著者が両部門の同時制覇を成し遂げたことでも記憶されるべき回であった。達成が難しいのはむろん後者である（小説部門での二人同時受賞は他の年にもあったが、両部門同時制覇は第三回の笠井以降誰も成し遂げていない）。

笠井の二作はただ発行年が同じだったというだけでない。『探偵小説論序説』の主幹部分を成す「探偵小説の構造」と『オイディプス症候群』は、同じ雑誌《ＥＱ》にほぼ同時期に連載されており（「探偵小説の構造」は一九九三年三月号から九五年七月号まで、『オイディプス症候群』は九三年九月号から九四年十一月号まで）、評論は小説の内容に、逆に小説は評論の内容に影響を与えた部分があったことは想像に難くない。本格ミステリ大賞受賞作としての『オイディプス症候群』を論じるのであれば、まずはそういった観点から分析してみるのも一興であろう。

ただし「探偵小説の構造」は原理論なので、通常の文学から探偵小説がどのように派生したか、どういった点で両者が異なるのかといったテーマが多く、参照される実作もエドガー・アラン・ポーの諸作など、ジャンルのごく初期の作品が多い（この点に関しては《臨時増刊小説現代メフィスト》に九二年十一月号から九四年八月号まで連載されていた『デュパン第四の事件』――単行本化に際して『群衆の悪魔　デュパン第四の事件』と改題――との影響関係のほうが強く感じられる）。その中で『オイディプス症候群』との関連性が何とか見出せそうなのが「1　世界論」「2　役柄論」の二つである。順に見ていこう。

「1　世界論」では探偵小説が、作品同士の影響関係が特に強いジャンルであることが指摘されている。ギリシャ悲劇においても、同じ神話を基にした話が複数の作者によって語られるなど、一種のシェアワールド化が行われていたという部分で、オイディプス王の物語への言及もある。

その論を『オイディプス症候群』に重ねてみると、まさに探偵小説というジャンルにおいて、伝統的に反復使用され共有財産化されてきた資産の中から、孤島、館、密室、首切り、消失、見立て殺人といった多くの要素が、作者から読者に対して提供されており、「世界論」の指摘がストレートに当て嵌まっている。複数の作中人物も事件に直面した際には、探偵小説の「世界」を参照し言及するといった行動を取る（探偵小説は作者と読者のいるメタレベルのみならず、登場人物のいるオブジェクトレベルにも存在するので、探偵小説的「世界」への参照は二重に行われる）。本格ミステリ大賞で支持されたのは、まずはそういった既存の「世界」との深い関係性であろう。二〇〇二年の刊行当時において『オイディプス症候群』は、本格ミステリというジャンルの盛況ぶりを祝福する巨大なテーマパーク、あるいは巨大なモニュメントとして、大賞に相応しい作品であると受け取られたのだ。

「探偵小説の構造」の「2　役柄論」では、探偵小説の基本的構造である「謎‐犠牲‐解明」が「犯人‐被害者‐探偵」という役柄と対応していることが指摘され、また第四の役柄として「ワトスン役」にも言及がある。作者によるそういった役柄の決定は、作中人物にとっては一種の運命だとして、運命に支配されたオイディプス王の物語が探偵小説の原型だとの説が紹介される。

『オイディプス症候群』を役柄論に即して分析した場合、ワトスン役を務めるナディア・モガールに注目することによって、読者は面白い構図を見出すことができるだろう。孤島における連続殺人が続く中、生存者

（＝容疑者）がどんどん減ってゆくことにより、ナディアはカケルの力を借りることなく、自力で（といっても偶然の助けも借りつつ）事件の真相（の一部）を突き止める。ワトスン役がそうして探偵になり、死の恐怖におびえて被害者の立場にも近接し、最終的には犯人としての役柄も務めたのではないかという疑いを抱かされる。つまり作者は普段のワトスン役に加えて、三つの役柄をナディアに（一部は疑似的に）背負わせるという趣向を、本作において試みていたことが、「役柄論」を踏まえることで明らかになるのだ。

順番が後先になってしまったが、ここであらすじを確認しておこう。『オイディプス症候群』は七〇年代後半のパリを舞台に展開される矢吹駆《ヤブキカケル》シリーズ全十作のうちの第五作であり、同シリーズでは探偵役を矢吹駆が、ワトスン役を女子大生のナディア・モガールが務める。ナディアの父のモガール警視とその部下のジャン＝ポール・バルベス警部が準レギュラーで、さらに警察が掴んでいない情報として、カケルと敵対するニコライ・イリイチという謎のロシア人が各事件の黒幕として存在する、というのがシリーズの基本設定である。

ナディアはバルベス警部との雑談中に、彼の口から現在担当中の放火事件の犯人としてイリイチの名前が出たことにまず驚く。パストゥール研究所の一室が被害に遭ったが、研究室の主である博士はアテネ旅行中で不在、共同研究者も長期入院中で人的被害は出なかったという。その共同研究者の名前を聞いてナディアは再び驚く。自分の旧知の青年だったのだ。病室を見舞ったナディアは衰弱した青年から書類を預かる。大事な書類だから郵便事故が怖い、自分はもう動けない、なのでぜひその手でアテネにいる博士に届けてほしいと。

ナディアはアテネ旅行にカケルを誘う。用件が終わった後もしばらくの間は二人でギリシャに滞在しよう。国外に連れ出すのはニコライ・イリイチの魔の手からカケルを守るためだった。だが書類をただ手渡すだけで済むはずの用件がなかなか終わらない。博士はアテネからクレタ島南岸のスファキオンという漁村に、さらにその沖の牛首島《タウロクラニア》（通称ミノタウロス島）に渡ったという。博士の後を追う形でナディアは島に渡る。

アメリカの大富豪が所有する孤島にはただ一軒、古代ギリシャの神殿を思わせる豪壮な「ダイダロス館」が建っていた。島に集ったのは管理人夫婦を含めて全部で十二人。すでにスファキオン村で謎の墜死事件が起きており、不穏な空気が漂う中、招待客の一人がアガサ・クリスティの『そして誰もいなくなった』を引き合いに出すが、その冗談が冗談では済まなくなる。クルーザーが大破して本土との連絡が取れなくなった中、殺人鬼が活動を開始し、孤島では滞在者が一人また一人と殺されてゆく……。

2

まずは舞台である。『オイディプス症候群』の主な舞台はシリーズ初となるフランス国外、ギリシャの地であり、パリ警視庁勤務の準レギュラー二人はほぼ登場しない。スファキオン村の墜死事件の際には地元警察が捜査にあたるが、舞台を孤島に移した後で起こる連続殺人の最中には、地元警察官ですら登場しない。クレタ島本土から一時的に隔絶した島は、それでも警察権力の及ばない状態が永続するとは思えないので、犯罪の抑止力は維持されるというのが通常の考え方なのだが、連続殺人事件が発生してしまったらもうそんなことは言っていられなくなる。島は正体不明の殺人鬼の支配下となり一種の無法状態に置かれる。

本格ミステリにおけるクローズド・サークルの効能には、容疑者の範囲限定によるゲーム的推理空間の成立と、警察権力の排除による素人探偵活躍の場の成立という二点があるということが、よく言われているが、前者は特にクローズド・サークルが無くても成立する場合が多い。たとえば矢吹駆シリーズ第一作『バイバイ、エンジェル』における最初の事件。ラルース家で第一の事件を起こした犯人は、被害者の首を切断している以上は単なる強盗ではあり得ないし、同居人不在のタイミングを狙った以上は同家の内部事情に詳しい人間だとして、容疑者の範囲は捜査の早い段階で限定されている。第二作『サマー・アポカリプス』でも現場となった屋敷に出入りできた者は最初から限られていた。そういった常識が通用しない場合として、通り魔殺人のようなものが考えられるが、矢吹駆シリーズでは第三作『薔薇の女』ですでに無差別連続殺人のように見える事件を扱っていた。容疑者が限定されたパターンとそうでないパターンを初期三作ですでに履修しているのだ。『オイディプス症候群』におけるクローズド・サークルの導入は、だから容疑者の範囲限定という部分に重きを置いているようには思えない。本格ミステリの「世界」で典型的な状況をあえて導入してみた、という意志は強く感じるものの、効能としてはむしろ警察権力の排除のほうに重点が置かれていたと想像される。しかもそれは素人探偵に活躍の場を与えるためですら無かった。矢吹駆という素人探偵の活躍の場も、クローズド・サークルが成立していない過去四作（第四作は『哲学者の密室』）で充分に与えられていたのだから。

犯罪抑止力が働いていない世界にぽつんと放り出され、ナディアは自分が常に死の危険と隣り合わせに置かれていると実感する。自分の生が守られていないという剝き出しの感覚。そういう状態でしか生々しい生を感じられない人間というのが世の中には一定数いて、笠井潔は明らかにその一人である。二十歳前後の笠井青年を動かした観念的衝動の正体がそれであり、死への近接欲求が笠井に本格ミステリを書かせたという図式化は、単純に捉えすぎかもしれないがあながち間違ってもいないだろう。特に第一作の『バイバイ、エンジェル』においては「殺人を犯す側」に著者の興味が重点化されており、探偵役のカケルも実は「殺人を犯す側」と同類の存在であることが匂わされていた。だが死への近接（とその裏返しである生々しい生）を犯人や探偵を通してではなく、ワトスン役を通して読者にもっと直接的に訴えかけることができる手法が、本格ミステリというジャンル内にはあった。『オイディプス症候群』が矢吹駆シリーズの中でも特に重要な位置を占めるのは、笠井の著作活動の原点でもある死への観念的倒錯を本格ミステリ形式でいちばん表現できるはずの、孤島での連続殺人という定型を選んだ作品だったからであろう。

3

それにしても気になるのが作品タイトルである。これは一九七七年という作中の時制において感染拡大が懸念されている新型感染症の名前でもある。作品名を『オイディプス症候群』と名付けた作者の気持ちはわかるのだが、作中の研究者がこの病気に「オイディプス症候群」と命名した理由が、初読時には腑に落ちなかった。その点について少し検討してみよう。

矢吹駆シリーズでは二作目から（あるいは三作目から）実在した哲学者（っぽい人物）とカケルとの間で展開される思想対決が慣例化され、見所のひとつとなっていた。孤島という閉鎖空間を舞台にした作品には『監獄の誕生』を著《あらわ》したミシェル・フーコーが相応しいだろうということで、『オイディプス症候群』にはフーコーっぽいミシェル・ダジールなる哲学者が登場している（第四作『哲学者の密室』でハイデガーっぽいマルティン・ハルバッハなる哲学者を登場させた流れからしても、第五作におけるフーコーっぽい人の登場は相応しかったと言えよう）。そしてフーコーといえばＡＩＤＳ（後天性免疫不全症候群）で亡くなったことでも知られている。作中のダジールも著名な哲学者という設定だが、その著名人を孤島に呼び出す理由作りのために、また連続殺人事件の動機を設定する上でも、ＡＩＤＳと命名される前の「その疫病」に重要な意味を持たせる必要があったことは理解できる。作品タイトルとして採用されてもいいだろう。だがそれがなぜ「オイディプス症候群」なのだろう。

作中人物がナディアに対してした説明はおおよそ以下のとおり。疾病の原因となるレトロウイルスは感染者の免疫機構を破壊するのみで人体に直接的な健康被害を及ぼさない。一方で感染者を死に至らしめるのは、通常の免疫力があれば人体に害を及ぼさない程度の攻撃力しか持たないカリニ菌などである。ウイルスの特定に成功した研究者二人が、病原ウイルスとカリニ菌のそうした役割分担を見て、ギリシャ神話における「運命」とオイディプス王の役割分担との類似性に思い至った結果、その感染症を「オイディプス症候群」と名付けたのだと。

命名の元となったギリシャ悲劇を振り返ってみると、物語の主役であるオイディプス王は、結果的に父を殺害し母と近親相姦するという大罪を犯していたことが判明するが、本人にその自覚は無く、「運命」に翻弄された結果そうならざるを得なかったのである。なるほど、いちおうの筋は通っているように見える。

だが病原ウイルスとカリニ菌の役割分担に似た話をギリシャ神話から探そうとしたときに、もっと的確なものが見つかりはしないだろうか。たとえば「トロイの木馬」として知られるあの物語。素人考えでは、新型感染症の原因ウイルスの役割はトロイア戦争における「トロイの木馬」に、より近いように思われる。「トロイア症候群」や「木馬症候群」という案は思い浮かばなかったのだろうか（トロイアはトルコの地名なので、ギリシャを舞台にした物語のタイトルには不適だが、作中人物がそういったメタレベルの配慮をすることはない）。また医学研究者であれば、精神分析学の領域ですでに「オイディプス（エディプス）・コンプレックス」という用語が使われていることを考慮して、「オイディプス症候群」と名付けることを躊躇するのではないだろうか。

ナディアに対して先のような説明をした作中人物は、病原ウイルスの分離に成功した女性研究者の身内で、その時点で女性研究者自身は研究対象だった病に罹《かか》ってすでに死んでいる（もう一人の研究者がナディアに書類の搬送を頼んだ病床の青年で、彼も同病を発症しており余命わずかの状態である）。女性研究者が身内に伝えた説明はおそらく部分的なものだったろう。研究者二人は最初、病気が大量発生した村の名前にちなんで「アブバジ病」と呼んでいたという。それをなぜ「オイディプス症候群」と命名し直したのか。

アブバジ病が発生する前に村を訪れた文化人類学者が、割礼儀式時の感染症を防ぐためにと言って、清潔なメスをプレゼントしていったという。女性研究者はそれを善意による行為と受け止め寄贈に協力したのだが、青年研究者が同じ人物を別の村でエボラ患者が出る前に目撃したと証言したことで、アフリカで発生した二つの新型感染症が悪意ある人物の仕業だったかもしれないと彼女は思い始める。疫病の流行を何とか止めようとしていた自分自身が、過去にその原因を作っていたのだとしたら。それはあまりにも怖ろしい疑惑であり、おそらく死に際しても家族に伝えることができなかったのだろう（村を訪れた人物の名がニコライ・イリイチだと明かされるので、読者にとって彼女の疑惑は疑惑ではなく確信に変わっている）。

ソポクレスの『オイディプス王』はテーバイの国が疫病に見舞われている場面から始まる。デルポイの神託によれば、先王ライオスを殺害した犯人を発見し処分すれば疫病の流行は収まるという。オイディプス王は国を救うために調査を進めるが、その結果として自分こそが、父を殺し母を犯すと運命づけられて処分された赤ん坊だったという真相に行き当たる。それと同様に研究者二人は、疫病の流行を止めようとしていたのに、やがて自分たちがその原因を作った加害者でもあったと気づいたからこそ、その疫病に「オイディプス症候群」と名付けたのではないか。それならば納得できるし、さらにその「自分が加害者だったかもしれない」という惧《おそ》れは、最終的に物語の語り手であるナディアの心にも木霊するのである。作品全体が『オイディプス症候群』と名付けられているのは、そこまで踏み込んで分析してみればまことに妥当だったと言えよう（事件の舞台が「クレタ島」の領海内にあるという設定も、「すべてのクレタ人は嘘つきだ」と放言したエピメニデス自身がクレタ人だったというあの有名なパラドックスが、「自分も加害者（嘘つき）だった」という構造に由来するので、あえて選ばれたということもあるのかもしれない。「クレタ人のパラドックス」は構造に自己言及を含んでいるが、今日で言う「予知ミステリ」の原型でもある「オイディプス王」の物語も同様であり、『オイディプス症候群』でも最終的にちょうど十人の死体を孤島内に並べることでメタ的な「予言」を成就させている）。

4

最後に矢吹駆シリーズを概観してみよう。全十作のうち現時点で刊行されているのは第六作までだが、雑誌連載（笠井にとっては下書きに相当）は第九作まで済んでおり、十作目の雑誌連載も進行中である。

最初から全十作という構想があったとしても、新作を発表するたびに、ここでシリーズが終わるかもしれないという可能性は常に考えていただろう。一作だけではまだシリーズが始まったとは言えない。二作目『サマー・アポカリプス』が書かれて初めて矢吹駆シリーズが始まったと言える。そのタイミングでシリーズ全体を通した黒幕ニコライ・イリイチに名前と血肉が与えられたのも当然と言えよう。この二作で描かれる事件はナディアにより、それぞれ「堕天使《ルシファー》の冬」「黙示録《アポカリプス》の夏」という通称が与えられている。冬と夏という一対を成す単語が使われているのは、仮にシリーズがこの二作で終わってしまっても収まりが良いように、予防線が張られていたと読み取ることも可能である。

続く第三作『薔薇の女』までは順調に作品が刊行されていたが、その後第四作『哲学者の密室』までの間が十年以上空いてしまう。『薔薇の女』の刊行から五、六年間ほど経過した段階では、矢吹駆シリーズは三部作で完結したと読者から見做されていただろう。実際、そうなってもいいように『薔薇の女』という作品は書かれているように思える。

第一作『バイバイ、エンジェル』の本編は、一章一節だけが前年末（十二月二十八日）の出来事であり、一章二節以降は年が明けた一月六日（第一の事件が発生した日）からの出来事が綴られてゆく。事件は一月中に完結する。第二作『サマー・アポカリプス』は同年の七月に起きた事件を扱っている。そして『薔薇の女』は十一月下旬に端を発し、大晦日にようやく解決した十二月の事件を扱っている。終章は深夜十二時を過ぎて新しい年を迎えた場面が描かれてすぐに閉幕する。要するにこの三作では、同じ一年に起きた三つの事件を描いており、第一作では前年末の寸景が、第三作では翌年の年明けの寸景がそれぞれ前後にはみ出す形で付け加えられているのだ。『薔薇の女』のこの終わり方によって、初期三作は三部作としての結構が整えられたと見て良い。

さらに『薔薇の女』には見逃せない点がある。作中では〈アンドロギュヌス〉という署名を現場に残す連続殺人鬼が火曜日の夜ごとに若い女性を殺すのだが、その日付が十一月二十四日、十二月一日、十二月八日、一週間飛ばして十二月二十二日、そして十二月二十九日だと書かれている。十五年前の事件が一九六〇年だと書かれている部分があるので、そこからすれば現在の時制は一九七五年だと推定される。ところが一九七五年の十二月二十九日は月曜日なのだ。では一年後の一九七六年なのかと思って確かめてみると、七六年は閏年で曜日が二つずれるため、十二月二十九日は水曜日なのである。つまり『薔薇の女』に描かれた事件は、現実の一九七五年と七六年の間に挟まれた、十二月二十九日が火曜日の「架空の一年」に起きたものということになる。

なぜそんなファンタジー的な要素が作中に導入されたのだろう（筆者は「ハリー・ポッター」シリーズに出てくるキングス・クロス駅の「9と4分の3番線」を連想した）。もちろんミスではない。作者が意図してやったことである。その理由として、たとえば作中の年を一九七五年にした場合、『薔薇の女』の作中で放送されているテレビ番組が、新聞等を調べれば同年月日のラテ欄に載っていないという形で、現実との齟齬が浮き彫りになってしまうのを嫌ったという可能性は、ひとつあるだろう。シリーズ第三作において、現実と虚構をどう扱うか、作者はいろいろ考えていたフシがある。たとえば作中の思想対決においても、第一作にはその趣向はまだ無く、第二作ではシモーヌ・リュミエールという対決相手が出てくるが、モデルとなったシモーヌ・ヴェイユは作中で別に実在していた。ヴェイユとヴェイユっぽい人が時代を置いてともに存在していたのだ。ところが第三作で初めて、ジョルジュ・ルノワールというバタイユっぽい人が、バタイユの代わりとして登場する。矢吹駆シリーズの作品世界においてジョルジュ・バタイユは存在せず、代わりにジョルジュ・ルノワールなる人物が登場しているのだ。第三作においてそんなふうに虚構化のルールが改めて作られたのである。

『薔薇の女』は『バイバイ、エンジェル』『サマー・アポカリプス』と同年の事件とされており、さらに三作を通じて今年が西暦何年だという具体的な数字が書かれていなかったため、初期三作はまとめて一九七五年と七六年に挟まれた架空の一年間の出来事となった。第一作で少しだけ描かれた「前年末」が一九七五年末、第三作の終章で迎えた「新年」が七六年元日という形で、三部作で描かれた事件は綺麗に「存在しない虚構の一年」の中に収まってしまう。

だが九〇年代に入り第四作『哲学者の密室』が書かれることとなった。作中には先にも触れたとおりハイデガーっぽい人物と、あとエマニュエル・ガドナスというレヴィナスっぽい人が登場する。第五作が『オイディプス症候群』であり、第六作『吸血鬼と精神分析』にはジャック・シャブロルというラカンっぽい人と、ジュリア・ヴェルヌイユ（イリエシュ）というクリステヴァっぽい人が登場する。現時点で刊行されているのはここまでである。

第六作『吸血鬼と精神分析』は第三作『薔薇の女』のテーマを変奏したような内容で、十一月末から十二月にかけて毎週土曜日に〈ヴァンピール〉と命名された殺人鬼が若い女性を殺害する、という事件の顛末が描かれている。その作中で、昨年も同じ時期に〈アンドロギュヌス〉事件が起きたと回想した際に、毎週「水曜日」の夜に事件が起きていたと書かれているのだ。第四作以降は虚構の一年に収めきることができなくなり、第四作から六作までを一九七七年という実在する一年の出来事に、同時に第一作から三作まではその前年、一九七六年に起きた出来事とすることに決めたのだろう。『薔薇の女』作中の「火曜日」は今後、決定版などが出た際に「水曜日」に書き換えられるはずである。

ジャン＝ポール・ルクレールというサルトルっぽい人と、その愛人のエルミーヌ・シスモンディというボーヴォワールっぽい人が登場する第七作『煉獄の時』は、まだ刊行されていないが、雑誌連載版を読むことは可能である。過去と現在（といっても一九七八年だが）が交錯する構成だが、過去編では『バイバイ、エンジェル』で重要な存在だった（登場人物一覧の一番最初に出てくる）イヴォン・デュ・ラブナンが視点人物となり、またバタイユっぽい人（ジョルジュ・ルノワール）が再登場して、現在編・過去編の両方で重要な役割を果たす。実在したバタイユ等をそうやって登場させる趣向は、哲学に興味がない読者から「だから何？」という反応をされがちだが、たとえばバタイユについて少し調べてみれば、『無頭人』なる著書があり、ちくま学芸文庫版（邦題は『聖なる陰謀――アセファル資料集』）の表紙には頭部を欠いた奇怪な人間の絵が描かれていることもすぐに発見できるだろう。現在編ではそうして（バタイユに絡めて）「首のない死体」を登場させ、過去編で「イヴォン・デュ・ラブナン」の物語を描いた第七作『煉獄の時』は、第一作『バイバイ、エンジェル』のテーマの変奏と見ることができるだろう。第八作『夜と霧の誘拐』では第四作『哲学者の密室』の舞台ともなったダッソー邸の住人が誘拐事件に直面し、また第九作『魔の山の殺人』では第二作『サマー・アポカリプス』に登場したロシュフォール家がスペインとの国境近くに所有する山荘が、事件の主要な舞台となる。第六作『吸血鬼と精神分析』が第三作『薔薇の女』の変奏であることはすでに述べた。

横溝正史が成功作『本陣殺人事件』の要素（事件のたびに鳴る単音楽器、指の欠損）を抽出して別な作品『悪魔が来りて笛を吹く』を作り、『獄門島』（連続見立て殺人で、殺されるのはこの三人と読者にも最初からわかっている）を焼き直して『犬神家の一族』や『悪魔の手毬唄』を作ったのと同様に、笠井潔もシリーズ先行作の要素を取り入れて新しい作品を書いていることは容易に指摘できる（第七作の終盤で明かされるある事実や、第八作の犯人特定のロジックには、既視感を覚える人もいるだろう）。だがミステリ的な要素のみならず、思想的な部分でもテーマの変奏は繰り返されている。ハンナ・カウフマンというアーレントっぽい人が登場する第八作『夜と霧の誘拐』では『哲学者の密室』に続いてナチス・ドイツの悪行が糾弾され、ジェルジ・コダーイというルカーチっぽい人とピエール＝フェリックス・ヴィゴというガタリっぽい人が登場する第九作『魔の山の殺人』では『サマー・アポカリプス』に続いてキリスト教が中世に実施した異端審問（今回は魔女裁判）が問題視される。

全十作のシリーズのうち後半五作が前半五作と一対一対応していると仮定すると、現在連載中の第十作『屍《かばね》たちの昏《くら》い宴《うたげ》』は『オイディプス症候群』と対応していることになる。この仮説は必ずしも正しいとは限らないが（一対一対応を否定する例もいくつか挙げられる）、とりあえず『屍たちの昏い宴』で発生した第一の事件では、パリ市内の公園で開かれていたデモ集会の場が、数百人規模の人を閉じ込めた一種のクローズド・サークルを形成しており、『オイディプス症候群』とある意味で対応するものがあった。最終話ではおそらく矢吹駆という個人の謎にも迫るはずだが（笠井作品の探偵役は大鳥安寿《おおとりあんじゅ》や飛鳥井《あすかい》など、名前からして「天使の羽」を背中に生やしているイメージが強い人物が並ぶが、矢吹駆も最終的にその系譜に連なることが、現段階ですでに予想されている）、最終的にどういった話になるのか、そのヒントが『オイディプス症候群』にすでに書かれているかもしれないのだ。そういった意味で既刊六作中、最も重要度が高い作品なのである。

矢吹駆シリーズでは作中で、先行作の犯人や動機などがあっさり明かされている場合があるので、第一作から順に読むことが望ましいとされている。『オイディプス症候群』一作でも読み通すのが大変に思われる分量だが、矢吹駆シリーズは全十作が揃った段階でおそらく、全十部構成の巨大なひとつの長編作品となるはずである。ひとつの長編であるならば、途中でそれ以前の出来事を振り返らないほうがむしろ不自然である。そういうふうに書かれている以上、雑誌連載を終えている作品はなるべく早く刊行するとともに、『屍たちの昏い宴』の連載も早く完結させていただきたい。全十作を改めて通読する日が待ち遠しい限りである。

2004年
第4回受賞

歌野晶午
『葉桜の季節に君を想うということ』
文藝春秋

◉

小森健太朗

◉著者略歴

小森健太朗（こもり・けんたろう）

大阪府生まれ。東京大学文学部哲学科卒業。1994年『コミケ殺人事件』でデビュー。『探偵小説の論理学』で第八回本格ミステリ大賞評論研究部門受賞。『英文学の地下水脈』で第六十三回日本推理作家協会賞評論その他部門受賞。

歌野作品論～葉桜と林語堂の交点をめぐって～

　筆者は、これまで歌野晶午作品についての解説ないし長めの書評を三度ほど書いたことがあり（文庫解説としては講談社文庫『正月十一日、鏡殺し』『密室殺人ゲーム王手飛車取り』の二冊）、「本の話」二〇〇三年四月号に「ハイブリッド本格の新機軸」と題して、この『葉桜の季節に君を想うということ』を主題とする評論を寄稿している。この論は、版元の文藝春秋社からの刊行と同時に出された雑誌に載ったもので、おそらくこの作品について書かれた評論としては最も早いものである。その論では、この作品のあらすじを簡単に紹介し、いくつかの特徴をピックアップして論じている。再度この作品について論じる機会を与えられて、そのときの論では触れられなかった面をいくつかとりあげることにしたい。

　その論で指摘した概要について簡単に列挙すると、次のような点である。この作品は「俺」という一人称形式の探偵役の存在がハードボイルド小説とも近接していること、複数のストーリーが並行して進む形式のミステリは同時期の東野圭吾、折原一、西澤保彦作品などの叙述トリックを駆使した作品群と似た流れに位置づけられること、また歌野晶午作品の系譜の中では、おそらくひとつの転機と位置づけられる作品となるだろうことなどである。当時島田荘司が提唱していた、本格ミステリが「ハイブリッド・ヴィーナス」という形容に歌野作品もまたあてはまるところがあり、島田作品とは少し違った形で、歌野は本格形式を異質なものと混淆させ融合させようと試みているとも指摘した。現時点からそのときの評論を振り返ってみると、この作品が歌野晶午作品の系譜の中でひとつの転機となるだろうという予測はおおまかに当たっていたと思うが、歌野作品がどのように本格形式を異質なものとハイブリッド（混淆）させようとしていたのかについては、その論ではいまひとつ明瞭には捉えきれていない憾《うら》みもあると感じた。

また、その論より先に書かれた、『正月十一日、鏡殺し』の解説では、その時点までに刊行されている歌野作品が三期に分けられると論じているが、今となってはその時点までの作品は全部ひっくるめて歌野の初期作品とみなされるだろう。今年（二〇二〇年）で歌野晶午はデビュー三十二年目になるとあっては、その解説で三期に分けられた一九九〇年代までの作品を第一期として、第二期の二〇〇〇年代の十年、第三期の二〇一〇年代の十年にあらためて分け直さなければならないだろう。その三期の分け方は単なる時期による十年区切りでしかないが、その第二期の二〇〇〇年代に刊行された歌野作品の中で、代表作の筆頭候補としてあげられるのがこの『葉桜の季節に君を想うということ』（以下『葉桜』と略す）である。

歌野作品のおおまかな軌跡を三期に分けて見た場合、最初の十年は、名探偵信濃譲二が活躍する〈家〉シリーズからノンシリーズもののサスペンス長編まで、〈島田スクール〉の中でのさまざまな試みをなした時期とみることができるだろう。続く二〇〇〇年代の作品群は、広がった作風の幅を豊かに彩るさまざまな趣向やギミックを短い言葉でくくるのが難しいが、ミステリに定位しつつも、人間の暗黒面を見据える文学作品の融合へと作風の幅を広げ、さまざまな〈重ね合わせ〉の技法が試みられた時期といえそうである。第三期の二〇一〇年代の作品は、さらにさまざまな方向へと作風が広がって、全体像を形容するのがさらに難しくなるが、新たなキャラクター造形が試みられ、若者文化やオタク文化をも取り込んで現代性を取り込む、再帰的な作風の発展と試行の時期とおおまかにくくれるのではないか。

二〇一〇年代の終わる時期に刊行された長編小説『間宵の母』は、第三期のひとつの代表作となる作品だし、歌野作品の中でまたひとつのターニング・ポイントに位置づけられる作品となるかもしれない。『間宵の母』は、アンチロマン的な〈女の一生〉ものの趣きがあり、濃縮された悪意と絶望が読者の心を捉えるであろう異色作だが、この作品において主題となる基調は、『葉桜』の主題と通底するところがあり、ある意味で同工異曲のテーマに再チャレンジした作品であるともいえる。『葉桜』が歌野作品の重要な転機となるだろうと読み解いた筆者の評論は、『間宵の母』での再帰的テーマの反復によって裏付けられたとみることができる。

この『葉桜』をあらためて読み返してみて、初刊時には見落としていた、巻末の林語堂によるエピグラムがあることに気づいた。曰く「人生の黄金時代は老いて行く将来にあり、過ぎ去った若年無知の時代にあるにあらず」。林語堂のどの本が出典か明示されていないが、筆者が読んだことのある本の中にその文章があるのを見つけた。『人生をいかに生きるか』下巻（講談社学術文庫）六一頁、阪本勝訳。この文の出典となっている林語堂の文章を読み返してみて、エピグラムの出典となったところが、歌野作品のテーマを照射し、大きな対応性をもっていることに気づいた。林のこの本の原典の刊行年は一九三七年だが、戦後のアメリカ在住時代と台湾時代のそれぞれに改版が刊行され、戦後の改版では少しの改訂加筆が施されているようだ。

このエピグラムの文章が書かれているのは、同書第八章「家庭の楽しみ」第五節「優雅な老境へ」である。この節は林語堂なりの「老いること」についての考察論になっているが、古来の中国文化、例えば『孟子』を老いを嫌う思想の代表例としてあげている。孟子は、「鰥寡孤独」の四種類の人間が最も無力であるとするのを引いている。林語堂自身のその箇所の英訳では「widow, widower, orphan, people without children」となっていて、それぞれが身寄りのない人々のことである。そして孔子・孟子らの儒教では、かつての聖王、堯舜の時代を黄金時代として懐かしみ憧れる傾向が強い。林語堂は、中国で生まれた大きな思潮である儒教思想を尊重しつつも、必ずしも賛同できない姿勢を随所に示している。だが一方、林はそれらに対立する進歩思想に必ずしも同調しているわけでもない。同じ章で林は、中国の「プロレタリア論客」たちがそういう儒教的ないし懐古的なものを「封建的」であるといって笑うが、彼らは中国思想の重要性と魅力の大事なところを見落としていると指摘している。ここでいう「プロレタリア論客」は、当時の中国で勃興しつつあった、マルクス主義の影響が濃い社会主義や共産主義運動をも視野にいれて指示していたものと思われる。

林語堂が社会主義や科学的進歩史観を標榜するマルクス主義に同じえなかったのは、第二次大戦後の共産党が支配する中国に戻ることを拒み、長くアメリカで暮らした後に台湾に戻って教鞭をとり、最後に没したのが香港の地であったことにも示されている。『人生をいかに生きるか』は、全編を通じて、そういう思想風潮への嫌悪や反発が盛り込まれている。かといって、共産党の支配する中国やソ連と相対峙したアメリカの思想や文化にも、林語堂はなじむことができなかった。それはこの「老い」について論じた章で、年をとっても老いを受け入れることを拒み、いつまでも若々しくあろうとし続けるアメリカ文化を辛辣に批判していることからもうかがえる。

このようにして、過去を黄金時代として崇め理想化する儒教にも、進歩を是として未来への発展を肯定するプロレタリア論や老いを受容できないアメリカ文化にも背を向け、林語堂が選ぶ境地が、このエピグラムで引用されている文章である。「人生の黄金時代は老いて行く将来にあり、過ぎ去った若年無知の時代にあらず」。それは、過去の黄金時代を懐かしみ憧れつつも、精神を後ろ向きにさせるのを拒み、未来へと向かい、老いを受容しようとする境地といえるだろう。この林語堂の書は、個人としての生き方を吐露したものであるとともに、中国の民族の運命のようなものをも同時に展望している書物である。

中国の福建省で生まれた林語堂が、第二次大戦後の中国に戻ることをせず、アメリカで暮らした後台湾に戻ったのは、共産党の政治や思想に賛同できなかった面があるのが大きいだろうが、進歩を標榜して過去の中国文化を受け継がない大陸の中国よりも、過去の中国の文化をまだしも伝承していこうとする台湾の方が、林語堂の考えによりマッチした面もあるだろう。だが、自分の生まれ故郷である福建省の大陸中国への望郷の念もまた、林語堂の中に止みがたく混じっていたことも疑えない。林語堂の中国という国への眼差しには、愛憎混じりあった複雑で微妙な思いが交錯している。個人史だけでなく、中国という大きな民族全体を論じた本でもあるこの著書に向き合うとき、さきほどのエピグラムは、個人のことだけでなく、中国全体のことをも論じている含意があるともうけとれるものになる。台湾と大陸中国のそれぞれを自分の故郷とする林の、屈折した複雑な思いが、この文章にはこめられている。若い時代を憧れ懐かしむ気持ちを内包しつつも、それは含羞のようなものとして包み込み、あくまで未来へと立ち向かう姿勢のようなものを林語堂はうちだしている。

この林語堂のエピグラムの含意を、原典に立ち戻って、このように読み解くと、これが『葉桜の季節に君を想うということ』という作品と、題名においても、その主題的テーマにおいても見事なまでに合致していることに気づかされる。この題名の「君」を、林語堂が愛した中国のことを指すとみれば、この題名はそのまま『人生をいかに生きるか』のテーマを表したものとなる。「葉桜」は、それまでの季節に咲き誇っていた桜が散った後にくるフェーズである。林語堂の知る中国は、かつて黄金時代があり、絢爛と咲き誇った栄華があるが、一九世紀の終わりの中国に生まれた林にとって故国は、以前の黄金時代とは比べようもなく落ちぶれ、過去の輝きを失ってしまっている国であった。その中国にあって、林が想う対象となるのは、過去の輝きある中国と現状の輝いていない中国の二重の重ね合わせであり、そこには愛情や憧憬とともに、嫌悪や反発といった否定的な感情までもが混じりあっている。

そしてまた、この題名にこめられた意味は、歌野作品に立ち返ってみると、本格ミステリというジャンルにまで視座を広げてあてはめることができるのではなかろうか。本格ミステリというジャンルは、一九世紀半ばのエドガー・アラン・ポーの作品にまで遡れるとするならば、エンタテインメント小説の歴史からみれば、既に古いものといえる。英米では一九二〇年代から三〇年代にかけての時代が、この本格ミステリ小説の黄金時代とされたが、既にその時代が過ぎ去ってから久しい。かつて満開の桜の花のように咲き誇り全盛を誇った本格ミステリのジャンルが、今はその盛りを過ぎ、葉桜となる時期を迎えている。単純な進歩思想の信奉者ならば、過去の栄光を捨て去り、ただ未来へと目を向ければよいというかもしれない。しかし、歌野晶午は、中国文化に対する林語堂のように、本格ミステリという過去に栄えたものに対して、それを否定し捨て去り忘れ去るのでなく、今が葉桜の時であるのに向き合いつつ、含羞のようなものをもって、愛憎と憧憬を伴う複雑な想いをこの作品に載せ、その題名に語らせている。

この作品を読まれた方は、この題名の含意となる、若き日と老いを重ね合わせること、その試みの成功と微妙なズレや齟齬がもたらす軋《きし》みのようなものが、この作品のプロットの背骨となり、根幹をなしていることに気づかれるであろう。

二一世紀になってから刊行されたミステリジャンルの力作や大作には、この手の、過去と現在の重ね合わせを主眼とする二重構成をもった作品が多いことに気づかされるが、そのこと自体が、俯瞰すれば、ある意味、ミステリというジャンルにおける先祖返りの様相を呈しているところがある。ミステリの歴史において最初の長編作品を書いたとされるエミール・ガボリオは、ミステリの第一作『ルルージュ事件』(一八六六年)以降、五作品の長編作品で名探偵ルコックが活躍する作品群を発表したが、その中でも最高作といわれるのがルコックものでは五番目の最後にあたる『ルコック探偵』(一八六九年)である。この長大な作品の第一部は名探偵ルコックが事件を解明する物語だが、第二部『貴族の名誉』(一八六九年)は、元々別作品として刊行され、設定や登場人物の共通性から後で合本にまとめられた作品である。『貴族の名誉』は、序盤では

『ルコック探偵』の時代よりも古く、登場人物の共通性もなく、まったく別の筋であるかのように思える。しかし物語の終盤になり、ある人物が別の名前を有していることなどが明らかになってくる段に及んで、この人物は『ルコック探偵』に出ていたあの人物のことだったのか！　という重ね合わせによって真相が浮かび上がってくる構成になっている。ミステリ史の数ある作品の中でも、長大な二重構成をもった、現在と過去の重ね合わせストーリーものの嚆矢となる作品である。コナン・ドイルのシャーロック・ホームズ物語では、この『ルコック探偵』の構成が踏襲され、『緋色の研究』『四つの署名』『恐怖の谷』の三作品では、ホームズの活躍する第一部と、過去に遡って動機が明らかになる伝奇的ドラマから成る第二部の二重構成をとっている。この形式は、英国ミステリでは、ドイルらに追随した何人かの作家によって、二〇世紀初頭には試みられている。たとえば、A.E.W.メースンの『薔薇荘にて』（一九一〇年）などは、その二部構成をもったミステリである。

だが、一九二〇年代になってクリスティやクロフツ、クイーンやカーが活躍する黄金時代に入ると、この二部構成をとる作品はめっきり少なくなった。フェアプレーを重視するミステリの技法がこの時代には洗練され、謎解きに特化した技法が進化したのもあって、過去の長々しいドラマを物語る構成はあまり採用されなくなった。黄金期の活躍作家の中では、ディクスン・カーの歴史伝奇ミステリでは、過去の長々しい物語が語られる作品もあるが、それは大体が謎解きものから離れての、歴史伝奇ロマンとしての物語になっている場合が多かった。

しかしながら、日本のミステリにおいては、特に一九九〇年代以降、叙述トリックの技法が洗練され進化していく中で、過去と現在の二重構成をもって重ね合わせられる作品が、大々的に隆盛するようになる。先に名前をあげた、東野圭吾、折原一、西澤保彦らに加えて、貫井徳郎や芦辺拓、三津田信三らの作品にもその技法を駆使した作品を見いだすことができる。叙述トリックの技法が、虚偽を地の文に書かない範囲で、時間や場所、舞台や人の性別を読者に誤認させるやりかたとして次々と開拓されていった。その流れの中で、その技法を生かしやすいやりかたとして、〈重ね合わせ〉の趣向をもつ構成の作品が続々と産み出されていった。現代ミステリに比べれば素朴な技法でしかないが、この構成をもったこれらの作品群は、その類似性からいって、ある意味ではガボリオの『ルコック探偵』への先祖返りともみえる。これは、含羞と憧憬をもって過去を振り返りながらも未来に向かうことを選んだ林語堂が、過去の中国への先祖返りを拒みつつも、一方でそれらを偉大な過去の成果として受容し血肉と化している事態とも、ある種パラレルといえる。本格ミステリもまた、過去の作品に対して憧れ懐かしむことで、先祖返りを起こしたようにもみえつつも、新たな革新と発展をもたらしている。

この〈重ね合わせ〉の技法は、過去と現在といった時間的な断絶において用いられるだけでなく、現在の二つの時間軸や隔てられた場所を通しても、あるいは男女といった性別の越境を通じても、活用できるものがあり、歌野作品でみると、やはり転機に位置づけられる作品といえる『ＲＯＭＭＹ――越境者の夢』がその作例の一つといえる。

また、この『葉桜』が刊行された時期と近接して、二〇〇〇年代の叙述トリックもの作品で最大のヒット作といえる乾くるみ『イニシエーション・ラブ』が刊行されているが、この作品が『葉桜』と構成の面で類似的な特徴をもっているところもまた興味深い。それがどのような類似性であるかについては、明言すると作品の内容にふれることになるので、直接的な言及は控えるが、一番最後につけられた巻末付録のような註釈によって、読者は、その内容と手がかり、伏線と真相を再確認することができる構成になっているのが大きな類似性である。英米の黄金期のミステリ作家の作品でも、例えばカーター・ディクスンの『孔雀の羽根』

では、巻末に伏線と手がかりの索引が付され、読者は本編の中でちりばめられていた、真相を推理するための手がかりをそれによって再確認することができるようになっているが、叙述トリックもの作品の巻末に付された註釈は、そういうものとは少し位置づけが異なる。名探偵が最後に真相を看破する形式のミステリであれば、真相解明時に名探偵が伏線や手がかりを指摘すれば、カーの作ったような手がかり索引は必ずしも必要ではない。だが、叙述トリックものにおいては、結末で真相を説明してくれる名探偵役が不在である。名探偵が作品の外に出て、書かれたテキストそのものを読み解くことは、清涼院流水の九十九十九のようなメタ名探偵でもない限り不可能である。『イニシエーション・ラブ』では謎を解決してくれる探偵役が不在であり、初刊の単行本では巻末の註釈がついていなかったために、作品内の仕掛けが充分に理解できなかった読者が多数出る事態となり、その理解を補うために文庫版では新たに註釈にあたる解説が置かれた。『葉桜』で巻末に付された一覧は、『イニシエーション・ラブ』文庫版の巻末に置かれた註釈と性質は近いが、少し異なる。時代の背景となる風俗や生活習慣について、この一覧をたどることで読者は、この物語の全体像を追体験し再確認できるようになっている。二〇〇〇年代のミステリ作品として突出した成果といえる両作が、その結末の処理の仕方において、このような共通性をもちつつもそれぞれの差異と特徴を有していることもまた興味深い。

ところでこの作品が書かれた時点での生活習慣や風俗は、二〇〇〇年代のリアルタイムの最先端で同時代的なものであったが、二〇二〇年代になった現在からみると、色々な面では変化したり古くなったりしているところがある。近年の情報化社会での技術や生活環境の変化のスピードは瞠目《どうもく》するものがあり、比べれば二〇世紀中の方が時間の流れと変化の速度はずっとゆるやかであったと感じざるを得ない。いま新たにこの本を読もうとする読者に、十年前の環境や知識を当たり前には求めることができないのが、書く側にとっては大きなジレンマであり難題となるものでもある。今の時代を活写するためには、例えばスマートフォンを使わずに描くのは難しくなるが、スマートフォンの機能を最新機種に基づいてリアルに書き込んだとしても、それは十年もたてば、いやひょっとすると数年もたたないうちに古びたものになってしまうだろう。歴史ものや異世界ものを描くならばそういう難題を回避できるが、現代ものを書く作家は最新の風俗がすぐに過去のものになってしまうジレンマに直面せざるをえない。だが歌野作品は、風俗描写が過去のものになっていったとしても、人の心を捉える普遍的な魅力がこめられている。おそらくこの作品は、十年後、二十年後でも新たな読者を呼び込み、その魅力を保ち続けるだろう。

2005年
第5回受賞

法月綸太郎
『生首に聞いてみろ』
角川書店
◉
蔓葉信博

※第三節において、法月綸太郎『生首に聞いてみろ』における重要なプロット、トリックについて詳細に論じております。差し障りのある向きは、当該節を飛ばして第四節をお読みください。前後で論旨が追えるよう補足しております。

◉著者略歴

蔓葉信博（つるば・のぶひろ）

東京都生まれ。ミステリ批評家。「本格ミステリ・ベスト10」「ユリイカ」「ジャーロ」などに本格ミステリに関する評論を多数寄稿。またデザイン事務所、広告代理店を経て、現在Ｗｅｂシステム会社にてプロデューサーとして働く。

法月綸太郎と論理のエンターテインメント

1．古典的ミステリからの転換

デビュー作『密閉教室』から、少なくない批判の声があった法月綸太郎の初期作品だが、批判側に対しても法月作品の新たな意義を理解させることとなったのは一九九〇年に刊行された『頼子のために』であった。殺された娘の復讐を誓った父親の手記からはじまる本書は「ロス・マクドナルドの主題によるニコラス・ブレイク風変奏曲」とノベルス版で語られるようにハードボイルド的構成とテーマを使いながら、本格ミステリのパズルを成り立たせていた。どこかゴシックで幻想的な雰囲気を纏《まと》う館シリーズや、軽妙な文体とユーモアでくるんだ速水三兄妹シリーズと違い、東京を舞台に実直なクイーン風ミステリをかたちにするのは、古参のミステリ読者には無理に思えたのだろう。そこでハードボイルドという別の意匠で装い、現代社会の中のパズル小説という違和感を解消することができた。また『密閉教室』から『誰彼』までは古典的トリックを作品の柱のひとつに据えていたものの、館シリーズや速水三兄弟シリーズのような作品の中心となる大仕掛けからすれば、一歩退いたものだといえる。

一方で『密閉教室』から教師と生徒という人間関係の構図を引き継いだ法月綸太郎シリーズは、親子や兄弟、交友関係といった構図とその暗黙の了解を創作の基礎とするようになる。それらは、クイーン同様に敬愛するロス・マクドナルドなどハードボイルド小説がその素地にあるからだろう。探偵役が関係者から情報を引き出し、推理を巡らすにしても、その現実味の度合いが不可能犯罪やトリックありきの本格ものと、人間関係の狭間に真相を見出すハードボイルドとでは違いが生じるのは否めない。だから、物語の基調も名探偵の物語から関係者の物語へと推移するようになる。ただ、この小さな転換は、対外的な批判から直接生まれたのではない。『頼子のために』はそもそも在学中の習作がベースになっているからだ。しかし、それを批判の中、大改稿のうえ、刊行するとした判断には意味がある。それは『密閉教室』以来、ただのピースとしてしか人を扱わないパズル小説のなかで、人の業を突き詰めるということにもつながったからだ。この物語はなにより名探偵の敗北の物語でもある。本来輝かしく真相を指摘するはずの名探偵が、真相を指摘することで敗北するという逆転。そのサプライズを狙った小説だからだ。パズルのピースを組み立てる側もまたピースであることを自覚する。その演出にハードボイルド的な結構は格好の器となったのだ。こうした本格ミステリという枠組みをズラし、転倒させることで作品にミステリとしての新しい価値を付与する試みは、法月綸太郎だけでなく、綾辻行人、我孫子武丸などそれぞれに見いだせるはずだし、それらの小さな転換や成長が新本格ミステリシーンの浸透と継続を導くことになる[1]。

　古典的ミステリからの転換は、その後の作品の骨格となるのであるが、一方でさらなる苦難の道ともなりうるものだった。一九九一年刊行の『一の悲劇』では、取り違えられた誘拐殺人がテーマとなる。探偵役の綸太郎は脇役をつとめ、語り手となるのは息子の誘拐の連絡を受けた父親。ところが実の息子は無事で、近所に住む同年代の男児が誘拐されていたのだった。その男児は死体となって見つかり、誘拐犯と思しき人物も特定できたのだが、そこにはある奸計が潜んでいた。この作品も誘拐という枠組みを用いながら、読者を別の構図に導いていく。法月綸太郎本人が文庫版『雪密室』のあとがきに記しているように、『一の悲劇』の事件の裏側にあったものは、本来『雪密室』で描かれるべきものだった。『一の悲劇』で描かれる人の業は『雪密室』にひそかに内在していたのだといえる。ただ作品のつながりはこの二作だけにとどまらない。教室を中心に少年少女たちの謎解きが描かれている現在の青春ミステリと『密閉教室』には違いがある。主人公である男子生徒の主な対立者はネロと呼ばれる教師だからだ。生徒同士の対立や恋愛模様の機微もあるが、それは従属的なものでしかない。『密閉教室』という思春期の葛藤が凝縮された小説を安易に単純化するわけではないが、男子生徒と教師の関係が本作以降、息子と父親の関係として引き継がれていくことは指摘しておきたい。『雪密室』から『誰彼』、『一の悲劇』を通じて、ある側面からは父と息子の物語であった。そして、もちろん母親と息子の構図も別の角度でいえば存在している。こうした家族間の歪みと瓦解が真相と密接に絡み合っていることで物語としての一体感が生じているのだ。

2. パズル小説の仕掛けと物語のダイナミズム

ところが一九九二年刊行の『ふたたび赤い悪夢』では、あらためて物語の主軸に探偵役・綸太郎が据えられる。それは『頼子のために』で探偵としての存在に深く絶望した彼の復活劇として用意された側面もあるが、一方で『雪密室』の続編的意味合いもあった。また『ふたたび赤い悪夢』の作中では複数の刺殺事件が「赤い悪夢」と表現されていた。題名の「ふたたび」という言葉には多義的な意味があるのだ。『頼子のために』の事件の影響で完全なスランプに陥っていた綸太郎のもとにかかってきた一本の電話は、不可解な殺人事件に巻き込まれたアイドルからのものだった。彼女はラジオ局で男に刺されて、意識を失ったのだが、気がつけば血痕は残っていたものの無傷だった。その男を逆に刺してしまったと動転した彼女は、法月の父である警視に連絡してきたのだ。その後、ラジオ局近くの公園で男の刺殺体が発見される。欲望渦巻く芸能界をかいくぐり、法月親子は事件の裏側にある策謀に迫っていく。

そのアイドルの母には知られざる秘密があった。過去の因縁に苦しむ彼女の姿に、自分と同じものを見出した綸太郎だが、調査の過程でさらなる悲劇的状況に陥る。ほとんど廃人のように呆然となった綸太郎だが、古い友人の助言と幸運で解決への糸口を見出し、からくも真相をつかみとることができた。

事件の構図とは別に、『ふたたび赤い悪夢』では、法月親子の葛藤も描かれる。これまで親子関係をひとつの構図として引き合いに出してきたが、実際のところ、その構図をかんたんに当てはめていいわけでもない。親には親の、子には子の役目がある。子を育て庇護すべき親と、親に育まれ守られる子。親は子にとって、成長の支えであり、見習うべき存在である。また、子は親にとって、生きがいであり、慈しむべき存在ともいえよう。しかしながら、それらの役目を果たせない親子というのはどうしても存在してしまう。親は子にとって信頼できるほど完璧ではなく、子は親にとって慈しめないほど不安定だとしたら。実際、『頼子のために』から『ふたたび赤い悪夢』まで、そうした理想の姿から乖離しつつも自らの役目を果たそうとし、それが叶わぬがゆえに抗った結果、さまざまな悲劇が降りかかる物語ばかりだ。ただ、それは物語といっても出来事の連なりとしてのストーリーだけではない。

本格ミステリは、一種のパズル小説として、問いと答えが成立しなくてはいけない。謎めいた殺人事件の犯人は誰か。不可能なはずの犯行方法のトリックとはなにか。問いと答えが成立するということは、問いに対する答えが間違いなく導けるものであり、また答えが基本的に一意になることを意味する。場合によっては別解がありうるかもしれないし、問いを問いたらしめるための前提条件が明快である必要もあるかもしれない。とはいえ、いずれにしろ、そこにはある種の完全性がある。問いとして成立し、答えが答えとして明確にあること。それは問答において求められるべきことだ。

本格ミステリが、他の小説ジャンルに比べ、特異なことのひとつにこのパズル小説としての仕組みと、物語のダイナミズムを重ね合わせ、感興を起こさせる小説である点が挙げられる。そのため、パズル小説の仕掛けや、物語のダイナミズムだけの小説より、それら両方が見事に重なり合い、互いに相乗効果をもたらすものであることが望ましく、希少価値がある。『頼子のために』『一の悲劇』『ふたたび赤い悪夢』の三部作は、パズル小説の仕掛けを利用して物語の新たなダイナミズムを生み出したものなのである。

三部作のあと、一九九四年に『二の悲劇』が刊行される。綸太郎のパートと二人称のパートで綴られるこの特異なミステリは、親子の関係性ではなく、恋人の関係が主軸に選ばれている。ただ、相手に求められるべき人間ではないという意味で、不完全な存在である人物たちによる悲劇であることには変わりない。むしろ、さまざまな論考で親子関係というモチーフ自体に意味があるとしてきた事自体にミスリードがあったのではなかろうか。『二の悲劇』では、姉妹のようになかのよかった親友同士の惨劇が描かれる。三部作から離れて、別のモチーフを描こうとしていたのだろうか。作家・法月綸太郎は、この長編を刊行後、長く短編ミステリの執筆と評論の活動を続けることになる。ふたたび長編を刊行するまで約十年の歳月が過ぎていった。その長編が『生首に聞いてみろ』である。

二〇〇四年九月に刊行された『生首に聞いてみろ』は、首切り殺人モチーフの本格ミステリである。彫刻家・川島伊作の遺作である石膏像の首が何者かによって切断され、盗まれてしまう。川島伊作の弟で翻訳家でもある敦志は、石膏像のモデルとなった伊作の娘・江知佳への卑劣な嫌がらせなのではと感じ、面識のあった探偵役・綸太郎に相談を持ちかける。敦志から聞いていた犯人らしき人物を当たってみたが、どうも事情が違う。さらに江知佳本人も失踪し、切断されたその首が関係者の元に届いてしまう。綸太郎は江知佳殺害事件の調査の中で川島家にその昔、起こった別の事件がかかわっていたことをつきとめ、そこから石膏像の首の謎とともに事件の全容を明らかにするのだった。

『生首に聞いてみろ』は、ふたたび親子関係がその軸に置かれる。しかし、全体の感触としては三部作と違い、綸太郎はその立場の通り、探偵としての役目にとどまっている。詳しくは次節で詳述するが、あくまでも事件は川島家の悲劇としておさまっているのだ。『二の悲劇』では部分的に本格ミステリの呪縛に囚われていた綸太郎だが、この作品ではそうした呪縛に囚われてもおかしくない場面で、これまでのような自傷的な悔悛に打ちひしがれることはない。描写されていないだけかもしれないが、これまでの傾向なら確実に描かれるべき事柄の不在には意味があると考えるべきだろう。なぜなら悲劇に見舞われる川島江知佳は、ある意味で『頼子のために』の西村頼子の立場を引き継ぐ存在のはずだからだ。しかしながら、そうではないのは、事件の全体を探偵役である法月すらも含めて操る存在、いわゆる「メタ犯人」がいないからだろう。それはすでに『二の悲劇』でも指摘されていたことだ。そうした超常的な操り手の存在が、ある意味で本格ミステリの呪縛の根源だったといっていいのかもしれない。

そのため、『生首に聞いてみろ』で綸太郎の助言役であった久保寺容子も物語の後衛に退いている。なにより本編で、これまで何度も言及され続けてきたクイーン作品がほぼ語られていない。だから、明快に『生首に聞いてみろ』はこれまでのシリーズとは一線を画した作品なのである。

では、その『生首に聞いてみろ』とはどのような本格ミステリだったのか。その本格ミステリとしての機構を次節で詳しく論じる。

3．謎と推理

『生首に聞いてみろ』は、江知佳をモデルにした石膏像の首の盗難事件として幕を開ける。伊作の告別式の場で、綸太郎は江知佳がある男性を問い詰める場面を目にする。別の場面では、川島伊作の不倫疑惑を耳にしていた。不倫疑惑の真偽を川島敦志に問いただすと、実は伊作のかつて妻だった律子と義理の弟である各務順一の不倫疑惑が先にあったと答える。そのため、伊作は律子の妹であり、各務順一の妻だった結子と不倫関係になったのではないかというのだ。つまり、江知佳が問い詰めていたのは各務順一だったのだ。また、敦志は石膏像の首の盗難犯として、川島江知佳をモデル撮影していたカメラマン、堂本峻を疑っていた。しかし、綸太郎は石膏像のあったアトリエを調査した結果、盗難犯は江知佳なのではと推理する。ところが伊作作品のキュレーターである宇佐美彰甚は、石膏像に首はもともとなかったという大胆な仮説で反論する。前衛芸術家である川島伊作は、自分の技法による石膏像がつねに瞳を閉じてしまうというジレンマを回避するため、メドゥーサの首の神話をモチーフにして、刈り取られた首を演出したというのだ。

一方で江知佳はなぜか失踪。宇佐美の手元に届いた石膏像の首の写真には、あってはならないものが写っていた。さらには何者かの生首も彼に届けられたのだ。

ここまでが第一部からインタールードまでの主なあらすじになる。だいたいの謎と推理を逐語的に記載してみた。若干補足しながら整理してみよう。

石膏像の首の盗難事件　六一ページ（文庫版）　謎

川島伊作不倫説　七一ページ（文庫版）　推理
江知佳が各務順一に律子のことを問いただす理由　七五ページ（文庫版）　謎
予告殺人説　一〇三ページ（文庫版）　推理
堂本盗難犯説　一一〇ページ（文庫版）　推理
川島律子・各務順一不倫説　一四〇ページ（文庫版）　謎
なくなった伊作の携帯の行方　一五八ページ（文庫版）　謎
江知佳盗難犯説　一九二ページ（文庫版）　推理
首はもともとなかった説　一九四ページ（文庫版）　推理
首はドライアイスだった説　一九九ページ（文庫版）　推理
写真には何が写っていたのか　二四八ページ（文庫版）　謎
綸太郎が見た夢　二一三ページ（文庫版）　謎
江知佳失踪　二四三ページ（文庫版）　謎
江知佳妊娠説　二六三ページ（文庫版）　推理

『生首に聞いてみろ』はこのように小刻みに大小交えた謎と推理が繋げられ、ある種の緊張感を保ちながら進められていく。多くの本格ミステリと比べ、殺人事件の開始が遅いという指摘もあるが、石膏像の首の盗難事件という主軸に、不可解な不倫疑惑と石膏像に関する前衛的な美術談義も一種の知的興味を沸き立たせている。

そのなかでインタールードまで、主に提起される謎は、石膏像の首を盗んだのは江知佳なのか、堂本なのか。そして綸太郎ほか多くの登場人物は知らないが、宇佐美の手元に届いた写真には何が写っていたのか。重要なのはこの謎は、読者にだけ提起されているということだ。読者は綸太郎に先駆けて、石膏像の首の実在を知りながら、推理を進めることになる。では、なぜ江知佳は首を切り取ったのか。そこには不倫疑惑の何かがかかわっているのか。そして何よりも、石膏像の首の写真には何が写っていたのか。いずれにしろ、石膏像の首が実在する以上、江知佳が過去のなにかの事情で首を切り取り、盗んだという推理が多くの読者の念頭に置かれるはずだ。しかし、次の第四部でその江知佳が何者かに殺害されてしまったことが判明する。ふたたび、あらすじに戻ろう。

川島敦志のところに江知佳殺害の訃報が届く。宇佐美の手元に届いた首は江知佳のものだったのだ。宅配の送付状控えには堂本の名前が記載されているも名前が「俊」と誤記されていた。しかし、首を送るための梱包に残された指紋が堂本のものと一致した。さらに堂本の写真を見た綸太郎は、二日前、堂本のマンションを訪問したときにすれ違った女装男性が彼であったことに気がつく。彼の手にはちょうど首が入るぐらいのトートバッグがあったのだ。

これまで行方のわからなかった堂本の姿を刑事が発見するも取り逃がし、宇佐美は残っていた江知佳の首から下の石膏像を勝手に持ち出すなど、捜査は混迷の一途であったが、堂本を匿っていた女性から、江知佳の母親は結子だという話を聞き出す。江知佳は自分の出生の秘密を確認するため、ひとりで真実を突き止めようとしていたのではないか。不可解な江知佳の行動の理由を、綸太郎はそのように推理するも、後日、各務夫妻の話を聞いて、その推理が誤っていると考え直す。

一方で、行方をくらませていた宇佐美の身柄が確保される。彼は堂本に脅迫されていたのだ。石膏像の首の存在を秘密にするかわりに現金を要求されていた。宇佐美の手元に送られてきた写真には、存在しえないはずの目を開けた石膏像の首が写っていたのだ。それが宇佐美への脅迫のネタだった。

　ここまでが、第四部から第五部にあたる。もし、読者への挑戦状が挟まるとするなら、第五部のあとだと筆者は考える。これまで用意周到に積み上げられてきた謎と推理はこの不可能芸術というべき目を開いた石膏像に収斂するように作られていたからだ。ありえないはずの存在を描くこと。これは本格ミステリの歴史が持つ、あまり指摘されざる側面である。密室殺人など不可能犯罪は、犯行を秘匿したり、罪から逃れようとするためだけに用意されるのではない。犯人側としては、そのとおりだろうが、本格ミステリの形式論からいえば不可能なものを現実に顕現させるということこそ、その主眼なのである。[2]

『生首に聞いてみろ』では、目を開いた石膏像という存在がそれだ。実際はある奸計によって騙されていたわけだが、物語を追っていた読者にとって、その瞬間、信じていた現実が崩壊するかのような感触を味わうはずだ。前作『二の悲劇』でも、実在していたはずの容疑者が数年前に自殺していたという不可能なはずのエピソードが描かれる。本格ミステリでは、実在していた人間が死んでいたということは衝撃的なエピソードとはいえ、ジャンル史的にはよく描かれるものである。それに登場人物のひとりとして実在しているということは、小説内の約束事だから、微に入り細を穿ちその人物が実在していることを理論で説明されるわけではない。しかし、瞳を開いた石膏像というのは、理論上ありえないことを、作中内の美術論として説明していた。だから、目を開いた石膏像という矛盾した事象は、読者の不意を打つ衝撃的な存在として提示されることになる。そして、その衝撃は自動的にどうしてそのような不可能ごとが可能だったのかという思考を誘発するのだが、それを検討するためにも、ここまでの謎と推理をまとめてみよう。

伊作と江知佳の近親相姦疑惑（綸太郎すら信じてはいない）　二六四ページ（文庫版）　推理

堂本の名前の字が違うのに指紋があるという齟齬　二八七ページ（文庫版）謎
生首入りの宅配便を持ち込んだ正体不明の男は誰か　三〇二ページ（文庫版）謎
綸太郎の友人の田代と堂本の共犯説（あくまでも可能性として）三〇四ページ（文庫版）推理
首のない石膏像を持ち出したのは誰か　三一八ページ（文庫版）謎
江知佳の母親は結子説　三四三ページ（文庫版）推理
江知佳と堂本が繋がっている説　三四八ページ（文庫版）推理
石膏像の首実在説　三六三ページ（文庫版）推理
石膏像の首に隠された秘密とはなにか　三六三ページ（文庫版）謎
母子像のモデルは結子説　三六五ページ（文庫版）推理
雌型の複製による石膏像の首説　四三四ページ（文庫版）推理
目を開けていた石膏像の謎　四五一ページ（文庫版）謎

美術工程としてひとつの前提が覆れば、目を開いた石膏像は可能となる。読者にその前提を考えてもらい、その上で犯人として選ばれる人物および動機を問うているのだ。事実、次の第六部で、綸太郎は事件の全容をだいたい推理し終えていると考えられる。なぜなら、堂本が名指しした各務順一・律子犯人説に対し、律子の潔白を独白するからだ。

綸太郎と法月警視の部下の久能警部は、各務結子が妊娠検査を受けたという産婦人科で、以前、江知佳がここを訪れていたことを聞き出す。江知佳もまた結子の妊娠検査のことを調べていたのだ。当時のことを知るという前院長のところで、江知佳と同じように結子の経緯を聞く綸太郎たちだが、最後に江知佳には話さなかったことを聞かされる。結子は、義理の弟に手篭めにされたというのだ。[3]

その後、犯人は警察の手で逮捕され、綸太郎は高校の後輩で関係者でもある田代とジャーナリストの飯田たちに推理を聞かせる。これまでの事件の経緯をおさらいしながら、綸太郎はなぜ伊作は江知佳の像を「母子像」としたのか、目を開いた石膏像はどうやって作ったのかと質問を投げかける。後者の答えは、死後ならば開いた目の型を取る作業ができるという逆転的な方法だ。そこから前者の答えも導ける。切り取られた石膏像の首のもとになったのは江知佳の母親、体は江知佳だから「母子像」となるのだ。つまり江知佳の母親は死んでいる。十六年前の結子の自殺は偽装されたもので、本当は母親である律子が殺されていたことになる。伊作が作ろうとした母子像とは、その犯行を告発するためのものだった。そのことを知った江知佳が、父が母の殺害にかかわっていると思い、首を切断した。そして、母の殺害の経緯を知るだろう人物に会いに行き、殺されてしまったのだ。犯人たちは、十六年前の事件と江知佳殺害を結び付けられないよう、江知佳の首を切り落とし、あたかも予告殺人であるかのように首を送りつけたのだ。そのとき、犯人たちは以前、綸太郎から聞いていた堂本の名を、彼に容疑を向ける意味で送付伝票に書いたのだが、首を送りつけるための梱包に、江知佳が石膏像の首を持ってきた梱包材を再利用したのが、事件に混乱を招いたのだ。なぜなら、その梱包材には堂本の指紋がついていたからだ。おそらく、この梱包にまつわる経緯は、いってみれば偶然が重なって起こった意図せぬトリックとなっている。この第六部と、エピローグで明かされるある誤解についてが、犯人とその犯行方法、動機に対する解答となる。

4．メタ犯人と世界の多様性

『生首に聞いてみろ』では、殺人予告から事件は始まり、顔のない死体のバリエーションとして首のない石膏像の謎、首切り殺人へと推移する。その過程の中で、綸太郎や他の登場人物がいくつもの謎の指摘と推理を続ける。さきほどのリストでは謎は一二個、推理は一四個あげられていた。そのうち、一一個の推理は結果として外れていた。しばしば、謎を箇条書きにするタイプのミステリの多くは、全ての謎がその中心となる謎に収斂するよう配置されるものだが、『生首に聞いてみろ』は、どちらかといえばそうではない。中心となる謎が明確ではないため、状況に応じて推理をすることとなり、外れることが多いし、それでも大きくは問題にならない。

『頼子のために』から『二の悲劇』まで、そういう傾向が見られる箇所はあったが、それにしても、それぞれの作品には象徴的な犯行方法と事件を操ろうとする犯人の存在があった。それらに比べ、『生首に聞いてみろ』では、象徴的な犯行方法は分散化し、事件を操ろうとする犯人がいるわけでもない。あったのは卑劣な犯行の隠蔽工作に折り重なった誤解だ。綸太郎は結果、想像で補いながらその誤解のプロセスを読み解いていく。

『二の悲劇』と『生首に聞いてみろ』のあいだには、短編ミステリの量産時期とともにミステリ評論の活動があった。あの著名な「初期クイーン論」とその続編たる「一九三二年の傑作群をめぐって」である。その「一九三二年の傑作群をめぐって」が『生首に聞いてみろ』と密接にかかわりがあることは、すでに笠井潔や飯城勇三が指摘している。たとえば、笠井は、その評論「鏡像と分身」[4]において、「一九三二年の傑作群をめぐって」における本格ミステリの形式性に関する認識をクイーン作品に即して整理している。簡単にまとめれば先のような関係性である。

第一の水準：問題篇と解決篇を分離することで本格ミステリとしての形式が完成（『オランダ靴の謎』）
第二の水準：操りという手法で問題篇と解決篇の分離に綻びが生じる（『ギリシア棺の謎』）
第三の水準：綻びを利用した方法が案出されるも本格ミステリならぬ部分が残ってしまう（『Yの悲劇』）
第四の水準：綻びを複数生じさせ、新たな本格ミステリの形式を模索（『災厄の町』）

後期クイーン的問題で長編創作への沈黙を強いられた法月綸太郎が、東浩紀『存在論的、郵便的』の議論を手がかりに、理論的な方法論を描写したのが「一九三二年の傑作群をめぐって」であり、その実践となる創作が『生首に聞いてみろ』だというのだ。

たしかに『災厄の町』もまた複数の誤解によって錯綜した事件であったが、『災厄の町』と『生首に聞いてみろ』は、表面的には誤解による錯綜以外に共通するところは乏しい。犯行方法も違うし、犯人の立場も異なる。しかし、『災厄の町』での実行されなかった犯行計画は、『生首に聞いてみろ』では、推理で生じた可能性としての予告殺人というかたちで問題化されている。当初はただの推理という虚構でしかなかった予告殺人という可能性は、犯人側の都合で偽装された予告殺人とされてしまう。『災厄の町』との犯人の関係性と重なり合うものだ。『災厄の町』は『Yの悲劇』を「焼き直した作品だ」という法月綸太郎の指摘と同様、『生首に聞いてみろ』は『ふたたび赤い悪夢』と『二の悲劇』を焼き直した作品といえるのではないか。いや、むしろ『二の悲劇』が『ふたたび赤い悪夢』を焼き直した作品であり、そのさらなる焼き直しが『生首に聞いてみろ』というべきかもしれない。

『ふたたび赤い悪夢』は親子関係が主軸に置かれ、やがて双子の関係に主軸が移る。刺殺事件の実在性が議論され、その結果、驚くべき人物の存在が明らかになる。

『二の悲劇』では親友の関係が主軸に置かれ、やがて双子の関係に主軸が移る。日記という手がかりが提示されるも、日記の実在が議論され、つぎに日記の内容自体が真実かどうかでさらなる混乱が起こり、その結果、驚くべき人物の存在が明らかになる。
『生首に聞いてみろ』は親子関係が主軸に置かれ、やがて姉妹の関係に主軸が移る。石膏像の首という手がかりが提示されるも、石膏像の首の実在が議論され、つぎにその首の表現でさらなる混乱が起こり、その結果、驚くべき人物の存在が明らかになる。

このようにアウトラインを並べてみると、共通点とずらしたポイントが見えてくる。
『ふたたび赤い悪夢』では、事件の主軸は殺したはずの人物が殺されている不可解な刺殺事件にあった。『二の悲劇』では殺害されたとされる女性が実は犯人で、殺されたのはその親友ではないかという事件である。

それに対し、『生首に聞いてみろ』では、切り取られた石膏像の首の事件が先行し、追従する殺人事件と並列化する。他の事件も実際は別の殺人事件が浮かび上がるのだが、『生首に聞いてみろ』は、これに限らず、定まらない事象を織り込み済みで、推理を進めなくてはいけない。首を盗んだのは外部犯なのか、内部犯なのか。首はあったのか、なかったのか。江知佳の母親は結子なのか、律子なのか。

こうした定まらない事象の中で推理を進めるのは、『生首に聞いてみろ』にかぎらず、法月綸太郎シリーズに見られる傾向だが、『生首に聞いてみろ』では、中段のサスペンスとして描かれるパートが長い分、その傾向が強く打ち出されている。笠井が、そしておそらく法月が想定していたであろう第四の水準とはこの段階で了解可能となる。『生首に聞いてみろ』の終盤で、ある物証Aは犯人Aを指し示す。しかし、すでにある物証Bは、犯人Bを指し示していた。このとき、犯人は誰なのか。そして矛盾する物証の解釈をときほぐす再解釈とはなにか。この決定的な分かれ道で、読者ができるのはこれまでに挙げられたささいな謎や齟齬、あるいは推理を持ち寄って、蓋然性の高い再解釈を生み出すことだ。そのさい、なにか中心となる事象があるわけではない。場合によってはささいな物証Cに重要な意味付けが可能かもしれない。偽の手がかりという水準ではなく、本来、世界にある物自体には、さまざまな文脈で多様な解釈が成立しうる。そこに単一の意味を貼り付けるのは、便宜的なものでしかない。とはいえ、蓋然性のなかで、いかに矛盾の少なく、総合的に現実に実行可能な解釈を見つけ出せるか。

そのとき、これまでの作品にあったようなメタ犯人は必要とされない。いわば、多様な解釈を成立させうる世界こそ、探偵役にとっては困難な存在だからだ。事実、『生首に聞いてみろ』の犯人もまた、世界に翻弄され、そのあがきとして犯行に手を染めていた。そもそもメタ犯人という要請は、世界の多様性に対する軽視からはじまったものだ。『頼子のために』のメタ犯人は、『二の悲劇』でその存在のメタ性が剝奪されている。

だが、現実には、なんぴとたりとも物語の外に立つことはできない。というより、現実ということの意味がそれなのだ。物語の終りを宣告したつもりでも、それは恣意的な錯覚にすぎない。彼女はそのことに気づいているだろうか？　物語の終りは、常に次の語り手によって乗り越えられる。いや、それは文字通りの意味で乗り越えられるんじゃない、手探りで数珠をつなぐような人と人の出会いの過程で、どこまでもその続きが語り継がれていくのみ。

法月綸太郎『二の悲劇』

そうしたメタ犯人とそれに紡がれる偽の手がかりという意匠を排し、個々の手がかりをたとえ間違おうとも確かめて推理すること。そのなかで出会う驚きと発想の豊かさ。それが『生首に聞いてみろ』が到達した本格ミステリの場所なのではなかろうか。

1　くわしくは拙論「「新本格」ガイドライン、あるいは現代ミステリの方程式」(『21世紀探偵小説』収録)を参照されたい。
2　笠井潔『物語のウロボロス』参照。
3　この義理の弟に手篭めにされてしまうエピソードについて書評家の豊崎由美は「バカこいてんじゃねーよ。たった一回のレイプで、都合よく妊娠するかよ。なめんじゃねーよ、女体の神秘を。」(『正直書評』)と批判しているが、本文を確認すると偽装された遺書ではあるものの、「最初は力づくで、次からは脅されたせいだと……」(単行本三五七ページ、文庫本三八七ページ)とあり、「一回のレイプ」とは読みとれないと考えられる。
4　笠井潔『人間の消失・小説の変貌』

2006年
第6回受賞

東野圭吾
『容疑者Xの献身』
文藝春秋

◉

杉江松恋

◉著者略歴

杉江松恋（すぎえ・まつこい）

東京生まれ。慶應義塾大学卒業。文芸評論家、書評家。著書に『読み出したら止まらない！　海外ミステリーマストリード１００』、『路地裏の迷宮踏査』、『ある日うっかりＰＴＡ』など多数。

二〇〇〇年代に刊行された「本格ミステリ」の中で、一般的な知名度が最も高い作品は東野圭吾『容疑者χの献身』だろう。本作によって東野は、国民的人気作家の地位を獲得した。第六回本格ミステリ大賞がジャンル「内」の栄誉であるとすれば、第一三四回直木賞は世間に、それこそＴＶのワイドショーでも通用する普遍性を持ったタイトルである。一躍名士となった東野は、しかし日本推理作家協会代表理事を義務のように務めた以外は余事に目をくれることもなく、ひたすら執筆のみに打ち込んでいる。無関心層にまで「ミステリー」という概念を届けてくれるという意味で、実にありがたい存在である。

今回本格ミステリ大賞二十周年記念ということで『容疑者χの献身』論を任された。本来であれば作品のみに向き合って論を立てるべきなのだが、この小説が周囲に与えた影響はあまりに大きく、それを無視するわけにはいかない。作品を巡る声を放射し、その反響の中で浮かび上がってくるものを示すという、ソナーのような手法を取らなければならないのだ。その点と、文章の性格上、ミステリーとしての真相に触れざるをえないことをまずお断りしておきたい。また文中で言及する方は、失礼ながらすべて敬称略で記している。

0・0　『容疑者χの献身』及び〈探偵ガリレオ〉シリーズとは

『容疑者χの献身』の初出は、「オール讀物」二〇〇三年六月号～二〇〇四年六月号、同八月号～二〇〇五年一月号であり、連載時の題名は「容疑者χ」であった。改題の上、二〇〇五年八月に刊行されている。題名に『献身』を加えたのが作者当人かどうかは未詳である。

本作の中心人物は高校教師の石神哲哉という男だ。彼は同じアパートに住む花岡靖子という女性に思いを寄せている。娘の美里と二人暮らしの彼女には富樫慎二という離婚した夫がいた。完全に縁を切ったはずの富樫が現れ、靖子たちの人生に再び介入しようとしてくる。その男を衝動的に美里が花瓶で殴ってしまい、靖子は暴れる元夫を炬燵のコードで絞殺する。我に返って警察への自首を考える二人を、隣室の石神が訊ねてくる。何が起きたのかを言い当てた石神は、死体隠蔽の手伝いを靖子に申し出るのだ。

石神という〈犯人〉側の視点は以上で一旦終了し、〈探偵〉側の人物である通称〈ガリレオ〉こと湯川学が登場してくる。石神は数学科、湯川は物理学科で帝都大学の同期であったという偶然が本作の肝だ。学生時代から互いの才能を認め合った同士の二人が、犯人と探偵という敵味方に別れて知的闘争を行うのである。『容疑者χの献身』以前、〈探偵ガリレオ〉は短篇連作であった。「オール讀物」一九九六年十一月号に第一作の「燃える」が掲載されている。警視庁捜査一課の刑事である草薙俊平が、超常現象が起きたように見える怪事件について、帝都大学理工学部物理学科に属する湯川に専門知識を求めにくるというのが短篇の基本設定だ。当初は、呈示される謎の種類は常にＨＯＷであった。しかし、第一長篇である本作を書くにあたり作者は、それだけでは読者の興味を十分に惹きつけられないと考えたのだろう。湯川に人間的な肉付けが行われ、犯人と探偵の友情が物語の軸に据え直された。このことは本格としての側面とは無関係だが、東野圭吾がそうした嗅覚を備えていることは無視してはいけない。

本作の成功が呼び水になったのか、〈探偵ガリレオ〉シリーズは福山雅治主演で映像化が開始される。優れた大衆作家である東野は、映像に合わせて湯川学の人物像を改変していくのである。もともと湯川は物理学者のステロタイプに近い形で描かれており、作者は佐野史郎をイメージして主人公を造形したという。だが、映像化の主役が福山雅治であれば、迷いなく彼に寄せるように湯川学を変えるのである。そうした企業努力を厭わないのが東野圭吾という作家だ。なお、〈探偵ガリレオ〉連作で私が最も評価するのは第一長篇の『容疑者χの献身』ではなく、第二長篇『聖女の救済』（二〇〇八年。現・文春文庫）である。ごく単純なトリックを用いて不可能状況を作り出す手腕は素晴らしいものがあると思う。

1・1　論争のはじまり　『容疑者χの献身』批判論

さて、本作がミステリー史にその名を刻むことになった経緯は、右のような商業的成功もさることながら、いわゆる「容疑者χ論争」の存在を抜きに語ることはできない。これは、二階堂黎人のウエブサイト「二階堂黎人の黒犬黒猫館」に端を発するものだ。本格ミステリ作家クラブ員の多くが投票に参加する「本格ミステリ・ベスト10」で『容疑者χの献身』が一位に選ばれたことに危惧の念を抱いた作家・二階堂黎人がかの作品は「本格」ではない、という持論を発表したことに端を発する一連の論争のことを言う。

早川書房の「ミステリマガジン」が、同誌二〇〇六年三月号から「現代本格の行方　問題作を通じて第三の波の今後を問う」という討論連載を開始したことにより、舞台はネット上から誌面へと移った。実際には同誌のみならず、電子雑誌の「e-NOVELS」など議論のために場を提供した媒体は他にも存在したのだが、ここではそれらを紹介する余裕がない。この連載、第一回に掲載されたのは二階堂「『容疑者χの献身』は本格か否か」、笠井潔「『容疑者χの献身』は難度の低い本格である」という二つの文章である。

前者で二階堂は『容疑者χの献身』は、「論理的な推理によって真相を見抜くに必用となる決定的な手がかりや証拠を、作者が恣意的に伏せてあるから」限りなく本格に近いがそうではない、叙述トリックを駆使した〈捜査型の小説〉だと述べている。

『容疑者χの献身』のメイントリックは、花岡母子が富樫を殺害したのは三月九日だが、翌三月十日に石神が別の人物を殺すことにより、犯行が一日遅れであるように装うというものである。その被害者とは、小説の冒頭で石神視点で描写される〈技師〉と呼ばれるホームレスだ。この作中人物が弄した工作を読者に気取らせないために、作者は日付に関する認識のずれが表面化しないように配慮して叙述を行っている。作者の「語り落とし」を読者が論理的に発見できるか、十分な手がかりが文中に与えられているか、という点が作品のフェア／アンフェアの判断基準になる。だが二階堂は、叙述そのものの検討は行わず、作中人物（石神）のトリック、叙述トリックの双方について、最終的に湯川が自身の推測を表明した際に決定的な証拠が提出されないという点を否定の根拠として示すのみであった。このことが、二階堂論の弱体化を招いたのである。

対するに笠井は『容疑者χの献身』が本格であること自体は否定しないが、「難易度」は低いと断じる意見だ。笠井は事前に二階堂論に目を通しており、脆弱さについても文中で指摘している。その意味では、他の者を待たずにここで討論に終止符が打たれているようにも思えるのだが、笠井には本格か否かという点以上に重視している問題意識があった。「ミステリーズ！15」（二〇〇六年二月号）に発表された「勝者と敗者――東野圭吾『容疑者χの献身』」で展開されたものがそれなのだが、十分な検討を要する論なので後述したい。

「現代本格の行方」連載は二〇〇六年三月号から十二月号まで続いた。寄稿者は登場順に二階堂黎人（3）、笠井潔（2）、大森茂樹、蔓葉信博（2）、羽住典子（2）、波多野健、杉江松恋、小森健太朗（2）、巽昌章、つずみ綾、我孫子武丸（2）、野崎六助、有栖川有栖、法月綸太郎、小山正、千野帽子、佳多山大地である。名前の後ろの算用数字は複数回執筆したことを表している。二階堂は三月号のみならず六月号に「「X」問題の中間決済」、最終回である十二月号に「『X』は倒叙ものではない」を執筆、同じく笠井も十二月号に「ベルトコンベアは停止した――コメンテイトとクリテイクの差異」を寄稿しているのだが、これには少々奇異な思いがした。編集部はなぜ論争の当事者に「中間決済」や「総括」を行わせたのか。公平性を確保するためにも、中立のジャッジにそれは任せるべきであった。

1・2『容疑者χの献身』擁護論の一例として

少々長くなるが論争に寄稿した拙文を一部引用紹介したい。発表時の題名は「本格ミステリ進化の一形態として」としていた。この時点ではまだ「ミステリーズ！」に掲載された笠井の評論には目を通していないので、二階堂論への反駁が主である。現在とは文体が若干異なるので個人的には気持ち悪いのだが、そこはご容赦いただきたい。

――二階堂黎人氏が前号で示された「〈本格推理小説〉とは、手がかりと伏線、証拠を基に論理的に解決される謎解き及び犯人当て小説である」との定義は、破綻のない包括的なものであるので特に異存はない。ただし、そこから導き出された「証拠を基にした論理的な推理が不能であるという根本的な部分で、『容疑者χの献身』は本格推理小説たる資格を獲得していない」という結論には、大いに異議あり。やはり前号で笠井潔氏が「作者が富樫殺害の日付を伏せていること」「ホームレスの『技師』が消えていること」「屍体の入れ替えが疑われること」の三点から読者が論理的可能性として石神の弄したトリックを推理することは可能であると指摘しておられるが（注：前出評論）、さらに評論家の巽昌章氏が二階堂黎人氏のホームページ「黒犬黒猫館」への寄稿文で、靖子と娘による富樫殺しと石神による〈技師〉殺しが別の日であることの手がかりが文中に示されている点を示されたことも付け加えておきたい。二階堂氏が懸念されるように、叙述トリックにおいては「書かれていない事柄は、いくらでも読者は想像できる」という可能性があるが、しかしながら、いかに叙述トリックにおいても地の文で虚偽の事実を書くことまではできないのである。『容疑者χの献身』はその規則を遵守している作品である。したがって、犯人自身による証言と警察が収集した第三者による証言を照会すれば日付の誤認は察知することができる。これすなわち手がかりであり、動かぬ状況証拠と言えるでしょう（詳細は巽氏の文章を読んでください）。

石神の作為を示す手がかりは、探せば他にも発見できる。細かい点だが一例を挙げると、警察が発見した死体には絞殺痕以外に目立った外傷はないと記されるが、美里が花瓶で殴った後頭部の傷痕がないのはいいとしても（頭部が「スイカを割った」ように毀損されているから）、靖子が絞殺した際に美里が加勢したためについたはずの痕跡が無視されている。美里の必死の加勢は、間違いなく富樫の腕などに傷痕を残したはずだからであり、このことから死体の入れ替わりを疑うことができる。また石神の犯行の不自然さとして、殺害された〈技師〉の身元が判明する危険性を挙げる意見もあるが、警察捜査の実際を想定すれば、すでに一旦当局によって富樫のものとして認定された屍体が〈技師〉ではないかと疑う者がどれだけ現れるか疑問である（〈技師〉の家族は屍体の顔が潰されているため、積極的に名乗りを上げないだろう）。〈技師〉の身元が石神の意図しない段階で判明するとすれば、盗難自転車とレンタルルームから発見された指紋が、警察に残っている〈技師〉の前科記録と一致した場合のみである。この点、石神は〈技師〉の殺害前に聞き取り確認を行ったはずだが、本文中には明記されていない。この省略は瑕といえば瑕になるかな。しかしこの程度の（類推可能な）省略は、他の本格ミステリでも散見されるもので、致命的な瑕疵とは呼べないはずである。

ここで『容疑者χの献身』からはやや離れるが、本格ミステリというジャンルにおける読者の意味について、一つ書いておきたい。それには映画の例を参照してみると解りやすいはずである。映画は、当初スクリーン上に投影された映像が現実の複写であることを観客に納得させることから始まった。そして観客が、映し出された登場人物に自己投影し、感情移入するという形で映画を認識し始めたとき、突如として変貌したのである。故意の省略による虚偽や、二重意味による読みの複線化など、観客に安心してスクリーンの前に座ることを許さない技法が、一九五〇年代以降に横行し始めた。それによって映画は「ありのままを見せつつ観客を偽る」という可能性を身につけ、より高次の芸術へと進化していったのだ。これは映画が、小説の域に迫ったということに他ならない。映画における観客、小説における読者が読み取った物語＝ストーリーは、作品内に配置された物語要素の連なり＝プロットから、導かれたものである。小説においてその読みは本来自由度が高く、読者にはさまざまな解釈が許されている。映画は、映像が読者から距離を取ることによって同じような「読み」の自由度を獲得したのである。そうした解釈の自由度が高い映像を、無自覚な観客を欺くため意図的に利用したのがアルフレッド・ヒッチコックであったことは、加藤幹郎が『ヒッチコック『裏窓』ミステリの映画学』（みすず書房）で指摘している。「読み」のレベルが上がった途端に、新たな手法の「欺き」が生まれたのだ。これが進化というものである。

本格ミステリの進化は、映画の例によく似ている。つまり、初期の本格ミステリでは、謎の呈示から解決までの流れを導くために理想的な「物語内現実」が想定され、フォーミュラとして定着していた。だがそのフォーミュラは、読者がその「仮想」を受け容れた瞬間から、逆に信用ならないものと化したのである。フォーミュラはさらに、小説の自由な読みを阻害し、作者が意図する方向へ読者の意識を向かせるための道具として利用されるようにさえなったのだ。これは間違いなく進化と呼ぶべきである。プロットにストーリーが固定された段階では、こうした欺瞞は行えない。

以上の観点からすれば、『容疑者xの献身』は、進化した本格ミステリの典型なのである。この小説の真相が読者を驚かすのは、石神に「目的のために無関係な人間を殺害する」という非人間的な側面があることが明かされて意外だからだ。犯人の動機であるとか犯行方法であるとかいうよりも、そういう人間であること自体が驚きなのである。プロットの勝利といえよう。作者は石神の行った作為の謎を明かす小説と見せかけて読者を引っ張っていくが、実は石神の心に欠落があるということ自体が謎の本質なのである。そこが驚きにつながるわけだ。石神が捜査陣に対して仕掛けたように、作者も読者に対して「思い込みの盲点をつく」欺きを仕掛けている（その結果、石神が我が身を犠牲にするような純愛の人物であるという読みが成立するところまで作者が計算していたかどうかは、大いに疑問なのだが）。本書が変形された倒叙＝叙述探偵小説であるという笠井氏の指摘はそのように読み替えるべきだと思う。

ただ、本誌（注：ミステリマガジン）を読むようなすれっからしの読者は、本書の結末にそれほど驚いてはいけないようにも思う。『容疑者xの献身』が最初の例ではないからだ。たとえば一九五〇年代のジム・トンプスンが書いた犯罪小説は、正にそうした人間の存在がテーマになっていたのではないか。また本格ミステリのジャンルでは、黄金期と呼ばれる時代から、こうした「気持ちの悪い」殺人者が知恵比べの「小道具」として扱われてきたのである（たとえばアガサ・クリスティーの一九三五年発表の某作）。最近の例でいえば、たとえば京極夏彦もそうした欠落のある人間を近年の作品で書いている。人間に非人間的な負性が生じることがあるという了解がミステリという文学形式には本来有り、さらにその前提を知的思索の対象とすることが出来るほどに洗練化したジャンルが本格ミステリなのである。その意味で『容疑者xの献身』は非常にミステリらしく、さらに本格ミステリらしい作品であると私は考える。

『容疑者χの献身』についての基本的な考えは、この原稿を書いた時点からあまり変化していない。私にとって石神哲哉は、ジム・トンプスン『おれの中の殺し屋』の主人公ルー・フォードの同類であって、自分以外に彼の世界には他者が存在しているのか疑わしい。そうした自我のありようが本格ミステリ的な展開の中で噴出したときの驚きは新鮮であった。

引用中にある巽の寄稿文は、二階堂への批判としては最も建設的なものだったので、機会があればご参照願いたい。「黒犬黒猫館」はネット上にアーカイブが存在しているので、巽が二階堂批判はまだ読むことができるはずだ。「現代本格の行方」では他に羽住典子も『容疑者χの献身』で呈示された本格ミステリとしての手がかりについて「「X」からの問題」（二〇〇六年四月号）で言及している。

巽は「現代本格の行方」第三回になる二〇〇六年五月号に「曖昧さへの視角」を寄稿し、『容疑者χの献身』の特徴を、叙述の質としては「日常的リアリズム」と「昭和三十年代的探偵小説のような大仰さ」、全体を見通す作者の視点としては「ポスト新本格的な冷徹さ」と「大衆性」がそれぞれ混淆していることだとしている。「昭和三十年代の推理小説を思わせるつつましい下町的生活感」「日常的色調は、大掛かりなトリックの存在を想像しにくくしているはずだ」という叙述レベルへの指摘には説得力がある。

トリックへの言及では、野崎六助「盲点Xをめぐる諸問題」（二〇〇六年七月号）も興味深かった。野崎は『容疑者χの献身』の冒頭三頁目でトリックがすっかり「見えて」しまったと語る。そうした意味では擁護する立場ではないのだが、三つのトリックを組み合わせた「複合・配合の妙」には一定の評価を与えている。「犯人とみなされる人物の視点に添った記述の反転――多くの論者は叙述トリックと呼んでいる」「心理的に見えない人間をつくりだすポストマン・トリック」「(売れる大衆小説の要素として非常に有効な) 純愛 (を読者の感情を操作する材料として用いる叙述)」がその三つである。三番目については引用者の判断でカッコ内を補った。三つのトリックのうち二番目について野崎は、『容疑者χの献身』におけるポストマン・トリックに画期的なところがあったとすれば、その応用を犯人隠しではなく被害者隠しに適用した点だ」とも述べている。

2・1　笠井潔による『容疑者Χの献身』批判　探偵小説的精神は形骸化したのか

ここまで大回りしてきたが、『容疑者χの献身』を巡って最大の反響があった評論は「現代本格の行方」ではなかった。前出の笠井潔「勝者と敗者――東野圭吾『容疑者χの献身』」である。現在は『人間の消失・人間の変貌』(二〇〇九年。東京創元社)に収録されている。この文章と先の「ミステリマガジン」寄稿文、さらに「小説トリッパー」連載の「完全雇用社会の終焉と「自由」」の第一回「環境管理社会の小説的模型」(二〇〇六年春号。現在同連載は二〇〇九年刊の『例外社会』として単行本化されている。朝日新聞出版)と、短期間に媒体を横断して『容疑者χの献身』批判、というよりも『χ』支持者批判を行っている。

「勝者と敗者」は密度の高い評論なのでできれば原文を参照いただくのが望ましい。ここに引くのはかなり乱暴な要約であることをお断りしておく。

前出「『容疑者χの献身』は難度の低い本格である」でも述べられていたことだが、笠井はこの作品の真相を物語が三分の一にも達しない箇所で見抜いたと言う。これが「難度の低い」謂れなのだが、笠井は真相を見抜けない読者は「ホームレスが見えない」のだと解釈する。ここで援用されるのが両大戦間の時期に書かれたドロシイ・S・セイヤーズ『誰の死体?』(一九二三年。創元推理文庫)である。犯人が身元不明者の死体をトリック成立のために用いるという点で同作は『容疑者χの献身』と共通項を持っている。

笠井は『誰の死体?』における死体を第一次世界大戦で生じた厖大な死者のメタファーと見る。物語はその死体を利用しようとする犯人と、探偵(生き残った従軍者でもある)の知的闘争なのだ。笠井はかつて「大量死と探偵小説」(『模倣における逸脱』所収。一九九六年。彩流社)で「第一次世界大戦後の読者が本格ミステリを熱狂的に歓迎したのは、現代的な匿名の死の必然性に、それが虚構的にせよ渾身の力で抵抗していたからではないか」と述べた。『誰の死体?』はその探偵小説的精神の実作における模範例なのである。

しかるに『容疑者χの献身』の、笠井によれば「初歩的で安直な推理」では「被害者の屍体を華麗に装飾することはでき」ず、読者は「現代的な匿名の死の必然性」を「自動的に追認するだけ」である。この事実に気づかず、トリックに無邪気に驚き、その核であった「ホームレスが見えない読者の激増は、探偵小説の精神が空洞化していることを暗示している」。「勝者と敗者」は、現代の本格ミステリ創作及び評論(笠井の用語に従えば『第三の波』)の形骸化を指摘した後、次のようにしめくくられる。

――(前略)二〇世紀的な大量死＝大量生社会のリアルを体現した探偵小説が耐用年数に達し、もはや二一世紀社会のリアルを掴みえないのであれば、本格は静かに滅びなければならない。ホームレスが見えない社会に違和も反感も覚えない読者を対象に書かれ、その態度を追随し合理化するだけの小説は、外見だけ「本格」であろうと、すでに探偵小説の精神を喪失した抜け殻にすぎない。

さらに「現代本格の行方」の総括として発表した「ベルトコンベアは停止した」で笠井は「二〇世紀精神の一形態である探偵小説を論じる者が、不可避なものとして到来した二一世紀的な環境性に無自覚なまま、『容疑者χの献身』を「後発者の技術」云々の文学主義的な観点から絶賛してしまう無自覚性こそが、根本的に批判されなければならない」と書いた。二一世紀探偵小説というものがもし書かれるとすれば、二〇世紀探偵小説である従来の「本格ミステリ」とは異なる探偵小説的精神が発見されなければならないということだろう。この段階において『容疑者χの献身』支持者批判から始まった論は、本格ミステリ論壇自体の無効を宣言するものに変貌した。

また、私のように本作と非本格の犯罪小説との接点を見出す者にも笠井は批判を準備している。『容疑者χの献身』や主人公の石神の「非情」は、二〇世紀的な人形（注：すでに人間ではないが、人間だった記憶を捨てていることのできない過渡的な存在）としての「非情」とは異なる。喩えていえば、それは二一世紀的な動物としての「非情」ではないだろうか」と書かれているからだ。ここで言う「動物」は東浩紀が『動物化するポストモダン』（二〇〇一年。講談社現代新書）で呈示した概念を指している。

『おれの中の殺し屋』はルー・フォードの一人称「おれ」の物語、『容疑者χの献身』は三人称多視点で石神哲哉はそのうちの一視点を代表するにすぎないという差異は形式上の問題にすぎない。最も大きな違いは、ルー・フォードがひたすら「おれ」という自己に拘り続け、最終的には「おれたち」という母集団を見出して物語が終わるのに対し、石神は依拠するような自己が描かれない点だ。地の文の中で虚偽の記述ができないという原則があるため、内面描写が難しいことが直接の理由ではあるが、彼の真意が最初から最後までブラックボックスに入れられたまま物語が進行していくのが本作の特徴なので、作品内の要素だけでは石神は二一世紀的な「動物」であるという指摘を否定しきれない。こうした反駁を許さないような、強度設計が行われている論なのだ。

いちいち挙げると煩雑になるので省略するが、「現代本格の行方」に参加した論者の中には、本作の商業的成功が「感動」を前面に押し出した売り方にあること、そうした感情に流されて本質を見失う読みを行った可能性が『容疑者χの献身』擁護派にはあることなどを問題視する声があった。石神が抱いたのが「純愛」なのか、行為は「献身」的だったのかという点はともかく、彼と湯川の間に互いの知性を認め合った者同士の尊崇の念が存在するように物語が書かれていることは確かだ。「感動」するとすればそこだろう。

しかし、笠井が示唆するとおり石神が体現するものが二一世紀的な動物としての「非情」なのだとすれば、二〇世紀的精神の持ち主として作者が書いているように見える湯川との間に対等な交情は成立しない可能性もある。そうした目で読み返すと、『容疑者χの献身』はまた別の魅力を発するのである。

例えば、石神と湯川が二十数年ぶりに再会する場面だ。ここで石神は湯川を「この男以外に自分を理解してくれる者はおらず、また自分が対等の人間として認められる者もいなかったのかもしれない」と考えながら見る。湯川を対等視しているように描きつつも、実は彼が人間を序列でしか捉えられないことが示されている。笠井が石神を勝ち負けでしか人生を判断できない男として見ているのはこのあたりの記述も根拠の一つだろう。

終盤、会話中で湯川が「歯車」という単語を口にしたことで、石神はホームレス殺人による偽装に彼が気づいていると察知、自首して収監される道を選ぶ。身柄を拘束されても頭の中で数学の問題を解くことはできる。数学という「鉱脈」を掘り起こす作業に耽溺しながら、「誰かに認められる必要はないのだ、と彼は改めて思」うのだが、ここにも他の箇所と同様の「語り落とし」がある。「かつてのように誰かに認められたいと願う必要はないのだ」というのが石神の本音であり、殺人と死体隠蔽という行為を通じてもはや揺るがない位置まで自分を追いやりえたので、この境地に達することができたのである。

　この記述の後に石神が一年前に自殺を企てたことがあるという事実が明かされる。世間に認められないがゆえの絶望が動機だが、偶然花岡母子と出会ったことで彼はその選択肢を放棄したのだ。他者との優劣を競う以外のことで自己の存在理由を確認できないという「動物」性が本作の残酷さを際立たせる。笠井の読みはそういう意味でも有効であるのだ。

2・2　千街晶之からの疑問提起〜笠井批判を梃子として用いること

　ここまで意図的に言及しなかったが、「容疑者χ論争」には直接の参加者ではない立場からの批判が一度書かれている。探偵小説研究会編著の同人誌『ＣＲＩＴＩＣＡ　創刊号』(二〇〇六年)に掲載された千街晶之「時計仕掛けの非情」である。「笠井潔『容疑者χの献身』批判についての考察」の副題が示すとおり、そもその問題提起を行った二階堂ではなく、二〇世紀探偵小説の形骸化を口にした笠井への批判を意図した文章だ。この中で千街は、「笠井の言う探偵小説の精神性なるものは、本当に第三の波の作家たちによって共有されていたものなのだろうか？」という問いを発し、「普通に考えて、二十年近くものあいだ、ひとつの精神性が持続するわけがない」と明確にそれを否定した。さらに『容疑者χの献身』で石神が体現したものは「森羅万象を悉皆謎解きのための道具と見なす冷徹さ、敢えて言えば「ひとでなし」の精神」であって、探偵小説というジャンルにあらかじめ内在されていたものではないかと述べたのである。

　前後するが、これに対する笠井の反応が「ベルトコンベアは停止した」の、二〇世紀的な「人形」の「非情」と二一世紀的な「動物」としての「非情」は異なるという返答なのである。「時計仕掛けの非情」の千街は、笠井が主張する精神性の問題そのものを否定しているわけではなく、それをあまりに自明のものとして扱うことに疑義を呈している。笠井論の完成度があまりに高く反論が難しいがゆえに、探偵小説精神の共有というそもそもの前提を疑うべきだと主張しているのだ。

石神の内面を記述から探ろうとしたとき、笠井論を当てはめるとその悲劇性がより際立つことはすでに述べた。そのように笠井論は射程距離の長いものであり、『容疑者χの献身』の位置付けを問う際には意識すべき点が現在でも多々ある。いや、むしろ二〇〇六年当時より社会の狭量化が進んでいる今のほうが、論の意図を把握しやすいと言うべきだ。本格ミステリには本来的に千街の言う「ひとでなし」要素が含まれていると私も考えるが、そうしたものを扱うやり方や倫理も時代と共に変化していく。たとえばフィクション中での描写について、以前では看過されていたことでも現在では配慮が求められることが多い。それを単に窮屈がっていたのではジャンルはどんどん自閉していくのみであり、時代に呼応する精神とは何かを考え続けることは重要である。その意味でも『容疑者χの献身』は重要なモデルケースを提供した。本格ミステリに封入される創作思想・時代の精神を参照しようとするとき、作品を巡る論争には幾度も戻って再確認することが有効であるはずだ。

最後に一つだけ。『容疑者Xの献身』と表記されることが多い題名だが、実際に使われているのはローマ字の「エックス」ではなく、ギリシャ文字の「カイ」である。さまざまな位相で読者を欺く作品だが、最大のものは題名にあったことになる。この点に言及した文章を読んだことがないのだが、作者があえて「χ」を用いた意味はいったい何なのだろうか。欺瞞を発見しようとする者はまずカイより始めよ、ということか。それじゃ駄洒落か。

2007年
第7回受賞

道尾秀介
『シャドウ』
東京創元社

◎

円堂都司昭

※『向日葵の咲かない夏』『シャドウ』の内容に踏みこんだ部分があります。

『シャドウ』読解——ミステリで人間を描くということ

百鬼夜行シリーズの影響

探偵小説研究会編著『2007本格ミステリ・ベスト10』(二〇〇六年)の国内ランキングには、道尾秀介の三作品がランクインしていた。これは、二〇〇五年十一月から二〇〇六年十月に刊行された本格ミステリ小説の新刊を対象に投票で選ばれたものだ。道尾作品に関して『シャドウ』(二〇〇六年九月)が六位、『骸の爪』(二〇〇六年三月)が七位、『向日葵の咲かない夏』(二〇〇五年十一月)が九位となっている(同年度の一位は有栖川有栖『乱鴉《らんあ》の島』)。当時はまだ、二〇〇四年に第五回ホラーサスペンス大賞特別賞を受賞した『背の眼』でデビューしたばかりの新人作家である。だが、以後に刊行した三長編すべてが十位以内に入り、早くも本格ミステリファンから大きな人気を得ていたのだ。

一方、このランキングとは異なり、各年の一月から十二月に発表された作品を対象として、このジャンルの作家や評論家がやはり投票で選ぶのが本格ミステリ大賞である。道尾は、二〇〇七年に『シャドウ』で第七回本格ミステリ大賞小説部門を受賞している。彼は前年の第六回でも『向日葵の咲かない夏』が候補になっていた(受賞したのは東野圭吾『容疑者χの献身』)。初期から注目されていた道尾の作品のなかでも、結果的に第四作の『シャドウ』がとりわけ高く評価されたことになる。当然、以前の三作があったからこそ、この作品を書けたという面がある。作者はどのようにして『シャドウ』に至ったのか。まずは、その道筋をたどり直すことから始めたい。

デビュー作の『背の眼』は、原稿の応募先がホラーサスペンス大賞であったたし、ホラー色の強い物語だった。背中に二つの眼が現れた心霊写真が四枚あったが、被写体となった人々はいずれも自殺していた。一方、ホラー作家の道尾は、写真の撮影場所となった福島県白峠村をたまたま旅で訪れ、「レエ　オグノアラダ　ロゴ……」という不気味な声を聞く。現地では、神隠しにあったように児童の失踪が続き、一人の切断された首が河原に流れ着いたらしい。道尾は友人の真備庄介に相談し、彼とその助手の北見凛とともに村へむかう。同作では、真備が探偵役となり、謎の解明にあたる。大枠では、本格ミステリの定番の進行を踏襲したわけだ。だが、彼は真備霊現象探求所をかまえ、心霊現象を研究する人物なのである。真備は、交通事故で亡くした妻ともう一度会いたいと願っている。もし霊がいるならば再会の可能性はあるのだから、存在してほしい。彼には、霊にこだわる切実な動機がある。この設定で書かれた『背の眼』は、天狗伝説をめぐる民俗学的な記述を織り交ぜつつ事件を論理的に推理すると同時に、超常現象の存在を肯定するものになっていた。

ミステリとして合理的な解明を主眼としながら非合理な超常現象も盛りこんだ作品は、ジョン・ディクスン・カー『火刑法廷』など昔から書かれ、日本では特に一九八〇年代後半に新本格ムーヴメントが起きて以降、作例が増えた。ホラーサスペンス大賞の選考委員の一人だった綾辻行人は、その種のミステリとホラーの融合では代表的作家の一人であり、彼が特に『背の眼』を推したのでもあった。また、綾辻以上に道尾作品への影響が大きかったのが、京極夏彦である。

『姑獲鳥《うぶめ》の夏』（一九九四年）から始まる京極の百鬼夜行シリーズは、古本屋を営むと同時に神社の宮司で陰陽師でもある中禅寺秋彦が、様々な怪事件を解決していく。屋号から京極堂と呼ばれる中禅寺は様々な学問に精通しており、豊富な教養を用いて不可思議な事象の真相を推理するが、本人はそれを憑き物落としと称している。百鬼夜行シリーズでは、作中で扱われる異様な出来事が、姑獲鳥、魍魎《もうりょう》、狂骨《きょうこつ》、鉄鼠《てっそ》、絡新婦《じょろうぐも》といった妖怪のイメージで語られる。京極堂の推理はある種の妖怪退治であるから憑き物落としと呼ばれるのだ。

「この世には不思議なことなど何もない」が口癖の彼が乗り出すことで、不思議は論理的に解体される。だが、彼の友人でありともに事件に立ちむかう私立探偵の榎木津礼二郎は、他人の記憶が視覚的に見える特殊能力を持つ。彼の能力は京極堂の推理の前提ともなっているし、百鬼夜行シリーズは不思議を論理的に解体する一方、超常現象の存在を全否定しているわけでもない。妖怪の研究家としても知られる京極夏彦は、自作を妖怪小説と呼んでおり、妖怪という概念に肯定的だ。

個人や社会が、容易に理解できず受け入れられない災厄や変事に妖怪の名前をつけ、なんとかイメージや意味を与えて語れるものにしようとすること。認識や受容の困難から、妖怪をいわば捏造するしかなかったこと。そのような心理的必然、社会的必然を認めたうえで百鬼夜行シリーズは出発していた。

これに対し、『背の眼』で探偵役を務める真備庄介は、亡妻と再会するために幽霊がいなくては困るという私的な必然性を抱えていた。また、超常現象を存在するものとして描いた『背の眼』に対し、真備シリーズの第二長編『骸の爪』は、逆に超常現象を論理で徹底的に解体する作品だった。作中でホラー作家の道尾は、今度は滋賀県にある仏像の工房、瑞祥房を訪ねる。そこでは仏師が失踪するだけでなく、割れた仏像の頭から血が流れ、千手観音が笑うなど不条理な場面に遭遇する。だが、『骸の爪』ではなぜ呪いと思える奇怪な現象が起き、なぜ工房の人々が不安に襲われたのか、個々人や集団のおかれた立場が、合理的に解きほぐされていく。『背の眼』から『骸の爪』へは、超常現象の扱いかたの違いで新味を出したのである。ただ、登場人物の間の必然性を意識してミステリとホラーの融合を図った点は、どちらも百鬼夜行シリーズの基本姿勢を受け継いでいた。合理と非合理、二方向の要素のバランスをどうとるかの差だった。

主観や共通認識の齟齬

道尾秀介は、刊行順として『背の眼』と『骸の爪』の間に『向日葵の咲かない夏』を、『骸の爪』の後に『シャドウ』を発表した。また、真備庄介シリーズは短編集として『花と流れ星』(二〇〇九年)も刊行されたが、長編はすでに触れた二作以外書かれることはなかった。

今ふり返って目を引くのは、道尾の三作がランクインした『2007本格ミステリ・ベスト10』で京極夏彦『邪魅《じゃみ》の雫』(二〇〇六年)が五位だったこと。百鬼夜行シリーズの三年ぶりの新作だったが、これを最後に京極堂が登場する長編は書かれていない。

また、同年のランキングで三津田信三『厭魅《まじもの》の如き憑くもの』(二〇〇六年)が三位だったのも興味深い。怪奇幻想作家の刀城言耶が探偵役となる作品だが、同作を皮切りにシリーズ化され、多くの長編が高評価を受けている。二〇一〇年に『水魑《みづち》の如き沈むもの』が第十回本格ミステリ大賞を受賞したほか、シリーズ作品はしばしば同賞や日本推理作家協会賞の候補になった。この刀城言耶シリーズも、民俗学的知見を織り交ぜ不可思議な事件を描くものだ。

民俗学的なイメージや知見を盛りこみ、横溝正史的でもある日本的怪異に満ちた事件を扱ったミステリとホラーのハイブリッド。そうした傾向で刀城言耶シリーズは、百鬼夜行シリーズや真備庄介シリーズと共通する。だが、特定の名探偵を書き続けたシャーロック・ホームズ・シリーズのコナン・ドイルのような、ミステリ作家の典型を道尾は選ばなかった。真備庄介シリーズが早く中断した結果、民俗学的ミステリ&ホラーの代表の座は、百鬼夜行シリーズから刀城言耶シリーズへ移った印象だ。

今では道尾は、ミステリやホラーにとどまらない作風で執筆し、幅広いファンを得ている。それは、早い段階でシリーズ探偵ものから離脱したことが大きい。その第一歩となったのが『向日葵の咲かない夏』だが、実は同作のほうが真備庄介シリーズ以上に京極夏彦的な発想で作られていた。

夏休みが始まる終業式の日、小学四年生のミチオは、担任の岩村先生から頼まれて欠席していたクラスメートの家を訪ねる。でも、そのS君は首を吊って死んでいた。彼の死体はなぜか消えてしまったが、一週間後、S君は蜘蛛に生まれ変わってミチオの前に現れた。「自殺なんてするもんか。僕は殺されたんだ」といい、岩村先生が犯人だと主張するS君の話を聞いたミチオは、妹で三歳のミカとともに事件を探り始める。彼らが暮らすN町では、S君の死の以前から犬や猫を殺して足を折り、口に石鹸を詰めこむ事件が続いていた。

ミチオの母は彼を異様に嫌うが、ミカは溺愛する。育児に問題がある母を父は咎めず、ミチオは辛い境遇だ。また、話が進むにつれ、子どもの性的虐待やクラスのいじめの事実も浮かび上がる。ミチオのパートだけでなく、近隣に住む古瀬泰造という老人のパートも挿入され、二人の視点からN町で進行する異様な事態が語られていく。

死者の生まれ変わった姿が人間ではないこと。地域、学校、家庭におけるネガティヴな事象の連続。『背の眼』でも児童の失踪が扱われたが、今度は子どもを主人公にして過酷な状況、醜い感情を容赦なく描いたこと。大胆すぎる叙述トリック。『向日葵の咲かない夏』に関しては、そんな刺激的要素の多さから絶賛の声が上がる一方、ミステリとしてフェアなのか、内容が陰惨すぎるなど否定的な反応もみられた。

それに対し『シャドウ』は、『向日葵の咲かない夏』への賛否両論を作者が踏まえたうえで執筆したものだ。

小学五年生の我茂凰介を主人公にすえ、母・咲枝が病死した後の父との関係、家族ぐるみで交流のある級友・水城亜紀の母・恵の自殺、亜紀の交通事故、父の勤め先である病院での出来事などを描いた。

これら二作は、子どもが家族のなかで、また家族を取り囲む狭い世間のなかで追いつめられながら、必死に生き延びる術を探す点が共通する。ただ、独りぼっちになった子どもの姿で終わる『向日葵の咲かない夏』の荒涼とした感覚に比べ、子どもに「——生きなさい」と言葉をかける大人が存在する『シャドウ』は、より前向きな印象を残す。ハードランディングとソフトランディングの違いがあり、後者を好む人のほうが多かったのも理解できる。

二作のうち『向日葵の咲かない夏』では、S君が蜘蛛に生まれ変わってミチオに話しかける。S君を妹もすんなり受け入れる。この怪事を中心に物語が組み立てられているのが特徴だ。蜘蛛がS君だと誰もが認識できるわけではないし、同作では登場する誰かの主観のなかだけにしかいない存在や理屈が頻出する。各人の認識が齟齬をきたすから、事態が混迷してみえてしまう。

京極夏彦の百鬼夜行シリーズは、この種の歪んだ世界観の先行例でもあった。シリーズの性格を印象づけた第一作『姑獲鳥の夏』では、産科医院の次女が二十ヵ月以上も妊娠したままであるほか、その夫が密室で消失してしまう。不可解な出来事はなぜ生じたのか。京極堂は、個々人、家族、捜査関係者、世間、それぞれの主観、共通認識がすれ違ったためだと解明し、憑き物落としをする。同作では登場人物の思いこみや集団の共同幻想を象徴するイメージが、姑獲鳥という妖怪だった。

それに対し『向日葵の咲かない夏』では蜘蛛になったS君が、百鬼夜行シリーズにおける妖怪に相当する位置にいる。なぜ作中でS君だけがイニシャルで記されているのか。作者の道尾は『2007本格ミステリ・ベスト10』のインタビューで「読者に、絶対に誰の顔も思い浮かべてほしくなかったんです」と語っていた。

思い浮かべられないという点では、「お母さんね、先生から連絡がきてS君のことを聞いたとき、思ったのよ。お前が□□□□□□□って」など、母の話す言葉の一部が読者にわからない形で表記される。それは、ミチオが彼女のその言葉を受けとめられないことを意味している。「□□」表記が出てきた直後、ミチオは「この世界は、どこかおかしい」などと思う。読者が想像できないS君の顔、読みとれない母の「□□」の言葉。あえてされているそうした書きかたは、ミチオの認識の歪みを示唆している。

ミステリでは錯覚や誤認が真相を隠すトリックに使われ、『姑獲鳥の夏』では、見えるはずなのに見えないといった個人や集団の認知の不具合を極大化して用いていた。『向日葵の咲かない夏』はその極大化の手法を発展させ、見えるはずなのに見えない、見えないはずなのに見える事態が折り重なる物語となっていた。

心理学による呑みこみやすさ

地域がどんな風俗や習慣、伝説を持ち、他地域といかに交流し、外部の人間を受け入れてきたか。自然災害や争いごとなどでどんな歴史を経てきたか。それらをたどり、地域の共通認識が形成された必然性を説こうとする民俗学を背景にして、百鬼夜行シリーズや真備庄介シリーズは書かれた。

だが、小学四年生が探偵役となる『向日葵の咲かない夏』の事件は民俗学的ではないし、ミチオは歳相応以上の推理力をみせるが、学問的裏づけなどはない。同作では蜘蛛になったS君だけではない異常事態の数々について、そうなった必然性を京極堂のようにペダントリーを駆使して説明することはない。だから読者は、謎解きの理知的興奮よりも、妄想に翻弄され幻惑に酔うことになる。作中の事実を真実と確定する足がかりの少なさ。それが青春小説の傑作と認めるにしても、ミステリとして賛否が分かれた理由でもあった。

これに対し、『シャドウ』では、凰介の父の洋一郎は大学院の精神病理学研究室で学んだ後、大学病院に勤務しており、亜紀の父の水城徹は医科大学で精神医学の研究員をしている。このため、作中には心理学、精神分析関連の話題が多く登場する。自分は死んでいて腐臭がすると主張するコタール・シンドローム、親しい人を偽者だと思いこむカプグラ・シンドロームといった認知機能障害。なにかを確信した時に思考が偏る確証バイアス。チベットで精神的な障害を持つ人が去勢の仕事をし、ニョンパと呼ばれていること。人の心理にまつわるそういった例のほか、自分が嫌なことをさせられそうになると症状を訴えることを「都合性腹痛炎」と呼ぶ精神医学者らしい冗談も出てくる。

自分で意識できる部分だけでなく、自覚できない無意識まで抱えた人の心理の複雑さ、不思議さに関する学問的知見がさしはさまれるため、作中の複数人物の認識が歪んだ必然性が、読者にも呑みこみやすくなっている。それは、『向日葵の咲かない夏』と異なるところだろう。

蜘蛛への生まれ変わりのような超常現象は『シャドウ』には、出てこない。だが、そのかわりのように、凰介に何度も訪れる、汗ばんで蠢《うごめ》く二つの裸体を見ているという白昼夢。亜紀の父・徹がたびたび見た、馬に似た小さな動物が黒い景色のむこうから近づいてくる光景。それらの夢や幻覚が、同作のポイントとなる。『シャドウ』でも親子や夫婦の意思疎通の断絶、力関係による弱者への強要、性的虐待が語られ、子どもたちをとりまく環境は『向日葵の咲かない夏』と同様に過酷なものだ。

また、『向日葵の咲かない夏』と『シャドウ』では、いずれも子が親に人は死んだらどうなるかと問う場面がある。前者ではミチオに父が「何かに生まれ変わるらしい」、後者では凰介に母が「いなくなって、それだけ」と答える。意識して仕組まれたはずのこの共通性も、『シャドウ』が『向日葵の咲かない夏』を踏まえて書かれたことを示している。そして、「生まれ変わる」とするほうが「いなくなって、それだけ」よりも希望はありそうだが、読後に救いが感じられるのは『シャドウ』のほうなのだ。『向日葵の咲かない夏』では、ミチオが「誰だって、自分の物語の中にいるじゃないか」と叫ぶ。彼は、作りあげた妄想の主観のなかにいることで、自身を守ろうとする。同作の最後の頁には、次の文章がある。

太陽は僕たちの真後ろに回り、アスファルトには長い影が一つ、伸びていた。

ミチオには話し相手がいて「僕たち」という認識があるが、実体の影は「一つ」しかない。解消されない妄想の相手とともにいることが、彼に残された救いなのだ。一方、『シャドウ』の書名は影を意味するが、自分のなかの否認した部分を誰かに投影してしまう。その否認された面を指す心理学用語がシャドウである。『向日葵の咲かない夏』のミチオは「影が一つ」なのに「僕たち」の妄想を生きるままだったが、『シャドウ』ではシャドウが解きほぐされる。また、同作の幕切れでは徹と亜紀（父と娘）とともにいる洋一郎と凰介（父と息子）が互いを気遣った会話を交わす。最後にあるのは、次の文章だ。

凰介は蝶に駆け寄り、地面を蹴った。蝶は空中で凰介の指をたやすくかわし、すぐに、もっと高いところへと昇っていった。その姿が太陽に重なり、洋一郎は眩しさに眼を閉じた。

光が降り注ぐ、明るいイメージで終わる。読後感があたたかい一因だ。この場面は、病死した凰介の母・咲枝が愛読し、彼女から薦められた亜紀の母・恵にとってても大切な物語になった宮沢賢治「よだかの星」の内容と呼応している。よだかは容姿が醜いため蔑まれ、メジロの赤ん坊を助けても邪険にされた。このため、焼け死んでもいいから空の星になって輝きたいと願うが、かなえられず地面へ落ちていく。だが、突然舞い上がり、星になって燃え続けるのだ。

宮沢賢治の原作を読むと、まぎらわしい名前に怒った鷹から名前を変えろと迫られたよだかが、「鷹さん。それはあんまり無理です。私の名前は私が勝手につけたのではありません」と必死に反論する展開がある。意識して望んだのではないのに自分がべつのものに受けとられる、べつのものになる認識の齟齬は、『シャドウ』のモチーフでもある。その苦境からの解放が、よだかについては星になることで表現され、道尾の小説では上昇する蝶が太陽と重なる光景で象徴されたのだ。

「人間」という憑き物を落とす

不思議な出来事、異様な認識の必然性を説明するため、京極夏彦の百鬼夜行シリーズでは幅広い学問を駆使した。特にシリーズ第三作『狂骨の夢』(一九九五年)では、精神分析への言及の比重が大きかった。道尾の『シャドウ』も認識の歪みの必然性を語るため、作中への精神医学の導入を踏襲したといえる。だが、本稿では『向日葵の咲かない夏』は真備庄介シリーズ以上に京極夏彦的な発想で作られたと先に記したものの、それは同時に京極的なかまえから遠ざかる第一歩でもあった。

百鬼夜行シリーズでは民俗学や心理学だけでなく、生命工学、宗教学、物理学、哲学など広範な教養を動員し、個々人だけでなく集団、共同体、国家、もっといえば人類までを歴史的に把握しようとするかのごときSF的な壮大さまであった。このため、レンガ本といわれるほど分厚くなった。だが、道尾は巨視的な方向には進まない。関心を抱くのは、あくまで個々人の感情であり、家族や仲間、関係者などさほど広くない範囲が描く対象となる。

『シャドウ』で本格ミステリ大賞を受賞した前後の時期、本格ミステリは人間の感情を描くのに適しているという趣旨の発言を道尾は繰り返した。この言葉は、本格ミステリの作家やファンの興味を引いた。このジャンルには、登場人物が謎解きのためのパズルでしかなく人間が描けていないとする批判がつきまとってきたからだ。

道尾は本格ミステリ大賞の受賞の言葉において、「小説にしかできないこと、これを最も効果的に提示できるのが本格ミステリというジャンルなのではないでしょうか」としたうえでこう書いた。


そこに現出する世界に描かれるのは、もちろん「不思議」だけではありません。「哀しみ」や「愛おしさ」、「喜び」や「安堵」や「孤独」や「格好よさ」。何だって描くことができます。それこそが本格ミステリの持つ最大の武器だと、僕は思っています。

（本格ミステリ作家クラブ編『本格ミステリ大賞全選評2001-2010（第1回〜第10回）』）


道尾の実作をみると、個人の思いこみや誤認、相互認識の齟齬などが解かれ、隠されていた感情が驚きとともに露わになる。トリックの意外性が、人間の感情をクローズアップすることに結びつく。人間を描くのに適するとは、そうした感情への切りこみかたが可能だからではないか。『シャドウ』は、ミステリとしての仕掛けと作中人物の感情描写のバランスがとれた作品と評価されたのでもあった。

一九八〇年代後半の新本格ムーヴメントでデビューし、人間が描けていないと批判された作家の一人だった法月綸太郎は、道尾が登壇した第七回本格ミステリ大賞受賞記念トークショーに出席し、興味深いことを述べていた。道尾が描くという人間と自分たちが二十年前に描けていないといわれた人間は、似ているが違う気がするとしたうえでこう語ったのだ。

道尾さんがそういうふうに言えるのは、とても頼もしいし、人間という言葉につきまとっていた、変な固定観念みたいなものがやっと憑《つ》き物落としをされた今だからこそだなと思うと、すごく羨《うらや》ましい感じもします。

（前掲書）

妖怪ではなく「人間」の憑き物落としとした法月の見立ては面白い。ある人の喜怒哀楽を一つのまとまりととらえ、なぞれば人間が描けると思うような素朴な創作意識。憑き物落としなる言葉が使われた百鬼夜行シリーズではそれとは異なり、社会通念や歴史的習慣など複数の要因が人々の思いこみを形成し、個人の心のなかにも本人が自覚できない領域があるとする世界観が対置された。人間はひとまとまりの単純なものではなく、いくつもの要因からモザイク状にできている。そこで生じた主観や共通認識の歪みや齟齬を解消するのが、京極堂の憑き物落としだった。歪みや齟齬の象徴が妖怪なのだが、法月は「人間」に関する従来の固定観念も「憑き物」だったのであり、それが落とされた時代の作家が道尾だと指摘したのである。

人が見失ったその人自身をとらえる

道尾はミステリマニアではない。『向日葵の咲かない夏』も人間の感情を書こうとしたのであり、叙述トリックは意識しなかったという（「小説新潮」二〇〇七年十二月号インタビュー）。また、『2007本格ミステリ・ベスト10』のインタビューでは、本格ミステリ作家はこの分野の古典を読んでいなければいけないとする意見に対し、それらに影響を受けた作家を多く読むほうが早い、過去の最初から読むことを繰り返していたら進化はないと語っていた。この態度は彼が、人間を取り巻く膨大な事象をペダンチックに語る京極堂的な手法を選ばなかったことと通じる。

道尾が書きたいのは人間の感情であり、それを際立たせるために認識の歪みや齟齬に着目する。したがってトリックに思いこみや誤認を用いる本格ミステリが有効となるが、主観の歪みや共通認識の齟齬がなぜ生じるのか。条件の大枠さえ把握できていればいい。マニアックに網羅的に作例を熟知する必要はなく、ありがちな人間の思考パターンを本格ミステリがとらえていることさえ踏まえていればいい。彼の創作姿勢はそういうものだと推察される。

本格ミステリ大賞受賞後の道尾は、ハードボイルド系の『片眼の猿　One-eyed monkeys』（二〇〇七年）、コンゲームの『カラスの親指　by rule of CROW's thumb』（二〇〇八年）など作風を広げ、初期のシリアスさとは違ったライト感覚も披露していった。

二〇一一年に第百四十四回直木賞を受賞した『月と蟹』は、父を亡くし母と祖父と暮らす小学生の慎一が、級友であり家庭で虐待されているらしい春也、母のいない少女・鳴海とともにヤドカリを神様に見立てて願い事をしている設定だった。親への疑念、教室での居心地の悪さなど辛い状況に追いつめられた子どもが、思い切った行動に出てしまう。同作に関するインタビューで『向日葵の咲かない夏』と構造が近いことについて、作者は「『月と蟹』のラストを書き終えて思ったのは、ミステリーの仕掛けを手段として使わなくても同じ事ができるようになったということ」と話している（https://www.bunshun.co.jp/pick-up/tsukitokani/intervi

ew/index3.html)。

本格ミステリから広義のミステリへ、ミステリにこだわらない幅広い作風へと道尾は歩んでいる。かといって、ミステリから離れようとするのではない。帯に「『向日葵の咲かない夏』原点回帰&大幅超えの超絶ミステリー！」と銘打たれた『いけない』（二〇一九年）は、各章ラスト一ページに掲げられた写真をよく見ることによって読者が真相を理解する趣向だった。かつて『シャドウ』は、『向日葵の咲かない夏』への反応に対するアンサーとして発表された。道尾の創作歴における『向日葵の咲かない夏』のインパクトは大きく、同作（や『シャドウ』）から子どもの感情を描くことを引き継ぎ深めたのが『月と蟹』だったのに対し、意外性への興味に特化したのが『いけない』だといえる。

作家としてのスタートに影響を与えた京極夏彦は、道尾の『鬼の跫音《あしおと》』（二〇〇九年）の文庫版（二〇一一年）に解説を寄せた。同書収録の六短編は連作ではなく、どれも独立した作品だが、鬼のイメージで共通する。京極は、妖怪を語る京極堂のような口調で鬼について解説した。角は人間でないことを示す属性にすぎない。彼が強調したのは「鬼は人ではない」こと。「人であったモノ」とするのが正確で、中国では亡者を鬼と称する。そして、『鬼の跫音』の事件では「人が人を見失っていくプロセスこそが重要」と指摘する。考えてみればこの点は、大なり小なり、道尾作品の多くにみられる要素だろう。

道尾のミステリはしばしば錯覚や誤認を扱い、『向日葵の咲かない夏』や『シャドウ』のように登場人物が自分をすっぽり覆う妄想に囚われることもある。状況によって程度の差はあるが、人が人を見失うことを彼は繰り返し描いている。

また、『向日葵の咲かない夏』や『シャドウ』のように家族の誰かが不在の設定が多い。欠損家庭で暮らす人物の感情がどこか欠けていたり、逆に欠落を埋めあわせようと過剰になったりする。『向日葵の咲かない夏』では、S君が死んで蜘蛛になった後も、彼がしつけた飼い犬が大きな役割を果たす。『シャドウ』では家庭に問題を抱えた亜紀の父・徹が馬に似た小さな動物の夢を何度も見る。さらに凰介、亜紀の母はいずれも「よだかの星」を愛読していた。そのように人が自分を見失いそうな時、自分が自分でなくなりそうな場合に実在、空想の両方で動物に感情を投影することも道尾作品に頻出する。『カラスの親指』(二〇〇八年)、『カエルの小指　a murder of crows』(二〇一九年)では、家族を失った人々が疑似家族となり、ペテンのチームを組む。二作では「親指」、「小指」で暗示される家族関係が動物の比喩で表現される。ふり返れば、『背の眼』では心霊現象が語られ、『龍神の雨』(二〇〇九年)では龍が出現した。動物だけでなく時には超常的な存在も登場する。

京極夏彦は百鬼夜行シリーズの書名に妖怪の名を入れたが、道尾は『ソロモンの犬』(二〇〇七年)、『貘《ばく》の檻』(二〇一四年)、『透明カメレオン』(二〇一五年)など書名に動物を使う例が多い。百鬼夜行シリーズでは妖怪が物語のテーマの比喩となったが、人としての揺れを描く道尾作品では、動物がテーマを象徴する。つまり動物は、人が見失いがちなその人自身の投影であり、シャドウなのだ。それは、人の感情の必然が生んだものである。

2008年

第8回受賞

有栖川有栖『女王国の城』

東京創元社

◎

波多野健

◉著者略歴

波多野健（はたの・けん）

京都市生まれ。東京大学教養学部教養学科アメリカ科卒。2000年「無時間性の芸術へ——推理小説の神話的本質についての試論」で第7回創元推理評論賞受賞。

『女王国の城』——新本格、その一つの到達点

有栖川有栖がデビューしたのは、名探偵役に江神二郎、ワトソン役に作者と同名の有栖川有栖（アリス）を配した一九八九年の『月光ゲーム』だが、『孤島パズル』（一九八九）、『双頭の悪魔』（一九九二）と続いたのち、江神二郎シリーズは長く中断していた。それを再開したのが、この二〇〇七年の『女王国の城』である。作者が満を持して書いた『女王国の城』は、螺旋階段を思わせる錯綜した捩《ねじ》れ構造を、本格推理小説という形式が持つ包容力の限度まで詰め込んだ、壮麗な構築物といっていい。その建付けの壮麗さをネタバレにならないように解析するのは難しいが、あえて挑戦してみよう。

物語は冒頭から捩れ構造を孕んでいる。ある年の五月、英都大学推理小説研究会（EMC）のアリスと望月、織田、マリアの四人は、レンタカーで木曽の霊峰、御嶽山の麓に近い神倉を目指して走っていた。部長の江神二郎が急に姿を消した、その行方を追っているのだ。無茶な運転をする対向車をかろうじてかわしたりしながら着いた神倉には「人類協会（ヒューマン・スピーシズ・ソサイエティー）」という新興宗教の本部がある。江神はどうやら協会本部に入って、宿泊しているらしい。なぜ、江神はそんなところへ行ったのか？——この江神自身の謎が通奏低音として物語のそこここに見え隠れする。

時代はまだ携帯電話が普及し始める前、バブルがまだ絶頂期だが少し翳《かげ》りも出てきた一九九〇年の五月で、地価は持ちこたえていたが株価は下がり始めた時期である。有栖川は、バブル渦中の日本人自身が当時、

「これは泡沫《うたかた》の景気だ。偽の繁栄だよ。いつか破裂して大騒ぎになるのが見えている」と自嘲していた。後世、この事実はにわかに信じてもらえないかもしれない

と感じていたと証言する。変てこな宗教が跳梁跋扈《ちょうりょうばっこ》する余地がある世紀末的繁栄の時代だった。人類協会がその典型で、野坂御影という女が開いた「天命開示の会」が、一九七八年十月一日午後11時17分に洞窟に降臨した宇宙人のお告げを受けて「人類協会」に発展し、バブル長者の信者を獲得した上に財テクにも成功し、時流に乗っていた。

江神がいる協会本部は「城」であり、その構内には、宇宙人ペリパリが降臨して野坂御影にお告げを下したという、神聖な洞窟があった。洞窟には24時間体制で張り番がつき、いつ啓示者ペリパリが再臨してもいいようにカメラで撮影されていた。そして城では毎夜11時17分に宇宙人に向けて花火が打ち上げられていた。殺人事件は、その常時監視されている洞窟前で起きる。

江神への面会を申し入れたアリスたちは一度は断られたものの、翌朝協会からお詫びの電話が入り、意外に簡単に城の中に入れてもらえた。だが、アリスたちは「おかしい。何か変や」と感じる。そして、施設内を案内してもらっている時に、洞窟の張り番をしていた土肥憲作が絞殺されるという事件が起き、第一発見者となってしまう。監視カメラのビデオテープは抜き取られており、監視日記には「ペリハ」という走り書きが残っていた。

犯行時刻は、5時00分から16分の間と推理された。教団幹部は、殺人事件が起きたのに、断固として警察へ通報しないと言う。自分たちで犯人を捕まえるつもりなのだ。その結果、アリスたちも城から出してもらえなくなる。

第一発見者のうち三人が部外者だったのだから、殺人があった事実を揉み消すことはできないだろう——アリスたち五人と元駐在所巡査の椿ら二人の一般人を全員抹殺するか、永遠に監禁するかしない限り。被害者が協会幹部であり、犯人も協会員らしい。それが不都合なのだろうか？　協会が何を考えているのか、底知れない不気味さが漂う。

物事が客観的に見える江神は、この時点で協会にはいくらでも対抗手段があったはずだと言う。一つか二つの嘘、たとえば「裏口の警備員が襲われ、昏倒させられた」と協会員が口裏を合わせて警察に言えば外部からの侵入者の犯行にしてしまえる——揉み消せる。それなのに、協会は簡単なゴマカシの手段も講じず、なぜ江神たちを城内に閉じ込めてまで、警察への通報を阻止するのか？

土肥に続いて、東の塔で黙想の行に入っていた大幹部、アメリカ支部の子母沢尊人がピストルで殺されるという事件が起きる。殺人現場では、盗まれたビデオテープが消去された状態で見つかったが、ピストルは見つからない。

翌朝、地元出身の若い信者、弘岡繁弥がピストルを握ったまま、一見自殺かと思われる状況で死んでいるのが発見された。ピストルで頭を撃ち抜いていたのである。ところが、見つかったピストルは、十一年前、神倉で起きた迷宮入り殺人事件で使われた凶器だと判明する。城に居合わせた椿巡査が、定年退職後も個人的に捜査を続けていて、銃の特徴的な彫刻を覚えていたのだ。

十一年前の事件というのは、玉塚眞通という、東京で暴力団員になっていた男が帰郷して、密室状態の自宅の小屋で死んだが、凶器のピストルが見つからなかったという事件だ。銃声を聞いて駆けつけたのが椿巡査である。犯人と目された「人相のよくない余所者」で「きちんとスーツを着て、髪も整っているのに、極道者の匂いがする男」は、忽然と消えてしまった。教祖誕生祭で多数の信者が神倉に来ていた日の出来事だった。

教団の予測不能な行動

人が三人も死に、うち二人は間違いなく殺人である。いわくつきのピストルも出てきた。なのに教団幹部は、依然として警察へ通報しようとしない。事件が起きた事実を知っているアリスたちの幽閉が解かれる気配もない。いつ解放してくれるのかとアリスたちが詰め寄ったところ、協会は「あと二日」と言う。なぜ「あと二日」なのか？

こういう騒動が続いているのに、教団の最高位にある、開祖の姪（養女）、野坂公子代表は西の塔に籠もって瞑想修行していて、月曜日まで降りてこないという。それまで二人の局長がすべてを取り仕切る。

マリアと織田、望月は隙を突いて、城から脱走するが、教団は執拗に追い詰めてくる。膚《はだ》に粟を生じさせるような怖ろしい追跡譚。真綿で首を絞めるように迫ってくる教団の手先。村全体が協会の手先になっているとしか思えない状況だ。結局、織田・望月は抵抗むなしく拘束されて城へ連れ戻され、マリアだけが樹上に隠れて拘束を免れる。

もともと江神に対する教団の対応そのものが奇妙だった。最初フレンドリーだったのが、突然、険しい取り調べを受けて拘禁されることになったらしい。江神自身「突然彼らの態度が変わったんや。異様な感じがした」と言う。その後、半ば拘禁していた江神を、アリスたちが来る前夜にＶＩＰルームに移すなど、支離滅裂で不可解な再三の態度急変があった。

江神は、拘禁を解かせるための最強の手を打つ。犯人を割り出すのだ。その最後の詰めとして、江神は、神聖不可侵のペリパリの洞窟へ突入する。そうして、手懸かりを摑んだ。

ここで「読者への挑戦状」が挿入され、江神は「名探偵、みなを集めてさてと言い」の顰《ひそ》みに倣って、真犯人を突き止める場を作るのである。

実際、殺人犯が誰か消去法で割り出せても、犯人の行動自体には数々の謎が宙ぶらりんで残る。江神の推理がまどろっこしく感じられ、聴衆を苛立たせつつ、いまいち納得感に乏しい状態が続く。当然、聴衆の反応も芳しくない。

「江神さん。もっと切れ味のいい推理が聞けるのかと思ったら、『根拠の薄弱な想像』ばっかりじゃないですか」

とまで言われてしまう。江神も質疑応答のたびに「その指摘はごもっともです」「それについては、後ほどお話しさせてください」「そんなところでしょう」「どなたもデリケートなところを的確に衝いてきますね」というようなことを言いながらノラリクラリとかわすだけである。

しかし、こういう応酬を通じて重要な前提条件が共有される。犯人が、「殺人事件が起きたら、この〈城〉の門が閉ざされるのを事前に知っていた」はずだという共通認識である。常識的に考えても、「警察が押しかけてきたら自由に館内を動き回れず、殺人どころやなくなる」。だから、「警察はこないと半ば以上確信できたから、第二の犯行に踏み切った」はずなのである。

まさに、そこから『女王国の城』を解読する論理が導き出されるのである。

そのカイバル峠を越えた後は、推理の切れ味はぐんと増して、一直線に犯人特定に突き進む。

江神が犯人を推理で指摘し、犯人も犯行を認める。なのに、教団の対応は変わらない。教団はアリスたちを解放しようとしない。警察へも通報しようとしない。なぜ？　教団は殺人事件の犯人と真相を自力で突き止めようとしていたから、その間だけアリスたちを拘束していたはずじゃなかったのか？

教団の対応には何か得体が知れないものがある。それに向き合うしかないアリスたちの不条理な境遇は、カフカの『城』めいてくる。

カフカの『城』には、応答のない問いを繰り返すぐるぐる廻る巨大な螺旋構造があった。ヨーゼフ・Kの相手は底が知れない。『女王国の城』の相手＝教団も、行けども行けども底が知れなくなる。

合理的な行為ゆえの「読者への挑戦状」

「読者への挑戦状」を挿むということは、論理的に真相に到達できるということの保証である――作者が神の視点からそう約束する。だが、『女王国の城』の挑戦状は、そんじょそこらの挑戦状とはわけが違う。『双頭の悪魔』のように挑戦状が三つも挿入されるわけではなく、たった一つの挑戦状で十二分に重層的なのである。その構造は、他のことは一見、不合理なまま放置しておいて、取りあえず消去法で真犯人が誰かだけを確定させる論理操作で始り、背後にある「大きな物語」の解明に到る。

その過程で犯人の不合理な行為から、常人とは違う情念が浮かび上がってくる。

ボワロー＆ナルスジャックが『推理小説論』で論じたクイーンの新しさが、『女王国の城』にも当てはまる。ポーやドイル作品においては、事件の外見が正しく推理されれば、世界に秩序が回復されるが、クイーンではそれらと違って、

① クイーンにおいては、推理は半ば異常者の犯行の発見に導く。推理は狂人である殺人犯人の正体をあばく。探偵の論理はしばしば狂人の論理に助けを求めなければならない。換言すれば、その論理はわれわ

れを理性の彼方にまで引っぱってゆく。(『推理小説論』寺門泰彦訳、紀伊國屋書店、一九六七年二月、P.93)

② このことが同時にE・クイーンの長所と短所になっている。長所というのは……一種の蠱惑《こわく》的で詩的な超現実の世界を創造しているからである。(同)

まるで『女王国の城』を予見しているかのようではないか。実際、①②が一つの「読者への挑戦状」の中に重層的に組み込まれて解かれるのが『女王国の城』である。江神が消去法的論理を操って犯人を指摘した結果、かえって犯人の動機や行動原理の異常さが浮かび上がってくる。消去的は淡々と事実だけを取り扱い、犯人の心象世界にふれないので、その異常さが目立つことになる。別にベストを求めるでもない犯行計画で、その遂行も不徹底でよいなど、まさに「半ば狂人の論理」で「理性の彼方」へ引っぱってゆかれる。

江神は、真犯人が蹶起するためには、いくら殺人を犯しても、教団が絶対に警察に通報しないという確固たる見通しがなければ実行に移せなかったはずだと見抜く。

では、どういう状況だったら、教団が唯一の合理的行為として「警察へ通報しない」という選択をするか？その答えを見出すまでは、真相へ到達できず、したがって犯人が指摘されても、不合理を胚胎した状態のままという作品構造だ。胚胎した不合理が不合理でなくなる推理ができなければ、「大きな物語」の真相にはたどり着けない。

宗教団体なのだから行動が不合理なのもしようがない、そう思っている限り、「大きな物語」の方の真相には絶対たどり着けないという仕組みなのだ。宗教団体なのだからこういうこともあろうと思う、普通の読者はホラー・サスペンス的な不気味さに呑み込まれて、この教団の行動が論理的であることに思い及ばない。それは読者だけでなく、アリスやマリアたちもそうである。アリスたちにも読者にも、教団が不気味な脅威として迫ってくる。誰もが教団は合理性を超越した存在であると感じる——教団という不可思議な存在が不気味なホラー効果・サスペンス効果を醸し出す。

だが、江神は宗教団体といえども合理的な行動を取るはずだと考える。そういう確信がなければ、一見不合理で首尾一貫しない教団の行動の背景にある、やむにやまれぬ事情は解読できない。

江神が、かかるアルキメデスの一点に到達した時点で「読者への挑戦」が挿入される。「読者への挑戦状」というツールは、ここで混沌が終わり、透明なロジックの世界が始るということであるから、「読者への挑戦状」のもとでは、どこまでも得体の知れぬ存在だった「城」も得体の知れる存在になり、それまで探れば探るほど底が見えなくなっていた城が無色透明になるということである。底が見えてくれれば事件は大団円に到る。

江神だけが、教団の、一見不合理で首尾一貫しない行動から、それを合理的で首尾一貫した行動として再解釈する——そのために、真相はこうであったはずだという、背景となる「大きな物語」の構図を読み解くのである。

『女王国の城』は、犯人さえ分かれば、全貌が明らかになるという物語ではなかった。犯人が判明したことで、「読者への挑戦状」が完結するわけではない。『女王国の城』の傑出・卓越した特質が、そこから始まる。教団をして、そう振る舞わしめた、その構図を明らかにできてはじめて真相が分かったと言えるのであるが、犯人が分かってはじめて、教団をしてそう振る舞わしめた、その構図に迫れるという捩れた二重構造。

そこが『女王国の城』の偉大なる前進である。『双頭の悪魔』の「読者への第一の挑戦」「読者への第二の挑戦」は、この時点で何もかもに解答を出す必要はなく、またそれは不可能である。

求められている解答はただ一つ。

誰がＸＸを殺したか？

と、犯人当てを先行して別個に処理する点は同じだが、似て非なるものである。それは、第一と第二の挑戦状は並列しているだけで、その上に第三の挑戦状が乗っかっている。いわば平屋二軒の上に二階を作ってつなげた構築物である。「誰がＸＸを殺したか？」を踏まえて、「最後の岩盤をイマジネーションの力で爆破」すれば直線的に「大きな全体の構図」に到達できる構造だ。

これに対し、巨大な螺旋階段をもつ高い塔が一つある館が『女王国の城』なのである。

『女王国の城』の「読者への挑戦」は、

作者が求める解答は、その名前と推理の過程だ。（傍点筆者）

という一文が示すように、「推理の過程」の複雑な捩れに焦点が合わされる。『女王国の城』では、犯人当てが終わると、返す刀で「大きな物語」が胚胎する捩れ構造の全貌の推理を始めなければならない。

だから、江神の犯人当ての推理が始まる時点では、合理的な推理——それも、途中で異議を受け流しながら、ようやく逆説的にたどり着けるという迂遠な経路をたどる、行きつ戻りつする、危うげなロジックであったが——によって犯人が誰かまではたどり着けるのだが、事件全体の構図は、なぜ犯人は教団が警察に通報しないと信じて犯行に着手できたか？　という原点を解き明かさない限り説明したことにならず、合理的な犯行にならないという複雑骨折した構造になっている。江神は、その複雑骨折を順を追って解き明かすのである。

江神は感心される。「それにしても、皆さんの先輩は大した人ですね。連続殺人の犯人を突き止めただけでなく」背後の事情「のことも見破っていたんでしょう」と。

ボワロー&ナルスジャックが言う、「論理が理性の彼方にまで引っぱっていく」地点に、有栖川は、「女王国の城」という蠱惑的な世界構造を持つ壮麗な建物を建てたのである。

本格推理小説という形式が持つ包容力の限度まで詰め込んだ、壮麗な構築物——という、拙論冒頭の『女王国の城』の比喩はこういうことだったのである。

昔はおおむね、本格ミステリの最も遊戯的な小道具と思われていた「読者への挑戦状」が本格ミステリという文学形式の本質に関わる重大事だということを、法月綸太郎が「初期クイーン論」で証明してみせてから、ほぼ十二年を隔てた時点で、あらためて「読者への挑戦状」の神通力的機能を如実に示してみせたのが『女王国の城』という作品だったのである。

『女王国の城』で萌芽的だったものの展開

本格推理小説において「推理」という方法論が成立するためには、小説内の人間は合理的な判断に基づいて、合理的な行動をするのでなければならない。それを裏返すと、もし合理的であるはずの人間が合理的でない行動をするなら、それには、そうするだけの理由があるはずだ——ということになる。

こうして、『女王国の城』の犯人の殺人決行と教団の通報回避にも、そうするだけの理由があったはずだということになり、江神二郎が「名探偵」である以上、その理由を推理して、合理性の領域内に着地させなければならない。

犯人がなぜ「殺人事件が起きたら、この〈城〉の門が閉ざされるのを事前に知って」犯罪を決行したのか？　教団は、なぜ警察への通報を回避したのか？——そうなる理由を、「英都大学推理小説研究会の名探偵」江神二郎は推理をさらに一歩推し進めて、合理性の領域内に着地させる——それが本格推理小説の名探偵が担う機能であり任務である。

結末が合理性の領域内に着地することに伴って、教団の不気味さも浄化・解消される。

こうして、『女王国の城』は、カフカの〈城〉と異なり、あちら側には行かず、此岸《しがん》に着地する。もっとも『城』でさえ、マックス・ブロートによると、書かれなかった結末は彼岸には行かず、

カフカは終章を書かなかった。しかしわたくしが、この小説はどういうふうに終わるのかとたずねたとき、彼がつぎのように話してくれたことがある。測量師と称するKは、少なくとも部分的にはその努力が報いられるのである。彼は闘いの手をゆるめはしないのだが、しかし疲労困憊して死んでしまう。彼の死の床のまわりに村民が集まってくる。そして、ちょうどこのときに城から、正式に村に居住しようとするKの主張は通らないが、しかし、ある種の付随的事情を顧慮して、とくに彼がこの村で生活しかつ働くことを許可する、という決定が届くのである【『城、変身』辻理解説、河出書房新社、一九六二年三月、P．432】

だったという、Kが死んだ後まで宙ぶらりんが続くことが判明するところで終わるらしいのであるが。

ヨーゼフ・Kが闘う城の意味は諸説あって、結局判然としないが、江神二郎が城に入りたかった目的は最

終的には開示される。それは城に許可され、目的は部分的に実現されるのであるが、結果は中途半端なものに終わる。この世は、そうした宙ぶらりんなもの——なのであろう。

有栖川は『女王国の城』より前、『双頭の悪魔』の時点で、未来への延長線を二つ引いていた。火村英生の線と江神二郎のその後の物語である。『双頭の悪魔』の「あとがき」は、作中の志度晶が火村英生のモデルだと述べる。もう一つの展開、江神二郎のその後の物語が『女王国の城』であり、江神二郎という人間の物語が少しだがミステリを侵蝕していくのである。

江神の家族のことは、『江神二郎の洞察』に収録された書き下ろし短編「除夜を歩く」に、一九八八年大晦日のこととして、

> 江神さんには帰省先がないらしい。家族と疎遠になっているのだ。そのあたりの事情もよく判らないままで、何かと謎の多い人だ。今夜から明日の朝にかけて、たっぷりと時間があることだし、二人きりという機会を利用して、その謎のいくつかの答えを探ってみたい気もした。

とあって、アリスも江神の家庭事情はまったく知らないことになっていた。それが、一九九〇年五月の『女王国の城』になると、実は江神二郎の母は亡くなり、父は行方不明というところまでアリスも「何の折だったかに」聞き及んだことになっている。だが、その父の行方が『女王国の城』ですこし判るが、宙ぶらりんの状態で終わる。

こうして、江神二郎の物語の歯車が一歩ずつ回りだすのだが、〈三十になる前に学生のまま死ぬ〉という生母の呪いは残っている。こういう江神個人の物語は、作者が「五部作にする予定である」（『双頭の悪魔』あ

とがき）と言う、最後の長編小説で明らかになるのであろうが……。

※もう一つ、『双頭の悪魔』には、犯人がふと行なった「無難」で、「自然」な選択が巡り巡ってブーメランのように論理的に犯人を追い詰めてしまうというモチーフがあったが、『女王国の城』では扱われない。『スイス時計の謎』（二〇〇三）でさらに洗練された形で精緻にやりつくしたからである。

『女王国の城』で成功裏に探求された、「論理が理性の彼方にまで引っぱっていく」「蠱惑的な世界」の構造が、一回きりの使用で放置されるはずがない。せっかく『女王国の城』で、これだけの手管を開発したのである。事件の裏に異形の構図を見出す手練手管は、その後さらに研ぎ澄まされるであろうことは容易に想像がつく。

『女王国の城』以降の諸作を概観してみれば、それが分かる。

火村英生シリーズの最新作『カナダ金貨の謎』においては、「実行に移されなかった犯行計画」を推理で復元し、復元した構図をもとに事件の真相を究明するという離れ業を見せる。

『狩人の悪夢』もそうだった。すでに市川尚吾が適切な分析をしているので、その結論を引用する。市川は作者の意図を、

合理的行動をとる犯人を当てる長編はいままでに書いてきたので、今回はさらにその先のロジックとして、合理性を欠いた行動をとったかもしれない犯人の痕跡を読み解くという難題に挑戦してみた【『クリティカ第13号』探偵小説研究会、二〇一八年八月、P．138】

と読み解いた。

両作は、こうして「大きな物語」を復元し、そこから事件・人物を再定義しなおすことを作品の中核とするという点において、それぞれ『女王国の城』の「読者への挑戦状」後段で形をなしたものを集中的に展開してみせたものだ。

有栖川は、伝統的本格推理小説の限界内に踏みとどまりつつ、「犯人がなぜそのような計画を立てたのか」が問題の中心にある『女王国の城』の延長線上に本格の可能性を追求していく。しかし、『女王国の城』は臨界領域に踏み込んでおり、こういう捩れ構造の妙技は、誰にでも追求できる線ではない。この一線を越えての前進は、おそらく極めて困難であろう。

こういう制約から自由になるには、古典的、普遍的な設定を離れて、特殊設定のもとでロジックの妙技を追求するのが得策だ。特殊設定の本格が急増する時代の足音が響いてくる——そういう状況を予感させたのが、『女王国の城』であった。

この頃から、多くの若い作家が、古典的な、あるいは写実的な設定を離れ、特殊設定下でのロジックを追求し始めたのは、全面的な賛同はできないまでも、よく理解できる。

2009年
第9回受賞

牧薩次
『完全恋愛』
マガジンハウス
◉
法月綸太郎

※牧薩次『完全恋愛』、辻真先『仮題・中学殺人事件』『ＴＶアニメ殺人事件』の真相と趣向に触れています。

◉著者略歴

法月綸太郎（のりづき・りんたろう）

島根県生まれ。京都大学卒業。１９８８年に『密閉教室』でデビュー。２００５年に『生首に聞いてみろ』で第５回本格ミステリ大賞・小説部門を受賞。著作に『ノックス・マシン』『キングを探せ』など。

若い作家の処女作には、無邪気さと驚嘆とがあるのだ。それに悪口をいうとは自然に対して罪悪を犯すものだ。エラリイは身もだえした。だがそれもみな過去のことだった。

――エラリイ・クイーン『最後の一撃』（青田勝訳）

そう、いまだから明らかにできる。昔もいまも、そしてこれからも永遠に、バーナビー・ロスはエラリー・クイーンであり、その逆もまた正しい。

――エラリー・クイーン「読者への公開状」（越前敏弥訳）

1．牧薩次あるいは辻真先

東京大空襲で家族を失い、福島県で温泉旅館を営む伯父夫婦に引き取られた本庄究は、同じく東京から疎開してきた小仏朋音と出会い、恋に落ちる。朋音は旅館の離れで暮らす小仏画伯の娘だったが、その美貌に惹かれた男たちが醜い欲望を剝き出しにするさまを目の当たりにして、究は己が身を捧げて彼女を守り、一夜の秘密を共有する。生涯をかけて彼女への愛を貫くと誓ったものの、敗戦期の混乱の中で、朋音は東京の闇成金・真刈夕馬と結婚。傷心の究は小仏画伯に弟子入りして東京へ戻り、柳楽糺という名で戦後画壇の寵児となっていく。

二〇〇八年にマガジンハウスから刊行され、第九回本格ミステリ大賞を受賞した『完全恋愛』は、牧薩次のデビュー作である。本書の巻末には「東京生まれ。東西大学文学部を卒業して、推理作家の道を歩むことになる。本格ものを志すがなお道半ば。文英社主宰の第1回みすてり大賞を受賞した」という牧薩次の略歴が記されているが、もちろんこれはフィクションで、真の作者は「トリックの名手」T・Mこと、辻真先にほかならない。

辻真先は「要するに、薩次とぼくは二重胎児なのです」（牧薩次は辻真先のアナグラム）と記し、「いくらかの親切心・いくらかのサービス精神・いくらかの稚気《ちき》で、今回かぎり作者名を変更」したとことわっている（「解説あるいは弁解」）。また「本格ミステリー・ワールド２００９」の「読者に勧める黄金の本格ミステリー　作者自作解説」によれば、「マガジンハウスと本格ミステリーの相性がいいとは思えない。それならいっそマガジンハウスに犇《ひし》めく女性読者をターゲットにと、不逞な計画をたてた。その結果、ミステリーと恋愛もののどっちつかずになるのではと、それがいちばんの心配だった」という。「表紙から辻の名前を払拭したのは、その意味でも背水の陣を敷きたかったため」であり、「一から出直すつもりで新人作家になろうと、殊勝なことを考えた」と打ち明けている。

他者にその存在さえ知られない罪を／完全犯罪と呼ぶ／では／他者にその存在さえ知られない恋は／
完全恋愛と呼ばれるべきか？

本書の冒頭に掲げられたアイロニカルな問いは、作者の企てた「不逞な計画」を象徴するものだ。あらかじめ読者の脳裏に「完全恋愛」という逆説的なイメージを植えつけることで、「ミステリーと恋愛もののどっちつかずになる」ことを回避している。いわばこの問い自体が「読者への挑戦状」のように作用して、ジャンル小説の座標系をねじ曲げ、ヴァン・ダインの二十則が通用しない「異世界」に読者を誘い込んでいるのだ。

恋愛小説と本格ミステリの融合といえば、二〇〇四年に刊行されてベストセラーになった乾くるみ『イニシエーション・ラブ』が想起される。『完全恋愛』にもそれと類似したどんでん返しが仕掛けられているのだが、物語のスケールがあまりにも異なるので、柳の下のどじょうを狙った感じはしない。むしろ三世代にわたる純愛の輪廻とその結末は、三島由紀夫の遺作『豊饒の海』の構想に通じるものがある（作中の人物が実際に「転生」するわけではないが）。

柳楽画伯の人生の節目となるのは、三つの殺人事件だ。①昭和二十一年、刀掛温泉で進駐軍の大尉が何者かに刺殺され、現場から凶器が消失した事件（「時代錯誤の凶器」）。②昭和四十三年、真刈家と対立して倒産に追い込まれた浅沼興業の跡取り息子・宏彦が復讐を誓い、真刈夕馬と朋音の娘・火菜の殺害を予告して自殺。二三〇〇キロの時空を飛んだナイフが、密室状態のかまくらの中で火菜の胸を貫く（「地上最大の密室」）。③昭和六十二年、福島県のゲストハウスを訪れていた真刈夕馬が眉沼で溺死。同行していた老画家は、現場に柳楽画伯がいたと証言するが、事件当日、紀には東京にいたという鉄壁のアリバイが成立する（「究極の不在証明」）。

三つの事件はいずれも不可能興味を前面に押し出したハウダニットだが、どの事件でも真相解明の鍵となるのは共犯者の存在だ。これは「他者にその存在さえ知られない恋」という「完全恋愛」のモチーフが、「他者に存在を悟られない共犯関係」というフーダニットの技法に転化したものだろう（たとえば②の不可能トリックは、周囲に素性を隠して交際していた宏彦と火菜の心中事件である）。

一口に共犯といっても、犯行に関与するパターンはさまざまだ。本庄究の場合、①は真犯人をかばうため、とっさの判断で現場に手を加える事後従犯、②では事前に宏彦と火菜の心中計画を知りながら、目撃証人を装って計画の完遂に手を貸し、③では共犯者にアリバイを作らせて、自ら主犯として手を下す。共犯という要素に注目すると、『完全恋愛』という小説は主人公である究が、①死体損壊と②自殺幇助という段階を経て、③自ら殺人の実行犯になるまでを描いた変則的な倒叙ミステリと見なすことができる。

トリック自体はある程度予想がつくかもしれないが、見せ方が堂に入っているので、読者の期待が裏切られることはない。時代風俗を取り込んだ伏線やハッタリの利いた演出、目次での大胆な真相の暗示（「究極の不在証明」という章題は、双子の替え玉トリックを文字通りに明かしている！）といったさまざまな趣向と、歴史ロマン風の雄大なストーリーテリングが渾然一体となって、辻ミステリのグランドフィナーレというべき絢爛豪華な傑作に仕上がっている。

2. 第一の処女作『仮題・中学殺人事件』

前記「解説あるいは弁解」でも触れられているように、辻真先は一九七二年、可能キリコ&牧薩次（スーパー&ポテト）シリーズの第一作『仮題・中学殺人事件』で長編ミステリデビューした。ジュニアミステリでありながら、「読者＝犯人」というはなれわざを実現した画期的な作品である。朝日ソノラマのジュニア向け叢書〈サンヤングシリーズ〉から出たハードカバーで、三年後にソノラマ文庫に収められ、一九八〇年の『TVアニメ殺人事件』まで六作が書き継がれる同文庫の人気シリーズとなった。

牧薩次の処女長編である『完全恋愛』の目次は、辻真先の処女長編ミステリである『仮題・中学殺人事件』とよく似ている（まるで分離手術を施された二重胎児のように）。後者の構成と目次は、サンヤング版とソノラマ文庫版で少し異なるのだが、[注1]ここでは広く読まれたソノラマ文庫版の目次を並べておこう。

『仮題・中学殺人事件』は、三つの不可能犯罪を解き明かす連作短編集風のメタミステリだ。中学二年生のキリコと薩次がマンガ原作者殺しのアリバイ（「仮題」）と中学校の女子トイレで起こった密室殺人（「中学殺人事件」）に挑む「第×話」パートと、航空機事故で母親を失い自らも車椅子生活を送る少年推理作家・桂真佐喜が、元防衛隊のパイロット・林一曹が密室で殺された事件の真相を推理する「〜章」パートが入れ子形式になっている。

一方『完全恋愛』の物語は、中学二年生の本庄究と小仏朋音の出会いから始まる。「時代錯誤の凶器」で描かれる進駐軍の大尉刺殺事件は、『仮題・中学殺人事件』の「林一曹殺人事件」をセルフカバーし、犯人と被害者の非対称的な関係をいっそう深化させたものだ。探偵小説好きで足の不自由な山岸医師（朋音の真の恋人）は、両足の機能を失って車椅子に頼る桂少年のアバター的存在といってもいいだろう。

『仮題・中学殺人事件』の桂真佐喜は、自分が書いた小説「仮題」と「中学殺人事件」のトリックを組み合わせて「林一曹殺人事件」の謎を解き、遺書のような形で真犯人を指名するが、作中のそれぞれのパートに次のような記述がある。「突かれた場所は致命傷にならなくても、なまじナイフを抜いたから、一時に大量出血して……そのショックに心臓が耐えられなかった」（「中学殺人事件」）／「だが胸からナイフをぬいたとき、ぼくの小説と同じ現象が起こった。激痛によるショック死だ」（「真犯人はきみで章」）

『完全恋愛』の「地上最大の密室」事件でも、ナイフを抜くことが「直接の死因」となる。西表島に設営されたかまくらの現場で惑乱した究がひと思いにナイフを抜いたばかりに、朋音の娘・火菜の失血が促進され回復不能なショックを与えてしまう場面だ。ただし『仮題・中学殺人事件』では被害者が自分でナイフを抜くが、『完全恋愛』では究のアンビバレントな心理に踏み込んだ処理が施されている。

二作の共通点はほかにもある。『完全恋愛』の「究極の不在証明」には、鏡を利用した錯覚トリックが出てくるが、「中学殺人事件」のガリ勉少女・日置浜子（通称イナテン）殺しのアリバイ調査でも同じアイデアが用いられている。柳楽糺《ただす》という画家名も、イナテン事件の引き金となった同級生・柳正子という名前からの遠いこだまのようだ。

だが、もっと興味深いのは「中学殺人事件」の解決編で、日置浜子が薩次にラブレターを出していたことを知り、キリコが混乱する場面だろう（もちろんキリコ一筋の薩次は、イナテンの求愛を斥《しりぞ》ける）。薩次の浮気を妄想してキリコがやきもきするのは毎度のことだが、日置浜子の挿話にはそうしたお約束シーンとは異なる切実さと生々しさがある。

もし『仮題～』でイナテンではなく、キリコが死んでいたら、その後薩次はどんな人生を送っていただろう？　こうしたｉｆこそ、「完全恋愛」というアイロニカルな着想の原点なのではないか。『完全恋愛』の真ヒロイン・坂上満州子は、ある意味でイナテンの生まれ変わり（時代は逆だが）なのかもしれない。

3．第二の処女作『ＴＶアニメ殺人事件』

ソノラマ文庫で〈青春三部作〉――『仮題・中学殺人事件』『盗作・高校殺人事件』『改訂・受験殺人事件』――をまとめた後、辻真先は大人向けミステリの作家として再デビューした。一九七八年にカイガイ出版から刊行された『ＴＶアニメ殺人事件――キリコの中冒険』である。同書は後に加筆されてソノラマ文庫に収録、〈ソノラマ後期三部作〉完結編という重要な役割を与えられるが、当時の執筆状況について作者は次のように回想している。

> この一本のみ出自が違っています。山村正夫さんの紹介で大人ものを書いてごらん、といわれたからです。当時の十八番だった超犯人（© 新保博久）も入れ子細工の構成もとらなかったのは、その昔おなじアイデアの中編を旧〈宝石〉に投稿したとき、筆が走りすぎると批評され、大人ものに向かないアイデアかと思い込んでいたからでした。（「辻真先・作品見本棚（抄）」）

後段の「批評」に関しては、別の文章にもっと詳しい説明がある。

> 『仮題……』の主軸となった犯人＝読者の趣向にしても、すでに手痛い批評を被《こうむ》っています。旧『宝石』

の中編推理小説コンクールに類似のアイデアで応募したのに、審査員にまったく認めてもらえませんでしたから。「筆が滑りすぎる」といった評をもらったことだけ、本人は覚えています（このとき受賞したのは、斎藤栄さんです）。

ああそうか、こんな羽目を外した発想は、大人の読者は受け付けてくれないのか。赤提灯の下でグチをこぼす辻を見たことがあります。（『仮題・中学殺人事件』創元推理文庫版解説〔桂真佐喜名義〕）

ジュニアミステリ作家だった辻真先にとって、大人向け長編ミステリに取り組むのは、第二の処女作を書くようなものだったにちがいない。『TVアニメ殺人事件』には、スナック「美枝」でアルバイトを始めたキリコが「処女卒業」をめぐって悶々とする場面が何度も現れる。昭和期の成人男性読者を意識したサービスでもあろうが、むしろこうした描写は大人向けの処女作を書いていることへの照れ隠しのように見える。

メタミステリの手法を封印したとはいえ、作者自身が熟知していたアニメ界を舞台にしているだけあって、「業界内幕もの」としての水準は高い。当時、まだお子様向けの低級娯楽と見られがちだったアニメの魅力と可能性を熱く語りながら、業界が抱える構造的矛盾からも目をそらさない。番組のスポンサーである玩具会社と広告代理店、テレビ局の関係者が謎解きのプロットの中で大きな役割を担っているのは、やはり大人の読者を意識していたからだろう。

また『TVアニメ殺人事件』には、マンガ家の那珂一兵、文英社「少年ウイークリー」編集長の新谷知久、声優の近江由布子、広告代理店放洋社の中込攻といった後の常連キャラクターが初登場している。[注2]『完全恋愛』でも重要な舞台となる、新宿ゴールデン街のスナック「蟻巣」の誕生前史に当たる作品なのだ。マンガ的な異世界（不思議の国）で起こる事件と現実世界の殺人事件を交互に描き、日本推理作家協会賞を受賞した『アリスの国の殺人』（一九八一）以降、スナック「蟻巣」は現実社会における「まんが・アニメ的リアリズム」の橋頭《きょうとう》堡《ほ》のような場所になっていくが、その出発点が『ＴＶアニメ殺人事件』であることを忘れてはならない。

ちなみに「まんが・アニメ的リアリズム」とは、大塚英志がライトノベルを論じるために導入した概念だ。簡単に言うと、ライトノベルは「アニメやコミックという世界の中に存在する虚構を『写生』する」点に特徴があり、「現実」の写生と「虚構」の写生という二つの手法を、「自然主義的リアリズム」と「まんが・アニメ的リアリズム」という言葉で対置している。[注3]『アリスの国の殺人』は、近年盛り上がりを見せている「異世界・特殊設定」本格のプロトタイプであると同時に、「現実」の写生と「虚構」の写生という二つの手法を織り交ぜたメタミステリの記念碑的作品なのである。

話を『ＴＶアニメ殺人事件』に戻そう。この小説には、新谷知久の娘・めぐみとアニメーター・江並準の悲恋、そしてめぐみの実の父親である那珂一兵と育ての親である新谷編集長の屈折した関係が綴られている。第二の処女作のプロットを下支えする新谷めぐみをめぐる男女・親子関係が、『完全恋愛』の真刈火菜に引き継がれていることは明らかだろう。めぐみと火菜の人生は、対称的な軌跡を描く――死んだ恋人の子を身ごもっためぐみは流産するが、浅沼宏彦の子を身ごもった火菜は死産のように装って、実の父親である山岸医師に娘の珠美を託し、死出の旅に出る。

この二作はトリックの面でも、分離された二重胎児のように似通っている。『ＴＶアニメ殺人事件』の犯人は、二人の人間を自殺に偽装して殺害する――第一の事件：そっくりな二枚の野立看板を利用してオートバイの衝突事故に誘導するアニメーター殺しのトリックは、『完全恋愛』の「究極の不在証明」における吹き替えの別荘トリックに転用され、第二の事件：展望台で恋人の後追い自殺を図っためぐみが、二〇〇メートル離れた尾根の一角でTVプロデューサーが自決する現場を目撃するスペクタクルな場景は、二三〇〇キロを隔てた「地上最大の密室」の時間差心中トリックに変形されている[注4]。

人物配置やトリック以外にも、『TVアニメ殺人事件』には「完全犯罪」に関する見過ごせない記述がある。薩次がトリックの無益さについて、大見得を切る場面だ。

「いや、だからさ、完全犯罪がほんとうに完全犯罪であれば、それはもはや犯罪ですらないと思うんだ。趣向をこらしたトリックでなく、だれの目にも自殺と見える方法で殺す。これがいちばん安全さ。

警察を買いかぶるわけじゃないし、三億円事件のような例外もあるけど、一旦捜査の歯車が動きだしたら、個人の努力や才能で逃げきるのは容易じゃない」（「第5章――Bパート」より）

「完全犯罪」とその代名詞としての三億円事件――ここから『完全恋愛』へ向けて三十年越しのロングパスが放たれているといったら、さすがに牽強付会だろうか。

4. 平行線が交わる世界

ここまで見てきたように『完全恋愛』という小説は、辻真先の二つの処女作――『仮題・中学殺人事件』と『TVアニメ殺人事件』――を合体させたキメラのような骨格を持っている。にもかかわらず、作品総体から受ける印象はいずれとも似ていない。

作者は本格ミステリ大賞の受賞記念トークショーで、『完全恋愛』執筆の舞台裏を明かしているが、その中で「それからいつもの、そうめんをするみたいな、喉の通りはいいけれどぜんぜん腹もちしない、そういう辻調とは違う、ちょっと重いものを意識したんです」と洩らしている。
「いつもの辻調とは違う、ちょっと重いもの」とはどういうことか？　そのヒントになりそうな会話が『TVアニメ殺人事件』の「第2章——タイトルバック」にある。マンガ界の巨匠・那珂一兵の弟子からアニメーターに転じた江並準の死後、密葬の場で「マンガ家なんてみっともない仕事をしていたのが、親戚に知られて困っている」と那珂本人の前でこぼし、失言をとがめられた遺族が「那珂先生は、日本画家じゃないんですか」と目をまるくする場面だ。
日本画家ではないけれど、『完全恋愛』の主人公・柳楽画伯は、那珂一兵の反対側に位置する人物である。既成画壇からは孤高の存在と目されているが、洋画界の巨星として戦後美術史に名を刻んでいるからだ。スナック「蟻巣」で新谷編集長に「いっそ先生、マンガを描きませんか」と誘われた究は、次のような持論を展開する。

「俺が、手塚調のストーリーマンガをかね？　あれはダメだ。絵の体裁をとっているが、中身は映画だ、時間芸術じゃないか。読者は感興にしたがって、コマを読む時間にメリハリをつける。手塚さんが、動く絵——アニメーションに憧れるのは必然だが、俺にはとてもできない。一枚の絵の中に、俺なりの思いを封じこめることは可能でもね。コママンガとタブロー、時間と空間の差異は、根源的なものだよ」

洋画家を主人公にしたのは、この台詞を言わせたかったからではないか。後に柳楽糺はテレビ局が制作する前衛的伝奇映画『滝姫妖奇伝』の美術協力に熱中するが、あくまでも実写映画なのだ。作者は主人公を「まんが・アニメ的リアリズム」の世界から切り離し、世俗的な現実に依拠した「自然主義的リアリズム」の世界に封じ込めた。それが「いつもの辻調とは違う、ちょっと重いもの」の正体だろう。

この見立てには異論が出るかもしれない。竹槍一本で米兵に立ち向かう美少女を人知れず守り抜こうとする中学二年生の少年――『完全恋愛』の出発点は、ゼロ年代のライトノベル界を席巻したセカイ系の精神そのものだし、「地上最大の密室」「究極の不在証明」といったフレーズのインフレ感や、「究と極の二重胎児」「究（Kiwamu）と魅惑（Miwaku）の親子」といった言葉遊びには、清涼院流水的なセンスが色濃く漂っているからだ。というより、「アニメと小説の二刀流」で鳴らした辻真先こそ、ライトノベル（キャラクター小説）の土台を築いたパイオニアにほかならない。

にもかかわらず、『完全恋愛』の作者は二刀流を封印し、「まんが・アニメ的リアリズム」の手法を遠ざける――まるで無限遠点から逆さに望遠鏡をのぞいているみたいに。

あえて乱暴に表現すると、かつて辻真先が二つの処女作でぶち当たった壁とは、「まんが・アニメ的リアリズム」と「自然主義的リアリズム」の間に立ちふさがるものだったのではないか。当時の作者は、果敢に前者から後者への越境を試みたが、「こんな羽目を外した発想は、大人の読者は受け付けてくれない」と、相容れない二つの世界の間で引き裂かれていたように思われる。

明くる晩、究は夕馬の招きで神楽坂の料亭に出かけた。彼が夕馬という人物と一対一で話を交わすのは、これがはじめてといっていい。実業家と画家、本来なら交わることのないふたつの世界の住人である。

これは『完全恋愛』の中盤、究が宿敵・真刈夕馬と相対する場面からの引用だが、「本来なら交わることのないふたつの世界」というイメージは、また別の状況、別の表現で繰り返される。たとえば、以前いざこざのあった画壇の大家・野々山が、柳楽糺のことを渋々とだが認めるようになった、と美術雑誌の編集長に言われて、当の究自身は「無理することもないのに。しょせん平行線だよ、われわれは」とつぶやく。

ここで対比されているのは、芸術観や人生観の違いだが、それだけではない。本書にはさまざまな形で「本来なら交わることのないふたつの世界=平行線」のイメージが盛り込まれている。ところが、かつての「羽目を外した」試みとは逆に、柳楽糺は「自然主義的リアリズム」の側から「まんが・アニメ的リアリズム」の世界を突き放して見ている。「コママンガとタブロー、時間と空間の差異は、根源的なものだよ」とうそぶいて、平行線が交わることをよしとしない。

にもかかわらず、二つの世界は交わってしまうのだ。①B29に届くはずのなかった竹槍が米兵の背中を貫き、②本来交わるはずのない、宿敵同士の息子と娘が恋に落ち、③分離され、生き別れになった二重胎児の兄弟が出会ってしまう。

「時間」と「空間」の根源的な差異が「密室」と「アリバイ」トリックの中で交じり合い、すれ違いを重ねた「恋愛小説」と「本格ミステリ」の平行線が主人公の死によってはじめて真の交点を見出す――『完全恋愛』とは、そうしたはなれわざを実現した作品なのである。

だが、本書はかつての二つの処女作の焼き直しではない。二つの処女作が重なり合う第三の交点として、『完全恋愛』は構想されている。だからこそ、現実と虚構に分離された二重胎児、辻真先と牧薩次も離ればなれではいられない。

作中の「犯人」と本を読んでいる「読者」――レベルの異なる二つの世界の住人がイコールで結ばれてし

まう『仮題・中学殺人事件』。子供向けアニメと大人向け小説という、発表当時は完全に分断されていた二つの世界が交わる『TVアニメ殺人事件』。それらはいずれも「まんが・アニメ的リアリズム」の世界から「自然主義的リアリズム」の世界へ越境しようとした試みだった。それに対して『完全恋愛』は、後者（私小説的現実）の世界の住人である本庄究が、前者（ミステリ的虚構）の世界の住人である牧薩次に「柳楽糺の物語」を語る権利を譲渡したところで幕を下ろす。虚実を写生する二つの手法をまたぎ越す方向が「辻真先」の処女作と正反対なのだから、本書の著者として「牧薩次」の名前が選択されたのは必然だったというべきだろう。

5．MAKARI——もうひとりの分身

『完全恋愛』という小説を「ファミリー・ロマンス」の観点から要約すると、終戦の年、刀掛温泉に集結した四人の男女（本庄究・坂上満州子・小仏朋音・山岸大一）の血筋が、紆余曲折を経て、藤堂友絵という少女に合流する物語、ということができる（実際はこの四人に浅沼宏彦が加わる）。

　ここであらためて注目すべきは、真刈夕馬という人物の影の薄さである。ヒロイン朋音に不幸をもたらした元凶であり、究にとっても生涯の仇敵というべき存在でありながら、ヒール役としての出番は意外に少ない。真刈夕馬というキャラクターより、MAKARIという企業名の方が前面に出ているような印象を受けるのは、「ファミリー・ロマンス」としての物語の主流から、彼が完全に排除されているからだろう。

　あるいはこう言い換えてもいいかもしれない。MAKARIとは、本格ミステリの謎とトリックを駆動するための舞台装置であり、真刈夕馬は「機械仕掛けの悪魔《ディアボルス・エクス・マキナ》」の手先にすぎないのだと——だが彼がいなけれ

ば、おそらく「牧薩次」の出番もなかった。

ところで、『仮題・中学殺人事件』には「桂真佐喜」というもうひとりの分身がいた。もともとNHKのディレクター時代、社内ライターのペンネームとして作られた名義で、「増刊宝石」に短編「生意気な鏡の物語」(一九六二)、「仲の良い兄弟」(一九六四)が掲載されている。[注5] 短編ミステリ作家としてのデビュー作に当たるが、作者にとってあまりいい思い出はないようで、二〇〇四年、創元推理文庫から復刊された『仮題・中学殺人事件』の自作解説(前掲)は、次のように締めくくられている。

可哀相な『桂』の名は、そののち『エイトマン』『スーパージェッター』などで使われましたが、やがて『辻真先』に統一されてゆきます。旧『宝石』新人二十五人集や童話のペンネームで使われたことはあっても、長らく未使用のまま。『迷犬スペシャル　銀河鉄道の朝』の解説役に起用されたのが、目ぼしい活躍だった程度です。今回の『仮題……』解説という大仕事? を花道に、『桂真佐喜』は永遠に退場してゆくのではないかと思われます。これもまた三十数年という歳月がもたらした、辻真先の感傷のひとつかも知れません。

ここまで述べてきた「処女作」に関する考察が的はずれでなければ、〈青春三部作〉の復刊が『完全恋愛』での牧薩次のデビューにつながった可能性はけっして低くないだろう。のみならず、「永遠に退場」するかと思われた「桂真佐喜」も、意外な形で復活の場を与えられたのではないか。

『仮題・中学殺人事件』の「桂真佐喜」は、いったんキリコ&薩次シリーズからフェイドアウトするが、『SLブーム殺人事件』(一九七九)でふたたび姿を見せる——正確には「桂真佐喜」ではなく、カッパこと皿塚麻樹というかつての友人として。この名前が「桂真佐喜」のアナグラムであることはいうまでもない。

皿塚麻樹は、中学二年までキリコと薩次のクラスメートで、中学時代に推理小説コンクールに入選、最年少の推理作家という肩書きを得た。薩次がミステリ作家を志したのは彼の影響だったが、交通事故の後遺症で足が不自由になった皿塚は、自殺未遂事件を引き起こし、他校へ転校してしまう。

それから五年後、キリコと薩次は『SLブーム殺人事件』で旧友とばったり再会、二度の手術を経て障害を克服した皿塚は、I大学のミステリクラブに所属して健筆をふるっているという。一九八〇年、『TVアニメ殺人事件』がソノラマ文庫に収録された際、新たに加筆された「作者たちのプロローグ」「作者たちのエピローグ」には、皿塚と薩次がお互いに書きためていた原稿を見せ合い、合作者として全六巻のシリーズを出版社に売り込もうと決意する場面が描かれている。

そのやりとりの中で、『仮題・中学殺人事件』のキリコ&薩次パートは二人をモデルに皿塚が書いたもの、桂真佐喜パートは皿塚と当時の恋人・清子をモデルに薩次が書いたもの、という創作の舞台裏が明かされる。この加筆によって、遡及的に〈ソノラマ文庫六部作〉の成り立ちが定まったことになるわけだ。ところが「桂真佐喜」の後を追うように、皿塚麻樹もフェイドアウトしてしまう。牧薩次のライバルであり、『仮題・中学殺人事件』の合作者でもあった、カッパこと皿塚麻樹（＝桂真佐喜）は、結局「作家」として独り立ちすることはなかった。

最後はアナグラムで締めよう。「さらつかまき」から「さつか」を引くと「らまき」。これをローマ字にして（RAMAKI）並び替えると、真刈（MAKARI）になる。

MAKARIとは――「牧薩次」名義の処女長編を世に送り出すため、けっして表に出ない黒子として「機械仕掛けの悪魔《デイアボルス・エクス・マキナ》」を演じたもうひとりの分身（三重胎児）、「桂真佐喜」の残像にほかならなかったのである。

注1　詳しくは『合本・青春殺人事件』（東京創元社）解説（新保博久）の〔註5〕を参照。

注2　辻真先が戦後の日本アニメ史に刻んだ巨大な業績（米寿を迎えた現在もまだ現役である）については、とてもここで触れる余裕がない。アニメ脚本家としての活動については、『TVアニメ青春記』（一九九六）等を参照されたい。

注3　この要約は、東浩紀『ゲーム的リアリズムの誕生』の記述を参照した。東によれば〈大塚は、まんが・アニメ的リアリズムの誕生を、一九七〇年代後半、デビューしたばかりの新井素子が漏らした「『ルパン三世』の活字版を書きたかった」という言葉に求めている〉が、辻真先は実際に『小説ルパン三世』（双葉社、一九八〇）を書いている。また『SFドラマ殺人事件』（一九七九）で、キリコと薩次は同年にスタートした共通一次試験の一期生（一九六〇年生まれ）とされている。作品によって年代的な齟齬があるものの、二人は「まんが・アニメ的リアリズム」の草分け的存在である新井素子と同い年なのだ。

注4　『完全恋愛』の真刈家と浅沼興産の死闘は、山口県の温泉地で対立する選挙候補の息子たちが相次いで怪死する『SLブーム殺人事件』の自己リメイクと見ることもできる（ここでは詳述しないが、トリックの使い方も似ている）。〈ソノラマ後期三部作〉における『SLブーム殺人事件』と『TVアニメ殺人事件』の関係については、第5節であらためて触れる。

注5　この二編は改題のうえ、キリコと薩次の「長い春」に終止符が打たれる『本格・結婚殺人事件』（一九九七）の作中作として収録された。

2010年
第10回受賞

歌野晶午
『密室殺人ゲーム2.0』
講談社

◉

大森滋樹

◉著者略歴

大森滋樹（おおもり・しげき）

北海道生まれ。２０００年「物語のジェット・マシーン——探偵小説における速度と遊びの研究」で第７回創元推理評論賞佳作入選。２０１３年に「大森葉音」名義でファンタジー小説『果てしなく流れる砂の歌』（文藝春秋）を上梓し、小説家としてデビューする。

テリトリー時空間の変容は、人間の認識、思考、感性に影響を与え、その行動を変えてしまう。十九世紀の後半から急速に台頭し、世界中にしだいに蔓延したミステリという大衆文学は、その変容に鋭敏に反応したジャンルだった。

十九世紀の末から二十世紀の前半にかけ、謎解きミステリの黄金時代がやってくるわけだが、この時代、交通、情報通信の技術革新によって人類のテリトリー時空間は大きな変容を体験していた。短時間に広い空間を制御すること——つまり速度、スピードの時代が到来したのだ。

よく挙げられる例としては、「世界初の無線を使った逮捕劇」だろう。一九一〇年、英国の医師、クリッペンは妻を殺害し、客船で愛人とカナダに逃亡するものの、不審をかんじた船員によって電信で通報されてしまい、上陸と同時に逮捕された。こうしたテリトリー時空間の変容が人間の意識にどんな影響を与えたか、については スティーヴン・カーンの『時間の文化史』『空間の文化史』(『時間と空間の文化:1880‐1918年』上・下巻、法政大学出版局)がくわしい。同書によると、海上の船から遭難信号がはじめて発せられたのが一八九九年。一九〇九年には、二隻の船が衝突し、無線で緊急事態が発せられ、一七〇〇人が救助されたという。一九一二年にはタイタニック号が沈没した。午前〇時十五分に遭難信号が打電され、一時二十分には世界中がこのニュースを知ったという。約一時間で情報が世界をかけめぐった。最近なら、韓国のセウォル号の沈没事故か。二〇一四年に観梅島沖で沈没したが、午前八時五十二分、乗客の少年が最初に、携帯電話で消防に通報している。その後、十時十七分に沈むまで、乗客たちは船内の情報をリアルタイムで発信しつづけた。船の中の状態を撮影した動画もネット上に投稿された。沈没後も行方不明の被害者を名乗ったメッセージがネット上に投稿されたが、これらは「悪質ないたずら」「成りすまし」と判明している。

カーンの『文化史』は事象を網羅的にカバーしており、この手の考察には欠かせない参考資料を提供してくれる。ただ、物理的時空間と心理・社会的時空間（本稿ではテリトリー時空間）を混同しており、やや粗雑な印象である。しかし、テリトリー時空間についての論考、考察、資料自体がそもそも非常に少ない。なにしろ目に見えない、ふだんは自覚しないものである。やむを得ない側面もある。

いずれにせよ、交通・情報通信のテクノロジーの発達は速度、スピードの時代を招来した。一九一四年七月、第一次世界大戦の引き金となったのは、セルビアに最後通牒をつきつけたオーストリアの、四十八時間という返答期限であった。「多くの大臣がベオグラードを留守にしている。そんな短時間での返答は無理だ」とセルビアの外相は応じたが、オーストリア大使のギールスはこう答えたという。

「鉄道があり、電報、電話のある時代、こんな小さな国にあって、二、三時間もあれば大臣たちは帰ってこれましょう……」

第一次世界大戦開戦の内幕は、タイムリミットサスペンスだったのだ。ともかく、どの国もなんでもかんでも急げや急げ。スピードこそが国家の優位を保証すると信じていた。沈みゆくタイタニックを救助するのに「速度」こそが問題であったのと同様に。

ベルグソンやプルースト、ハイデガーも時間について語ったが、それはきわめて私的な時間であった。世界標準時があってこそ、旅客船のスピード競争もアリバイトリックも成立するのだ。先進国で戦争や生産、社会活動に従事した多くの兵士や労働者は、作戦実行時間や納期、締め切りに苦しめられることになる。新しい速度の時代は犯罪、狂気、神経衰弱、緊張、興奮、ストレスの原因とみなされた。『アメリカの神経症』（一八八一）の作者、ジョージ・M・ビアードは次のように指摘した。電信、鉄道、蒸気機関によって従来より多くの取引が可能になったが、それらは労働のテンポを加速し、神経衰弱、神経性胃炎、顔面神経痛、若年性の抜け毛などの原因となったと。

そして、小説の世界ではミステリやサスペンスが興隆する。

特にミステリは犯罪——殺人事件を扱うことが多く、狂騒的な時代の変化に敏感に反応した。ただし、犯罪の動機にかかわる深刻な内面と時代を連結してテーマ化するのは、犯罪小説と呼ばれる。このジャンルは純文学寄りで、犯罪者＝個人の内面を分析的に考察し、描写する。一方、謎解きゲーム小説＝大衆文学としてのミステリは、犯罪を深刻化せず、ゲームの要素としてドライに扱った。物語の中で登場人物が殺されたとしても、それは虚構の死であり、ゲームを構成する要素のひとつにすぎない。「誰が殺したのか」「どのように殺したのか」「誰が殺されたのか」「連続殺人の隠れたつながりは何か」「いかにして密室状況が作られたのか」「アリバイはどうやって偽装されたのか」……こうした謎と答えのつながりの中に、「なぜ殺したのか」＝動機の問題は埋没した。

深刻な問題に頭を悩まし、現実社会の狂気に拘泥するより、より多くの読者は、あっさりさくさく読めてカタルシスのあるゲーム感覚の小説を購読したのである。その方が「速さ」の感覚を満喫できた。

では、遊びとしてのゲームの特徴とは何か。

ヨハン・ホイジンガの『ホモ・ルーデンス』（一九三八）、ロジェ・カイヨワの『遊びと人間』（一九五八）など、古典的な遊び論ではつねに指摘されていることだ。ルールの共有・厳守。真剣さ（真剣でない遊びはつまらない）。虚構のテリトリー時空間——野球場・将棋盤・競馬場・舞台。

遊びにおける虚構のテリトリー時空間では、取り返しのつかない致命的なことは起こらない。慎重に避けられるのは——ひとの死だ。リアルな死は、ゲームに現実を招きこむ。虚構の時空間が破られる。同様に、（死なないまでも）ゲームがリアルに近づきすぎると、やはり虚構の時空間が崩れ、興ざめする。高校野球における敬遠球を想起されたい。さらに、ゲームは実利にからむことがあり、実利＝リアルが突出するとさまざまなルール違反に直結する。八百長。ドーピング。

しかし、虚構の死ならかまわない。ゲームは往々にして勝ち負けを競うので、むしろ虚構の死は積極的にゲーム要素として利用される。そして、ゲーム終了と同時にこの虚構の時空間はあっさりと、帳消しになる。それまで敵味方に分かれ、どんなに激しく争っていても、すべてはごわさんだ。

野球はその典型である。一回のイニングで表に三人、裏に三人、計六人殺される。九回までやるので、六×九＝五十四。ひと試合で五十四人が殺される。延長戦になれば、死者数増大。大量殺人だ。

だが誰も「不謹慎だ」「ひとの死をもてあそぶな」「なんて不道徳なゲームだ」とはいわない。死が虚構であることが、明白だからだろう。謎解きミステリの殺人事件も同様なもののはずである。


さて、本稿の目的は歌野晶午『密室殺人ゲーム2.0』についての考察だ。長い前置きは以上としよう。

初期の歌野作品『動く家の殺人』（一九八九）に、人生をゲームのようにとらえ、他人に成りすまし、詐欺を働きつづけるキャラクターが登場する。ネタバレ回避のため名前は伏せるが、その人物は「詐欺は知的なスポーツ」という。数々の修羅場をくぐり抜け、自分には度胸があると思っていた。ところが、知人が死にかけたとき、つまり、「死」を意識したとき、急に怖くなったという。いや、死そのものが恐ろしいのではない。他人に成りすまして死んだ場合、ほんとうの自分の死を死んでいない。それなのに「実体としての俺」が消えてしまう、それが無性にさびしく、怖いという。

このキャラクターには、本質的自己意識（＝本当の自分）が存在する。そして、誰か他の人間に「俺」のことを知ってもらいたいと願い、こころを許した人物に、自ら素性を暴露する。虚構の自分を押し出し、世間を渡って行った方が楽にちがいないのに、他人に解ってほしくなった、と告げる。

この発言は、ほとんど愛情の告白である。相手はその告白を受け入れ、ふたりは深く結ばれる。しかしそのとき、「俺と一緒に芝居をしよう」と、世界を舞台にふたりで詐欺をつづけていくことを詐欺師は提案するのだ。

この作品の、もうひとりの登場人物は犯罪捜査・探偵行為をゲームという。「それ（＝事件を未然に防ぐこと）がかなわず事件が起きてしまったのなら、犯人捜しはただのゲームさ。だったら、事実から真実を導き出すまでの過程をゲームとして楽しもう」

『動く家の殺人』の中で、詐欺師とこの人物はまるで分身、ダブルのように描かれるのだが、犯罪者が同時に探偵役でもあり、成りすましや嘘、そしてスポーツやゲームまでそろっていると、「密室殺人ゲーム」シリーズへの早い段階の布石のように読めてくる。そもそも、第一作『王手飛車取り』講談社ノベルス版の表紙見返しの作者のコメントにこうある。「最初のアイディアは一九八八年ごろ芽生えました。あまりにふざけた話で、現実に発生しえないのはもちろん、小説にもできないと捨てていました」と。シリーズのもとのアイディアは『動く家の殺人』が発表された時期――一九八九年とだいたい一致するのだ。

このシリーズについては、まず『密室殺人ゲーム王手飛車取り』が二〇〇七年、講談社ノベルスで刊行された。「2008本格ミステリ・ベスト10」では第六位。「本格ミステリー・ワールド2008」では、「黄金の本格ミステリー」に選出された。また、第八回本格ミステリ大賞の候補作にノミネートされている。

ザンギャ君、頭狂人（とうきょうじん）、aXe（アクス）、伴道全（ばんどうぜん）教授、044APDというハンドルネームをもつ、性別、年齢、職業、所在地不明の謎の五人がそれぞれ、ネットのAVチャットで謎解き推理クイズを出題し合う。問題は密室、ミッシングリンク、アリバイトリックなど多岐にわたるが、常識的なネット仲間による推理ゲームと決定的にちがう点がひとつある。出題される殺人事件がほんものだということ。つまり、五人は全員、連続殺人鬼なのだ。

　このゲーム＝遊びのテリトリー時空間を共有している五人は実に楽しそうに、いきいきしている。だが、ひとの死を前提にしなければ、このゲームは成立しない。本来、虚構のテリトリー時空間においては絶対に回避される「死」を、積極的に導入し、ゲームの前提にしているのだ。もっとも、虚構の物語の作中人物がゲーム（虚構）を楽しんでいるから、殺人ゲームは劇中劇、虚構内虚構の構造である。しかし、それがテキストの第一次虚構内でリアルな「死」であることは変わらない。「不謹慎だ」「ひとの死をもてあそぶな」「なんて不道徳なゲームだ」という良識的な反応が一般的だろう。

　このような遊びを楽しめる人物とはどのような内面を有しているのか。歌野は『王手飛車取り』で、おもに頭狂人というキャラクターに寄り添い、その内面をスケッチする。

　引きこもりの兄がいるせいか、頭狂人の家庭は崩壊している。両親は世間体をたもっているが、頭狂人は家族に何の愛着も抱いていない。『動く家』の詐欺師がもっていた本質的な自己意識も希薄である。幼いころからモノ作りに興味があったので、工業高校への進学を志望していたが、親や教師に普通科への進学を強要され、こころが折れてしまった。大学の工学部に在籍中の学生だが、「学び」への意欲は枯れ、生きている実感を喪失している。ただミステリや謎解きは好きだった。

　インターネットの環境が一般に普及し、同好の士を探しやすくなり、いくつものサークルがネットを介して成立した。そして、頭狂人が参加しているこのグループの誰かが「リアル殺人謎解きゲームをやろう」と提案する。

「あんまり簡単な問題だと、警察にも解かれてしまうから、そこは注意が必要だ。このゲームは、犯人対探偵の知恵較べであるのと同時に、われわれ五人対警察の真剣勝負でもあるわけだ。警察に捕まったらゲームオーバー、リセットは不可能。どうよ、最強のスリルじゃね？」

映画はひとりで観るより、仲間と一緒に観て、感想を述べ合う方が楽しい。殺人と映画鑑賞を短絡的にぐちゃりとつなげ、頭狂人はこのゲームに参加し、のめりこむ。この部分、『動く家』の詐欺師と一部、共鳴している。詐欺師も、犯罪者＝自分の正体を誰かに伝え、秘密を共有したがっていた。仲間をほしがっていたのだ。だが、詐欺師と決定的にちがうのは、頭狂人はそれでも「こんなものか」とさめている点である。

現実の人生、生活に失望し、夢やファンタジーで自己実現を図るキャラクターは、江戸川乱歩の小説でおなじみである。『屋根裏の散歩者』の郷田三郎、『パノラマ島奇談』の人見広介。「うつし世は夢、夜の夢こそまこと」のキャラクターの延長上に、頭狂人はいる。歌野が乱歩オマージュの『死体を買う男』（一九九一）、『Dの殺人事件、まことに恐ろしきは』（二〇一六）を書いていることも周知のとおり。このころの歌野自身の作品なら、『女王様と私』（二〇〇五）を想起されたい。

また、ネット環境の充実がこうした不健全なファンタジーの成立を可能にする点も指摘したい。交通、情報通信の進歩が人間のテリトリー時空間を変容した状況を冒頭に述べた。一九九五年のインターネット元年以降、リアル世界にあきあきしている暇人の逃避先として、ネットの中にはいくつもの「パノラマ島」や「鏡地獄」が成立しているのだ。

やや牽強付会、と評者自身も思うものの、『長い家の殺人』（一九八八）、『安達ヶ原の鬼密室』（二〇〇〇）で物理的な空間に、なんらかの「別の要素」を加え、トリックを成立させるのが歌野の性向であったと主張したい。『鬼密室』のアレ（ネタバレのため伏す）の代わりの仕掛けが「密室殺人ゲーム」シリーズのインターネットなのだ。ただし、本稿ではこの点に深入りしない。この問題――サイバースペースがミステリを変えたという趣旨の批評・分析に関心をおもちの向きには、一田和樹・遊井かなめ他『サイバーミステリ宣言！』（二〇一五）をお薦めしておく。

水道、電気、ガスという都市化によるインフラの普及、高度な交通・情報通信サービスの充実によって、都市居住者は暮らしやすくなった。その反面、生活における直接の苦労や悩みが低減し、あえて危険やスリルを求める、「夜の夢」に魅せられたひとびとが生まれてくる。犯罪や事件のもつ、ひりひりした感覚、緊張感、非日常性にひかれ、郷田三郎であり、同時に明智小五郎でもある五人のプレイヤーが夜な夜な、ネット空間で奇怪な「夢」を共有する。それが、『王手飛車取り』の基本的な構図だった。

テクノロジーの進化が、こうした「夢」をリアルタイム化した。動画共有サイトで、われわれはセウォル号沈没の様子をリアルタイムで共有できた。「諸君、生だよ、生、ライブ」と『密室殺人ゲーム・マニアックス』（二〇一一）の伴道全教授は、次のように主張する。「911」があれほど衝撃的だったのは、タワービルに突入する旅客機のリアルタイム放送のせいだと。テクノロジーのおかげで、時間における臨場感の共有が可能になったのだ。

一方、空間における臨場感も「身近に」なった。「密室殺人ゲーム」シリーズのアイディアが生まれたのは、岡嶋二人が『クラインの壺』（一九八九）を書いたころだ。「KLEIN（クライン）-2」は今でいう、VRゲームである。全身を覆うカプセルの中に裸で搭乗したプレイヤーは、視覚、聴覚、味覚、嗅覚、触覚に現実そっくりの刺激情報をインプットされる。仮想空間の中でリアルに、プログラムされたゲームを楽しめるのだ。そこでひとを何人殺しても、まったくおとがめなし。ただ、ゲーム時空間があまりにリアルなため、プレイヤーはしだいに、現実と虚構の境目があいまいになっていく。

殺人ゲームによる（作中内の）リアルへの越境は高見広春『バトル・ロワイアル』（一九九九）、山田悠介『リアル鬼ごっこ』（二〇〇一）、矢野龍王『極限推理コロシアム』（二〇〇四）、金沢伸明『王様ゲーム』（二〇〇九）に引きつがれている。デス・ゲームものとジャンル分けされ、映画でも「CUBE」シリーズ、「SAW」シリーズなどが九〇年代末から二〇〇〇年代にかけ、人気になった。ライトノベル、マンガ、アニメ、ドラマでも――最近なら日本テレビ系「日曜ドラマ」の『あなたの番です』（二〇一九）――デス・ゲームものは一般の読者・視聴者から一定の支持を得ているようだ。

こうした作品ではおおむねゲームへの参加を強制され、登場人物は必死で生きのびる悲壮な覚悟を共有している。「密室殺人ゲーム」シリーズの参加者も「警察との真剣勝負」のはずである。だが、このプレイヤーたちは「悲壮な覚悟」とは無縁だ。そこにあるのは「虚無を抱えた狂騒」で、楽しげに、ひたすらゲームに耽溺する姿が強調される。ただし、先述した頭狂人だけはちょっと事情が別で、このゲームに対し「こんなものか」という感想を洩らさざるを得ないのだが……。

その結果、『王手飛車取り』では結末に大きなカタストロフがあり、続編は無理だろうと多くの読者は考えた。

だから、二〇〇七年に『密室殺人ゲーム2.0』の連載が「メフィスト」誌上ではじまったとき、ミステリファン、歌野ファンは首をかしげたのではなかろうか。そして連載が終了した〇九年夏に講談社ノベルスとして『2.0』が刊行された。「２０１０本格ミステリ・ベスト10」では堂々の1位。「本格ミステリー・ワールド２０１０」では「黄金の本格ミステリー」に選ばれた。そして、第十回本格ミステリ大賞を受賞することになる。『葉桜の季節に君を想うということ』で第四回本格ミステリ大賞を受賞しているから、二度目の受賞だ。

では、この『2.0』が読者を多く獲得し、ミステリ市場をにぎわしたかというと……どうであろう。『葉桜』は本ミス大賞と同時に、第五十七回日本推理作家協会賞も受賞している。「週刊文春ミステリーベスト10」で二位だ。〇四年の「このミステリーがすごい！」では一位にランクしている。対して、『王手飛車取り』は

「このミス」で十二位（〇八年）、『2.0』は十八位（一〇年）と、後退している。
見当はつく。『葉桜』の読後感は明るく、人生に対して肯定的だが、「密室殺人ゲーム」シリーズを読み終えると……。

『2.0』では開巻、『王手飛車取り』のラストがなかったかのように、おなじみのメンバーが鬼畜非道なゲームを楽しんでいる。「時系列を戻したのか？」と思って読み進めていくと、どうやらリアル殺人ゲームで遊ぶ模倣犯がいるらしい。「俺たち以外に同じ遊びをするやつらがいるとは。どういうことだ。ざけんな！」と、ザンギャ君が叫び、この模倣犯の遊び方を推理することになる。これが実は伏線で、読者はしだいに、『2.0』のザンギャ君、頭狂人、aXe、伴道全教授、044APDがどういう連中なのか、認識していく。時系列など戻っていない。明らかにこれは『王手飛車取り』の続編なのだ。それだけで、続編は一作目にくらべてパワーダウンするというジンクスを覆す、驚愕のサプライズである。

ただし、ひどい話であることに変わりはない。そもそも「模倣犯がいる」ことは、リアル殺人ゲームを楽しめる連中は五人ではなかった、ということだ。不気味で、グロテスク、世間の良識をさかなでする悪辣な企みは、もっと多くのひとびとに共有され得るというのである。

集合のベン図のように、虚構のテリトリー時空間を閉曲線（円）Aで示し、「死」に関わる現実のテリトリー時空間を閉曲線（円）Bで表したとする。スリルやサスペンスを楽しみたいのなら、このふたつの閉曲線をどんどん近づければよい。「死」に近づけば近づくほど、プレイヤーは緊張と興奮、手に汗握るスリルを味わえるだろう。ゲームの虚構の時空間を、リアル＝「死」にぎりぎりまで近づけて遊ぶのだ。そしてA、Bふたつの集合がとうとう一部で重なってしまうという事態が、いつか生じる。そこが、リアル殺人ゲームの時空間である。

強制であれ、自発的であれ、そこにいるプレイヤーは「死」に侵されている。むき出しのリアル＝「死」にさらされている。

『2.0』のあるプレイヤーは「人の命は等しい」と思っている。「等しく無価値である」と。だから、ためらいなくひとを殺せる。もちろん、他人の生命同様、自分の生命も等しく無価値だと考える。したがって「自分を捨てる覚悟はとうにできている」のである。ではなぜ、警察の追及を恐れるのか。あるいは、自らの生命を絶たないのか。それは、「今のところはそれに見合ったゲームプランが思いつかないから」だ。ここには奇妙な逆転がある。

テリトリー時空間は本来、自らの物理的身体＝生命を中心に拡大、延長されるものだ。前述したとおり、犯罪捜査も軍事行動も遺産相続の連続殺人も、このテリトリー時空間の争奪戦である。遊びやゲームは虚構のテリトリー時空間を構築する。それは現実のテリトリー時空間と交流可能で、相互に影響を与え合うものだ。しかし、前者が後者に優越することはまずない。遊びに生命を賭けるのなら、それは遊びではない。

とはいえ、古来、遊びに夢中になるあまり、身代を潰したり、生命をカタにとられたりすることもあった。『2.0』のあるプレイヤーも、仲間の度肝を抜き、「あいつ、すげえ」「やられた！」「そこまでするのかよ」という台詞を引き出すためなら、生命を捨ててもいいらしい。虚構のテリトリー時空間のためなら、現実のテリトリトリー時空間を失ってもいい。スマホを守るため、生命を捨てるようなものだ。

シリーズはその後、二〇一一年に『密室殺人ゲーム・マニアックス』が刊行された。ここでも歌野は新しい「クレイジー＆クール」な遊び方を提案している。

2010年
第10回受賞

三津田信三
『水魑《みづち》の如き沈むもの』
原書房

◉
乾くるみ

1

刀城《とうじょう》言耶《げんや》シリーズは二〇〇六年二月に始まり、最初の約六年間に長編六冊と短編集二冊の合計八冊が集中的に書かれた。そこから約六年間の充電期間を経て、近年また長編と短編集がそれぞれ一冊ずつ発表され、現在のところ十冊を数えるに至っている。最初に作品リストを掲げよう。

『厭魅《まじもの》の如き憑くもの』	2006年2月	長	3、16
『凶鳥《まがとり》の如き忌むもの』	2006年9月	長	23、5
『首無《くびなし》の如き祟るもの』	2007年5月	長	2、45、2、15
『山魔《やまんま》の如き嗤《わら》うもの』	2008年4月	長	1、26、3、11
『密室《ひめむろ》の如き籠るもの』	2009年4月	短	18、8
『水魑の如き沈むもの』	2009年12月	長	3、23、1、16
『生霊《いきだま》の如き重《だぶ》るもの』	2011年7月	短	15、6
『幽女《ゆうじょ》の如き怨むもの』	2012年4月	長	4、17
『碆霊《はえだま》の如き祀るもの』	2018年6月	長	2、20、5、5
『魔偶《まぐう》の如き齎《もたら》すもの』	2019年7月	短	27、2

各編のタイトルが「○○の如き××もの」で統一されていることは一目瞭然で、これは短編集に収録されている各短編に至るまで徹底されている（以下では作品のタイトルを「○○」の部分だけに略して記載する場合があることをご了承いただきたい）。

刊行年月、長編と短編集の区別に続く数字は、当該年度版「本格ミステリ・ベスト10」（以下では「本格ベスト」と略す場合がある）における順位である（「当該年度」について具体的に説明すると、たとえば二〇〇九年十一月から二〇一〇年十月までに刊行された新刊本は、二〇一〇年十二月に刊行される「２０１１本格ミステリ・ベスト10」の対象となる。二〇〇九年に刊行された作品の一部が表紙に「２０１１」と印刷された刊行物の対象になる点がややわかり難《にく》いので要注意）。その次の数字は「本格ベスト」において当該作品に投票した人の数である（一人五作品まで投票できる。一般的に各年度版において順位が高い作品は投票者数が多いという相関関係がある）。それに続いて数字が二つ書かれている作品は、本格ミステリ大賞の候補作に挙がったということを示しており、最初の数字は候補五作のうち何位だったかを、二つめの数字は何人が大賞に相応しいとして投票したかを示している（『水魍』の順位が「１」なのは本格ミステリ大賞を受賞したということであり、だからこそこの評論が書かれている）。

リストからわかることをざっくりと書く。短編集は長編と比べて評価され難い傾向にある。本格ミステリ全般において、短編集は一冊に含まれるトリックの数などは長編と伍するものも多いのだが、それでも複数の事件の関連性や複数の被害者にまたがる動機の設定など、構築性の部分で短編集にはなかなか見出せない要素があり、長編のほうに分があると判断される場合が多い。刀城言耶シリーズは本格ミステリとホラーの融合を試みているのが大きな特長だが、ホラーの部分について考えると、長編では一冊まるまるを使ってひとつの方向性を持った怪談話を読者の前で展開する強みがある一方で、短編集では怪談話が個々の短編のサイズに収まっている上に、収録作を続けざまに読むと、それぞれの怪談話が良く出来ていたとしても印象が分散してしまう傾向がある。というわけで刀城言耶シリーズでは特に長編のほうが、短編集よりも有利な条件が揃ってしまっているのだ。逆に言えば順位や投票者数の数字が悪くても、個々の短編の出来が悪いこととは直結しないし、実際に刀城言耶シリーズの短編は総じて出来が良いことをここで付言しておく。その上で以下では話を長編のみに絞ろうと思う。

長編においては七作中四作が本格ミステリ大賞の候補に挙がっていることに注目されたい。実に驚異的であり、それだけ質の高いシリーズなのだということが客観的データによって証明されている。一方で『凶鳥』の評価が低いことが目を惹くが、これは『厭魅』と同年の刊行だったため「本格ベスト」の投票者の多くが『厭魅』に投票を一本化したぶん割を食ったと考えるべきだろう。実際には『厭魅』と『凶鳥』のどちらも支持するとして二作ともに投票した人が二人、そして『厭魅』よりも『凶鳥』のほうがより優れているとして『凶鳥』のみに投票した人が三人いたことを特記しておく。

リストからわかることをもうひとつ。「本格ベスト」で年間一位を獲った作品は『山魔』だけだが、投票者数を考えると、刀城言耶シリーズ中最も多くの支持を集めた作品は『首無』だと言って間違いない。『首無』と同年には有栖川有栖『女王国の城』という驚異的な強さを持つ作品（七十三人の投票者中五十一人が投票するという「本格ベスト」史上最も得票率の高かった作品）があり年間二位に甘んじただけなのだ。

二〇一七年版「本格ベスト」が二十周年を記念して企画した「本格ミステリ・ベスト・オブ・ベスト10」において、過去二十年間の総合一位に『首無』が選出されたことが、同作の高評価を実証している。また十二人が『首無』を支持する一方で、三人が『山魔』に、二人が『厭魅』に票を投じたことにも注目したい。同企画が実施された段階で刊行されていた刀城言耶シリーズの長編は六作。票が入らなかった三作のうち『凶鳥』については『厭魅』と同年だったことはすでに言及した（同作を『厭魅』より上とした投票者が少数いたことも特記している）。残る二作『水魑』『幽女』も単年での評価は高く、特に『水魑』は本格ミステリ大賞を受賞しているのだが、逆に言えばそれによって判官贔屓《ほうがん》（優れた作品が続いているのに大賞を獲っていないからこそ、シリーズ新作を応援するという読者心理）を失った結果がそういう形で出たのかもしれない。

「ベスト・オブ・ベスト10」に関しては以上の分析が可能である。

同様に『碆霊』が本格ミステリ大賞で久々に候補になった際に五作中五位という結果に終わったのも、すでに同賞を受賞しているという点が影響していたと考えることもできる（「本格ベスト」で一位だった大山誠一郎『アリバイ崩し承ります』が『碆霊』と同様、票が伸びず五作中四位だったのも、大山が『密室蒐集家』で本格ミステリ大賞をすでに獲っていたことと関係があったと考えるべきだろう）。『幽女』が本格ミステリ大賞の候補に挙がらなかったのも（常に候補に挙がるべきだと言いたいわけではないが、「本格ベスト」という指標において年間四位に入っている以上、候補に挙がっていてもおかしくなかったと主張することは可能だ）、三年前に『水魑』で受賞したばかりだったという点が影響を及ぼしたと考えることもできる。

説明がつかないのがシリーズ第一作の『厭魅』で、なぜこの作品が本格ミステリ大賞の候補に挙げられなかったのだろう。それまでの三津田信三作品を否定する気は毛頭ないが、『作者不詳　ミステリ作家の読む本』や『シェルター　終末の殺人』などと比べても『厭魅』のあの異様な熱気や多重推理の果てに辿り着いた真相の意外性など、作者がこの一作に懸けた気持ち（読者目線で言えば「勝負作が来た！」というあの感じ）は特別なものがあったように思うのだ。

刀城言耶シリーズと本格ミステリ大賞の関係性を改めて振り返ってみよう。第七回本格ミステリ大賞において、シリーズ第一作かつ第一長編『厭魅』は候補に挙がっていてもおかしくない出来だったのに候補に挙がらず（納得がいかない）、同年刊行の第二長編『凶鳥』も候補には挙がらなかった（こちらは仕方がない）。第八回本格ミステリ大賞では第三長編にしてシリーズ最高傑作『首無』が候補に挙がるも強敵『女王国の城』の前に敗れ、第九回本格ミステリ大賞では第四長編『山魔』で再度候補に挙がるも牧薩次『完全恋愛』に大きく離され（連城三紀彦『造花の蜜』にも及ばず）三位という結果に終わる。そして四度目の正直（候補に挙がったのは三度目だが、『厭魅』も大賞を狙える作品だったので、受賞までの苦節の回数に入れてみた）、ついに第五長編『水魑』で受賞を果たすという流れがあった。ちなみに第十回本格ミステリ大賞は、三津田信三『水魑の如き沈むもの』と歌野晶午『密室殺人ゲーム2.0』がともに十六票を獲得し二作同時受賞となったが、さらに一票差で綾辻行人『Another』が受賞を逃すという大混戦を繰り広げた回でもあった。ようやく受賞を果たした際にもギリギリだったことが、それまでの苦節とあわせてよりいっそうの感慨をもたらす。さらに続けよう。既受賞者となった後に刊行された第六長編『幽女』は第十三回本格ミステリ大賞の候補には挙がらず、しばらく間をおいて刊行された第七長編『碆霊』が第十九回本格ミステリ大賞の候補となるも、支持はさほど集まらず受賞を逃す。こうして概観してみると『水魑』で受賞を果たすまでの苦節ぶりと、受賞を果たした後のハードルの高さが強く感じられる。

ただの『水魑』論であれば以上の前置きは不要だったはずだが、本格ミステリ大賞受賞作としての『水魑』を論ずる以上は必要だったということは理解されたい。なぜなら予選委員の顔ぶれや他の候補作次第では、刀城言耶シリーズからの受賞作は『厭魅』だったかもしれないし『首無』だったかもしれないのだから。あるいは『山魔』だったかもしれないし『幽女』だったかもしれない。『首無』あたりで受賞していたら『水魑』は候補から洩れてさえいたかもしれない。そういうｉｆの積み重ねの中で、現実には『水魑』が受賞したのである。言い換えれば、それだけ高水準の作品が並ぶシリーズであるということだ。

2

三津田信三の刀城言耶シリーズは、本格ミステリの構成にジャパネスクホラーや民俗学の要素を取り入れた作風で一貫しており、横溝正史の金田一耕助シリーズや京極夏彦の京極堂シリーズ（百鬼夜行シリーズ）と共通する部分があるという指摘は、これまでにも何度かされてきた。だが各作品の構成要素のみならず、数年間にわたって傑作秀作が続けざまに書かれたという点でも、三者は共通している。横溝正史の場合は金田一シリーズ第一作『本陣殺人事件』の刊行からわずか数年の間に『獄門島』『悪魔が来りて笛を吹く』『夜歩く』『八つ墓村』『犬神家の一族』といった長編群をものしており、京極夏彦も京極堂シリーズ第一作『姑獲鳥《うぶめ》の夏』の刊行からわずか数年の間に『魍魎《もうりょう》の匣《はこ》』『狂骨《きょうこつ》の夢』『鉄鼠《てっそ》の檻』『絡新婦《じょろうぐも》の理』『塗仏《ぬりぼとけ》の宴』といった長編群をものしている。なぜそんなことが可能になるのか、本格ミステリファンは（特に創作を志す者は）秘訣を知りたいと心の底から思っていることだろう。

横溝正史は本格ミステリと怪談の相性が良いということを、ジョン・ディクスン・カーの作品から学んだと言及している。カーも生涯にわたって「本格ミステリ」を（最盛期には「本格ミステリの傑作」を）平均すれば年一作以上のハイペースで量産し続けた作家だった。そこに何か秘密があるのではないか。

カーは密室ものの長編を得意としていたが、最終的には謎を合理的に解く必要があるのは承知の上で、それでも人間には犯行不可能に思える現場の状況を根拠に、解決編までの道行きを怪談話として語ることが可能であり、それが多くの読者に対して効果的であるということを自覚していた。超自然的な存在が人間に害を及ぼすという怪談話に含まれる恐怖の要素は、多くの読者を物語に惹き込む力があるのだ（自分の手法が周知のものとなり怪談話の効果が薄れてきたと思ったときには、カウンター的な話を書いていたりもする）。

本格ミステリに怪談話を取り込むという手法には、物語の背景に奥行きを与えるという効果もあった。たとえば『火刑法廷』では自分の妻が七十年前に処刑された殺人鬼の生まれ変わりではないかという疑いを持つ主人公が出てくる。また『プレーグ・コートの殺人』では二百数十年前の死刑執行人ルイス・プレージにまつわる因縁話が語られていた。事件の舞台となる屋敷「プレーグ・コート」もその執行人にちなんで命名されている。

こういった「長い年月を経た因縁」や「不気味な命名」といった「物語の背景に奥行きを与える」要素がカーから横溝正史へと引き継がれる。「八つ墓村」の由来となる落武者伝説や「獄門島」「犬神家」「鬼首村」といった不気味な命名が独特の怖さを作中にもたらし、読者を惹き付けてやまないのだ。

また日本国内における時代性も考えに入れる必要がある。横溝正史は昭和二〇年代の話をほぼリアルタイムで書いていたが、それらの物語においては、復員服姿の男が跳梁跋扈《ちょうりょうばっこ》したり、戦傷者や戦没者の存在が事件のトリックや動機に絡んでいたりした。戦争という命の価値が軽んじられた時代を経験した人たちは戦後、生き残った命を大切にしようと考える者がいる一方で、軽い命をゲームのように扱うことに抵抗を覚えない人たちもいたはずだ。後者の価値観はゲーム的な事件を起こす作中の犯人の存在に説得力を与えている。

平成六年にデビューした京極夏彦が、京極堂シリーズにおいて昭和二〇年代を舞台に選んだのも、本格ミステリと妖怪譚の両面において、とても都合の良い時代設定であることを自覚していたからだろう。世の中に怪異があれば超自然的な存在によるものと考える人々がいて、それに名前を付ければ妖怪になる。だがその怪異は合理的科学的に説明がつくものだった。そういう時代を選んで作中に妖怪を再臨させた上で、謎を合理的に解体する。するとそれが読物として価値のある「本格ミステリ」になる。数ある妖怪の中からひとつを選び、それに相応しい漢字一字を組み合わせると、新しい物語が誕生する。妖怪は無数にいる——といっても扱いやすい妖怪は限られているだろうし、それと組み合わせたときに活きる漢字もまた限られていただろうから、いくらでも続けられるというものでは無かっただろうが、しかし一時的に量産が可能なシステムを、京極はデビュー時に手中にしていたのだ。

それと似たことが三津田信三にも言えるだろう。三津田は刀城言耶シリーズ第一作で（京極が選んだ時代よりもやや後の）昭和三〇年代を時代背景として選んでいたが、田舎の村落が舞台ならば昭和三〇年代に入っていても、怪異を超自然的な存在と結び付けて畏れる人間はまだ多くいたはずだ。リアルタイムに生きていた横溝正史が『悪魔の手毬唄』では昭和三〇年を舞台にしていたのが参考になっただろう。昭和三十八年を舞台にした西東登『蟻の木の下で』でも、傷痍軍人が募金箱を抱えて街角に立っているという点景が描かれていた。戦争の傷痕は昭和三〇年代後半になってもまだ社会に影を落としていたのだ。

あるいはリアルタイムで作品を書いていた横溝正史より、京極や三津田といった後代の人間のほうが、昭和二〇年代三〇年代を舞台にした物語を却って書きやすかったりするのかもしれない。史料を読み込んでも不明な点は想像で補うしかないのだが、妖怪譚や怪談話で満たされた彼らの脳が描き出す「想像」は、昭和二〇年代や三〇年代を自然とそれ用にカスタマイズしてしまう。過去を舞台に選んだことによって、京極堂シリーズや刀城言耶シリーズ独自の「世界観」は、自動的に作り上げられてしまったのだ。

そして京極夏彦が「妖怪名＋漢字一字」を軸にして複数の作品を生み出すシステムを開発したように、三津田信三も「○○の如き××もの」の「○○」の部分には漢字二字からなる怪異の名称（多くの場合は造語）を、「××」の部分にはそれに見合った漢字一字と送り仮名一字からなる動詞を当て嵌める、というシステムを活用して出来の良い作品を続けざまに生み出し得たことは、ほぼ間違いない——とは言ってもその方法論には限界があった。

刀城言耶シリーズを書き始める前の段階で、おそらく作者の中には本格ミステリのトリックやアイデアがある程度ストックされていたのだろう。それが「○○」の部分を軸にして、それに見合った（昭和レトロな）作品世界を作り上げるという手法を用いたときに、自然な形で作中に取り込めるようになり、温めていたトリックが順当に消費されるようになったのだ。ストックを消費するばかりでなく新しいトリックを思い付くこともあっただろう。その部分に関しては、他の人が方法論を真似ようとしてもどうにもならないはずだ（三津田の用いている方法論を究明すれば誰でも『首無』レベルの作品が書けるというのであれば、本格ミステリ界にはたぶん革命が起きている。やはりそこは個人の才能に依拠するしかないのだろう）。

二階堂黎人をこの系譜に入れようかどうしようか実は迷ったのだが、作中に怪奇性を取り込み昭和四〇年代を時代背景に選んでいる点では共通性を感じつつも、二階堂の場合は「カーの正統な後継者」としての姿勢が真面目すぎた気がして、ここではこうして触れるだけに留めたい。同じく芦辺拓もレトロな雰囲気作りに拘《こだわ》りを持ち、時には怪奇性を作中に取り込んだりもしているが、良作を量産する方法論は京極や三津田とはまた違った独自のものを持っているふうなので、ここでは名前を出すだけにしておく。

カーと横溝正史、京極夏彦、三津田信三に関して共通点をもうひとつ挙げておくと、四者とも犯罪実話に関心があるという点が指摘できよう。カーは過去の犯罪実話を収集し検証するのが趣味で、後期の歴史ミステリの巻末によく付されていた「好事家のためのノート」でも犯罪実話に関する言及が多かった印象がある。現実に起きた歴史上の事件を題材にした一種のノンフィクションである『エドマンド・ゴドフリー卿殺害事件』という実作も残している。横溝は津山事件や帝銀事件など現実に起こった事件をモデル化して作中に取り込んでいるケースが目立つ。また京極の作中には犯罪実話雑誌の編集者が出てくるし、三津田の探偵役である刀城言耶も、そういった雑誌の編集者と深い付き合いがある。犯罪実話が怪談話に変わろうがどうなろうが結局は「実話形式」という部分が重要なのだ。そこに「語り＝騙り」の神髄があり、優れた作者の作り出した「物語」は読者を「つまらない現実」から救い出す役割を果たす。

その点も方法論だけではカバーしきれない部分であろう。犯罪実話を好む生来の気質がまずあって、そこから学び取ったものが血肉となって「物語る力」を選ばれた作家たちに与えるのだ。付け焼刃では一冊は書けても連続使用には耐えられない。やはり生来の気質・資質が必要なのだ。三津田信三は刀城言耶シリーズの開幕をもって、その「物語る力」を存分に発揮し始めたのである。

最後に三津田信三がカー、横溝、京極と違っている点もハッキリとさせておこう。三津田以外の三者は怪奇趣味を物語の彩りとしてしか用いていない場合がほとんどだが、三津田は作中で起こる怪奇現象の一部を本物として（超自然現象として）物語を作っている。それでいて本格ミステリとしての読み筋は失われないように、読者に提示した謎の大部分は合理的に解決している。そこに先達三人とは違った三津田の独自性がある。

3

さて『水魑の如き沈むもの』について検討しよう。創作の方法論に基づいて分析すると今回の場合、「○○」が「水魑」であり「××」が「沈む」である。実は刀城言耶シリーズの長編において「××」がいちばんしっくり来るのがこの「水魑＝沈む」のセットであろう。「忌む」「祟る」「怨む」などは他作品でも似たようなことになってるじゃん！　という点で混乱を招きがちで、要するに「あれ？　『凶鳥の如き――』何する

『もの』だっけ？」とタイトルの後半を正しく思い出せない場合があったりするのだが、「水魑」は「沈むもの」以外と取り違えることはない。そういった点では最初から方向性がしっかりと定まっていた長編だったと言えよう。

方法論の中でいちばん大事なのが「○○」の部分である。『厭魅』の文庫版解説で千街晶之が、「厭魅」という字面自体は過去に存在していて、ただし読みは「えんみ」であり、「まじもの」と読ませる部分が作者のオリジナルだと指摘していたが、「水魑」の場合は逆に「ミズチ」あるいは「ミヅチ」という怪異は既存のものであり、漢字は一般的には「蛟」と書くのだが（信仰の対象としての場合は「水霊」の字が使われることが多く、田中啓文にも『水霊』という長編ホラー作品がある）、それを「水魑」と表記するのが作者のオリジナルであり、奈良県内のとある地区のローカルな信仰の対象として規定し直しているのが、本作の設定作りの基礎となっている。一般的に「ミヅチ」は蛇または龍に似た姿の水神である、ということは『水魑』の序盤でも語られていて、そもそも龍を水神として崇《あが》める考え方は全国的な普遍性を持っている（アニメ「千と千尋の神隠し」でも川の神は龍の姿となって現れていた）。「水魑」も表記自体はオリジナルだが、蛇または龍に似た姿を持つ水神で、渇水や増水の際に祈りを捧げる対象である、というところまでは割と普遍性がある設定が採られている。

　刀城言耶シリーズの作品作りのセオリーでは、「水魑」がそういうものだと決まった段階で、地名や人名がそれに倣ったもので埋め尽くされてゆく。「蛇迂《だう》群它邑《たおう》町」という地名は同じく蛇をモチーフとした『蛇棺葬』『百蛇堂　怪談作家の語る話』の連作にも出てきたが「へび・へび」尽くしで、「波美《はみ》」という地区名も「蟒蛇《うわばみ》」の「はみ」とサンズイの「波」の字を重ねて作られている。四つの神社は「水使《みずし》」「水内《みずち》」「水庭《すいば》」「水分《みくまり》」と水尽くしで、それぞれの宮司や跡継ぎの名前は「龍璽《りゅうじ》」「龍一《りゅういち》」「龍三《りゅうぞう》」「龍吉朗《たつきちろう》」「辰男《たつお》」「辰卅《たつぞう》」

「流虎《りゅうこ》」「游魔《りゅうま》」と龍（あるいは「りゅう」）尽くしである。「沈深湖《ちんしんこ》」から流れ出る「深通川《みつがわ》」の水が（そして「水魑」様が）四つの神社の信仰対象である。

四つの村を支配するそれぞれの神社が水利組合を組織しており、実質的にはひとつの運命共同体を成している。そんな波美地区のみで使われている言葉として「減儀《げんぎ》」「増儀《ぞうぎ》」がある。増水時に降雨を止めるために行われるのが減儀であり、渇水時に降雨を願って行われる雨乞いの儀式が増儀である。地方の風習に基づいた独自の用語があるというのが作中の村をハリボテではなく、ちゃんと大地に根差した、歴史を積み重ねてきた場所として読者に了解させる役割を果たしている。一方で田圃の一画が不自然に杭で囲われており、泥《どろ》女《おんな》と呼ばれる何かがそこに出没するという言い伝えもある。田園風景に異物として交じったそういったモノですら、舞台となった農村の虚構性をではなく実在性を強調する。川沿いの道、川に架かる二つの橋、村の境に立つ水神塔《すいじんとう》。作中ではさほど頻繁に描かれていない川の水音が読者の耳に常に聞こえるようになったとき、作者によって丁寧に作り込まれた物語の舞台はもはや実在しているのと何ら変わらなくなる。

『水魑』では全二十章のうちの三割にあたる六つの章で、宮木正一《くきしょういち》という少年の視点が採られている。昭和二十二年に大陸から引き揚げて来たときには六歳で、その後波美地区の五月夜《さよ》村で育ち、刀城言耶が村を訪れたときには十五歳に成長している（なので『水魑』の事件が起きたのは昭和三十一年ごろと考えられる）。章題が漢字二字で統一された正一視点の章は三、四、六、七、八、十三章と、物語の前半に多く割り当てられている（十七章も漢字二字の章題だが、ここでは祖父江偲《そふえしの》が視点人物に選ばれている）。祖父江視点も含めた漢字二字の章では、視点人物が怖ろしい体験をする。正一少年には特殊な能力があるらしく、他の人の目には見えないものが見えていたりする。その能力は母親から引き継いだもののようで、左霧《さぎり》という母親が神々《かが》櫛《ぐし》村の出身だと説明されたときに『厭魅』を既読の人は納得するに違いない。同村出身で「さぎり」という名を持つ女性は、特殊な能力を持っていることが多いのだ。一章二章で阿武隈川烏《あぶくまがわからす》の口から波美地区の村々の成り立ちから仕来《しきた》りまでひと通りの説明があり、続く正一視点の章で実際の村での生活の様子が描かれる。そうした説明の多面性のためのみならず、特殊体質を持った少年が、たとえば泥女を目撃したり、天井から出てくる生首を普通に目撃したりするので、正一視点の章が物語の怪談部分を主に担っていると言えよう（祖父江視点の十七章でも怖いことが起こる）。怪談や奇譚が大好きな刀城言耶はそういった怪異に直接触れることはなく、残念ながら少年や祖父江から体験談を聞くのみである。

正一少年の引き揚げ話以外にも、波美地区の人々に戦争の影響を探すのは容易い。戦時中に徴兵忌避者が村に逃げてきたという噂があり、戦後になって屍蝋化したその死体が発見された。それが失踪した自分の兄ではないかと思って村外から見に来た青年が、今では村人になっていたりする。また水内《みずうち》龍吉朗には四人の息子がいたが、上から三人が戦争中に亡くなったため、跡継ぎの予定が無かった（ので名前に龍の字が入っていない）四男の世路《せいじ》が龍吉朗の跡を継ぐことになっている。水庭家の嫡子二人も戦死したため游魔が養子として迎えられている。その游魔は終戦時には特攻隊に所属しており戦争が長引けば死ぬ運命にあったという。終戦から十年以上が経っていてもそういった身の上話は作中で普通に交わされている。

そして事件は起こる。密室状態の湖の上で。この謎の提示は鮮やかである。開かれた湖面。視線の密室。水魑様の祟りなのか。いや増儀や減儀の際に事故死を遂げた宮司が過去にいて、彼らがボウモンという妖怪になって生者を湖中に引き込むのだという噂話もある。二十三年前には辰卅の父親の辰男が儀式の最中に行方不明となり、また十三年前には波美地区の分限者である龍壟の長男の龍一が、減儀の際に心臓麻痺を起こして亡くなっている。今回の事件も龍一の事件と状況はよく似ていたが、被害者は心臓に凶器を突き立てられていた。事件は自殺としていったんは処理されそうになるが、波美地区ではさらに殺人事件が発生する。

読者の前に提示されるのは、沈深湖を舞台とした密室殺人のハウダニットと、複数の被害者を狙う犯人のフーダニットおよびホワイダニットである。地方独特の儀式の最中に密室の謎が発生するという点では、『水魑』は充分な評価を得られなかった『凶鳥』のリベンジという意趣も感じられる（推理の方向性もやや似ている）。それにしても意地が悪いと思われるのは、登場人物の少なくとも一人は真相（の一部）を知っている様子なのに自分からは明らかにしないという展開で、彼はあえて刀城言耶に謎を解かせるのだ。

さらに水使龍璽は殺人事件が起きているというのに警察を呼びに行かせない。駐在も含めた波美地区の人々は龍璽の強権発動に逆らえない。本格ミステリを読んでいるとたまに遭遇する場面だが、法律よりも立場が上の人物がそうやって村落を支配しているという状況は頁数をかけて描写されており、昭和三十一年前後の奈良県の田舎村ならそういうこともあるだろうと、読者の側でも納得してしまうように描かれている。このへんの強引な突破力というか、現実世界にさほど配慮しなくてもいいのだという信念が、三津田に備わったからこそ、刀城言耶シリーズは次々に書かれることになったのだろう。

方法論の話に戻れば、長編では恒例となった多重推理の趣向も『水魑』では見事に決まっている。推理の取っ掛かりとなる波美地区の儀式に隠された真の意味については、モノと言葉の両面からの証明が見事で、なるほどヒントは最初から読者の目の前に提示されていたのだと感心することになる。そこから動機が推定されるが、犯人に関してはさらに二転三転する。その上で最後に「これが真相だ」といって提示される解答にいちばん説得力があるのだが、それだけでなく、その答えを読者が最優先で認めたくなる事情が作中でうまく作られている。多少ぼかしつつ具体的に言えば、他の解答ではどれを採っても浮かばれないある人物が、最後に提示された解答であればまだ救われる、という形になっているのである（『――沈むもの』の最後で「浮かばれる」のである）。

短い終章も良い役割を果たしている。刀城言耶シリーズの七つの長編の中でも、謎の提示から解決までの流れがいちばんスムーズであり（複雑化による停滞がほとんど無い）、殺人事件のパートと怪談話の役割分担が明らかなぶん両者の交点（怪談部分に実は含まれていた謎解きのヒント）が明確で、読んでいる最中（真相がまだわからない時点）でも混乱することがなく、また読了後も事件の全体像を把握するのに苦労がいらないという点では、『水魑』はシリーズ中の最高作なのではないだろうか。

本格ミステリ大賞を受賞した大切な作品だからこそ、この小論では『水魑』という作品を分析する上で、真相に直接触れることを避ける形式を採った。そこまで配慮した以上、未読の方には『水魑』をぜひ読んでもらいたい。心よりお願いする。

2011年
第11回受賞

麻耶雄嵩

『隻眼の少女』

文藝春秋

◉

千澤のり子

◉著者略歴

千澤のり子（ちざわ・のりこ）

東京都生まれ。専修大学卒業。２００７年に宗形キメラ名義で二階堂黎人との合作を発表後、２００９年に『マーダーゲーム』（講談社）でデビュー。他に羽住典子名義で評論活動も行う。

王道的作品の振りをした「いびつ」性

毎年一票の重みを痛感させられるのが本格ミステリ大賞の特色であるが、第十一回の小説部門は特に接戦の年であった。

候補作はタイトルで五十音順に、魔法の存在する十二世紀ヨーロッパが舞台となる米澤穂信『折れた竜骨』、後期クイーン的問題に真っ向から勝負をかけた芦辺拓『綺想宮殺人事件』、写楽の正体を突き止めていく島田荘司『写楽　閉じた国の幻』、寒村で起きた連続殺人事件を解き明かす麻耶雄嵩『隻眼の少女』、毒舌執事とお嬢様のやり取りが絶妙な東川篤哉『謎解きはディナーのあとで』。

偶然にも私はこの年の予選委員を務めていたので目撃しているが、これらの五作が候補作として決してすんなりと決まったわけではない。「優れた本格」とは一体何なのかと、その「優れた」の基準に差異が生じ、守秘義務がなかったとしても語れないほどの激しい討論が予選会で繰り広げられたことを記憶している。

開票式では『折れた竜骨』と『隻眼の少女』の二作が抜きん出て票を競いあった。結果、わずか二票差で『隻眼の少女』が第十一回本格ミステリ大賞を受賞。両作の二択に迷った会員が多く、個々の会員たちの候補作を読むタイミングによっては、大賞が変わる、あるいはダブル受賞だった可能性が高かったということが選評で判明した。時の差が両作の運命を決めたともいえよう。

作者である麻耶雄嵩の「受賞の言葉」によると、『隻眼の少女』は本来、文藝春秋の八十周年記念として出版された『本格ミステリ・マスターズ』の一冊として刊行される予定だったという。『マスターズ』とは、綾辻行人・笠井潔・北村薫・二階堂黎人が編纂委員を務めた叢書で、二〇〇二年から配本が開始された。既刊は十八冊。第四回本格ミステリ大賞を受賞した歌野晶午『葉桜の季節に君を想うということ』など、各々の作家ならではの「これぞ本格ミステリ」といった渾身の作品群が生み出されている。各巻末には作家論に匹敵する詳細なインタビューや解説がついていて、麻耶自身の「忸怩たるものがありました」という思いには同情せざるをえない。

そもそも麻耶は、他の作家に比べると作品数は少ないものの、九一年、京都大学在学中の二十一歳でデビューしてから、本格ミステリ・ファンからカルト的な人気を集めている。いつの時代も特に、若い層からの支持が多い。書かれてきた作品は本格ミステリのみ。過去作を敬愛しながらも、「愛」を「いびつ」として自身の作品に落とし込むという特色を持つ。「いびつ」を全面的に押し出すとシニカルな作風と捉えられがちだが、説明不要の奇抜な世界観が「いびつ」に映っているのである。謎の手がかりは提示され、論理的に解けるが「なぜこうなるのか」といった因果関係については答えしか明示されないことが多い。この「いびつ」が多くのファンを獲得してきた要因にもなっている。

デビュー作『翼ある闇　メルカトル鮎最後の事件』では、初期の二大代表探偵であるメルカトル鮎と木更津悠也の対決もさることながら、強烈な首切りトリックが今でもミステリ読者の間では伝説になっている。初登場にして殺害されるという銘探偵のメルカトル鮎ですら敵わない。第二作『夏と冬の奏鳴曲』は、本文ではっきりと明かされないある出来事について、過去にネット上で解釈に関する議論が繰り広げられた。続編にあたる第三作『痾』は、前作の島の出来事などなかったかのように、主人公が自身のアイデンティティに関わる事件に巻き込まれてゆく。不協和音のような台詞が幕切れとなっており、今後の作品の方向性を示唆しているようにも受け取れた。

若干変わった構成の第四作『あいにくの雨で』は、雪の足跡トリックがメインとなるオーソドックスな青春ミステリ。初期三部作と比べれば「ごく普通」という読後感の残る、麻耶作品にとっては異色作だ。初の短編集の第五作『メルカトルと美袋のための殺人』は、名探偵よりもさらに上をゆく銘探偵・メルカトル鮎の傍若無人かつ冷酷非情な人物像を味わわせるとともに、全読者の心情を代表する決め台詞を投げる助手の美袋三条との関係が読みどころでもある。

メルカトル鮎が単独で登場する第六作『鴉』は、探偵小説研究会が編纂を開始した『本格ミステリ・ベスト10〈'98〉』で一位を獲得した長編だ。弟の行方と死の謎を追うために名もなき村にやってきた兄が、新興宗教の教祖の殺害事件に巻き込まれるという概要で、カインとアベルから取った登場人物名や『翼ある闇』との関連性も鑑みると、麻耶ワールドの神話的作品と位置付けられる。

なかでも、『鴉』で起きた「普通」と「異常」が逆転していく様は、本格ミステリというジャンルにおける麻耶雄嵩ワールドの立ち位置も表していると受け取れる。ひとえに本格ミステリといっても、SF・ホラー・ファンタジー・冒険といった他ジャンルの要素が濃い作品も数多く存在する。たまには別ジャンルを描くという本格ミステリ作家も少なくない。

だが、麻耶雄嵩は、どの作品も、真っ向から本格ミステリを描く。形式はどれも、事件が起き、探偵が手がかりを拾い集めて謎を解くといった、ごく普通の本格ミステリである。ただし、それと同時に、解決後にいいようのない違和感が残るのも麻耶作品の特色である（『鴉』以前では特に『夏と冬の奏鳴曲』と『痾』が挙げられる）。なぜなら、解決後に残る謎めいたものが事象ならば、「なぜ、こんなことが起きているのか」、登場人物の意図不明な台詞ならば、「なぜこのように思うのか」といった説明がないからである。謎解きに関しては仕組みを共有できるが、世界観に関しては「通じる者にだけ通じればよい」あるいは「誰も理解できなくてもよい」といったスタンスにより、読者は突き放される。世界観に関する因果関係は明らかにされず、

「描かれた事象のすべてに因果関係を提示するべきだ」という、これまで当たり前だと思っていた読み手の概念が、あっさりと打ち砕かれてゆく。これが、麻耶作品の特徴でもあった。理解できない事象に抵抗を覚える者もいれば、魅惑的に映る者も一定数存在する。両極端に評価は分かれるが、後者になればなるほど思いは強く、麻耶はカリスマ的な存在ともなっていた。だが、『鴉』は「ちょっと変わった作品を好む」といった、ファンたちの密かな矜持ですら破壊させている。

そもそも「本格ミステリ」というジャンル自体は、謎解きのために構築された世界である。なので、他のジャンルと比べると「異端」だといえよう。もともとが「異端」なのだから、その「異端」の中で、さらに「異端」を分ける必要はない。けれど『鴉』からは、これまでの麻耶作品は「異質」ではない、むしろ、「普通」なのだと、多数決の心理を物語に組み込ませることで思い知らせる。本格ミステリは作者と読者が一体して読むものではなかったのだ。小説と読者の距離感は、このあとの作品群でさらに隔絶していくことになる。

三年の期間を経た第七作『木製の王子』は、木更津悠也が主人公の究極のアリバイ崩し作品である。作中では表を用いた綿密な分析が行われるが、深く推理すればするほど、「アリバイ崩し」ならば、このように解けるだろうといった推理に関する思い込みが破壊されてゆく。さらに、作品そのものよりも、「結婚しました」という著者の言葉に、これまでの読者はもっとも衝撃を受けるだろう。

それから四年後に刊行された第八作にあたる短編集『名探偵　木更津悠也』では、正体不明の存在が謎として提起もされず解決されないままになっている。「これが本格ミステリであるならば、最近の本格ミステリはもう読まない」という批判をミステリ・ファンから直接受けたことがあるが、「小説に描かれている事象はすべて納得がいかないといけないのか」というパラドックスに通ずるものがある。本格ミステリ小説は「読者への挑戦状」などのように、書き手と読み手の距離が近いジャンルである。読み手も無意識のうちにそれを感じ取っている。だが、「世界を知ることはできても、理解はしなくていい」という概念をはらんでいるため、一体感を求めていたら、裏切られてしまう。これが、麻耶作品の賛否が分かれる要因でもある。

第五回本格ミステリ大賞の候補作にも選出された第九作『螢』は逆転劇に主軸を置いた作品で、「逆叙述トリック」という言葉がネット上で生まれた。通常の叙述トリックは読者にのみ仕掛けられるものであるが、逆叙述トリックとは、作中人物にも叙述トリックが仕掛けられているという類の叙述トリックである。「嘘はついてはいけない」という小説のルールのもと、作中作も使わずに成功できた技巧の高い作品だ。探偵役は異なるが、クローズド・サークル、動物の一文字タイトル、五感の一部というガジェットは、『鴉』とのつながりを感じさせられる。

第十作『神様ゲーム』は講談社の『ミステリーランド』の一冊である。残酷な展開に対して「児童向けではない」と苦言を呈する感想もネット上で見かけた。しかし、『神様ゲーム』を「異端」だと捉え、そこを批判する声についての反論は、すでに『鴉』で実証されている。結末の衝撃は、真相に至る過程は文章を読めば分かるというだけでなく、プロセスも明確に提示されなければならないという本格ミステリの思い込みを砕いたからこそ、通常の意外性を上回ることができた。「大人」や「子供」などの「属性」に囚われていない（と思われる）当時における現代の子供ならば、読み解くこともできたであろう。児童向けの本格ミステリに対するアンチテーゼ作ともいえる。

『隻眼の少女』と同年に刊行された第十一作の連作短編集『貴族探偵』は、その後、月9枠でテレビドラマ化もされ、麻耶作品の新たな代表探偵シリーズとなった。ミステリ・ファン以外にもその名が広く知られるようになったが、収録作「こうもり」をどのように受け止めるだろうか。おそらく、本格ミステリ慣れしていない者、本格ミステリとはこういうものだという概念がまだ成り立っていない者ほど、意外性は薄く「本格ミステリとはこういう作品なのか」と納得するに違いない。

第十二作にあたる『隻眼の少女』以前の麻耶作品を振り返ると、あらゆる思い込みを打ち砕くスタンスを貫いてきたということがいえる。もちろん、この破壊力は、『隻眼の少女』でも発揮する。

まずはタイトルだ。初期作品を読んでいる読者なら、必ずピンときて、ある作品の続編、あるいはアンサー小説を想起するはずだ。だが、物語はまったく異なり、『鴉』や『螢』と同じノンシリーズ長編となっている。『2011本格ミステリベスト10』のインタビューでも、「執筆中はまったく意識しておらず、過去の作品の存在を忘れていた」と麻耶は語っていた。はじまりからすでに、読者の期待とは異なる方向であったのだ。

それでは、『隻眼の少女』の内容に踏み込んでいこう。物語は二つの時代の二部構成で成り立っている。

第一部は、一九八五年の冬の出来事だ。大学生の種田静馬は、無名の秘湯である琴乃湯に滞在していた。便宜上は卒業論文執筆のためのフィールドワークだが、実は、自殺を企てているのだ。村を訪れる前、静馬は父親から保険金目当てで母親を殺したと告白され、怒りの末に父親を階段から突き落とし殺害してしまった。幸い、警察は転落死として処理したが、殺人犯の血を受け継いでいるという事実に耐えられないままでいる。

宿のある栖苅村は、地図に名前すら書き込まれていない信州の山奥にあるひなびた寒村だ。かつて村に災いをもたらした龍が退治されて「龍ノ首」と呼ばれる岩になり、切り落とされた頭部が岩の下に眠っているという伝説がある。

ある日、宿の主人に勧められて龍ノ首のある龍ノ淵を訪れた静馬は、牛若丸のような衣装・水干を身にまとう少女と遭遇した。名前は御陵みかげ、年齢は十七歳。左目が義眼で、瞳の色が左右で異なっている隻眼の少女だ。みかげは半月前から静馬と同じ旅館に父親と逗留していて、占い師のように村人たちの相談事を受けているが、本当は探偵の修練中だと語る。

それから二日後、村で首斬り死体が見つかった。被害者は、村の教祖「スガル様」を祀り継承する名家・琴折家の十五歳の長女である。龍ノ淵で発見されたことにより、静馬は嫌疑をかけられるが、みかげによって無実が証明され難を逃れた。みかげから探偵助手に任命された静馬は、警察も容認のもと、琴折一族に事情聴取を始める。だが、凶器も動機も不明で、関係者のほとんどにアリバイがない。やがて、三つ子である被害者の妹も首を斬られて殺害され、事件は連続殺人に発展してゆく。こうして、みかげの探偵デビュー戦は幕を開けた。

第二部は、二〇〇三年の冬に時を移す。十八年前、栖苅村を去った静馬は、十日後にまったく関係のない渓谷で自殺をはかった。幸い瀕死の状態で発見されたものの、目覚めたら、すべての記憶を失っていた。以降は別人として生きてきたが、龍ノ首が集中豪雨により倒壊したと知り、それがきっかけでみかげのことを調べ、想い出の地に足を運んだ。

村は様変わりしていて、スガル様の威信も低下している。感傷に浸りながら龍ノ淵まで出向いたら、静馬は白い水干をまとった隻眼の少女に出会った。さらにその日の夜、スガル様の次代となる少女の死体が発見される。被害者は十八年前と同様、龍ノ首付近で首を斬られた状態で見つかった。事件は連続殺人に発展し、静馬は再び、探偵助手として事件を調査してゆく。

信州の山奥の名家、「静馬」という登場人物名、一族の連続殺人に三姉妹とくると、横溝正史の世界、特に『犬神家の一族』を想起する者は少なくないだろう。当該作品が『本格ミステリー・ワールド』２０１１版の「読者に勧める黄金の本格ミステリー」に選出された際の自作解説でも、「横溝風の見立て殺人の変奏から構想が始まったのは確か」と摩耶は述べている。ファンたちが奏鳴曲の続きだと思っていた変奏曲には、デビュー時のような破天荒さはない。「首斬り」「隻眼」「記憶喪失」「銘探偵」「青春」「反転」「アリバイ崩し」「血族」「親子」といったこれまでの麻耶作品に登場したガジェットをふんだんに集めながらも、「いびつ」さは漂わせていない。至極王道で正統派の猟奇殺人ものと感じさせられ、中盤まで「おもしろくなるのか?」と不安に思った会員もいたくらいだ。

先述の自作解説によると、『隻眼の少女』のモチーフは、ソビエト連邦の映画『アンドレイ・ルブリョフ』のエピローグ直前のエピソード「鐘」だという。『アンドレイ・ルブリョフ』は一五世紀初頭のモスクワが舞台となり、代表作に『至聖三者』を描いたロシアの画家・アンドレイ・ルブリョフの生涯を、挿話とともに描いていく作品である。プロローグとエピローグを含む十の章で構成された長編で、「鐘」のみ、メインの登場人物が鐘造りの少年となっている。「鐘」の後の「エピローグ」だけがカラーになっているという点も、『隻眼の少女』第二部の終盤、真相が判明した後の作品の向かう先に、要素として組み込まれている。麻耶は「似ても似つかぬもの」と語るが、本格ミステリにおける探偵像をアンドレイ・ルブリョフになぞらえると、『隻眼の少女』のようになるのではなかろうか。そう思わせられるだけでも、試みは充分に成功しているといえよう。

通常ならば視点人物が主人公となるが、稀に、視点人物は主人公を描写するための脇役にすぎないという作品も存在する。『隻眼の少女』は、他者の目で見た情念の側面から名探偵を映し出す作品で、真の主役は、殺人鬼の血に苦しむ語り手の静馬ではない。彼の背景も「御陵みかげ」という探偵サーガを構築する一つのコマにすぎないということが次第に分かってくる。つまり、『隻眼の少女』における、麻耶の得意としてきた逆転劇は、主役の入れ替わりであったのだ。

例として、二〇〇二年に販売が開始された竜騎士07の同人ノベルゲーム『ひぐらしのなく頃に』があげられる。一九八五年という時代背景（『ひぐらし』は一九八三年だが）、寒村、巫女のような衣装の少女、謎解きのために構築された世界観、ループしたかのような第二部の始まりと、『隻眼の少女』に舞台も似通っている。『ひぐらし』はプレイヤーに選択肢がないという珍しい類のノベルゲームで、挿絵のたくさん入った音楽付きの小説という印象を与えていた。「運命に立ち向かう少女」の苦悩する姿は、『ひぐらし』の真の主役である古手梨花にも類似している。

『ひぐらし』ではプレイヤーに衝撃を与えたが、『隻眼の少女』における主役の入れ替わりは、客観的描写を入れることで、主役をより深く描くことができるという手法のひとつにすぎない。また、両作とも「時」が主題にもなっているが、『ひぐらし』は「時の繰り返し」への抵抗を描き、『隻眼の少女』では「時の繰り返し」はないということを証明している。似たようなガジェットを用いた作品でも、進む道は異なるのだ。

『隻眼の少女』は、「継承」という形で「永遠の存在」を守ろうとした。第一部における第一の殺人で、村は次代の教祖を失い、伝承が途切れる気配を一瞬だけ漂わせたが、血族の他の女性が継承することで「スガル様」は存在できた。しかし、栄華は消え去る。二〇〇三年の第二部では、教祖の存在は名を受け継いだ程度であった。時が新興宗教を時代遅れなものに変えていったのだ。これは、「御陵みかげ」という「探偵」にも置き換えられる。もともと探偵能力を持っていた母と、探偵能力を身につけるために修練中の娘は、「隻眼の探偵」という表面上の形式は同じでも、まったく異なる。客観的に「探偵」を見つめた静馬なら、より実感できるだろう。

小説から一歩外側に飛び出してみると、この構図は、「本格ミステリ」にも同様のことがいえる。「意図的に創られたジャンル」は、名前の「継承」はできても、時の流れとともに衰退していくのではないだろうか。そんな懸念を抱かせてくる。作中では「探偵」を存続させるための手段が衝撃を生んだ。前作『神様ゲーム』

のラストでもかなりの衝撃を与えられたが、それは想像の範疇外の真相であったからだ（なお、『隻眼の少女』には『神様ゲーム』の真相を暗示させる人物が登場する）。今作は逆に、想像はつくけれど、ここまではしないだろうという類の衝撃であった。

本格ミステリ界でなければ通用しないほど特異かつ意表を突く発想であるため、本格ミステリ大賞の受賞や『本格ミステリベスト10』で一位を獲得したことは合点するが、『隻眼の少女』は第六十四回日本推理作家協会賞長編及び連作短編集部門も受賞している。麻耶の「いびつ」が、「本格ミステリ」を存続させるための手段であるならば、幅広いミステリ分野での功績は何事にも代えがたい。

さらに、本格ミステリならではの問題に対し、小説でもって回答しているのが、高評価を得た要因でもあるだろう。それは、「後期クイーン的問題」だ。偶然にも同年、本格ミステリ大賞小説部門候補作の芦辺拓『綺想宮殺人事件』、評論・研究部門候補作の諸岡卓真『現代本格ミステリの研究　「後期クイーン的問題」をめぐって』、評論・研究部門を受賞した飯城勇三『エラリー・クイーン論』でも後期クイーン的問題は取り上げられている。

後期クイーン的問題は、諸岡の「〈完全な本格ミステリは存在しない〉ことを提起した理論だが、それは換言すれば、どのような謎解きにも未解決の謎が存在する」という一文がもっとも分かりやすい。

麻耶雄嵩はそもそも、『名探偵　木更津悠也』に出没する「白い幽霊」のように「本来の謎に関係ない謎については解決しなくても構わない」というスタンスでいた。もっとも、現実で解明できていない謎に対しても論理的推理で結論に導かないとならないのであれば、科学で証明できない不可思議な現象は作中に登場させられなくなる。あるいは必ず不可思議でもなんでもなかったという結論にしないとならない。現実で解明できている事象しか描かれていないとしても、そこに見えているものが本当に真かどうかという現象学的アプローチの証明が必要になってくる。ある一定の事象までを真とするといった共通認識を持ち、そこから推理を始めないと延々とミクロの世界まで証明をし続けないとならなくなる。「本格ミステリ」という言葉自体が曖昧で定義がされていないのだから、小説の共通認識が先か、用語の定義を決めることが先かと、卵が先か鶏が先かのように因果性のジレンマに陥ってしまう。つまり、「どのような謎解きにも未解決の謎が存在する」ならば「完全な本格ミステリは存在しない」となっても、反論はできないのだ。「完全でないと本格ミステリではない」ため、「本格ミステリ自体が存在しない」という極論も生じるだろう。しかし、『隻眼の少女』は真偽を問わない、絶対的な手法で未解決の謎の存在を否定し、「だってこれが真実だもの」とみかげを神の位置に置くことで成立させた。

諸岡は、自著の第二章「本格ミステリ殺人事件」内で、「最終的な真相を決定するのは作品外にいる作者であり、作品内にいる探偵は、その真相を提示する役割を担わされた装置でしかない」と結論づけている。麻耶と諸岡の執筆期間や刊行時期がほぼ近しいことから、『隻眼の少女』は諸岡の論考を念頭におかず、この問題をすんなりクリアできていた。「装置」として生きる神の「探偵」を創り上げたのだ。メルカトル鮎を「銘探偵」と位置づけることで、「名探偵の推理は間違いなく正しい」という絶対性を確立させているが、「御陵みかげ」はより顕著なものにしている。みかげ自身が作者であると言い切れるほど、隙がないのだ（ただし、『隻眼の少女』に限る）。

さらに、『隻眼の少女』は、二〇〇六年に本格ミステリ界に生じた「容疑者X問題」に対しても回答を出している。東野圭吾『容疑者χの献身』が本格ミステリではないという二階堂黎人の問題提起により論争が始まり、笠井潔が作中で扱われた「見えない人物」に関して批判をした。

『隻眼の少女』ではすべての人物がコマとして動かされているが、そのコマにすら含まれない人物が登場する。その人物の役割は一言で説明されるが、背景までは分からない。後期クイーン的問題でも「謎解きには関係ないので」と斬り捨てられる。「容疑者X問題」の場合だと、「そういう存在ですから」と血の通った同じ人間であるという扱いはされないだろう。

この存在がさらなる意外性を生み、不可解さを残すが、本格ミステリにおける「見えない人物」の新たな区分けを誕生させている。存在を無視された存在は、現実世界では許されないことであるし、虚構の世界でも倫理観に欠けるだろう。犯人当てに動機は関係ない、つまり推理の要素に人の心は必要ないという本格ミステリの世界でも、いささか疑問は生じる。

しかし、この非人道性を有りとするのが、麻耶雄嵩という作家である。これまでの作品の集大成がもっとも高く評価されたことによって、「いびつ」は「当たり前」のものとして変化してきている。「いびつ」をさらに歪ませたら、どのようなことになるだろうか。逆に「ごく普通」が突飛に感じられるかもしれない。その答えはいまだ出ておらず、麻耶は本格ミステリの第一人者として変奏曲を奏でている。

2012年
第12回受賞

城平京
『虚構推理 鋼人七瀬』
講談社
◎
渡邉大輔

◉著者略歴

渡邉大輔（わたなべ・だいすけ）

映画史研究者・批評家。専攻は日本映画史・映像文化論・メディア論。現在、跡見学園女子大学文学部専任講師、日本大学芸術学部・明治学院大学文学部非常勤講師。著作に『イメージの進行形』（人文書院）、共著に『スクリーン・スタディーズ』（東京大学出版会）など。

ポスト・トゥルース化するミステリの果て――『虚構推理 鋼人七瀬』論

1　虚構＝嘘の推理バトルミステリ

二〇一二年、本格ミステリ大賞の第一二回小説部門を受賞した『虚構推理 鋼人七瀬』（二〇一一年、以下『鋼人七瀬』）は、城平京による〈虚構推理〉シリーズの第一作である。同作が二〇一五年からコミカライズ化されたことをきっかけに、近年、第二作『虚構推理短編集 岩永琴子の出現』（二〇一八年、以下『短編集』）、第三作『虚構推理 スリーピング・マーダー』（二〇一九年、以下『ＳＭ』）が新たに刊行され、二〇二〇年一月にはテレビアニメ化もされるなど、いまなおメディアミックス展開が続く人気タイトルである。この評論では、この『鋼人七瀬』およびその後の一連の〈虚構推理〉シリーズについて、刊行当時の本格ミステリジャンル内での意義や影響関係、そして二〇二〇年の現在から振り返ったさいの可能性などを整理し、考察してみたい。

まず、本作の概要をまとめておこう。シリーズを通じた主人公＝探偵役とワトソン役は、超自然的な怪異と触れ合う能力を持つ義眼義足の女子大学生・岩永琴子と、彼女の恋人で、不死身の身体と「未来を決定できる力」を持つ男子大学院生・桜川九郎。岩永は、一一歳のときに、知能の低い怪異（妖怪）たちのための知恵の神になるという契約を交わしており、それと引き換えに右目と左足を奪われている。以後、怪異の絡んだ事件をめぐって、彼らとのコミュニケーションと自身の卓越した推理能力を駆使して数々の謎を解決に導いていっている。他方、桜川もまた、幼いころに人魚と件《くだん》の肉を食べたことがきっかけで、死なない身体と「条件が揃っていれば、未来を自分の望むものに決定できる能力」を手に入れていた。

さて、受賞作である第一作の『鋼人七瀬』は、岩永が「鋼人七瀬」と呼ばれる、真倉坂市に出没する怪異にまつわる事件の相談を受けるところから幕を開ける。鋼人七瀬とは、地方都市の真倉坂市で鉄骨の下敷きになって変死を遂げた七瀬かりんという女性アイドルの亡霊だと噂され、黒く潰れた顔を持ち、鉄骨を片手に抱えながら夜な夜なひとを襲う怪異のことだ。この鋼人七瀬の目撃譚が、インターネット上で若者たちを中心に都市伝説のような形で広まっていた。そんななか、真倉坂市を訪れた桜川は、本当に鋼人七瀬と遭遇し、戦うことになる。そして、桜川の元恋人で鋼人七瀬の謎を追う弓原紗季の上司、真倉坂市の巡査部長・寺田徳之助が、ついに鋼人七瀬によって殺されてしまう。じつは、鋼人七瀬は、単なる噂でなく現実に存在する怪異であり、しかもそれは、桜川の従姉の桜川六花が管理する鋼人七瀬のまとめサイトに集うユーザたちの想像力が膨らみ、実体化したものであった。それゆえに、鋼人七瀬を消滅させ、街を鎮めるためには、鋼人七瀬は現実に存在するにもかかわらず、その存在を妄想し、興味本位で群がっているまとめサイトの住人たちに、それよりも説得的で魅力的な「鋼人七瀬は存在しない」――つまり、事件の真相は超自然的で不合理な怪異によるものではなく、自然で合理的な理由によるものである――という嘘の事実を証明する推理を捏造し、彼らを論理的に信じこませなければならない。かくして、岩永と桜川たちは、ネット空間を舞台に、「鋼人七瀬は存在しない」という四つの「虚構の推理」をつぎつぎとぶつけ、事件を収束させることを試みる。

二〇一〇年代の劈頭《へきとう》に発表されたこの『鋼人七瀬』は、当時の本格ミステリ界隈に少なからずポレミカルな反響を巻き起こした。たとえば、当時の筆者は、同世代のミステリ評論の書き手たちと本格ミステリ大賞の最終候補にもなった現代ミステリ論集『21世紀探偵小説――ポスト新本格と論理の崩壊』（南雲堂、二〇一二年）を準備していたり、同じく本格ミステリ大賞候補作予選委員を務めたりしていたが、それらの場で本作が熱い議論の的になっていたことを記憶している。

　その理由はいうまでもなく、この作品のクライマックスの特異な展開にあった。すなわち、『鋼人七瀬』では、通常、名探偵が最後に解き明かすべきはずの事件の唯一不変の真相は、物語の中盤ではやばやと――それも超自然的な怪異の仕業という非合理・非論理的な形で！――明かされてしまう。そして、名探偵たちは、むしろその真相とは異なる「確からしい」複数の偽の推理を（最初から嘘だと断ったうえで）競合的に並べていき、そのことで作中人物たちを存在しない「虚構の真実」へと誘導するのだ。作中で、探偵役の岩永は次のように語る。「はい、真実がいつも強いとはかぎりません。また鋼人七瀬は真実です。だから私は合理的な虚構で立ち向かいます。『鋼人七瀬は亡霊である』という現実よりも魅力的な、『鋼人七瀬は虚構である』という物語をまとめサイトに直接挿入します」[1]。ここでは、従来の本格ミステリ＝探偵小説が長らくもっとも基本的なジャンル形式のひとつとしてきた、いわゆる「謎とその論理的解明」――超絶的な推理能力を身につけた名探偵が、論理的かつ実証的な分析の蓄積によって不可能トリックを暴き、唯一の真相＝現実を看破するというプロット的な枠組みが跡形もなく失われている。

　注意深くつけ加えておけば、もちろん、超常的な物理法則やゾンビのような怪異が現実に登場する本格ミステリは、西澤保彦や山口雅也を挙げるまでもなく、「ＳＦミステリ」として、それ以前から書かれていたし、複数の推理が競合する単なる「多重解決もの」であれば、これもアントニー・バークリーの古典的名作『毒入りチョコレート事件』（一九二九年）などの先行例があり、とりたてて珍しいものではない。しかし、『鋼人七瀬』がそれらの先行する諸作と異なり、なおかつ重要なのは、超自然・非合理的な妖怪や幽霊が作中に現実に登場するという常識的な本格ミステリを逸脱する設定や、唯一不変の真実の解明ではなく、それが虚構であっても、より「真実そうだ」とひとびとに思わせるような複数の解釈（「合理的な虚構」）を「ゲーム的」に競合させるというコンセプトが、わたしたちの生きる二一世紀の現実世界のパラダイムシフトときわめて批評的に呼応するものになっている点だろう。

2　ゼロ年代ミステリの継承

実際、すでに知られているように、本作のように、通常の本格ミステリ＝探偵小説のジャンル規則をラディカルに逸脱するミステリ小説は、本作に先立つ一九九〇年代後半からゼロ年代にかけて、日本のミステリでも急速に台頭してきていた。たとえば、「ポスト新本格」と呼びうる京極夏彦や清涼院流水といったいわゆる「メフィスト系」、またそれに続く舞城王太郎、西尾維新、佐藤友哉といった「ファウスト系」と呼ばれた新世代の若手作家たち、さらに石持浅海など同時代作家の作品群においては、「謎とその論理的解明」「不可能トリックと意外な真相」「作者‐読者間のフェアプレイ」などの本格ミステリ特有の叙述の形式性や論理性が軒並み雲散霧消し、代わりにマンガやアニメにも近づいた非論理的・不合理的な展開やアクロバティックな名探偵の推理、あるいは「唯一不変の真実」に対する深い懐疑がこぞって描かれた。[2] そうしたこの時期のミステリジャンルのパラダイムシフトをもっともよく象徴している作例のひとつが、ファウスト系作家と同世代でもある米澤穂信の諸作品である。なかでも、本格ミステリ大賞の第八回小説部門の候補作『インシテミル』（二〇〇七年）と、第一〇回小説部門の候補作でもある『追想五断章』（二〇〇九年）は、その特徴をよく示している。『インシテミル』は、クローズド・サークル形式の推理バトルものだが、この作品での推理バトル参加者たちによる推理は、まさに『鋼人七瀬』の岩永の虚構推理と同じく、事件の真実を明かすことに向けられたものではなく、ただ彼らのなかでどれだけの説得力＝リアリティを得られるかということだけが重視される。「必要なのは、筋道立った論理や整然とした説明などではなかった。どうやらあいつが犯人だぞという共通了解、暗黙のうちに形作られる雰囲気こそが、最も重要だった」[3]。また、『追想五断章』は、物語のなかで明確な結末を描かずに読者の解釈に委ねる「リドル・ストーリー」という形式を採ったミステリであり、そこでもまた、『鋼人七瀬』のクライマックスの並列された四つの「虚構推理」のように、物語の結末、つまり事件の真相とはいくらでも置き換え・解釈可能な相対的なものにすぎないというメッセージが見え隠れしている。

　ここで、あらためて『鋼人七瀬』のなかの、岩永の虚構推理に対する弓原の感慨を引用しておこう。

> 九郎と岩永が分析と推論を重ねている。
> それらの推理は正しい絵を描けるのか。提示された問題に対し、手にあるデータから辻褄が合った解決を見出し、犯人を指摘することができるのか。
> いや、そもそもここで言う『正しさ』とは何だ。犯人を指摘するとは何だ。
> 実際の事件ならば、しかるべきデータと推理をもってすれば真相は明らかになると言ってもいい。真実はいつもひとつ。その姿は隠そうとしても隠しきれず、論理によって明らかにもなるだろう。
> だが彼女がやろうとしているのは、いもしない犯人と真相を作り出すこと。規定の材料から『その手があったか』と思わせる答えを導き出すこと。ないものをどうすれば論理で発見できるのだ。
> そのために求められるのは推理ではない。求められるのは、もっと違う言葉で表現されるものだ。[4]

このように、『鋼人七瀬』の探偵役は、「提示された問題に対し、手にあるデータから辻褄が合った解決を見出し、犯人を指摘する」のではなく、あくまでも「規定の材料から『その手があったか』と思わせる答えを導き出」し、「いもしない犯人と真相を作り出す」。岩永は虚構推理を披露するにあたり、「これから〈鋼人七瀬まとめサイト〉で行われるのは、議会、理事会、評議会といったもので提案された議案の賛否を決めるのと似ているかもしれません。［…］言うまでもなく、最終的に多数派となった方が勝ちです[5]」と述べるが、この彼女の喩えは、基本的には、米澤の『インシテミル』で描かれた世界観＝ミステリ観の延長上にあるといってよいだろう。

3　ポストモダン論、情報社会論との繋がり――同時代のミステリ批評との関係

いずれにせよ、こうしたメフィスト系／ファウスト系とそれ以降の現代ミステリの動向に関しては、ゼロ年代を中心に、ミステリ評論の内部でもさまざまな議論が蓄積されてきた。笠井潔の「ジャンルX」「脱格系」から限界研の「壊格系」など多種多様な呼称が提案され、小森健太朗の「ロゴスコード」をめぐる議論（『探偵小説の論理学』参照）など、ミステリにおける「論理性」の再検討を促す仕事も現れた。また、当時出てきたそれらの議論の多くは、『鋼人七瀬』的なミステリのジャンル的変容を垣間見せる作品群の特徴を、これも当時、強い影響力を持っていた「ポストモダン論」などと呼ばれた一連の現代思想や文化批評の文脈と関連づけて論じていた。必要な範囲でごくおおざっぱに要約するなら、ポストモダンとは、近代（モダン）の社会や文化を輪郭づけていた「大きな物語」（社会の構成員たちが広く共通前提とする規範的な制度やイデオロギー）が意味を持たなくなり、あらゆる価値観や思想が繋がりを失ってフラットに並列化されてしまう

時代を指す。明らかなように、こうして文脈を立てれば、メフィスト系／ファウスト系から米澤穂信を経て〈虚構推理〉連作にいたる現代ミステリの変容が、ポストモダンへの時代的変化とぴったり相即していることがわかる。

もとより、エドガー・アラン・ポーやコナン・ドイルに端を発する本格ミステリ＝探偵小説とは、数々の形式的で規範的な戒律（ヴァン・ダイン、ノックス……）と実証主義精神で紡がれる異形の「近代小説」――笠井潔の定式ならば、より厳密に「二〇世紀小説」――として誕生した。すなわち、近代小説たる本格ミステリは、「謎とその論理的解明」などに集約されるジャンル規則を、それ自体近代的な「大きな物語」として長らく保持し続けてきたといえる。ところが、繰り返すように、二一世紀の城平らの小説においては、もはや事件の真相は、科学的で論理的な手続きによって明らかとなる大文字の真実だとはみなされえず、虚構でもネタでも構わない「議案の賛否を決めるのと」等しいものに変貌している。だとすれば、確かにこの事態を本格ミステリのポストモダン的変容として解釈することは可能だろう。[6]ここにはほかにも、認知科学から行動経済学まで、ポストモダンのさまざまな新しい知見との類似を見ることができる。藤田直哉の現代ミステリ論のサブタイトルを借りていえば、まさに〈虚構推理〉はそんな「ポスト・トゥルース時代のミステリ」として記されている。あるいは、米澤の『追想五断章』の主人公は、「自身にも自身の父にも、物語が存在しないことをあらためて噛みしめる」[7]と語るが、ここにもまた「大きな物語」が失われたポストモダン以後の「断章」化したミステリの手触りがこめられている。

さらに重要なのは、笠井の脱格系論や限界研の壊格系論、あるいはこれも本格ミステリ大賞評論・研究部門の受賞作や候補作となった円堂都司昭や一田和樹らの著作（『「謎」の解像度《レゾリューション》』『サイバーミステリ宣言！』）がひとしなみに注目したように、こうした時代的変化が下部構造――つまり、情報技術の進展と関係していたことだ。たとえば、筆者もまた、これらの議論を踏まえつつ、二〇一〇年代前半に「検索型ミステリ」というコンセプトを提案している。詳細は別稿を参照していただきたいが[8]、筆者のいう検索型ミステリとは、名探偵がトップダウン式に事件の唯一の真相を解き明かすというあり方ではなく、まさにインターネットの検索エンジンとそれを使って情報を探り当てるユーザのように、世界に散らばる膨大な情報やありうる可能性の束を適当に縮減し、「なんとなく確からしい」解答を見つけ出すようなプロットやリアリティを描く現代ミステリを指している。そして、こうした感性や知性のモードは、やはりウェブや携帯電話、スマートフォンなどの情報環境の社会的浸透を無視して考えることはできないだろう。第一回メフィスト賞受賞作の森博嗣の『すべてがFになる』(一九九六年)がコンピュータのプログラミングを題材にしていたように。ともあれ、ネット上の都市伝説的な妄想が創発させた怪異を描き、まとめサイトを舞台にした推理バトルをクライマックスに配した『鋼人七瀬』が、こうした検索型ミステリのパラダイムに含まれることも紛れもない。「鋼人七瀬があれほどの実体と力を持った理由は、まさしくそのネットです[9]」という作中での岩永の言葉は、同時代の認識を正確に追認している。

4　ポスト『虚構推理』のパラダイム

さて、以上がおおよそ『鋼人七瀬』が発表された二〇一〇年前後当時の本格ミステリの動向と、そのなかでの本作の位置づけだといえるだろう。

ゼロ年代のメフィスト系／ファウスト系作品の問題意識を引き継ぎつつ、来たる二〇一〇年代に向けてゲームの再設定をよりラディカルに試みたともいえる『鋼人七瀬』的なスタンスは、以後のミステリ小説でも形を変えて継承されていっている。たとえば、本作の受賞から二年後の第一四回小説部門の受賞作となった森川智喜の『スノーホワイト——名探偵三途川《さんずのかわ》理《ことわり》と少女の鏡は千の目を持つ』（二〇一三年）。本作の主人公＝探偵役は、やはり少女の私立探偵・襟音ママエだが、本作の妙味は、本来は探偵役であるはずの彼女が推理するわけではなく（彼女自身に特別な能力は何もない）、彼女が持っている掌サイズの鏡が事件の真相を何でも教えてくれるという設定にある。以前、別稿でも記したことだが、こうした点について、たとえば法月綸太郎は、「推理によって真相を見いだすのではなく、真相から逆算してありうべき推理を導くあべこべの発想」[10]だと指摘しているけれども、この特徴は、いうまでもなくすでに『鋼人七瀬』が先行してやっていたことだ。

あるいは、本物の怪異が物語に実在するという『鋼人七瀬』をはじめ、ミステリらしからぬ超常的な設定やキャラクター造型を用いるミステリ小説も、二〇一〇年代を通じて一挙にポピュラー化した感がある。実際、〈虚構推理〉シリーズ最新作である『ＳＭ』でも、「でも最近は、幽霊もオカルトもありっていうミステリも多いんでしょう？[11]」という台詞が出てくるが、これは昨今のミステリ読者の実感を代弁したものだろう。そして、その点についていえば、ある意味で「ポスト『虚構推理』」の本格ミステリの重要作と呼べるのが、一〇年代末に高い評価を獲得し、直近の第二〇回小説部門を受賞した相沢沙呼の『medium 霊媒探偵城塚翡翠』（二〇一九年）だろう。以下、本作の展開の重要な部分に短く触れるので、未読の方は注意されたい。

さきの『ＳＭ』同様、やはり作中人物によって「特殊設定ミステリも流行っていますからねぇ[12]」という感慨が呟かれる本作は、まさにそうした一〇年代ミステリ的な「常識」を逆手にとって、読者を鮮やかに欺くことに成功している。『medium』の主人公＝探偵役とワトソン役は、死者の言葉を霊視によって理解できる力を持つ美少女・城塚翡翠と、推理作家の香月史郎。霊媒探偵たる翡翠は霊視によって殺人事件の真相を一瞬で知ることができるが、しかし、当然ながら彼女の証言はそのままでは信頼に値しない。そこで、「それら霊視によってもたらされた情報を分析し、科学捜査に役立てることが可能な論理へと媒介すること」[13]が、ワトソン役たる香月の役目となっている。したがって、たとえばそこでは「犯人は女子生徒だという答えを事前に知った上で、その結果が導き出されるよう、恣意的にプロファイリングを組み立てる」[14]という転倒した操作が求められる。断るまでもないだろうが、こうした『medium』のミステリ的趣向は、『鋼人七瀬』や『スノーホワイト』が作り上げてきた新たなパラダイムのうえに成り立っている。とはいえ、『medium』が面白いのは、物語の最後で、これとはまったく逆の真相——つまり、じつは城塚には霊視能力などなく、すべては彼女の圧倒的な論理的推理能力によるものであり、ただ「霊視能力がある」という振りをしていただけだったという事実が明かされることだ。おそらく作者の相沢は、二〇一〇年代を通じて『鋼人七瀬』的な作品群が築き上げてきたパラダイムを前提とし、それを再び脱臼させてみせたのである。

　何にせよ、先ほども述べたように、〈虚構推理〉シリーズは、第一作から七年経った二〇一八年からまた新刊が発表されている。結論からいえば、既刊の二作とも、ミステリ的な趣向は『鋼人七瀬』を変わらず踏襲している。『短編集』では水神の大蛇や夫に殺された妻の幽霊、化け狸、『ＳＭ』では妖狐と、超自然的な怪異が現実に存在しており、岩永が彼ら怪異との交流を通じて、最初から事件の真相を知っている。したがって、あとの物語では、いかに説得的な辻褄合わせができる虚構の推理を披露できるかだけが必要になってくるわけだ。

　その気になれば辻褄の合った仮説の三つや四つは並べられる。

「私が提示したのは事実と矛盾せず、一番受け入れやすくて後味が悪くないというだけのものです。あそこで必要だったのは、アパートを管理されている方の不安を取り除く説明だったんですから」[15]

以上のように、二〇一〇年代末の近作においても、〈虚構推理〉シリーズは、二〇一〇年代初頭に示した枠組みを展開させていると見ることができるだろう。

5　〈虚構推理〉の「オブジェクト指向化」

ただ、二〇二〇年代初頭の現在から振り返ってみたとき、最近の二作はもちろんのこと、十年近く前に書かれた『鋼人七瀬』にも、現代ミステリを考えるうえでのまた新たな論点や可能性が見えてくるように思われるのである。それは、ここ数年の筆者が「オブジェクト指向ミステリ」や「ポストヒューマンのミステリ」と名づけている問題系に関わるものだ。[16]

『medium』の名探偵のいわゆる「特殊設定ミステリ」のひとつでもある〈虚構推理〉シリーズは、通常の人間と、その反対の「ヒトならざるもの」、いい直せばノンヒューマンな「モノ」としての怪異（大蛇、河童、妖狐……）がフラットに交流するという物語だった。そう考えると気づくのは、『鋼人七瀬』から『ＳＭ』を通じて、主人公の岩永の容姿さえもがしばしばある種のモノ＝「人形」に擬《なぞら》えられて表現されてきたことだ。怪異と触れ合える岩永や死なない身体を持つ桜川もまた、いわゆる通常の人間の枠を逸脱した存在であり、岩永であればそれは「人とあやかしの間にあってそれをつなぐ巫女」[17]のようなハイブリッドな性質を備えている。そして、二〇一〇年代初頭の『鋼人七瀬』と二〇一〇年代末の『短編集』や『ＳＭ』とを比較して違いや変化があるとすれば、それは前者にあった情報論的な世界観が（直接的には）後景に退き、その代わりに、いま述べてきたような、ヒトとヒトならざるモノ＝オブジェクトとの関わりの様子が描かれたり、モノがヒトのように蠢く様子が印象的に語られるようになったことだ。たとえば、『短編集』の第三話「電撃のピノッキオ、あるいは星に願いを」では登場人物が作った人形がピノッキオのように動き回り、また第四話「ギロチン三四郎」ではギロチンが事件の現場を人知れず目撃しており、そして第五話「幻の自販機」では自動販売機が生き物のように神出鬼没に現れては消える。「あれはピノッキオのように、あやつり糸もなく、自律して動く。動いている」[18]。作中人物のひとりがそう語るように、『短編集』や『SM』の物語世界では、まさに「ギロチン三四郎」で言及される「付喪神」を思わせるモノ＝オブジェクトたちの蠢きがいたるところで描かれるようになるのだ。

筆者の見るところ、近年の〈虚構推理〉シリーズにおけるこうした傾向は、同じ時期の本格ミステリ小説の示す特徴とも重なっている。昨今のミステリでも、人間が「ヒトならざるモノ」＝怪異に変貌したり、それら多種多様な「ヒトならざるモノ」との交流によって物語やトリックが駆動されていく話題作が目立つようになっている。白井智之の『東京結合人間』（二〇一五年）、第五七回メフィスト賞受賞作である黒澤いづみの『人間に向いてない』（二〇一八年）、そして第一八回本格ミステリ大賞をはじめ、第二七回鮎川哲也賞、各種ベストテンの第一位を独占した今村昌弘の『屍人荘の殺人』（二〇一七年）をここに含めてもよいだろう。さきほどの『medium』にしても、作中で「洗面所の鏡の視線」という魅力的なイメージが登場する。

つまり、二〇一〇年代後半以降の日本の本格ミステリでは、いわば「人間とノンヒューマン・エージェンシー＝オブジェクトとの共生可能性」や「モノたちのロゴスコード」（人間の論理とは異なる大蛇や鏡固有の「論理」……）というテーマが前景化しつつあり、〈虚構推理〉シリーズもまた、そうしたテーマを共有しようとしている。これが、筆者のいう本格ミステリの「オブジェクト指向化」である。

別稿でもすでに論じたように、昨今のミステリのこうした趣向には、むろん現実世界における多種多様な「モノ」の自律化の動きが深く関わっている。かつての筆者の検索型ミステリ論が着目した情報メディア環境の発達との関わりでは、奇しくもちょうど『鋼人七瀬』が発表された二〇一〇年代初頭あたりから始まった「第三次ＡＩ（人工知能）ブーム」が挙げられるだろう。ビッグデータとディープラーニングの台頭によるＡＩ技術のこの十年での飛躍的な発達は、現在、ドローンやSiri、スマートスピーカーなどの「ＩｏＴ」社会の出現として、文字通り、「ヒトならざるモノ」たちがヒトと同等に動き回り、思考する状況を実現させている。その意味で、鋼人七瀬や大蛇や妖狐たちとコミュニケーションする岩永の姿は、AlexaやGoogle Homeに語りかけるわたしたち自身の写し絵になっているわけだ。

そして、翻って二一世紀以降の哲学や現代思想の領域でも、近代以降の哲学が準拠してきた「人間中心主義」の枠組みから離れて、「モノ」や「実在」との直接的な接触の可能性や不可能性を考える「ポストヒューマニティーズの哲学」が数多く台頭してきている。〈虚構推理〉シリーズをはじめとする現代の注目すべき本格ミステリは、こうしたポストヒューマニティーズの哲学とも共振する可能性を秘めているはずだ。その論点を最後にひとつだけ提示しておこう。

6　現代ミステリにおける「超越」の回復

繰り返してきているように、〈虚構推理〉シリーズの眼目は、「通常の人知＝論理を超越した怪異が存在することが作中で自明の前提となっており、探偵役はその事実を隠すために、リアリティのある複数の虚構推理を披露する」というところにあった（これは『medium』の一部にも共通している）。たとえば、こうした

〈虚構推理〉の構造を反転させた作品として、本格ミステリ大賞でも候補となった井上真偽の〈上苙丞〉シリーズを理解することができる。現在までに『その可能性はすでに考えた』（二〇一五年）、『聖女の毒杯――その可能性はすでに考えた』（二〇一六年）の二作が刊行されている本シリーズは、さしあたり「推理バトルスタイルの多重解決もの」という設定において、城平の〈虚構推理〉シリーズを髣髴とさせる作品だ。ただ、より注目すべきは、やはり本シリーズのきわめて特異なミステリ的趣向だろう。本シリーズでは、主人公の名探偵・上苙丞が、登場人物たちの繰り出す無数の推理につぎつぎと反駁《はんばく》していくのだが、ユニークなのは、「この世界に人知＝論理を超越する「奇蹟」が存在することを証明するために、事件のトリックを論理的・合理的根拠によって証明することが不可能であることを（論理的に）示す」というところなのだ。要約すれば、〈虚構推理〉シリーズでは、名探偵は「怪異＝超常的なものの不在証明」を、そして他方の〈上苙丞〉シリーズの名探偵は逆に「奇蹟＝超常的なものの存在証明」を行っているのである。

　このように、城平と井上のミステリでは、いずれも通常の本格ミステリの枠組みを大きく逸脱しながらも、名探偵の謎解きの志向は対照的な方向を向いている。だが、ここで注意したいのは、どちらも等しく本格ミステリという形を借りて「超自然的・超常的なものの実在」を物語世界の前提とし、主題としている点だ。ここには、やはりさきほどのオブジェクト指向化に繋がる現代世界の根本的なパラダイムシフトとの関係が見え隠れしているように思う。

　この問題については、すでに拙稿「検索型からポストヒューマンへ」などでも扱ったことがある。ただ、ほかにもたとえば、今日のさまざまなポストヒューマニティーズの哲学を、実存と「超越性」の関係の問題から読み直す岩内章太郎の議論は参照に値するだろう。岩内は、彼が「現代実在論」という名で括り直すポストヒューマニティーズの哲学の意義を、現代のわたしたちからは失われた「神の「高さ」（超越性）と「広さ」（普遍性）」を「回復する運動として――または高さと広さとは別様に生きる可能性として――読み解くことができる」[19]と述べる。岩内によれば、このふたつのうち、「高さとしての超越性」とは、「存在不安を打ち消すと同時に超越的なものへの憧れを喚起[20]」することで実存の安定を保つものとされる。さきほども記した通り、近代哲学や近代社会は、何よりも「人間」を中心にあらゆる物事を組み立ててきた。しかし、あらゆることを人知のおよぶ範囲に括りつけてきた近代は、逆にそれがおよばない「大いなる外部」、つまりは「高さ」（超越性）の感覚を失わせた。つけ加えれば、こうした近代的な人間中心主義は、物理的世界や実証的実験との物理的繋がりを伴ったモノ＝手掛かりや死体を、ヒトの知性＝名探偵の推理によって自在に解き明かすという本格ミステリ＝探偵小説の規則にもそのまま反復されている。ともあれ、そうした人間中心主義が徹底され尽くした現代の実存は、もはや「社会への蔑みや嘲りもない。その気になれば人生を楽しむこともできるが、同時にある種の生きがたさのようなものも感じて」おり、「そして、いま手にしている意味もやがては消えていくかもしれないという「ディスイリュージョンの予感[21]」に苛まれた「メランコリー」の感覚を生きている。この岩内のいう「いま手にしている意味もやがては消えていくかもしれないという「ディスイリュージョンの予感」」こそ、〈虚構推理〉シリーズが打ち出す、「非合理的な唯一の真実より合理的な複数の虚構」というどこか「倦怠的」なスタンスに繋がるものだろう。

ともあれ、だからこそ、そうした人知と同等に蠢き、場合によっては人知では理解できない超常的で非合理的な働きを示す「モノ」（＝怪異）の超越に注目する現代のポストヒューマニティーズの哲学は、わたしたちの実存からは失われていたある種の「超越性」（高さ）を回復する契機となりうるだろう、と岩内は考える。この岩内の議論を踏まえたとき、二〇一〇年代後半のＩｏＴ社会の到来を背景に書かれた井上の〈上笠丞〉シリーズや城平の〈虚構推理〉シリーズとは、「超常的なものの実在」をミステリ空間に呼び込むという所作において、とりわけメフィスト系／ファウスト系以後のすっかり「高さ」が見失われた現代ミステリに、また新たな「超越」の輝きを召喚させようとする試みとして捉え直す可能性が拓かれるだろう。

このように、城平と〈虚構推理〉シリーズが二〇一〇年代に提示した問題設定は、おそらくは二〇二〇年代以降も引き継がれていくことになるはずだ。

1　城平京『虚構推理 鋼人七瀬』講談社ノベルス、二〇一一年、一一七頁。

2　本格ミステリ大賞を主催する本格ミステリ作家クラブが設立された二〇〇〇年は、奇しくも本格のジャンルコードを破壊するメフィスト系やファウスト系の若手作家たちが台頭してきた時期と重なるが、逆にいえば、本格ミステリ作家クラブの誕生は、そうした時代的変化に対するジャンル意識の高まりの表れだったとも言えるだろう。また同様に、とりわけゼロ年代後半から一〇年代初頭にかけて、一連のメフィスト系／ファウスト系作品への反動からか、梓崎優や青崎有吾など、対照的に「端正な本格」を志向する彼らより年少の新人作家が注目を集めたこともつけ加えておきたい。

3　米澤穂信『インシテミル』文藝春秋、二〇〇七年、三六六～三六七頁、傍点原文。

4　前掲『虚構推理 鋼人七瀬』、一六八頁、傍点引用者。

5　同前、一九二頁。

6　余談ながら、同様の変容（「謎とその論理的解明」形式の無根拠性）を本格ミステリジャンル内で検討した議論として、いわゆる「後期クイーン的問題」が挙げられるだろう。脱格系ミステリのある種の臨界点を示した『鋼人七瀬』が受賞した前年（二〇一一年）の本格ミステリ大賞の受賞作、候補作が、小説部門の芦辺拓『綺想宮殺人事件』（二〇一〇年）、評論・研究部門の飯城勇三『エラリー・クイーン論』（二〇一〇年）、諸岡卓真『現代本格ミステリの研究』（二〇一〇年）といった後期クイーン的問題に関連するものに集中していたことは、その意味で示唆に富む。

7 米澤穂信『追想五断章』集英社、二〇〇九年、一四〇頁。

8 渡邉大輔「検索型ミステリの現在」、限界研編『21世紀探偵小説――ポスト新本格と論理の崩壊』南雲堂、二〇一二年、一六五～二〇七頁。

9 前掲『虚構推理 鋼人七瀬』、一一二頁。

10 法月綸太郎「解説」、森川智喜『スノーホワイト』講談社文庫、二〇一四年、三七五頁。

11 城平京『虚構推理 スリーピング・マーダー』講談社タイガ、二〇一九年、一八頁。

12 相沢沙呼『medium 霊媒探偵城塚翡翠』講談社、二〇一九年、三一九頁。

13 同前、八頁。

14 同前、一九六頁。

15 前掲『虚構推理 スリーピング・マーダー』、八三頁。

16 筆者のオブジェクト指向ミステリの議論の詳細は、以下を参照されたい。渡邉大輔「検索型からポストヒューマンへ――メディア環境から見た一〇年代本格ミステリのゆくえ」、押野武志・谷口基・横濱雄二・諸岡卓真編著『日本探偵小説を知る――一五〇年の愉楽』北海道大学出版会、二〇一八年、二四五～二六六、三三〇～三三四頁。渡邉大輔「ミステリとアクタントの蠢き」（謎のリアリティ）、『ジャーロ』第六五号、光文社、二〇一八年。

17 城平京『虚構推理短編集 岩永琴子の出現』講談社タイガ、二〇一八年、一〇頁、傍点引用者。

18 同前、一一六頁。

19 岩内章太郎『新しい哲学の教科書――現代実在論入門』講談社選書メチエ、二〇一九年、一七頁。

20 同前、一九頁。

21 同前、二五頁。

2012年
第12回受賞

皆川博子
『開かせていただき光栄です
——DILATED TO MEET YOU——』
早川書房

◉

佳多山大地

◉著者略歴

佳多山大地（かたやま・だいち）

大阪府生まれ。１９９４年「明智小五郎の黄昏」で第１回創元推理評論賞に佳作入選。著書に『トラベル・ミステリー聖地巡礼』『新本格ミステリの話をしよう』『謎解き名作ミステリ講座』など。

『開かせていただき光栄です』を読む

「さあ、お母さん、少し落ちつきましょう。浩介の方に飲酒などの落度がないことは、解剖の結果明らかになったんだから、いいじゃないですか」

　　――『ライダーは闇に消えた』一九七五年

金髪の人形たちは、うつ伏せに折り重なっていた。持主の愛情が感じられない扱いであった。わたしはなにげなく一つを取り上げた。顔が叩きつぶされ、穴になっていた。

　　――『死の泉』一九九七年

1

＊敬称略さず

本格ミステリ作家クラブの会員のみならず、熱心なミステリファンには周知のとおり、毎年の本格ミステリ大賞の受賞作は、東京都文京区音羽の光文社内にて行われる公開開票式で決まる。ついに結果が確定すれば、大賞運営委員が全候補作者に急ぎ連絡を取り、すこし時間をおいて、同社内で受賞者会見が開かれる。それも無事終われば、例年ひと月以上は先になる贈呈式及び祝賀会が待てぬとばかり、近くの居酒屋で小宴会が催されるのだ。

二〇一二年五月十二日、土曜日。第十二回本格ミステリ大賞の小説部門は、同賞レースの歴史に残る激戦だった。有効投票総数は五十六。そのうち、皆川博子さんの『開かせていただき光栄です』と城平京さんの『虚構推理　鋼人七瀬』が十九票ずつ獲得してトップで並び、二作同時受賞が決まったのだった。

――その夜、件《くだん》の小宴会の中心にいたのは、小説部門の受賞者で会見に出られた皆川博子さんだった。受賞時の齢八十二。その三年前、七十七歳で同賞の栄冠を得た牧薩次（辻真先）さんの最年長受賞記録を超え、この偉業の壁を破る者はそうそうあらわれないだろう。

八十の三つ子、と諺《ことわざ》に言うが、宴の席の皆川さんは、まるで童女のようだった。はじけるような笑顔で、無邪気に今回の受賞を嬉しく思っていることがこちらに伝わってくる。その様子を見て僕は、右隣に坐る本格ミステリ作家クラブ初代会長、有栖川有栖さんに「いやあ、ほとんどあらゆる文学賞を獲ってきた皆川さんが、ミステリ界の後輩たちの、いわば手作りの賞を受賞して心から喜んでくださっている。それが嬉しいですね」と感懐を話した。有栖川さんは微笑を湛え、うなずいた。

あの年は、僕自身も本格ミステリ大賞の候補者だった。自著は評論・研究部門の次点で残念だったはずだが、皆川さんを囲んだ宴のことを今思い出すとウキウキした愉しい気分だけが胸を満たす。

2

第十二回本格ミステリ大賞の小説部門受賞作、皆川博子の『開かせていただき光栄です――DILATED TO MEET YOU――』を味読しよう。それは、本格ミステリ作家クラブの会員の一人である僕が、なぜ皆川作品に自分の一票を投じたかの理由を説明することになる。

まず問わねばならないことは、人体の解剖が医学の進歩はもとより事件捜査（死因の究明！）に役立つと理解され始めた時代を背景にする同書のなかで、〝何が起こったか〟ではなくて〝今まで起こらなかったような何が起こったか〟である。

物語の主要舞台は、一七七〇年夏のロンドン。外科医ダニエル・バートン邸の解剖室では、墓あばきから買い取った妊婦の死体の子宮が開かれようとしていた。そこに踏み込んできたのは、治安判事ジョン・フィールディング卿に仕える下級隊員の二人組。すわ、ダニエルが特に目をかけている五人の弟子たち――通称バートンズ――は解剖中の妊婦を遽《あわただ》しく暖炉の中に隠し、多少の鼻薬を隊員らにきかせて、どうにかやりすごす。が、このあと、妊婦の死体だけを隠したはずの暖炉から、あろうことか四肢を切断された少年の死体と、さらに顔面を打ち砕かれた成人男性の死体まで出てくるのだから大変だ。

ああ、恐ろしくも騒々しい……いずれジョン・フィールディング卿が『死を生む暖炉』とでも題して、ドゥルーリー・レイン座の舞台にかけるか」と冗談めかす、かくも異様な死体増殖の有様は、近代の科学的な思考を前提にエドガー・アラン・ポオが創始した推理《ミステリ》小説ジャンルの歴史上、ただの一度も起こらなかった出来事のはずである。

ここで、『開かせていただき光栄です』の物語構成に触れておく。全二十八章からなる物語は、十二章まで（全体の約六割強）がいわゆる問題編で、十三章以降が推理・解決編と見なすことができる。十二章までの構成は、規則的だ。奇数章はバートンズ中心の〈現在〉が、偶数章は詩人志望の少年ネイサン・カレンに焦点を当てた〈近い過去〉が、交互に描かれる。目立って短い第十二章でネイサンの身に深刻な危機が迫ると……続く第十三章からは新たに捜査側が主役となる章立てが加わり、物語は〈現在〉でのみ展開する。もしこの物語に〈読者への挑戦状〉を挿《はさ》むとすれば、それは第十二章の終わりをもってよりほかにない。十三章以降、一連の事件に関わる死体はもう二つ、暖炉の外で発見されることになるのだが、とにかく同書の肝腎の謎は、冒頭に出現する〝暖炉の中の三死体〟なのである。物言わぬ彼らを、順に調べていこう。

まずは、妊娠六ヶ月の妊婦から。二人組の下級隊員が去ったあと、治安判事の有能な助手アン＝シャーリー・モアとその相棒デニス・アボットまで解剖室に踏み込んできたのは、その死体が準男爵令嬢エレイン・ラフヘッドのものだったためである。未婚なのに子を身ごもった令嬢は、砒素をあおって自殺したらしい。彼女を妊娠させたのは、新大陸アメリカに運ばれる途次ロンドン市中に逃げ出した黒人奴隷である、という打ち明け話を、父親の準男爵は娘の乳母から聞かされていたよう。だが、ダニエル・バートン医師が開いた子宮にいた胎児は「まぎれもなく白人だった」のだ。準男爵が震え上がった、自分の娘が「混血児」を生む恐怖は、まぼろしに過ぎなかったのだが……。

さあ、お次は四肢を切断された少年。両腕は肘から先が、両脚は膝から下がない彼は、バートンズのなかでも住み込み弟子の二人、〝容姿端麗〟エドワード（エド）・ターナーと〝天才素描画家〟ナイジェル・ハートが三ヶ月ほど前に出会った新しい友人、ネイサン・カレンだった。十七歳で単身ロンドンに出てきたネイサンは、無実の罪でニューゲイト監獄に一時収容され、鉄の足枷を嵌められる。重い枷は歩くごと足首に食い込み、一生消えない傷痕をネイサンの足に残した。エドとナイジェルは、出獄後に自ら左手首を切り裂いて果てた友人が教会の墓地にちゃんと埋葬してもらえるよう、「自殺の痕跡を消すため」に肘先を切断し（カモフラージュで両腕とも）、また天国で獄中の記憶に悩まなくてすむよう足枷の痕も切り落としたと告白する……。

そして、憐れな顔なし男。絞殺されたうえ、原形をとどめぬほど顔面をつぶされた中年男の死体は、まさに本格ミステリの世界で確固たる様式美を誇る〈顔のない死体〉だ。おっと、顔なし男の指は無事でも、指紋が万人不同の証拠として有用なイギリスの未来は約百三十年先のこと。[注1] 中年男はどこのどいつで、なぜ、誰に殺されたのだろう……？

さて、『開かせていただき光栄です』の肝腎の推理問題である三死体に触れたところで一旦、この物語のアイデアが何をきっかけに生まれたか考えてみたい。それは確かに難問だが、まったく推測できぬというわけでもない。

手がかりは、同書の巻末に数多く挙げられていた主要参考資料だ。なかでも、作者の皆川は「特に『解剖医ジョン・ハンターの数奇な生涯』『早すぎた天才』の恩恵をこうむること大であった」と感謝の念を述べている。十九世紀ロマン主義詩人の研究者、宇佐見道雄の手になる『早すぎた天才　贋作詩人トマス・チャタトン伝』（二〇〇一年）は、中世の古い英語を駆使して詩作するほどの才を持ちながら、困窮と孤独のなか十七歳の若さで自殺した少年詩人の生涯を描いている。ネイサン・カレンは彼、トマス・チャタトンをモデルに造形されており、皆川が作中のロンドンの時を一七七〇年と明確にしたのはチャタトンの歿年に合わせたからだろう。

一方、医学史の学位を持つ女性ジャーナリスト、ウェンディ・ムーアが物した『解剖医ジョン・ハンターの数奇な生涯』（二〇〇五年）は、かのチャールズ・ダーウィンが『種の起源』（一八五九年）を出版する七十年も前に進化論に行き着いていた異能の医師の破天荒きわまる研究者人生を描いている。「近代外科医学の父」と呼ばれるジョン・ハンターは、死体の解剖をこれでもかと繰り返して人体を熟知したうえで、患者のためにより良い治療法の仮説を立てて、それが正しいかどうかを観察と実験によって確認した。もちろん彼こそダニエル・バートンのモデルであり、ついでに言えば、『開かせていただき光栄です』の主役と言っていいエドワード・ターナーのファーストネームは、ハンターの住み込み弟子で天然痘ワクチンを後年開発したエドワード・ジェンナーから拝借したのだろう。
ともかくも、二〇一一年の夏、『開かせていただき光栄です』にすっかり魅了された僕は、皆川が特に参考にしたという『解剖医ジョン・ハンターの数奇な生涯』をすぐ手に取ったのである。然《しか》して、期待以上に面白かったジョン・ハンター評伝の終わり近く、次の一節に目をとおしたとき、ぞくぞくする気持ちが抑えられなくなった。

詳細な説明が載った目録がなかったとはいえ、ハンターの博物館——ハンテリアン博物館——は世界中にその名を広めた。クリフト（引用者注：ハンターの弟子の一人、ウィリアム・クリフト。ナイジェル・ハートの造形に影響を与えていると思しい）は一八三三年までに、三万二千人の訪問者の館内ガイドをした。訪問者には、オーストリアのマクシミリアン大公、デンマークのクリスチャン王子、フランスのルイ・ナポレオン、そして数え切れないほどの外国の科学者がいた。フランス比較解剖学の第一人者ジョルジュ・キュビエは、やってくるなり胸を突かれ、「ハンテリアン博物館のようなコレクションは思いつきもしなかった」と発言した。（矢野真千子訳）

ああ、ジョルジュ・キュビエ……！　およそミステリファンなら、彼のことを知らぬはずがない、というのは言いすぎか。架空の〝死を生む暖炉事件〟の前年、一七六九年に生まれたキュビエは、ミステリファンなら必ず読んでいる超有名作に登場して名探偵を決定的に助ける。その作品は——エドガー・アラン・ポオの「モルグ街の殺人」（一八四一年）。これより先、ポオの物した名探偵シリーズのうち「モルグ街の殺人」及び「盗まれた手紙」（一八四五年）の真相と、さらに『開かせていただき光栄です』の結末に触れて話を続けたい。もし未読の方がいれば、どうかご注意を。

＊

十九世紀の国際都市パリの一角、レスパネー母娘が暮らす四階建ての家屋で発生した二重殺人事件の〈犯人〉は――遥か海の向こう、ボルネオから船で連れてこられたオランウータンだった。没落貴族の青年オーギュスト・デュパンは、密室状態の犯行現場に残る「人間性から徹底的に縁遠い恐ろしい奇怪な行為《グロテスクリ》」の痕跡を丹念に分析した結果、意外すぎる〈犯人像〉にとうとう突き当たる。書物の収集を唯一の贅沢とするデュパンは、新しい友人である語り手の「ぼく」に一冊の本を差し出すのだ。

「じゃ、これを読めよ」とデュパンは言った。「このキュヴィエの本の、ここん所を」
それは東インド諸島に棲む、大きな、黄褐色のオラン・ウータンについての、解剖学的で叙述的な、詳細を極めた記述であった。この哺乳動物の、巨大な体躯、異常な力と行動力、野蕃きわまる残忍さ、そして模倣的傾向は、すべての人によく知られているのである。ぼくは直ちに、この殺人事件の恐ろしさを完全に理解した。（丸谷才一訳）

モルグ街の密室でレスパネー母娘を殺害した〈犯人〉をデュパンが指摘する際に、まさしく権威として持ち出されていた博物学者、それが Georges Cuvier だ。

かつて吉川英治が、江戸末期の洋画家であり蘭学者であった司馬江漢の随筆『春波楼筆記』（一八一一年）

にわずか数行記されていた阿波藩主蜂須賀重喜《はちすかしげよし》の行状から江戸幕府打倒の陰謀が絡む伝奇色豊かな時代小説『鳴門秘帖』（一九二七年）を書き上げたように、皆川博子はジョン・ハンター評伝の先の数行の記載から発想を広げて虚実皮膜の面白さに満ちた華麗なる時代ミステリ『開かせていただき光栄です』を書き上げた、と推測するのは愉しい。というのは、解剖室の暖炉の中であとの二死体を増殖させたかのような妊婦の死体が、ポオの「モルグ街の殺人」へのオマージュと分析的アプローチに富むからだ。

どういうことか？　妊婦の死体の身元は、準男爵令嬢エレイン・ラフヘッドだった。地位も名誉もある彼女の父親は、叛乱を起こして逃亡中の黒人奴隷に自分の娘が襲われたと聞かされ、きびしく娘を責め立てた……。

アメリカ文学研究者の巽孝之が、その著書『ニュー・アメリカニズム　米文学思想史の物語学』（一九九五年）のなかで海外のポオ研究を援用しながら指摘するように、人生の大半を南部バージニア州リッチモンドで暮らしたアメリカ人のポオが「モルグ街の殺人」で象徴的に表現しようとしたのは、レスパネー母娘（＝〈南部の白人女性〉）がオランウータン（＝〈黒人奴隷〉）にレイプされるかもしれない恐怖――敷延すれば、南部社会の存立基盤である階級イデオロギーが覆されることへの恐怖――だったとする見方は否定しがたい説得力を持つ。

そう、ポオが生きた時代のアメリカは、奴隷制廃止以前のアメリカだ。南北戦争（一八六一年〜六五年）が起こるのは、ポオが齢四十でこの世を去ってから十二年後のこと。アメリカの〈南部貴族文化〉を主導する「サザン・リテラリ・メッセンジャー」誌の主筆を務め、奴隷制肯定の立場だったポオにとって、黒人奴隷が叛乱することへの恐怖は骨に染みついたものだったろう。奴隷貿易盛んな時代に生きたイギリス貴族が抱いた恐怖と、アメリカ南部の階級イデオロギーの代弁者たるポオの恐怖は極めて近い。ああ、それにラフヘッド嬢の死体もレスパネー嬢の死体も、どちらも暖炉の中に隠されたのだった……。

ちなみに、「盗まれた手紙」へのオマージュが、ダニエル・バートンとその兄ロバートの邸内に、それこそあふれかえっていることにお気づきだろうか。詩人であり数学者でもある大臣D＊＊は、一通の貴婦人宛の手紙をどんなふうにパリ警察から隠していただろう？　それは、手紙の封筒を「手袋みたいに裏返しに」して、もともと内側だったところに別の宛名――この場合、自分宛だったはずだ――を書き記し、誰でも目につく暖炉上部《マントルピース》の飾枠の名刺差しに無造作に突っ込んでいたのだった。手袋の内側を外側にするように……そう、バートン兄弟の邸宅には、まさしく外側の皮が開かれ、内側が見えるようにされた標本類が弟子や客人の目につくよう置かれていたではないか！

話を本筋に戻そう。「モルグ街の殺人」をシンボリックに髣髴させる妊婦の死体から、まるで増殖したかのように出現する二死体は、いわば二戸一《ニコイチ》で見事な企みを形成し、『開かせていただき光栄です』をひもとく読者のほとんどを最後の法廷場面まで騙しきることになる。

二つでひとつの、ニコイチの推理問題。実際に顔をつぶされていた「顔なし男」だが、〈顔のない死体〉が出てくればミステリファンがオートマティックに疑う〝人物入れ替え〟は行われていない。ジョン・フィールディング卿の捜査により、「顔なし男」は物語の中盤（第七章）でパブリック・ジャーナル社長のトマス・ハリントンの死体だと「背格好などから」判断され、それはじつにご明察である。意外にも、〝人物入れ替え〟が行われていたのは、ほぼ同時に暖炉の中から発見される〈顔のある死体〉のほうなのだ。四肢は切断されているが顔面はまったく無傷で、エドとナイジェルによって詩人志望の友人ネイサン・カレンだと身元確認された死体――だが、その正体はネイサン・カレンではなかった。エドとナイジェルは、ネイサンではない少年の死体をネイサンだと偽る。ネイサンの顔を見知っている者が、死体発見の初期段階で限られていたからこそ成立するミスディレクションである。同様の騙しの手さばきをアガサ・クリスティーは一九四二年に発表した作品[注3]のなかで見せているが、これがすこぶる効果的に踏襲されている。

　大ベテランのストーリーテリングが熟達流麗であるがゆえ、かえって見逃されがちだが、『開かせていただき光栄です』の際立ってテクニカルな煙幕は、暖炉から生じたかのような二死体のうち〈顔のない死体〉ではなく〈顔のある死体〉のほうに替玉トリックが実行されていた点だ。しかも〈顔のある死体〉に関して、読者は四肢切断の理由探し《ホワイダニット》と胸に青インクで記されていたらしいダイイング・メッセージのほうに巧みに目をそらされてしまう。それでも、〈顔のある死体〉の主、ネイサン・カレンが死んではいない可能性を前提に一連の事件を推理することはできたはずである。たとえネイサンが十二章終了時点で作中から一旦姿を消したとしても、もし読者が充分に注意深ければエドとナイジェルの証言だけが頼りのネイサンの死を鵜呑みにしなかっただろう。

　ああ、しかしながら僕は、この大胆な奇術にすっかり騙されてしまった幸福な一人である。『開かせていただき光栄です』に一票を投じたのは、〈顔のある死体〉と〈顔のない死体〉を並べ置いて、〈顔のある死体〉のほうが実際は〈顔のない死体〉パターンの推理問題だったというトリック構想の妙に感歎したからであり、加えて――多分に得手勝手な解釈を含むと承知――十八世紀後半のロンドンにミステリの生みの親の暗い影を見せてくれたからである。

3

最後に、ある重要な登場人物のことを思い出さなくてはいけない。作中で固有の名を与えられない架空の人物にして、しかしあの時代のロンドンに確かに生きていたはずの〈彼〉のことを。

その〈彼〉とは、ネイサン・カレンの「代わりの屍体」となった「同じ年頃の少年」である。墓あばきがエドワード・ターナーとナイジェル・ハートの依頼を受けて密かに運んできた死体は、「栄養失調で死んだ貧しい孤児」のそれだった。エドとナイジェルは、名も知らぬ〈彼〉の四肢を切断し、胸を青インクでよごすと、これはネイサン・カレンという少年詩人の亡骸だと偽りの証言をする……。

二〇一一年の夏、『開かせていただき光栄です』を読み終えて、僕は茫然とした。大ベテランである皆川の新たな代表作になると確信した同書が、当時、いや二〇二〇年の現時点で振り返っても、本格ミステリ大賞史上最大の話題をふりまいた第六回受賞作、東野圭吾の『容疑者χの献身』(二〇〇五年)と奇妙に似た点があったからだ。これより先、東野の受賞作の内容にも触れて、いますこし話を続けたい。未読の方はご注意のほどを。

＊

東野圭吾の『容疑者χの献身』でも皆川博子の『開かせていただき光栄です』でも、肝腎の謎は〈顔のない死体〉である。東野作品に出てきた〈顔のない死体〉のことを、ミステリファンなら詳細に憶えているだろう。河川敷で発見された、顔と指紋を破壊された中年男は、とある母娘が殺害したロクデナシの富樫慎二ではなく、富樫の死体の処理を引き受けた事後従犯の数学教師が用意した替玉だった。富樫の死体は川に沈め、新たに犯した殺人の被害者を捜査陣に差し出す工作が実行されていたのだった。

先に分析したとおり、『開かせていただき光栄です』では顔のある少年の死体のほうにじつは〈顔のない死体〉の推理問題が仕掛けられており、然して〈顔のない死体〉パターンの被害者——東野作品の場合は富樫慎二、皆川作品の場合はネイサン・カレンだと捜査陣が思い込んでいた死体は、実際は別人のものだった。しかもその替玉の人物像は、時代は約二百三十年も違えど、似通っている。かたやホームレス、かたや貧しい孤児。いずれも、殺人の被害者だと見せかけたい人物と年格好が近いため選ばれた替玉であり、決して加害者が被害者になりすますための替玉ではないのに加害者自身の似姿である点も共通する。

替玉にすべくホームレスを自ら殺めた数学教師と、すでに死んでいる孤児の四肢を断って替玉にしたエドとナイジェル。この両者に差はあるだろうか？　いや、エドとナイジェルは別に一件ずつ殺人を犯しているから（エドは恩師の兄ロバートを、ナイジェルは株の仲買人ガイ・エヴァンズを殺害している）、彼ら三人は例外なく殺人者だ。そして、数学教師とエドの二人は、自分以外の人物が犯した殺人の罪を捜査機関に告白し、身代わりになろうとする。数学教師がアパートの隣室に住む母娘のため〝献身〟したように、エドとナイジェルは恩師ダニエル・バートンのため〝献身〟したのだった（エドの場合は、冤罪で死刑になった父への〝献身〟でもある）。

言うまでもなく、歴史／時代小説は、ただ古い時代のことを書くだけではない。現代を舞台にしては書きにくいようなテーマを、古い時代でこそ明確に、力強く表現することができると考えられるとき選ばれるスタイルだ。現代から後ろ（歴史）を見、歴史に照らして現代をとらえる、合わせ鏡的発想……。産業革命により階級社会が変化（労働者階級の成立、中流階級の成長、そして旧来の地主貴族階級の成熟）しようとする時代のイギリスと、バブル崩壊後の平成不況とＩＴ革命（いわゆる第四次産業革命）によって労働環境が変化するのにともない〈格差〉が拡大・固定化しつつある現代日本とを、皆川博子は重ね合わせていたはずである。

だから読者は注意深くいないといけない。現代日本を舞台にした『容疑者χの献身』が冴えない中年男の命懸けの純愛が生んだ感動話などではないように、十八世紀後半のイギリスを舞台にした『開かせていただき光栄です』が最後にネイサンと母親が劇的に再会する感動話などではないということを。いったい誰が被害者であるか最後まで名も知れない〈顔のない死体〉は、誰もが被害者になる可能性をシンボリックにあらわしている。

二〇二〇年一月二十九日

付記

いまさらだが、『開かせていただき光栄です』とその続編の刊行データをまとめておく。

①『開かせていただき光栄です』二〇一一年七月、早川書房⇩一三年九月、ハヤカワ文庫JA　※文庫化に際し、前日譚にあたる短編「チャーリーの受難」を併録。

②『アルモニカ・ディアボリカ』二〇一三年十二月、早川書房⇩一六年一月、ハヤカワ文庫JA

②は、再びバートンズとジョン・フィールディング卿が活躍する雄編。また、このリストに新たに加えられるシリーズ第三弾『INTERVIEW WITH THE PRISONER《インタヴュー・ウィズ・ザ・プリズナー》』が「ミステリマガジン」二〇一八年十一月号より連載中で、②の最後でバートンズのうちアメリカへ渡った者たちのその後を描いてい

る。これは妄想だが、新天地でもし彼らが還暦を迎える頃まで生きていれば、一八〇九年に旅回りの役者夫婦の子として誕生するエドガー坊やをその手で抱く偶然が訪れないともかぎらない。一方、イギリスに残ったバートンズは『クロコダイル路地』(二〇一六年)に客演している。

注1　一九〇二年九月十三日、ロンドンの中央刑事裁判所《オールド・ベイリー》で、四十二歳の窃盗犯ハリー・ジャクソンを裁くのに、指紋は初めて証拠採用される。

注2　「ジャーロ」二〇一三年春号(47号)掲載のインタビューによると、皆川博子は少女時代、平凡社の《現代大衆文学全集》で『鳴門秘帖』を読んでいる。ちなみに一七四七年生まれの司馬江漢は、バートンズの面々と同世代。

注3　一九四二年にクリスティー女史は三つの作品を発表している。件の手さばきが鮮やかな作品と、『五匹の子豚』と『動く指』と。なんて当たり年だろう。

2013年
第13回受賞

大山誠一郎
『密室蒐集家』
原書房

◎

飯城勇三

◉著者略歴

飯城勇三（いいき・ゆうさん）

宮城県生まれ。エラリー・クイーン研究家にしてエラリー・クイーン・ファンクラブ会長。２０１１年に『エラリー・クイーン論』（論創社）で第11回本格ミステリ大賞・評論部門を、２０１８年に『本格ミステリ戯作三昧』（南雲堂）で第18回本格ミステリ大賞・評論部門を受賞。

第十三回《本格ミステリ大賞》を受賞した、大山誠一郎の『密室蒐集家』。私は、本書は本格ミステリにとって、かなり重要な作品だと考えている。また、作者にとっても、かなり重要な作品だと考えている。だが、その重要性を語る前に、この本の紹介をしておこう。

『密室蒐集家』は五作の短篇が収録された連作短篇集で、それぞれ異なる時代に起きた（広義の）密室犯罪を描いている。各作品の題名と事件発生年を記すと――

柳の園（一九三七年）／少年と少女の密室（一九五三年）／死者はなぜ落ちる（一九六五年）／理由《わけ》ありの密室（一九八五年）／佳也子の屋根に雪ふりつむ（二〇〇一年）

そして、全作で探偵役を務めるのは、〈密室蒐集家〉と名乗る三十代の男――いや、私の書き間違いではない。彼は、どの事件の時でも三十代なのだ。私はこの設定を知った時、真っ先にエドワード・D・ホックの生みだした名探偵サイモン・アークを――二千年も生き続けて悪魔退治を行うオカルト探偵を――思い出した。後日、作者に聞いたところ、やはりアークを意識していたとのこと。ちなみに、私は横山光輝の漫画『時の行者』も思い出したのだが、作者はこちらは読んでいないようだ。

この設定は本作に独自の魅力を与えているが、同時に、本格ミステリとして重要な意味を持っている（これについての検討は次節で）。

もう一つ重要な設定は、密室蒐集家が、〈安楽椅子探偵〉だという点。彼は、犯行現場を一度も見ることなく、関係者の説明だけから、密室犯罪を解き明かすのだ。

では、これらの設定が本格ミステリとして重要であり、本書が本格ミステリにとって重要である理由を説明しよう。なお、作中では広義の密室ものが扱われているので、「不可能犯罪もの」とすべきではあるが、本書の題名に合わせて、「密室もの」としていることを了承してほしい。また、本稿の論には、図書新聞二〇一二年十二月一日号に寄せた『密室蒐集家』の書評と重複する点が多いことも、おことわりしておく。

本格ミステリにとっての『密室蒐集家』

本書は、他の受賞作と比べると、実にユニークな特徴を持っている。――それは、「密室ものにおける〝推理の面白さ〟を描いている」という点。

私は『エラリー・クイーン論』などで、本格ミステリを〈意外な真相〉を描くタイプと、〈意外な推理〉を描くタイプに分類している。前者の代表がアガサ・クリスティーやジョン・ディクスン・カーの作品であり、多数派に属する。後者の代表がエラリー・クイーンの作品で、こちらは少数派。そして、『密室蒐集家』がこの少数派に属することは、三つの点から、明らかだろう。

一つ目は、解決篇の長さを見てほしい。他の作家の密室ものと比べると、ずっと長くなっていることに気づくと思う。これは、解決篇では〝推理〟が披露されているからである。「こうやって密室を作りました」と説明するだけなら枚数は少なくてすむ。しかし、「私はこうやって密室の作り方を見抜きました」と説明しようとすると、枚数はもっと必要になる。他の可能性の消去まで行うならば、さらに枚数が増えることは避けられない。

二つ目は、前述した〈密室蒐集家〉というファンタジー的な名探偵の設定。作者は『２０１３本格ミステリ・ベスト10』（二〇一二年）のインタビューで、こう語っている。


（一作目の）トリックはものすごい偶然が働いた結果成り立つものなので、読者が許容してくれるかどうかがまず心配だったんです。それで、超自然的に現れては消えるようなファンタジックな探偵が出てくる作品世界なら、少々偶然が過ぎても仕方がないと読者が思ってくれるのではないかと考えまして、ああいう設定にしました。

しかし、「ものすごい偶然が働いた結果成り立つ」不可能状況なら、カーや島田荘司の作品では珍しくない。なぜ、作者は気にするのだろうか？　答えは、「カーや島田荘司の作品は〈意外な真相の物語〉だが、大山誠一郎が書こうとしているのは〈意外な推理の物語〉だから」となる。最後に探偵が「こんな偶然によって密室状況が生じました」と説明するだけなら、読者は文句は言わない。だが、最後に探偵が「こんな偶然によって密室状況が生じました」と推理すると、読者は文句を言う――「なんでそんな偶然が起きたことまで推理できたのだ」と。つまり、ファンタジー的な名探偵・密室蒐集家は、「偶然が起きたことすら見抜いてしまう推理」を読者に不自然に感じさせないために生み出されたわけである。

三つ目は、前述の〈安楽椅子探偵〉という設定。密室状況を名探偵自身が調べて裏付けをとることなく、警察や関係者がただ単に「密室状況でした」と名探偵に言うだけでは、読者への説得力が弱まることは言うまでもない。無能な警察の捜査や、密室トリックの知識など持たない事件関係者の証言だけでは、いくつも穴がありそうではないか。それでも作者は、探偵と読者が入手するデータを一致させて、〝推理〟を競わせたかったのだ。

これは私だけの意見ではない。〈推理の物語〉を描き続けてきた有栖川有栖は、《本格ミステリ大賞》の選評で、こう述べているのだ。

私は、〈伏線付きびっくり箱〉より〈謎を解明する物語〉が好きだ。（略）今回の候補作の中で、そんな私に最も大きな快楽を与えてくれたのは、不可能犯罪と四つに組んで投げ技をきめた『密室蒐集家』だ。

ただし、少数派とは言っても、〈意外な推理〉の作品がこれまで皆無だったというわけではない。本作以前の受賞作を見ても、法月綸太郎の『生首に聞いてみろ』（第五回）、前記の有栖川有栖の『女王国の城』（第八回）、麻耶雄嵩の『隻眼の少女』（第十一回）などがある。私が「ユニーク」だと言っているのは、その〈意外な推理〉を、密室ものにおいて実現させている点なのだ。

ここで、みなさんに質問したい。これまで読んだ密室ミステリで、〝真相（トリック）〟ではなく、〝推理〟の方が印象に残っている作品が、どれくらいあるだろうか？　おそらく、皆無か、ごく少数だろう。

これが、本格ミステリにおける密室ものの立ち位置なのだ。読者は〈トリック分類〉に載っていない新案トリックを求め、作者はそれを提供しようとする。あるいは、既存のトリックを変形したり組み合わせたりして、新案トリックに仕立てる。そこに〝推理〟の入る余地はない。

仮に、作者が密室トリックをあばく〝推理〟に力を注いだとしても、読者はそこを見ようとはしない。例えば、鮎川哲也の「赤い密室」は、既存のバリエーションに過ぎないトリックが面白いのではない。完璧に見える不可能状況を構成要素ごとに分割し、その要素一つ一つに用いられたトリックを解き明かしていく推理こそが面白いのだ。――が、少なくとも私は、この部分を称賛する評論を読んだことがない。同じ鮎川哲也のアリバイものなら、〈アリバイ崩しもの〉としての評価、つまり、トリックではなくトリックを見破る推理に着目した評価がないわけではないのだが……。

さて、もう私の言いたいことはわかってもらえたと思う。『密室蒐集家』は、密室ものにおいて、〈推理の物語〉を描いているから、私は「ユニーク」と評しているのだ。もちろん、ただ「描いている」だけでは評価できない。ハイレベルな〈推理の物語〉を描いて、初めて評価できるのだ。

というわけで、次は、本書ではどのようにハイレベルな〈推理の物語〉が描かれているかを見ていこう。

密室ものにおける〝推理の面白さ〟には、以下の三種類がある。

A　密室状況を解き明かしていく推理の面白さ。
B　犯人が密室状況を作り出した理由を解き明かしていく推理の面白さ。
C　密室状況の解明から犯人の特定につなげていく推理の面白さ。

Aタイプでは、クイーンの「神の灯」が好例だろう。この作品のトリックには、有名な先例がある。だが、そのトリックを見破る手がかり――〝太陽の手がかり〟――は、前代未聞にして驚天動地のものであり、この手がかりから家屋消失トリックをあばく推理は、意外性満点なのだ。

Bタイプの例もクイーンから採ろう。クイーンの〈国名シリーズ〉の一作では、犯人がトリックを使ってドアに鍵をかけたことがわかる。そして、探偵は、「このドアに鍵をかけることによって利益を得る人物は誰か？」という観点から、犯人を一人に絞り込むのだ。

Cタイプもクイーンの長篇を。この作の犯人は、犯行時刻には現場から遠く離れた場所にいた。しかも、被害者が殺されたと聞いて、まぎれもない驚愕の表情を浮かべるのだ。どう見ても、犯人とは思えない。だが、不可能状況を解き明かすことにより、犯人は遠く離れた場所からの殺人が可能であり、殺人の一報を聞いて驚愕したのも当然だと判明するのだ。

　そして、本書の収録作に、この分類を当てはめていくと――


「柳の園」は、Aタイプ。「消えた腕時計」の手がかりから密室トリックをあばいていく推理は、鮮やか、かつ意外性に満ちている。これはあくまでも私の推測だが、作者はクイーンの『Xの悲劇』に登場する「移動した回数券」の手がかりとその推理からアイデアを得たのではないだろうか。その根拠としては、この作の冒頭にある、作中人物が『Xの悲劇』を読むシーンを挙げておこう。

　なお、本書が文庫化される際、作者は別の手がかりによる推理をメインに据え、「消えた腕時計の推理」はメインを補足する推理に格下げしている。加えて、この当時は『Xの悲劇』は訳されていないことを指摘され、『Yの悲劇』に差し替えてもいる（実は私が指摘したのだが）。ただし、この評論集のコンセプトを考慮し、《本格ミステリ大賞》を受賞した初刊本を基に考察をしていることをお断りしておく。


「少年と少女の密室」は、「不可能状況が解明された時点で、犯人の条件が浮かび上がり、たった一人に特定される」という典型的なCタイプ。優れた密室トリックと、そのトリックの成立要件から導き出される犯人の条件、そして、その条件を用いて、読者の想定外の容疑者を犯人だと特定する推理の鮮やかさ――まさに、卓越した〈意外な推理の物語〉である。

　なお、本作には、密室蒐集家が「データAを知っているのは二人だけ」と語るが、実際には、さらに四人が知っている、というミスがあった（実は、これもまた私が指摘したものだが、推理にとって致命傷というわけではない）。こちらも文庫化の際に作者が修正していることを記しておこう。

「死者はなぜ落ちる」もAタイプ。「窓の外を落ちていく被害者が『目をかっと見開いて』いた」という手がかりから事件の構図をひっくり返し、そこからトリックをあばいていく推理は、実に面白い。

ただし、本作のトリックを読者が見抜こうとした場合、作中レベルの推理——密室蒐集家の推理——とは異なる方法でも解くことができる。それは、メタレベルからの推理。

この短篇の冒頭をミステリ・マニアが読むと、シチュエーションが不可能犯罪ものの傑作長篇からの流用であることに気づくと思う。そして、さらに読み進め、ある店の名前が出てきた時点で、その気づきは確信に変わる——というのも、店の名はその有名長篇から採っているからだ。この時点で読者は、容疑者を二人に絞り込めることになる。実を言うと、私自身がこういった考え方をして、犯人を当て、トリックもある程度まで見抜くことができたのだ。これが〝推理〟と呼べるかどうかは、後で検討したい。

「理由《わけ》ありの密室」は、題名でもわかるように、Bタイプ。ただし、推理すべきは、「犯人が密室状況を作り出した理由《わけ》」ではなく、「犯人が警察でも簡単に見破ることができる密室トリックを弄した理由《わけ》」の方。つまり、カーター・ディクスンが『白い僧院の殺人』や『孔雀の羽根』で行ったような、汎用的な密室作成の動機の分類ではなく、クイーンが『スペイン岬の謎』で行った、「犯人が被害者を裸にした理由」をめぐる推理と同じものになる。そして、名探偵エラリーが考えられる五つの可能性を一つずつ消去していくように、密室蒐集家も、九つの可能性を一つずつ消去していく。実に面白い推理と言えるだろう。

しかも、可能性を一つに絞り込んで終わりではない。そこからさらに推理を積み重ねて、犯人を特定していくのだ。こちらもまた、実に面白い推理と言える。特に、可能性を一つに絞った時点で、そこから一足飛びに犯人を特定することも可能なのに、あえて回り道をして推理を積み重ねていく作者の姿勢には頭が下がる。

「佳也子の屋根に雪ふりつむ」はAタイプ。ただし、ここまでの四作に比べると、〝推理〟が弱い気がする（未読の人のために具体的な指摘は控えておく）。おそらく、この短篇は一番最初に執筆されたので、作者はまだ、シリーズのコンセプトが固まっていなかったのだろう。

もっとも、トリックの解明から犯人の特定につなげる推理の方は鮮やかに決まっているので、本作はCタイプとして評価すべきかもしれない。

ここまで本書の収録作を、〈意外な推理の物語〉の観点から、高く評価してきた。だが、本書の魅力はそれだけではない。本書は、〈意外な真相の物語〉の観点から見ても、高く評価できるのだ。

本書に登場する密室トリックは、基本的に、既存のバリエーションになっている。マニアならば、「これは〈時間差密室〉」、「これは〈証人誤認密室〉」、「これは鮎川哲也の長篇の応用」、といった指摘が可能だろう。ただし、（「理由ありの密室」を除いては）組み合わせや変形が実に巧妙なので、作者の独創と言ってもかまわない出来になっている。実際、《本格ミステリ大賞》の選評などでも、〈意外な真相の物語〉として評価した投票者の方が多いようにも見える。

もっとも、本格ミステリにおいて、〈意外な真相の物語〉と〈意外な推理の物語〉の関係は、「あちらを立てればこちらが立たず」というわけではない。トリックが魅力的な推理を生みだすことがあれば、推理がトリックを光らせることもあるからだ。

ここで、タイプAの例として挙げた「神の灯」を思い出してほしい。この作品における推理の要《かなめ》となる〝太陽の手がかり〟は、犯人がトリックを弄したから生まれている。タイプBの「犯人が密室状況を作り出した理由を解き明かしていく推理の面白さ」は、言うまでもなく、「犯人が密室状況を作り出した」から生まれている。タイプCの「密室状況の解明から犯人の特定につなげていく推理の面白さ」もまた、解明すべき密室状況がなければ生まれていない。つまり、密室をめぐる推理は、密室もの以外のミステリには存在しないものなのだ。

そしてまた、逆も言える。作者が作中探偵の口を借りて「これは時間差トリックです」と説明した場合、読者の中には、「ああそう」、「またか」で終わる人が少なくないだろう。しかし、作中探偵が犯行状況から見つけ出した時刻的な矛盾を基に推理を積み重ねて、「これは時間差トリックです」と説明したら、読者はどう思うだろうか。おそらく、「この手がかりに気づけば、自力で時間差トリックを見抜けたのに」と考える人が少なくないはずである。そして、なぜそう考えるかというと、読者は時間差トリックを知っているからなのだ。言い換えると、密室もので推理を描こうとすると、既存トリックのバリエーションであることは、デメリットではなくメリットに変わってしまうわけである。

ここで、Cタイプを見てみよう。このタイプでは、犯人を直接特定する手がかりは、問題篇には記されていない。では、アンフェアかというと、そうではない。なぜならば、密室を解明する手がかりは問題篇に記されているからだ。読者は、問題篇にある手がかりを基に密室を解き明かせば、犯人を指し示す手がかりを入手できるわけである。

これは、犯人当て形式の本格ミステリでは味わえない「推理の面白さ」と言える。犯人当て形式では、問題篇に犯人がらみのデータを組み込む必要がある。だが、そういったデータがいくつもあると、読者がその人物を容疑者に含めてしまうことは避けられない。ところが、Cタイプの場合は、問題篇にそんなデータが一つもなくてもかまわないのだ。かくして、読者は犯人を容疑圏外に置いてしまい、真相を知って驚くわけである。本書の評には「犯人の意外性」を称賛したものが少なくないが、その理由は、ここにあるのだ。

大山誠一郎は、『密室蒐集家』において、密室ものと推理を組み合わせた。その結果、魅力的な推理を描くことに成功し、既存の密室トリックに新たな光を当てることに成功し、意外な犯人を生みだすことに成功した。この点こそが、本格ミステリにとって重要な作として、私が本書を高く評価する理由なのだ。

ここまで読んだ人は、「本当に作者はそこまで考えていたのか」と思うかもしれない。その答えとして、本書が《本格ミステリ大賞》を受賞した時の作者の「受賞の言葉」から、執筆動機を引用しよう（《ジャーロ》誌二〇一三年夏号）。

密室物というジャンルが、無数の先人たちが挑んだ結果すでに尽きてしまった鉱脈、夕暮れが訪れて久しい世界だと見なされているからでもあります。鉱脈が尽きた先、夕暮れが訪れた先に、いったいどんな光景が広がっているのかを見てみたい。そんな冒険心が湧き起こるのです。

作者が言っている「すでに尽きてしまった鉱脈」というのは、もちろん、「密室トリックはすでに出尽くした」という意味に他ならない。ここで指摘しておきたいのは、作者はこの説を否定していないということ。作者は「密室トリックが出尽くした」ことを知りながら、その先に向かう「冒険」に挑みたいと言っているのだ。

尽きた密室トリックに〝推理〟で新たな光を当てる――

尽きた密室トリックを使って新たな〝推理〟を生み出す――

大山誠一郎の、いや、『密室蒐集家の冒険』は成功を収め、本格ミステリの新たな地平を切り開いたのだ。

大山誠一郎にとっての『密室蒐集家』

冒頭で述べたように、本書は作者にとっても重要な作品になっている。おそらく、今後の大山誠一郎論では、『『密室蒐集家』以前」と「以後」に分けて論じられるに違いない。この節では、その理由を説明させてもらおう。残念ながら、残り枚数も少ないので、本書以前と以後では、〝推理〟を描く手法が変わった点についての考察だけになってしまったが……。実は、本書から導入された「連作に共通する縛りを組み込む」という手法も重要なのだが、そちらはまたの機会に。

大山誠一郎の『密室蒐集家』以前の作を〝推理〟に着目して読んだ場合、私は不満を感じてきた。『アルファベット・パズラーズ』などは、「長い解決篇」、「安楽椅子探偵の設定」、「トリックの解明によって浮かび上がる犯人特定の手がかり」といった『密室蒐集家』との共通点をいくつも備えているにもかかわらず、『密室蒐集家』では感じなかった不満が生じたのだ。その不満の大きなものは二つある。

一つ目は、推理に説得力が感じられないこと。

二つ目は、推理というよりは、伏線を回収しているように見えること。

まず、一つ目は、推理の結果として明らかになる犯人や被害者の思考に、納得がいかないという意味。例えば、『仮面幻双曲』における推理では、第二の殺人で、犯人が恐ろしく成功率の低い、しかも失敗したら命取りになるアリバイ工作を実行したことが明らかになる。しかし、それほど追い詰められているようには見えない犯人が、なぜこんなリスクの大きいトリックを弄したのか、探偵はまったく説明しないのだ。

例えば、『アルファベット・パズラーズ』の一篇では、「被害者がとった不可解な行動は、ある現象を隠すためだった」という推理が披露される。しかし、その推理の少し後に、「被害者はその現象をもたらした人物を訴えようとしていた」という推理も出てくる。だとすると、この推理は、どう考えてもおかしい。訴えるには、その現象を公表しなければならないはずだからだ。

こういった欠点は、作中人物の立場から推理していないから生じている。作者には、犯人にアクロバティックなアリバイ工作をやらせる理由はある。だが、作中の犯人には、危険を冒してまでアクロバティックなアリバイ工作をやる理由はない。そして、作中の探偵が推理すべきは、作中の犯人が〝自分の利益のために〟弄したトリックなのだ。

余談だが、大山誠一郎の初期作品は、「人物描写に難がある」という批判がなされることが少なくない。その理由の一つに、「作中人物が自分の意思ではなく作者の都合で動いていることが読者に透けて見える」という点があったのではないだろうか。

しかし、『密室蒐集家』は違う。本書収録作の犯人に、デメリットばかりの密室殺人を犯した者はいない。具体例は挙げないが、読んだ人ならば、「こういう状況なら、トリックを弄してもおかしくないな」と感じるに違いない。おそらくこれは、〈密室殺人テーマの連作〉に挑んだためだろう。もともと、アリバイ・トリックとは異なり、密室トリックは、犯人が実行する必然性に乏しい。一作だけなら何とかごまかすことはできるだろうが、シリーズとなると、毎回きちんと設定しなければならない。作者は否応なく、犯人の立場を考えざるを得なくなるわけである。

二つ目の不満もまた、作者が作中人物の立場から推理していないことから生じている。なぜならば、作中探偵にとっては、〝伏線〟など存在しないからだ。

例えば、「死者はなぜ落ちる」に対する本稿の評で、私は店の名前から犯人を突き止めたことを述べた。これは、作者対読者の観点からは、推理と言える。作者がわざわざ店に〝不可能犯罪ものの有名長篇〟の名前をつけたのだから、読者がこれを使って真相を突き止めるのは、おかしいとは言えないだろう。

だが、作中人物にとっては、これは推理に使うことはできない。当たり前の話だが、作中人物の立場で見ると、店は事件のずっと前から、その名前だったからだ。

例えば、『アルファベット・パズラーズ』の一篇では、被害者が「誰かを捜すかのように辺りをきょろきょろ見回しながら独り散策していた」のは、ある物を捜していたからだ、という推理が語られる。しかし、作中人物の立場から見ると、被害者の散策の理由が、事件と関係あるとは限らない。「作者がわざわざ散策の場面を入れたということは、事件と関係があるデータに違いない」と考えて良いのは、読者だけである。

もちろん、『密室蒐集家』でも、伏線の回収は行われている。例えば、「千鶴の話を聞いて彼の顔は驚愕にゆがんだが、あれは、君塚先生が撃たれたことに衝撃を受けたからではなく～」や「そういえば、昨晩、現場の裏庭に着いたとき、封筒が落ちてましたわ」というのは、明らかに伏線の回収である。驚愕の表情も、落ちていた封筒も、密室トリックと関係があるとは限らないからだ。

ただし、伏線の回収をするのは、密室蒐集家ではなく、事件関係者になっている。つまり、密室蒐集家が伏線を使わずに真相を推理し、それを聞いた事件関係者が、「そういえば〜」と、伏線を回収する、という流れなのだ。

実は、「作中探偵ではなく事件関係者が伏線を回収する」という手法は、すでに『アルファベット・パズラーズ』でも用いられている。あいにくと、設定の都合上、推理を披露する場に立ち会う事件関係者が少なく、中途半端にしか使えなかったようだが。

・作者ではなく作中人物の立場からの推理を描くこと。
・作中探偵による伏線の回収を抑制すること。

『密室蒐集家』によって、作者はこの二つの手法を身につけた。そして、続く『赤い博物館』（二〇一五年）、『アリバイ崩し承ります』（二〇一八年）でも同じ手法を——同じく〈安楽椅子探偵〉の設定と組み合わせて——用いて、高い評価を得ることになった。

『密室蒐集家』によって、大山誠一郎は〈意外な推理の物語〉を鮮やかに描く手法を獲得した。だからこそ、作者にとって重要な作品と言えるのだ。

「密室ものにおいて、〝推理の面白さ〟を描くには、どうしたら良いか？」——大山誠一郎は、『密室蒐集家』において、その手法を提示し、本格ミステリにとっても、作者自身にとっても、新たな道を切り開いた。

まさしく本書は、《本格ミステリ大賞》にふさわしい作品だと言えるだろう。

2014年
第14回受賞

森川智喜
『スノーホワイト
名探偵三途川《さんずのかわ》理《ことわり》と少女の鏡は千の目を持つ』
講談社

◎
千澤のり子

ワンダーランドへの誘《いざな》い

本格ミステリ大賞の小説部門を縦軸で見ると、第十四回はいささか異色な回に感じられるだろう。この年は探偵小説研究会編著『２０１４本格ミステリ・ベスト10』（以下、「本ミス」と略す）の国内総評で「本命不在の年」と指摘されているように、「突出した作品がない年」であった。つまり、「どの作品が受賞しても違和感のない年」ともいえる。
タイトルを五十音順にして、候補作は以下に示す。

『教場』長岡弘樹
『水族館の殺人』青崎有吾
『スノーホワイト　名探偵三途川理と少女の鏡は千の目を持つ』森川智喜
『ノックス・マシン』法月綸太郎
『螺旋の底』深木章子

第八回以降、本格ミステリ大賞は有栖川有栖『女王国の城』、三津田信三『山魔《やまんま》の如き嗤《わら》うもの』、歌野晶午『密室殺人ゲーム2.0』、麻耶雄嵩『隻眼の少女』、米澤穂信『折れた竜骨』、法月綸太郎『キングを探せ』といった「本ミス」で一位に輝いた作品が必ず候補作に選ばれていた（『キングを探せ』は第十二回の候補作だが、十二月刊行だったため繰り上がり、その年の二位を獲得した大山誠一郎『密室蒐集家』は候補作に含まれている)。しかしながら、第十四回は選考経過によると議論の対象にはなってはいても、二〇一四年度一位の麻耶雄嵩『貴族探偵対女探偵』は含まれていない。当然ではあるが、候補作を決める際、単純にランキング結果をシフトさせているわけではないということが、改めて証明されている。

また、二〇〇七年から二〇一七年にかけて刊行された島田荘司監修『本格ミステリー・ワールド』では、「読者に勧める黄金の本格ミステリー」(以下「黄金本格」と略す)が有識者によって選出されていた。二〇一四年度に選ばれた八作品の中に『教場』と『スノーホワイト』はノミネートしていないことから、「優れた」本格ミステリは、選者によって様変わりすることも明示された(ただし、「黄金本格」と本格ミステリ大賞候補作は毎年必ずしも一致しているわけではなく、二〇一四年度だけが異例というわけではない)。

本格ミステリ大賞候補作は、会員からのアンケート結果と五人の予選委員の推薦作をもとに議論が行われる。いわば、「本ミス」と「黄金本格」を組み合わせた選出方法だ。厳重かつ公平で、本格ミステリ作家クラブ独自の色も相当濃い。まさに、キング・オブ・本格となる。

それでは、「本命不在の年」の「優れた」本格ミステリの基準とはいったいどのようなものだったのだろうか。それは候補作を詳細に見ると明確に表れている。

『水族館の殺人』は、デビュー作『体育館の殺人』に続く二作目。ほかの場所なら若干違和感が生じるが、水族館なら目にしてもおかしくない道具が伏線となり、鮮やかな消去法推理が展開されてゆく。本格ミステリは論理が命といった意気込みも見事だ。

『螺旋の底』はフランスの片田舎で起こった連続猟奇殺人の謎を解く作品で、緊張感に満ちた心理戦が高く評価された。だが、メイントリックは、数年前に刊行された本格ミステリ作品と同じものだ。選評で会員の一人が触れていた「目次の仕掛け」まで一致している。このことから、類のないトリックを高評価する「トリック至上主義」はもはや消滅したと読み取れる。

『教場』は警察学校を舞台とした連作短編集で、後に作者である長岡弘樹の代表シリーズとなった。『週刊文春ミステリーベスト10　2013』で一位、『このミステリーがすごい！　2014年版』で二位を獲得した作品であり、一種の閉鎖された状況における登場人物たちの特異な心理が読みどころだが、「この作品は本格ミステリといえるのだろうか」という疑問の声もあがった。過去に横山秀夫『臨場』、東野圭吾『容疑者χの献身』、綾辻行人『Ａｎｏｔｈｅｒ』でも同様の指摘があったように、個々の本格ミステリの定義は第十四回の時点でも統一できないということが分かる。

定義問題が意味をなさなくなっていることは、『教場』よりもむしろ『ノックス・マシン』の選出で明らかになった。本作は短編集で、特に評価された表題作は、「ノックスの十戒」をテーマに博士論文を書いた学生が主人公となるＳＦ作品である。あとがきで作者自身が「ミステリじゃない」と語っているにもかかわらず候補作に選ばれたということは、本格ミステリそのものがないと成り立たない、小説としての面白さが会員アンケートでも多数の支持を集めたのだろう。

大賞を受賞した『スノーホワイト』は、「真実を映し出す鏡」にまつわる物語で、「白雪姫」をモチーフにした世界で起きる事件を描く。

受賞の喜びを、作者である森川智喜は以下のように語った。

「日常からズレた世界に旅行するためのチケット。そんな旅行チケットのような本になればいいな、と思いながら書きました。」（『ジャーロ』ＮＯ.51）

森川の本格ミステリ観が、最初の一文で表されている。謎、謎解きに至る論理的推理、解決という本格ミステリの構造は、「日常」ではなく、「旅行」なのだ。

「日常の謎」派が存在しても、本格ミステリは、謎と謎解きがもたらす幻想世界とも言い換えられる。現実の世界で仮に謎が発生しても、伏線を拾い集め、一本の筋道を立てて論理的に真相に結び付けることのできるケースはほぼない。必然的に謎が解けるという事象そのものがファンタジーといえるだろう。

この現実に近いか遠いかという距離感で、本格ミステリ作品の尺度を計ってみる。第十四回の候補作を例にとると、『教場』と『水族館の殺人』は現実寄り、『螺旋の底』は若干離れる。『スノーホワイト』と『ノックス・マシン』はさらにもっと遠ざかる。そこに謎と謎解きの占める割合を濃度で示す。そうすると、『水族館の殺人』がもっとも濃く、次いで『スノーホワイト』。『教場』と『螺旋の底』は半々くらいで、『ノックス・マシン』は透明だろう。したがって、第十四回は、現実から遠く、謎解き濃度の高い作品が多くの会員の支持を集めたという結果になる。奇々怪々な謎が登場し、難解なトリックを解き明かし、意外な真相に導かれることが「優れた」本格ミステリであると考える人も少なくはないだろう。だが、本格ミステリを創り上げる舞台の設定までも、「優れた」基準に含まれてきていることが分かる。

賞の歴史が長くなるにつれて、ベテランと新人の格差は広がっていく。年々、ハードルが高くなっていくように見えるが、まだシリーズものや立ち位置の確立していない若手のほうが、有利な基準になっている。現に、森川と青崎は二作目、深木は三作目が選出されている。実は、若手作品がこれだけ並ぶ年も珍しい。昨今では世代交代の声も耳に入るが、本格ミステリ業界が二世帯住宅化したという比喩表現のほうが現状に近いだろう。受賞者の森川は一九八四年生まれ。物心のついたあたりで新本格ムーブメントが起き、十代半ばで本格ミステリ作家クラブが発足した。京都大学推理小説研究会出身で、まさに本格ミステリの歴史とともに生きてきた世代だ（ちなみに、デビュー二作目が受賞するのは、史上初である）。

そんな森川を本格ミステリの世界に誘ったのは、コナン・ドイルの「シャーロック・ホームズシリーズ」とエドガー・アラン・ポー作品だった。本格ミステリに触れた出発点は、先人たちと大差がない。

それでは、『スノーホワイト』の概略を紹介していこう。

主人公は推理の苦手な私立探偵・襟音ママエ。中学校に通う十四歳の少女だ。語り手は助手である身長数インチの小人・グランビー・イングラムが務める。現実の世界にメルヘンの世界がこっそり忍び込んだ設定により、グランビーは人間たちに存在を隠していないとならない。ママエの探偵業には真実を映し出す鏡が欠かせないことも極秘事項だ。

第一部のタイトルは、「襟音ママエの事件簿」。物語は探偵事務所の日常から始まる。ＣＡＳＥⅠ「ハンケチと白雪姫」の依頼人は、二十代前半から三十代にも見える男性だった。少女探偵を怪しむ依頼人に、ママエは隠れて鏡を使い、彼が高校教師で奇術部の顧問だと告げる。すっかり信用した依頼人は、生徒の手品によって大事な時計がなくなってしまったから探してほしいと訴える。

ＣＡＳＥⅡ「糸と白雪姫」では、ママエよりも少し年上の少女が事務所を訪れてくる。緋山探偵事務所や三途川探偵事務所といったライバル事務所と比較した結果、襟音探偵事務所を選んだそうだ。依頼内容は、ショッピングセンターで自転車がなくなったことについて。現場は最寄り駅から歩いて一時間かかるのに、仮に盗まれたのだとしたら、犯人は一体どうしてそんなことをしたのだろうか。依頼人が求めるのは、ハウダニットとホワイダニット、二つの「どうして」の答えであって、自転車の行方でも、犯人探しでもなかった。

どうにか無事に解決した直後、物語はファンタジーの色合いが一気に濃くなっていく。世界はこれまでの

「こちらの世界」のほかに「ふしぎな国」のある「あちらの世界」が存在すると判明し、当人ですら知らないママエの正体が明らかになる。さらに、「白雪姫」でいえば継母のような存在であるダイナが登場し、「あちらの世界」における王位継承問題が水面下で起きていることが判明する。

ＣＡＳＥⅢ「毒と白雪姫」は、ライバル探偵たちとの推理合戦だ。殺害予告が届いたという富豪の依頼人の邸宅に、三人の探偵たちが集められた矢先、毒入りピザ事件が発生する。誰がどうやって毒を投入したのか。鏡があるからライバルたちよりも多く情報を摑んでいるママエは、果たして犯人を告発できるのだろうか。

第二部「リンゴをどうぞ」の第一幕「私が殺したい少女」では、ダイナが「あちらの世界」からママエたちのいる「こちらの世界」に鏡を持ってやってくる。彼女の向かった先は、三途川理の事務所。依頼内容は、ママエの暗殺だ。三途川はダイナの持ち込んだ鏡を使ってママエのことを徹底的に調べ上げていく。その鏡そのものをめぐる騒動が起き、ママエに最大の窮地が訪れたまま、第二幕「完全犯罪」が幕を開ける。

誰もが知っている童話「白雪姫」のガジェットと本格ミステリの相性がここまでいいとは、森川自身も想定外だったのではなかろうか。空想的、幻想的な架空世界において物語が展開されるファンタジーミステリというよりも、なぞなぞと同様の文学的構造を持って解釈の方向を道徳的な訓話に向ける特性を持つ「寓話ミステリ」に分類できる。危なっかしい探偵を助手が支える構図と寓話的要素は、北山猛邦『踊るジョーカー』などの「名探偵　音野順の事件簿シリーズ」を想起させられる。北山作品は不可能トリックを解き明かす趣向であるが、『スノーホワイト』がもっともこだわっているのは論理的推理だ。ゆえに事件性はあっても、血みどろの惨劇などの派手な演出はなく、真相もさほど難しくはない。

ならば単なる寓話を描いているだけだと捉えられるかもしれないが、本書は難解な「推理の糸」をあらゆる形で表す。いわば、推理そのものに対する知識と見解を高度な技術で物語世界に落とし込んだ作品なのである。

ママエの推理法は、真相から謎に戻る逆説手段だ。謎の呪文は、彼女の決め台詞である。

「ドドソベリイドドソベリイ！
鏡や鏡！
真相を教えてちょうだいな」

探偵は地道に調査をして事実を割り出す仕事であるはずだが、ママエは間をすっ飛ばして鏡に答えを聞いてしまうのだ。推理が嫌いな性格なのだから仕方がない。そこは突っ込むところではないのだ。通常なら、これでめでたく業務は終了となり、報酬をもらえる。けれど、襟音探偵事務所を訪れる依頼人は、答えを知るだけでは満足できないのだ。占いやおみくじならば、たとえ外れたとしても、よほどのことがない限りクレームはつかない。なのに、探偵事務所という看板を掲げて商売を行う場合は、真相に至る過程も報告しないとならないのだ。答えは一つだけなのだから、一問一答でもいいはずなのに、依頼人も納得してくれない。

それはなぜか。彼らが本当に求めているのは、納得のいく真実であり、意外な真相ではないからである。よって、受け取り側の意表を突けば突くほど、説得力が必要になってくる（推理の組み立てにはグランビーの手助けが欠かせない。これによって、探偵と助手の関係が必要十分条件であることも本書は示唆している）。

多くの本格ミステリ作品ならば、まず謎があって、手がかりを集めながら一本の筋道を立てて、解決に導いてゆく。その場合、帰納と分類される、特殊な事例から普遍的な法則を見出そうとする論理的推論の方法が用いられやすい。だが、帰納法には、結論は必ずしも真であることは保証されないという弱点が残る。それに抗うかのように、『スノーホワイト』は、前提が真であれば、結論も必然的に真であるという演繹的な推理法で勝負をかけてきた。結論すなわち真相からさかのぼり、謎という前提までのプロセスを証明する。本書は正解から逆をたどることによって、真の推理、真の解決を導き出す。完全犯罪ならぬ、完全推理と呼べるだろう。

真実を映す鏡とよく似た存在は、大学サークルの先輩にあたる麻耶雄嵩『神様ゲーム』にも登場する。この作品は、「――かつて子どもだったあなたと少年少女のための」というキャッチフレーズの叢書・講談社ミステリーランドから、二〇〇五年に刊行された。「すべてを知っている」のは物体ではなく、「神様」を自称する小学生の男の子だ。主人公のクラスに転校してきてすぐに、町で起きている猫殺しの犯人を言い当て、さらに「神様」の予言通りに殺人事件が発生する。子ども向けとは思えない残忍な展開と、ラストの衝撃が話題を集めた作品だ。

真相を先に手に入れられる経緯は『スノーホワイト』と同様であるが、「神様」の告げる「真実」が疑われないという点が徹底的に異なる。たとえ予言どおりに事件が起き、「神様」が真相を語ったとしても、たまたま目撃したとか、当てずっぽうにすぎないとか、「神様」自身が事件を起こして予言したように見せたとか、結論そのものに疑問を抱く者がいてもおかしくはない。「神様」の信憑性もないのだから前提が偽である可能性は高く、そうなると真相も偽となる。だが、主人公を非現実的な事象を素直に受け入れやすい年齢にしたせいか、前提そのものに対する真偽は言及されない。

そもそも『神様ゲーム』の主題は、論理的推理というよりも、絶対的な「真実」に対する解釈のズレであった。そのため、主人公が目撃した最終的に明らかになる「天罰」に対する解説は明示されない。ここを確信犯的にあえて作中で説明しなかったからこそ、登場人物も含む誰しもに衝撃を与えることができた。一見ホラー的な「オチ」とも受け取れるが、「なぜこうなったのか」と仮説を立て、冒頭から総ざらいしていくと真実を示唆する可能性に行き当たる。つまり、「見えない人物」に匹敵する「見えない論理的筋道」が隠されているのだ。しかし、ネット上では手法に納得できない読者も見かけた。

その『神様ゲーム』から約八年後。過去作に呼応し、「提示された真実」に対する「絶対的な論理的推理」を物語の設定も根拠に入れて再構築することで、森川は、論理的推理の持つ弱点を補強した。「魔法の鏡」は「未来を映すことができない」という縛りを加えたのだ。例えば、『神様ゲーム』のように「三十六歳のときに飛行機事故で亡くなる」と未来を予言されたら、大多数の人ならば、その年に飛行機を避けるように行動し、予言が偽となるように未来を変えようと動くだろう。真の場合でも、自分が命を落としているから、確認ができない。つまり、「何でも知っている」という能力に未来が含まれると、それが真だと証明することができなくなるのだ。『スノーホワイト』のような真実から論理的に証明を組み立てていく類の順番が逆転した推理法では、真実が偽である可能性を先に消しておかないと、推理自体が成り立たなくなってしまう。この問題を生じさせないために魔法の鏡は用意されたといえよう。

だが、魔法の鏡の存在を隠しているなら、簡単に商売を行えるメリットと同じくらいのリスクも所有者は抱えている。真実を知っているということは、犯人あるいは共犯者であると誤解される可能性も高くなるのだ。

ＣＡＳＥⅢだとリアルタイムで事件が起きるため、ママエは他の探偵たちに疑われる立場になるのは容易に想像がつく。しかし、ＣＡＳＥⅡでは、依頼人のことを何も知らず、謎の発生した現場に居合わせてもいない。よって魔法の鏡を隠すために、「目撃したから」などの虚偽の自白をするという最悪の逃げ道ですら封じられてしまう。依頼人は意地悪をしたのではなく、単純に言い忘れていただけなのだが、たまたまそれがママエの知るはずもない事実であったため、かえって不信感を与えてしまう。

ピンチを切り抜けた手段は、語られていない事実を推理で導き出し、それを披露することだった。うまく鏡に質問をすれば、どのように説明すればいいかを教えてくれる。ただし、この場合は仮説を立ててシミュレーションを重ねていくしかない。その中から、一番説得力のある「論理の糸」を見つける作業が必要になる。すでに「知っている」ことを「知らなかった」振りをして、筋道を組み立てることは相当難しい。おそらく、レッド・ヘリングを仕掛けるほうが簡単だろう。「推理が嫌い」であっても、手がかりを集めて推理して真相にたどり着く通常のパターンのほうがずっと精神的にも楽である。

この苦悩は、倒叙ものと類似する。CASEⅡは、依頼人のほうが逆に、探偵を追い詰めてゆく。真相から逆に推理を組み立てる手法と同時に、依頼人が探偵役となり、探偵が犯人という逆転劇を読むこともできる。特殊な世界設定以上に、小さなエピソードではありながらも構図の逆転も忍ばせている点が本書が稀有《けう》な作品であるということの具体例として分析できる。寓話ならば何らかの道徳的概念も作中に含まれるが、本書の場合は「嘘は良くない」あるいは「ズルはいけない」だろう。教訓を押し付けるのではなく、ユーモアとして描く。論理的推理を極めた結果、このような構図も起こりうると想定して、森川は物語に埋め込んだと考えられるが、二作目ながらにして高度な発想を持っていることが十分にうかがえる。単なるファンタジー設定ではないのである。

ところで、この魔法の鏡は、何かに似ていないだろうか。それは、必要なキーワードを入れればほしい答えが出てくる、インターネットの検索エンジンだ。未来の予測ができないことも共通している。検索結果では詳細な個人情報までは分からないが、フェイスブックなどの個人情報を登録して利用するSNSだと、ユーザーの本名、出身地、誕生日、出身校、現在の職業なども公開内容によっては分かってしまう。CASEIの依頼人のような職業のはっきりした人物ならば、検索をかければすぐに出てくるだろう。

　また、『スノーホワイト』が書かれていた頃よりも、現在では、防犯カメラも発達してきた。グーグルマップのストリートビューも、かなり広がっている。「ドドソベリイドドソベリイ！」の代わりに、iPhoneユーザーなら「ヘイ、Siri！」とスマートフォンに話しかければ質問について人工音声が答えてくれる。そのうち、場所を問えば特定位置の画像も出るようになるだろう。もう少し未来になったら、特定時間の画像や動画も表示できるようになるかもしれない。まさに現在、ほとんどの個人が魔法の鏡を所有しているといえるのだ。まだ法的には認められていないが、通信技術を使いこなすことができ、探偵業を行っている中学生も見えないところではいるのかもしれない。技術が発展すると、本書の世界観も日常からズレた世界ではなくなってくるだろう。

　かつては、インターネットが発達すると、論理的思考ができなくなる人が増えるという説も噂話として耳にしたことがある。まだそういった世界にはなっていないが、小さな謎を反射神経で解き明かし、世界観をひっくり返す類の脱出ゲームが大ブームとなっている事例を参考にすると、手がかりを集めて一本の筋道を作り上げ、真相を導き出すといった本格ミステリの論理的推理そのものが、ファンタジーとして扱われるようになるかもしれない。謎、推理、真相という本格ミステリの三段構造は、ますます現実から離れ、完全にファンタジーとして求められる時代はすぐそこまで来ているのだろう。

　そうなったとき、「優れた」本格の基準はどのように変わっているのだろうか。歴史が一周して、オーソドックスでいわゆる古典的と呼ばれる本格ミステリ作品が選出される予感がしている。

　デビューまもなく本格ミステリ大賞を受賞というプレッシャーから解き放たれたように、森川は、本来の主要キャラクターでありシャーロック・ホームズへのオマージュと感じさせられる「三途川理シリーズ」、AI探偵が活躍する『半導体探偵マキナの未定義な冒険』、夢と現実の交差する『レミニという夢』、殺しても生き返るナイフが登場する『そのナイフでは殺せない』など、続々と特殊状況下における本格ミステリ作品を発表している。謎解きとはこういうものではないかという自己探求は、倫理観にもシフトしてきている。彼の生み出すキャラクターは、少しずる賢くてストレートな性格が妙に生々しい。安定して高水準でいる作風が、時代の発達とともに想像もつかない方向へ飛躍していくような気配を感じさせている。ワンダーランド化してきている世の中が、どこに向かうのか、見届けていきたい。

2015年
第15回受賞

麻耶雄嵩
『さよなら神様』
文藝春秋
◉
諸岡卓真

◉著者略歴

諸岡卓真（もろおか・たくま）

福島県生まれ。北海道大学大学院文学研究科博士後期課程修了。北星学園大学経済学部准教授。２００３年「九〇年代本格ミステリの延命策」で第10回創元推理評論賞佳作入選。著書に『現代本格ミステリの研究——「後期クイーン的問題」をめぐって』。

解析される神――麻耶雄嵩『さよなら神様』論

一　はじめに

本格ミステリの紹介をするとき、真犯人をばらすことは御法度である。だからここで、麻耶雄嵩『さよなら神様』（二〇一四）について、「第一話の犯人は上林護である」などと書いてはいけない。また、「第二話の犯人は丸山聖子である」などとも書いてはいけない――本作が普通の本格ミステリであったならば。

『さよなら神様』（二〇一四）は、二〇〇五年に発表された『神様ゲーム』に続くシリーズ第二弾である。二〇一四年度のミステリランキングでは、「本格ミステリ・ベスト10」第一位、「このミステリーがすごい！」第二位、「ミステリが読みたい！」第二位、「週刊文春ミステリーベスト10」第三位と軒並み高い評価を得た。翌年には第十五回本格ミステリ大賞も受賞し（『隻眼の少女』（二〇一〇）に続き二度目）、まさに二〇一四年を代表する本格ミステリ作品の一つとなった。

〈神様〉シリーズの構成は実に変わっている。驚くべきことに、犯人の名前が先に（場合によっては一行目で）明かされるのである。その上で、本格ミステリとしての謎解きを成立させてしまっている。

このような特殊な構成の根幹にあるのは「神様」の存在である。本作には自らを全知全能の神であると語り、事件の犯人の名前を教えてくれるキャラクター、鈴木が登場する。

犯人が誰かを先に明かしてしまうという点では、倒叙ミステリと共通するところがある。倒叙ミステリとは、通常の本格ミステリとは逆に、前半で犯人とその犯行計画（の一部）を読者に明かしてしまい、後半で捜査側がいかにして犯人を突き止め、追い詰めるかを描くものである。著名な作品として、テレビドラマでは〈刑事コロンボ〉シリーズやその影響下にある〈古畑任三郎〉シリーズ、小説では大倉崇裕の〈福家警部補〉シリーズなどが挙げられる。

確かに、犯人がかなり早い段階で明かされることに注目すれば、〈神様〉シリーズも倒叙ミステリの一種と言えるかもしれない。しかし、見逃せない違いもある。

最大の違いは、〈神様〉シリーズでは読者のみならず登場人物にも犯人の名前が知らされることである。一般的な倒叙ミステリでは、犯人が誰かを事前に知らされるのは読者（視聴者）のみである。したがって、作中人物がその情報の真偽を問題にすることはない。言い換えれば、犯人が誰かという事前情報は作品世界外にあるものであり、その情報を作品世界内の人物が作中において検討するということは原則としてあり得ない。

一方、〈神様〉シリーズでは登場人物にも犯人の名前が知らされる。しかも、その発言が正しいのかどうかは確定できない書き方になっている。そのため、鈴木のもたらす情報が正しいのかどうかが登場人物たちにとって問題になる。これにより、いわばブラックボックス的なシステムを介して「真実」とされる情報の断片だけが与えられた場合に、どのように判断し、行動していくのかということが、物語のなかで前面化されていくことになるのである。〈神様〉シリーズの読みどころはここにある。

本稿は以上のような観点から、〈神様〉シリーズの二作品を比較し、「神様」という特殊な存在を導入しながら、両作品の登場人物たちの〈神様〉への対応の差異を検討するものである。結論を先取りしていえば、両作品はともに〈神様〉に関する基本的な設定は共通するものの、その言葉への主人公たちの対応は対照的である。『神様ゲーム』がすべてを支配する神への絶望を描いたとするなら、『さよなら神様』はある種の希望を描いた。この差異がいかにして現れてくるのかを、登場人物たちの〈神様〉やその発言への対応に注目することで析出していきたい。

二　神様と銘探偵

本節と次節では、第一作『神様ゲーム』の概要を確認しながら、鈴木の基本スタンスと主人公の対応について述べていく。[1]『神様ゲーム』のあらすじは次の通りである。

神降市で発生した猟奇的な連続猫殺害事件。小学四年生の黒沢芳雄は、クラスメイトの可愛がっていた猫が犠牲になったことをきっかけに、以前から同じ町内の友だち同士で結成していた「浜田探偵団」のメンバーと犯人捜しを開始する。そんなとき、芳雄は半月前に転校してきた鈴木太郎から、とんでもない打ち明け話をされる。自分は全知全能の神様で、猫殺しの犯人も当然知っている、というのだ。あまりの荒唐無稽さに驚く芳雄だったが、とりあえず犯人の名前を鈴木に教えてもらうことにする。結果的に、その情報がきっかけとなって、「浜田探偵団」の捜査は一気に進展することになったのだが、犯人の逮捕も近いと思われたある日、次なる事件が起こってしまう。探偵団の隠れ家で、探偵団の一員である岩渕英樹の死体が発見されたのだ。芳雄は前回同様、鈴木に犯人を教えてもらおうとする。

本作のポイントは「神」を自称する鈴木の存在である。鈴木は自身が全知全能であり、この世界のすべてを知っていると語るが、このようなキャラクター設定は、麻耶雄嵩の代表的な探偵であるメルカトル鮎を想起させる。自らを「名探偵」ならぬ「銘探偵」と自称する彼は、自分が常に「最上位」であることを全く疑わない。「小人閒居為不善《しょうじんかんきょしてふぜんをなす》」（『メルカトルと美袋《みなぎ》のための殺人』一九九七）では、語り手の美袋三条と次のようなやりとりをしている。

「私は常に勝ち続けた、全てにね。そしてこれからもだ。これは自信などではなく絶対という確信だよ」

〔…〕

「しかし、それはいままできみを凌駕する事件なり犯罪者なりが存在しなかっただけじゃないのか？」

「それは論理のまやかしに過ぎない。常に上位のモノは存在するという幻想だな。そういうモノは理論的にしか存在しないんだ。現実には∞に何を足したところで∞にしかならないんだよ」（『メルカトルと美袋のための殺人』講談社文庫、一一四〜一一五頁）

ここでのメルカトルの自己認識は正しい。彼は常に事件の「外部」に立つ存在であり、推理などしなくとも真実に到達してしまう。メルカトルが自称する「銘探偵」とは、ひと言でいえば〈真実をあらかじめ知っている探偵〉である。犯人がどれほど巧妙な罠を仕掛けようと、メルカトルには何の影響もない。現場に着いた途端（あるいは現場に行かなくても）、彼は事件を解決する。

メルカトル鮎が〈神様〉シリーズにおける鈴木と似た存在であることは、鈴木の次のような発言からも看取できる。

「〔…〕ぼくはすべてのものごとの原因なんだ。それ以上は決して遡れない。ぼくが存在する以前という状況は存在しえないからね。きみたちがそういった存在を素直に理解できないのは、永遠という捕らえどころのない感覚に対する恐怖心が邪魔しているからだよ。〔…〕でも実際ぼくは過去にも未来にも無限で永遠な存在なんだ。それゆえぼくは始まりと終わりのない永遠に退屈し続けなければならない。」(『神様ゲーム』三三〜三四頁)

鈴木のこの言葉は、メルカトルのそれと似ている。メルカトルが自らを「∞」の存在として自覚していたように、鈴木も自らを「無限」の存在だと規定している。彼らの言葉を信じる限り、彼ら以上の存在はない。彼らこそが「最上位」であり、したがってあらゆることを見通せる特権的な存在なのだ。その意味で、鈴木はメルカトルと同じく「銘探偵」の系譜にある人物だといえるだろう。

しかし、こと「真実」の提示の仕方を見てみると、メルカトルと鈴木の間には大きな差異がある。メルカトルが(一部の例外はあるものの)基本的には真実に至る道筋を語ってくれるのに対し、鈴木は「聞かれたことしか答えない」というスタイルであるため、その道筋の終着点のみを語る。逆にいえば、鈴木によって提示される真実には虫食いがあるということだ。そしてその虫食いこそが、『神様ゲーム』の「謎—論理的解明」の軸を成立させる鍵となっている。

もし「神様」である鈴木が事件の全貌を語ってしまったらどうなるか。そこには謎も推理もあったものではない。真実の開示は、単に事実の「説明」になってしまう。言い換えれば、真実を知ることのできる「神様」がどこかで口を噤《つぐ》んでおかないと、「謎—論理的解明」の構図は出現しないということだ。要するに、「神様」鈴木は、自らが持っている情報のある部分を「語らない」ことによって、本格ミステリというゲームを微妙なバランスで支えている。

このようなシステムは、一九九〇年代後半から多発するようになった、超能力者と探偵の協力の構図を踏襲したものである（詳しくは拙著『現代本格ミステリの研究――「後期クイーン的問題」をめぐって』二〇一〇、北海道大学出版会）。たとえば霧舎巧《《あかずの扉》研究会》シリーズ（一九九八〜）では、推理をする役割と、その推理を「外部」から保証する役割を分離し、前者を後動悟に、後者を森咲枝に担わせるという方法が採られていたが、『神様ゲーム』でも推理を行う者（芳雄）と推理の正しさを保証する者（鈴木）が分離されている。この作品は確かに〈超能力者＋探偵もの〉の流れに棹さしている。

このような流れの中に置いてみたとき、〈神様〉シリーズが特異なのは、推理の正しさを保証する者が、いきなり犯人の名前を提示してしまうことである。これまで、探偵に協力する超能力者には、「決定的な情報を提示してはならない」という掟が密かに課されていたが、鈴木はそれをあっさりと破ってしまうのである。

三　『神様ゲーム』の絶望

『神様ゲーム』はしかし、鈴木による芳雄の推理の保証という枠組みから逸脱する部分がある。鈴木が指名した人物と芳雄の推理とが齟齬を来してしまう場面があるからだ。その場面とは岩渕英樹の殺害事件である。この事件について、英樹を殺害したのが山添ミチルであるというところまでは両者共通する。芳雄もそれが真実であると考えるし、鈴木による「天誅」――小学校の校舎に設置されていた大型の時計の針が偶然落下し、ミチルを刺し貫く――も下される（少なくとも芳雄はそう捉える）。しかし、その共犯者については、それぞれ別の人物が名指されてしまうのである。芳雄は自分の父が共犯者であると推理するが、二度目の「天誅」と思われる現象によって命を落としたのは母だった。確かに、作中の情報からすれば、母が共犯である可能性も排除できない（母は体が小さいという情報があり、現場の井戸の蓋に隠れることができた可能性がある）。つまり、英樹殺害事件については、父と母のそれぞれを共犯者とする二つの「真実」が併置されており、鈴木の言葉を信じるかどうかでそのどちらが「正しい」のか判断が変わるようになっているのである。鈴木の言葉を信じるか否か。この二者択一で、芳雄はその言葉を信用する方を選ぶ。自らの推理に反しているにもかかわらず母に「天誅」が下されたことを認め、「神様は間違えないということ」だけははっきりしていると語る。

芳雄は、母に「天誅」が下される直前、まだ父が共犯者であると推理している段階で、次のように語っていた。

もう前を向いて生きていく自信はなかった。しかしぼくはあと二十六年間、三十六歳までは絶対に生き長らえる運命なのだ。神様にそう宣告された身だ。
生きるってそんなに楽しいことなのだろうか？
神様なんていなければよかったのに……。（『神様ゲーム』講談社文庫、二一二頁）

この感慨は「天誅」の後でもおそらく変わらないだろう。鈴木は芳雄に近づいた理由を「退屈」だったからだと語っていたが、そのとき、自らを「永遠」の存在であると述べていた。神は「永遠」であるからこそ、「退屈」し続ける存在なのだというのが鈴木のロジックである。

なお、本作では芳雄の誕生日や寿命についてのエピソードがところどころで語られるが、これは『神様ゲーム』の推理の過程とパラレルになっていると読むことができる。芳雄の推理が犯人の名前という終着点を知らされたところからスタートするように、彼の人生も三十六歳で飛行機事故に遭って死ぬという終着点を知らされたところからスタートする。作品冒頭のシーンで、芳雄はどうしても一本だけロウソクを吹き消せないが、それは彼の人生がまだ始まっていないことを象徴している。一方、ラストシーンにおいては、「投げやりに、この前よりも軽く吹いたつもりだった」（二二一頁）はずであるにもかかわらず、ロウソクの火はあっけなく消える（その火が母に移り、「天誅」となる）。これは彼の人生が始まったことを象徴するが、そのイメージは極めて暗い。

最終的に芳雄が認識する世界は、すべてが神の手の中にあるという決定論に支配されている。「神様」鈴木がいる限り、芳雄の自由になることなど何ひとつない。すべての出来事は、「神様」によってすでに決められている。三十六歳まで死ぬことが許されていない芳雄は、この残酷な現実とあと二十六年も付き合って行かなくてはならないのである。『神様ゲーム』は、「神様」を信じることで生まれる諦めと絶望を描いて閉じられる。

四 『さよなら神様』の希望

『神様ゲーム』の絶望的なラストシーンは、本書が当初、児童向け叢書の一冊として出版されたことも相まって話題になった。[2] そのインパクトは強く、それから九年後に発表されたシリーズ第二作『さよなら神様』でも、前作同様に絶望を描くのかと思われたが、意外なことにそのエンディングは対照的なものであった。主人公の桑町淳は、「神様」を巡る紆余曲折を経て、次のように語る。

今のわたしには、わたしの心には、かつてのように神様が忍び込む余地は全然残っていないのだ。残念でした♡
さよなら、神様。（『さよなら神様』文春文庫、三〇八〜三〇九頁）

急いで補足しなくてはならないが、これはもちろん、本作が純粋なハッピーエンドを描いているというわけではない。本作は六編からなる連作短編集であるが、そこで扱われる事件はすべて、小学五年生の桑町の周りで起きる悲劇である。また、最終話では、桑町が事件に遭遇する頻度の高さが疑問視され、クラスメイトから「悪魔」と非難されることにもなる。さらには、第一話と第四話を除いては、鈴木が名指した犯人が逮捕されないままで終わっており、場合によってはその後の話にも何食わぬ顔をして登場する。ストーリーが進めば進むほど世界が歪んでいくという展開には、極めてダークな印象がある。

しかし、こと登場人物たちの「神様」への対応に注目すると、前作の芳雄のような悲愴感ばかりでもない。芳雄は鈴木の支配を受け入れ、これから待ち受ける受動的な生に絶望を感じるが、桑町はそうではない。先の引用部にもあるように、桑町には「神様」の支配から逃れる意志が見られるのである。ここでは、『神様ゲーム』の芳雄とは対照的な、ある種の希望が顔をのぞかせている。

このような差異が生まれる原因としてまず注目されるのは、鈴木が「神託」をもたらす回数が増加していることである。『神様ゲーム』と『さよなら神様』に登場する鈴木には、在籍する小学校や容姿など、いくつかの違いが設定されているが、「神様」を自称して主人公のもとに現れ、「退屈」しのぎのために気まぐれに犯人の名前を教えるという行動は変わっていない。また、その言葉が本当であるかどうかが確定できないというのも前作と共通する。ただし、『さよなら神様』では「神託」の頻度が違う。連作短編集であることと関連して大幅に増加しているのである。

また、「神託」の内容が、主人公以外にも伝えられるということも重要である。鈴木は原則として桑町にしか「神託」を語らないが、桑町がそれを市部始や比土優子ら久遠小少年探偵団のメンバーに伝えることもある。さらには、鈴木が桑町に「神託」を与えるところを盗み聞きする人物も登場する。そしてこのことが、「神託」を巡る登場人物たちの動きに様々な影響を与えていくことになる。

五 「神託」の頻度

本作の構成は次の通りである。

第一話「少年探偵団と神様」
第二話「アリバイくずし」
第三話「ダムからの遠い道」
第四話「バレンタイン昔語り」
第五話「比土との対決」
第六話「さよなら、神様」

このうち、第一話から第三話までは、本作の基本パターンを繰り返して提示するものである。それぞれの話で事件の詳細は違っているが、（一）事件が発生する、（二）桑町が犯人の名前を鈴木に尋ねる、（三）鈴木が語った人物が犯人であることを前提にして久遠小少年探偵団の面々が推理を展開し、実際に犯行が可能であることを確認する、という流れは変わらない。そのとき、推理には通常は発生しないような偶然の出来事が組み込まれ、そのことが翻って鈴木の「神託」の信憑性を高めていく。

しかし、それで鈴木が「神様」であることが確定するわけではない。第一話だけは鈴木が指名した犯人が逮捕されるものの、第二話、第三話では鈴木の言葉が正しいのかどうかは不明のままである。とりわけ第三話では、鈴木についての疑問が提示される。市部は、鈴木が何らかの特権的立場で手に入れた情報を基にして推理を行っている可能性や、「口寄せ的なもの」で死者の残留思念を読み取っている可能性を指摘する（一二六～一二七頁）。また、桑町も鈴木が最初から全てを知っていたのか、部分的な情報を得ていただけなのかは判断できないと語る（一四六頁）。このように真偽があいまいなまま、「神託」が繰り返されていくのである。

第四話では、それまでに提示された基本パターンに変化が加えられている。この話で桑町が鈴木に尋ねるのは、川合高夫を殺した犯人の名前である。鈴木はそれが依那古朝美であると語るが、桑町はその名前に心当たりがない。しばらくして、桑町のクラスに転校生の依那古雄一が加わり、その母の名前が朝美であることが判明する。桑町は、高夫の親友であった赤目正紀とともに彼女に探りを入れるために雄一に近づき、その家に招かれるようにもなる。しかし、川合と朝美の接点は見つかりそうになく、他の小学生たちに交じって、近くの盛田神社で丑の刻参りがあったらしいなどといった噂話を聞くことになる。その後、桑町は「真実が手に入るかもしれない」という赤目に呼び出され、深夜の盛田神社に向かうが、そこで丑の刻参りをしていた朝美に見つかり、赤目が殺害されてしまう。

一見すると、第四話では鈴木の言葉が外れたように思えるが、市部は別の可能性に言及する。川合と赤目は同じ日に同じ産院で生まれているが、そこで取り違えられていた可能性があるというのである。そう考えると、鈴木の言葉通り〈(取り違えによって赤目正紀と呼ばれていた)川合高夫が依那古朝美に殺された〉ことになり、さらにいえば未来の事件の犯人を見通していたことにもなる。

作中随一の捻《ひね》りが見られるエピソードであるが、鈴木が過去ではなく未来の事件の真相を言い当てたかもしれないとする展開は、第三話において、市部が未来を言い当てる方が過去を言い当てるよりも格段に難しいと話していたことを踏まえたものであると考えられる。鈴木は市部たちをあざ笑うかのように、未来の事件について語ってみせる。

とはいえ、これで鈴木が「神様」であることが確定するわけでもない。川合と赤目が本当に取り違えられたのかどうかを判断できる証拠は提示されていない。市部が指摘するのは、もし鈴木の言葉が正しいとするならば、それは取り違えがあった場合であるということである。第四話においても、鈴木の能力はあいまいなままで、「神託」の回数のみが増えていくのである。

六　解析される神

クライマックスにあたる第五話、第六話では、それまでの話を踏まえた事件が展開していく。第五話で新堂小夜子殺しの犯人として名前が挙げられるのは、比土優子である。このエピソードでは比土のアリバイが検討され、最終的にはいくつかの事前準備をすれば時間的には犯行が可能であることが判明する。比土自身も桑町に対して小夜子に殺意を抱いていたことを告白するのだが、その犯行を証明する上でネックとなったのは、小夜子が犯行現場にいることが事前には予測できないということだった。桑町の推理は事前準備によって犯行に必要な時間を短縮するものであったが、その準備をするには事件時に小夜子が現場にいることを前もって知っていなければならない。しかし、小夜子の所在を事前に知ることは不可能だったのである。

この謎を、桑町は発想を逆転させて解決する。比土は小夜子を狙っていたわけではない。事件の際に犯行現場にいた人物であれば誰を殺害してもよく、それがたまたま小夜子だったに過ぎないと考えるのだ。つまり、比土は動機をねつ造することで無差別殺人という実態をカモフラージュした。桑町は比土に語る。

「お前は神を利用しようとした。逆手に取ろうとした。クラスメイトが殺され、俺がいつものように鈴木に犯人の名を訊けば、当然鈴木は犯人であるお前の名前を俺に教えるだろう。そして俺はお前に尋ねる。そこでお前は動機という毒を俺に注入する。普通は無差別殺人なんて考えに至らない。しかもいかにも恨み骨髄とばかりに、何度も頭を殴っているんだ。だから俺は容易く信じた。だが狙われたのが小夜子だというドグマに呑み込まれている間は、お前には絶対に破れないアリバイが成立することになる」（二五四～二五五頁）

注目すべきは、比土が神を利用したとされるところである。前作『神様ゲーム』とは違って、『さよなら神様』では主人公以外の人物にも「神託」の内容が伝えられるが、それがここで生きてくる。比土は第四話までに繰り返されてきた「神託」と、それについての桑町の行動からパターンを解析し、それを自らの犯行計画に組み込んでいるのである。比土自身は鈴木の言葉を信用していないが、事件が起これば桑町が鈴木に「神託」を求め、鈴木もそれに応えるということは疑っていない。結果的に、桑町の追及によって比土は退場することになるが、少なくとも「神様」をトリックに組み込もうとしたのは彼女が初めてである。そしてその発想の前提には、繰り返されてきた「神託」がある。

七　おわりに——賭けるということ

第六話で明らかになるのは、比土以外にも鈴木を利用した人物がいたということである。その人物とは、桑町とともに事件の推理をしてきた市部始だった。第六話では、行方不明になっていた比土が摺見ヶ滝《するみがたき》で死体となって発見されるという事件が描かれるが、実際にはそれは、市部が比土を心中に誘い、彼女だけが死ぬように計画したものだった。この計画であれば、比土が自殺したといっても間違いではない。この可能性に気づいた桑町はさらに、第四話で未解決のままになっていた赤目正紀（取り違えにより川合高夫と呼ばれるようになった可能性がある人物）の事件も、市部の手によるものであると考えるようになる。市部はそれまでの鈴木の行動から、「退屈しのぎ」という目的に合致するのであれば、仮に真実を知っていたとしても、市部にとって都合のよい情報を与えると踏んだのである。

もちろん神様が詳細を語れば謀略は露見するが、今までのケースを鑑みて、鈴木はそこまでは話さないと踏んでいたのだろう。そして鈴木は市部の意図を汲むように抜き出した部分だけを教えた。

あれは、二人の暗黙の連係プレーだったのだ。

考えてみれば、比土の時もそうだった。鈴木は小夜子殺しの手段を話さず、ただ比土の思惑通りの説明しかしなかった。

比土もそして市部も、鈴木の嗜好に勘づき、あくまで彼が楽しめる方向で危険な賭に打って出た。特に市部にすれば、鈴木が川合殺しの犯人をまだ明かしていないことから――もしもわたしが知っていれば、きっと態度に表れていただろう――賭ける価値はあると判断したのだろう。(三〇七〜三〇八頁)

市部も比土と同じように、「神様」の行動を解析し、パターン化している。そして、「神託」の真偽は括弧にくくりながら、何かしらの結果が出力されるという事実と、それが周囲にもたらす効果をトリックに組み込む。

もちろん、本当に鈴木が全知全能であった場合、比土や市部の行動すらも運命であったということになる。しかし、「退屈しのぎ」のためにあえて「不自由」な人間の姿になり、意図的に「目を瞑って」物事を知ることがないようにしていると語る鈴木の目的と、それまでの「神託」の意地の悪さを考慮すれば、自分たちにとって不利にはならない可能性が高いと判断した。ここには、鈴木が「神様」であったとしても、その支配から逃れて能動的に振る舞う余地が確かにある。

桑町はこのような比土や市部の行動を「賭け」と表現している。この「賭け」について、哲学者の檜垣立哉が興味深い指摘をしている。檜垣によれば、「賭けることには、一方では未来を予測する正確さの測定精度をあげることが含まれていると同時に、他方では未来を予測することの不可能性そのものが織り込まれている」(『賭博／偶然の哲学』二〇〇八、河出書房新社、五一頁)。十分な予測を前提としながら、未来の予測不可能性に身を投げ出すことが、賭けという行為の重要な要素なのである。そして、そこには「驚き」が発生するとも指摘される。

ではひとは何に驚くのだろうか。ここで逆説的なことを述べなければならない。賭博はそもそも、予想が当たることに驚くのである。まったくパラドックス的な表現であるが、予想が当たることとは予想外のことなのである。予想はそもそも意外なことしか予想しないのである。〔…〕（前掲書、五二頁）

これを踏まえれば、『さよなら神様』は鈴木の言葉が当たることのみに驚きがあるわけではない。そうではなく、「神様」が支配しているかもしれない世界の中で、その「神様」自体をトリックに組み込みながら「賭け」に出る市部たちの行動が、狙い通りに実現してしまうことにも驚きがあるのである。これこそが、「神」の支配の可能性を組み込んだ上で発揮できる能動性であり、本作で見いだされるかすかな希望の源泉である。

1　なお、二節、三節の記述は拙著「『神様ゲーム』／終わりからの始まり」（「e-Novels」週刊書評第二百四十五回、二〇〇五年、ただし現在リンク切れ）と重複する部分がある。

2　『神様ゲーム』の単行本は「講談社ミステリーランド」の一冊として出版された。現在は講談社文庫に入っている。

※本稿はＪＳＰＳ科研費18K00272の助成を受けた研究成果の一部である。

2016年

第16回受賞

鳥飼否宇

『死と砂時計』

東京創元社

◉

小森健太朗

コンパスと砂時計〜「死」をめぐる形而上学的文学の試み

鳥飼否宇の『死と砂時計』を読んでまず感じたのは、この作品は現代に『アラビアン・ナイト』を蘇らせる試みだろうということだった。『アラビアン・ナイト』に収録されたシンドバッドの物語の中に、何人かの死刑囚とともにシンドバッドが閉じ込められ、毎日一人ずつ処刑されていく極限状況の中で何とか脱出を試みるという物語がある。そのシンドバッドの物語を読んだことがあり、かつこの『死と砂時計』を一読すれば、類似したモチーフとして取り込まれていることに読者は気づくだろう。

この『死と砂時計』の舞台となる架空の国、ジャリーミスタン首長国は、中央アジアにあるとおぼしき、イスラム教徒が多数派を占める王国である。二一世紀の現代が舞台で、死刑制度が廃止される国が増える中、ジャリーミスタン国は、周辺諸国のかかえる、死刑にしたいが表向きは制度的な制約のためにおおっぴらに処刑をしにくい囚人たちを周辺国から集め、代わりに死刑を執行することで外貨を稼ぐ特異な方法を採用した小国である。この六作からなる連作短編集の主人公であるアラン・イシダは、親を殺した罪で死刑判決をうけてこの国の監獄にはいってきた。その監獄の最長老シュルツとコンビになり、監獄内で生じる不可解な事件の謎を持ち前の推理力で解きあかしていくという、ユニークな趣向の作品集である。

基本的な設定において、この作品が、『アラビアン・ナイト』の、特にシンドバッドと死刑囚の物語をひとつの発想のルーツにしているのは疑いない。また、王様に聞かせる話が面白くなければ死刑に処されるという極限的な状況下で、シェヘラザード姫が語ったと伝わる幾百の物語から成り立っている『アラビアン・ナイト』の外枠の構成もまた、死と処刑に直面した状況下での謎解きを迫られる死刑囚の物語であるこの作品と共通性をもっている。そしてまた、この作品の舞台も中東に近いイスラム圏であり、『アラビアン・ナイト』の舞台と親近性をもっている。『アラビアン・ナイト』を現代において再生し再活性化しようとする試みであると、この『死と砂時計』を評してもよいであろう。

過去の文学作品やミステリにおいても、この『アラビアン・ナイト』の趣向に挑んだりとりいれている作品は多くあげられる。例えば、黄金期に活躍したミステリ作家であるジョン・ディクスン・カーには『アラビアン・ナイトの殺人』というフェル博士ものの本格ミステリの長編作品があるし、『ジキル博士とハイド氏』や『宝島』の著作で有名なR・L・スティーブンスンには『新アラビアン・ナイト』という作品がある。シンドバッドと死刑囚の物語を、先駆的にロシアの文豪がとりいれて小説にしている例もある。アンドレーエフによる『七死刑囚物語』は、閉ざされた監獄の中での、死刑判決をうけている七人の極限状況下での生と死を描く文学作品だ。著者の鳥飼が、アンドレーエフ作品までも参考にしているかどうかは不明だが、『七死刑囚物語』と『死と砂時計』もまた、テーマやモチーフにおいて、ともにシンドバッド物語を源流とする点で類似点や共通性を有している。シンドバッドの物語では、最後に主人公の脱出は成功するが、それまでに何度も脱出が試みられては失敗し、同じ監獄に収容されている収監者たちが次々に死にいたるというのがその粗筋だ。死から逃れようとするたびに、逃れようのない死がやってくる死刑囚の物語であるシンドバッドの物語は、大枠において『死と砂時計』と共通性を有している。

この鳥飼作品を読み解くにあたって、おおまかに三層構造をみてとることができる。そのひとつは、古来から伝わる中東の、『アラビアン・ナイト』に代表される古典的な寓話群をとりいれ、現代的な意匠にする試みである。それにともなって、この作品の舞台が現代日本ではなく、またファンタジー的な異世界でもなく、現代の中東イスラム圏を舞台にすることで、その風習や異国情緒を作品に有機的にとりいれていることもまた、この作品の大きな特色となっている。この作品のテーマやモチーフは、その独特の世界設定とともに、その土地の文化、宗教に深く根ざしたものになっている。

二つ目は、過去のミステリ作品を参照して、それらをとりいれつつ再活性化しようとするミステリ作品としての試みである。本作全体を通して、過去の有名無名のミステリで用いられた様々なトリックや趣向、テーマやモチーフの再現や変奏を読み込むことができる。以下の論では、その一端について筆者の気がついた範囲で触れることにしたい。

そして三つ目は、二一世紀に書かれた物語としての、現代的な物語の新機軸の試み。この作品集は、過去の作品を参照して反復し再生産するだけの物語ではなく、現代的な意匠をとりいれ、今の最先端の趣向をもとりこみ、現代という時代に向き合う作品ともなっている。

それら三つの層のうち、まずは特に第二の層、ミステリとそのテーマに着目して、この作品に分けいってみたい。

過去のミステリ作品との関わりでは、この連作集の多くに、過去の有名なミステリ作品のテーマやモチーフのとりいれや、それらの再構成と新しい試みの挑戦といった要素がみてとれる。例えば、大枠の構成として、死刑囚を収監した監獄が舞台である点ではエラリイ・クイーンの『Zの悲劇』を彷彿とさせるところがあるし、不可解な謎と逆説的なロジックが立ち現れる連作集としては、この作品の単行本の帯に記された「チェスタトンの系譜に連なる」と呼べるところもある。

また、チェスタトンと並んで、独自の形而上学的世界を構築した南米の作家であるホルへ・ルイス・ボルヘスの作品群とも通底するのは、この作品の冒頭にボルへス作品の「死とコンパス」からの引用がエピグラムとして掲げられていることからもうかがえる。

ボルヘス『伝奇集』に収められている短編小説「死とコンパス」は、おそらく全ボルヘス作品の中でも、最も探偵小説の純度が高い作品である。冒頭ではポーの生み出した名探偵オーギュスト・デュパンの名も言及され、彼が敬愛するチェスタトンの形而上学的探偵小説の域に摩するものがある。題名の類似性からしても、冒頭のエピグラムの引用からしても、「死とコンパス」という作品が『死と砂時計』という作品の着想の一つの源流になったことは疑いない。

「死とコンパス」で描かれる連続殺人事件の最初の被害者は、ユダヤ教の律法学者で、現場にはユダヤ教の関連書が置かれ、ユダヤの言葉で「御名の第一の文字は語られた」とあった。一カ月後に生じた第二の事件でも「御名の第二の文字は語られた」という文が現場に残され、現場の壁にはユダヤ教のシンボルかと思われる模様が描かれていた。犯人がユダヤ教に関わるものらしいのは見当がつき、現場に書かれた「御名」は、神の名JHVHだろうとされた。そうすると、犯人は四連続殺人をもくろみ、あと二つの殺人が計画されているだろうとの予想がたてられるが、次に生じた事件で「御名の最後の文字は語られた」と現場に書き残され、四つ連続すると思われた事件は三つ目で最後が宣告される。殺人現場の地図をみてコンパスで円を描き、三カ所の殺人現場が正三角形を描いていることに気づいた探偵役は、この事件が四とみせかけて実は三を指示している事件であることに気づく。

なぜ四とみせかけて実は三を指示しているのかについて、ボルヘスの小説内ではその説明が十全にはなされていない。その点について、ユダヤ教の知識を参考にして、本文中にない解読を少し加えてみたい。神の名であるJHVHは、四文字から成り立つが、文字としてはHが二回出てくるために三文字でできているといえる。そしてまたその四文字は子音のみで書かれ、母音は付されていないために、これを発音しようとすれば、ヤハヴェともエホヴァとも発音することができる。旧約聖書には「神の名をみだりに唱えてはならない」というモーセの戒律があり、神の名を書くときも十全な発音文字を書かないようにするために母音は省略されている。英語を使うユダヤ教徒が神という語を綴るときも「GOD」と書かずに「G－D」と書いて母音を外すやりかたがあるという。

GOD（神）の書かれざるO、またJHVHの書かれざる母音は、不在でありながら存在を指示する神の臨在の象徴でもある。鳥飼否宇のこの作品もまた、空虚なる中心ともいえる、非在を指示しながらその存在を浮かび上がらせる、形而上学的構成をとっている点で、ボルヘスの衣鉢を継いでいるものがあるといえよう。

「死とコンパス」では、コンパスの描く円に三つの点が二組置かれ、二つの正三角形が上下に交差する形で、ユダヤ教のシンボルであるダビデの星が浮かび上がる。そのダビデの星の三角形が、その事件の謎を解く鍵となる。

この作品の姉妹編ともいうべき『死と砂時計』は、ボルヘス作品と同様に、不在の中心の神、そして死をめぐる形而上学的テーマに収斂《しゅうれん》する作品集である。その上で「コンパス」と「砂時計」という、それぞれの作品の題名になっている「死」と対置される言葉が、好対照をなしているといえるだろう。コンパスが円を描き、地図への正三角形のポインティングから真相が看破されるのとの対比で、『死と砂時計』の砂時計は、作品集の最後に置かれた短編で、死刑の時間が刻々と迫る中での、段々と少なくなっていく自分の生きている時間を象徴するものとして描かれる。死と対比されるのがボルヘス作品にあっては空間であり、鳥飼否宇の作品にあっては時間であるといえるだろう。そして作品全体が、最大のテーマである「死」を中心にして、その周辺軌道をいきかう人々のドラマや葛藤が巧みに描き出される構成になっている。

簡単に、この作品集におかれた六つの短編を概観してみよう。

一話目の「魔王シャヴォ・ドルマヤンの密室」は、この連作の中でも、特にイスラム教の生活風習や宗教儀式との関わりの濃い作品である。この作品で立ち現れる謎が、〈翌日には死刑になるのが決まっている死刑囚をなぜあえて殺したのか？〉というホワイダニットを焦点としている。これと同型の謎としては、先駆的な作品として法月綸太郎の「死刑囚パズル」がある。「死刑囚パズル」は、日本で行なわれている死刑執行を克明に取材し、作品内でなぜ処刑執行直前の死刑囚をあえて殺害するものが出たのかという謎を扱っている。謎の構造としてこの二作に共通性はあるものの、舞台が日本とジャリーミスタン国で大きく違い、また主要登場人物が、死刑囚と看守や獄長といった監獄内の人物ばかりである点では、この短編は法月作品と大きく異なっている。そしてまた解決も、この法月作品とは大きく違ったところに着地することとなる。

二話目の「英雄チェン・ウェイツの失踪」は、衆人環視で、難攻不落の要塞のような、厳重に閉鎖されている監獄から、脱走に成功した中国人の囚人チェン・ウェイツの脱走方法が謎の焦点となる。脱出不可能にみえる監獄からまんまと脱走に成功してみせる名探偵を描いた古典的作品としては、ジャック・フットレルによる思考機械ものの第一作「13号独房の問題」があり、この鳥飼作品が、そのフットレル作品を参照していることは疑いがない。脱獄テーマもまた、幾多のミステリ作家をひきつけたテーマであり、アルセーヌ・リュパンものの第一作『怪盗紳士』でも、その脱獄テーマを主題とする短編がある。

それらが二〇世紀初頭の厳重な監視のある監獄からの脱走物語であるのとの対比でみれば、この作品は、二一世紀の最先端かつ最新鋭の監視技術が駆使された監獄からの脱出を試みる作品である。囚人の体内には居場所を示すチップが手術によって埋めこまれ、身体のどこにそのチップが入れられているのかは人によってまちまちで、どこにあるかはわからない。越えてはならない監獄の境界をまたぐと、そのチップが反応して電流が流れるので、チップを体内にもつ囚人が監視の目を逃れて外に脱走するのは不可能である。その状況下で、いかにして脱獄が可能となったか。――それがこの作品の謎の焦点となる。他にも、脱獄を防ぐための障壁や見張りがあって、それらの困難をどう乗り越えて脱獄が可能となるかは、現代に蘇った思考機械の脱獄ミステリさながらの面白さがある。そしてまた、その脱獄の後にもたらされるヒューマンなドラマが、本作に叙情的な余韻を与えている。

三話目の「監察官ジェマイヤ・カーレッドの韜晦《とうかい》」は、一年に一度、首都から派遣されてその監獄を見回りにくる監察官が、監獄内で不可解な死を遂げる事件の謎を主題としている。監獄内では、獄卒同士の対立があり、また囚人と獄卒の間にも揉め事のようなものが起こり、話を聞いた監察官は、その仲介と調停に乗り出そうとしていた矢先の出来事だった。

閉鎖空間（クローズド・サークル）に外部から人がやってきて、何者かに殺される展開になるミステリ作品は過去にいくつか作例があるが、この短編もそれらの趣向を踏襲しているとおぼしいところもある。エラリイ・クイーンの『帝王死す』のような閉鎖空間での不可解な事件が発生しているが、そこには読者の予断を覆す仕掛けと趣向がこめられている。

四話目の「墓守ラクパ・ギャルポの誉れ」は、題名からしてチェスタトンのブラウン神父シリーズものの一編「イズレイル・ガウの誉れ」を想起させる。監獄で処刑されたりして死んだ人間を埋葬した墓場が何者かに荒らされる事件が発生し、調べてみると埋葬された遺体の手足や一部がなくなっていた。墓を連続して暴く犯人が、遺体を食っているのではなかろうかと噂がたち、イシダらが調査に乗り出す。チェスタトンの短編にも、墓荒らしの謎を扱い、遺体の一部がなくなっている謎を扱っているものがあり、この短編は、この作品集の中でも、最もチェスタトン趣向が濃く、特に〈ブラウン神父〉シリーズものの作品群の影響が濃くみられる。解決に用いられるロジックもまた、チェスタトン流ともいうべき、超越的なロジックが駆使される。舞台となるジャリーミスタン国のある中央アジアの一帯は、イスラム教が主流とはいえ、アジアの多彩な文化や宗教が交錯するところであり、この短編ではイスラム教以外の宗教が事件の謎に大きく絡んでくる。

日本の作家でも、チェスタトンの趣向に挑んだ作品がいくつもあるが、中でも泡坂妻夫の「亜愛一郎」シリーズは、その中でも白眉の出来ばえといえるだろう。〈亜愛一郎〉シリーズでも特に、〈狂った論理〉と形容される趣向を用いた作品群は、チェスタトンの衣鉢を継いだといえる。この鳥飼短編もまた、その系譜に位置づけられる作品だが、泡坂妻夫作品の中のチェスタトン流作品には、チェスタトン自身の作品には色濃くみられる宗教性のバックボーンや形而上学志向が稀薄である。それはカトリック信徒になったイギリス人作家であるチェスタトンと、日本人作家である泡坂妻夫の生地や背景が異なることから当然生じる差異といえるが、鳥飼のこの作品には泡坂のチェスタトン風作品には稀薄だった宗教性や形而上学的テーマを見事に取り込み生かしている。それは日本でなく、諸宗教が混在し人種の坩堝《るつぼ》でもある中央アジアの架空の国を舞台にした本作だからこそできた芸当だともいえるが、鳥飼否宇のチェスタトンの取り入れと乗り越えが、先輩作家である泡坂妻夫を超えた境地を拓いているといえる面もあるだろう。

五話目「女囚マリア・スコフィールドの懐胎」は、男性と絶対に接触できない女性収容の監獄で妊娠した女囚が出た謎を扱っている。想像妊娠という趣向は京極夏彦のデビュー作『姑獲鳥の夏』にも出てくるが、本作でも、その妊娠が想像上のものではないのかという可能性が論議されている。趣向としては、この作品も二話目と同様の、脱獄もののバリエーションといえなくもない。

福音書に描かれたイエス・キリストの生涯には、そこに生じた神の奇蹟を信じないで読むならば、その生と死において不可解でありえない事蹟を示している。すなわち、処女のマリアから生まれた処女懐胎の謎と、十字架上の死から復活したという、復活にまつわる謎である。この短編の、妊娠する女性の名もマリアで、イエスを生んだとされる聖母マリアの名をなぞっている。絶対出入りできない厳重な監獄を舞台にした特異な設定で、閉鎖空間でのミステリが色々と生じうる状況で、本作は密室殺人事件ならぬ密室妊娠事件という不可解な謎が現出する。結末で合理的な解決が用意されるが、その真相からさかのぼって、事件を見渡してみると、目的を達成するためにわざわざこんな手間をかける必要と必然性があったのだろうかという疑問が少々残るところがある。それでもこのありえなさそうな不可能状況をねじ伏せる解決を示した作者の豪腕的なまとめあげは瞠目《どうもく》に値する。

この作品集の掉尾《ちょうび》を飾る六話目「確定囚アラン・イシダの真実」は、全体をしめくくるにあたって、主人公アラン・イシダ自身の出生の謎に関わるミステリが扱われている。

この作品は、この論を書いている現在、大きなニュースとなっている感染症や伝染病との関わりが深いミステリでもあり、この作品集の中で最もＳＦ色の濃い作品となっている。二〇一九年に邦訳が刊行され、中国発のＳＦとしてはほぼ初めてといってよいほどのベストセラー作品になった劉慈欣による『三体』（早川書房）とも趣向やテーマの共通性がある点でも注目に値する。

また、本作品は、ミステリの構成としては古典的といえる、主人公の父親探しの物語でもある。父親探しの物語がミステリの古典といえるのは、古代のギリシア悲劇においてミステリの原型とも目されるオイディプス王の物語が、オイディプス自身による父親探しの物語と自分の出生の謎を解きあかす物語でもあるためであり、その構成が本作で忠実に踏襲されているところがある。

日本ミステリにおいて古典的名作とされる夢野久作の『ドグラ・マグラ』もまた、名前も記憶も失った主人公の自分探しの物語であると同時に、自分の父親を探す物語でもある。読み方によっては、この作品は、そういう父子テーマもの、父と子の葛藤と相剋を描いたテーマものへの挑戦と再生産であるともいえる。そしてアラン・イシダ自身の父と子の葛藤と相剋がまた、次の世代の父と子の葛藤と相剋にもつながるものとなる。

2017年
第17回受賞

竹本健治
『涙香迷宮』
講談社

◉

蔓葉信博

※第三節では、『涙香迷宮』の暗号について具体的な検討をしております。未読の方は第三節を読み飛ばして、第四節をお読みください。

竹本健治と知的エンターテインメント

1．『涙香迷宮』と暗号ミステリ

二〇一六年三月に刊行された竹本健治『涙香迷宮』は、「このミステリーがすごい！二〇一七年度版」国内編にて見事一位を獲得した。シリーズ探偵、牧場智久が明治の傑物にして日本ミステリの生みの親でもある黒岩涙香の残したいろは歌に秘められし暗号を解き明かすという物語で、「このミス」以外のミステリ誌ランキングではどれも上位を占めたほか、翌年に行われた本格ミステリ大賞でも一位に選ばれた。一九八七年からはじまった新本格ミステリムーヴメントの源流ともいわれる『匣の中の失楽』（一九七九）が第三十二回日本推理作家協会賞の長編部門候補作に選ばれたぐらいで、いわゆるランキング競争にはあがらない著者であったため、一連の高評価は驚きをもって迎えられたように思う。しかしながら、涙香の多面的な魅力と、身近なようでいて難解ないろは歌の謎、なにより解き明かしていくにつれ染み入ってくる日本語の美しさを見れば、本作の人気の理由もうかがえよう。ただ、なによりも本格の魅力はいろは歌の謎にある。つまりは暗号だ。本論考では暗号とミステリのかかわりあいを紐解きながら、『涙香迷宮』の仕掛けについて考えてみたい。

そもそもエドガー・アラン・ポーはミステリというジャンルの創始者といわれるが、それは論理的に解決される密室殺人「モルグ街の殺人」（一八四一）、心理的盲点のトリックが冴え渡る「盗まれた手紙」（一八四四）とともに、暗号ミステリ小説の草分けたる「黄金虫」（一八四三）を生み出したことも含まれるべきだろう。「黄金虫」はその後、ロバート・ルイス・スティーヴンソン『宝島』（一八八三）、アーサー・コナン・ドイル「踊る人形」（一九〇三）、日本でも江戸川乱歩「二銭銅貨」（一九二三）などに影響を与え、暗号を解読する楽しみを味わう小説ジャンルを生み出したのだ。

その「二銭銅貨」の江戸川乱歩は、数々のミステリ評論をものしているが、そのなかに暗号を用いたミステリ小説とともに解説した「暗号記法の分類」（一九二五）という小論があった。その後、暗号ミステリ小説の解説は「暗号記法の分類」を参照することが多かったが、暗号学の大家、長田順行は著書『推理小説と暗号』（一九七九）において、乱歩の分類を批判的に検討している。その結果、あらためて暗号を「換字式、転置式、分置式、約束語、隠文式、混合式」の六つに分類した。

長田によれば、暗号を扱うミステリ小説はまず「暗号」によるものと「〈なぞ〉形式のことば遊び」によるものに区分されるという。原理的には区別しがたいものの、これらには見かけに違いがあるというのだ。暗号は「記号の羅列でいい」という発想によるものであるのに対し、「〈なぞ〉形式のことば遊び」は、ミステリというものが読者に謎を問いかける必要上、見かけは意味のある言葉になることだ。たとえばポー「黄金虫」の暗号は意味のわからない英字と記号の羅列であったことに対し、江戸川乱歩「二銭銅貨」は南無阿弥陀仏という言葉を謎として提示していることだというのだ。長田の分類で分けてみれば、「黄金虫」の暗号は換字式、「二銭銅貨」の暗号は換字式に分置式を組み合わせた混合式ということになろう。

このように暗号と一言でいっても、さまざまな分類がある。暗号自体はミステリとは別に古代ギリシャの時代などから存在するわけだが、それは政治的・軍事的なやりとりに必要なものであって、一般的にはミステリジャンルの発展とともに広く知られるようになったことは間違いない。とはいえ、電子メールや仮想通貨など情報技術が社会基盤となった現在、個人情報の管理や企業間の取引などで暗号の重要性はさらに高まっていると考えていいだろう。多くの書店でも暗号に関する書籍はその一角を占めており、自分のアカウントや圧縮ファイルに自分ならではのパスワードを設定している人もいるだろう。それも見方によっては一種の暗号化といってもいい。そういう時代だからこそ『涙香迷宮』が評価されたのかもしれない。

2．ミステリと暗号

ミステリ小説がさまざまに多様化するなかで、暗号の価値は相対的に下がっている事自体は否めない。禍々しい猟奇殺人や、二重三重に込み入ったトリックにくらべ、不可解な暗号というのはどうにもインパクトにかける。また、暗号をメインにした長編小説を量産するにも、作風が似通ってしまい単調になってしまう。なにより暗号のデジタル化によって、人が紙とペンを使い、手ずから暗号を解き明かすという興味が著しく下がっているのではないかと考える人もいることだろう。

たしかに『推理小説と暗号』でも「暗号を扱った推理小説の貧困」を指摘し、「暗号小説は袋小路か？」なる章が設けられているが、一方で文庫版のあとがきでは親本の刊行後、井沢元彦『猿丸幻視行』（一九八〇）や中津文彦『黄金流砂』（一九八二）、森雅裕『モーツァルトは子守唄を歌わない』（一九八五）などの刊行を喜ぶ一筆もあり、内実はミステリ作家へ奮起をうながすものだった。また有栖川有栖『孤島パズル』（一九八九）、芦辺拓『殺人喜劇の13人』（一九九〇）など、新本格ムーヴメントのなかで暗号を重要なモチーフとした作品も生まれている。なにより『ＱＥＤ　百人一首の呪』（一九九八）からはじまる高田崇史の「ＱＥＤ」シリーズの存在は暗号ミステリが読者にまだまだ求められているからといえる。

それに暗号を活用しているのは小説だけではない。二〇〇三年からはじまった「脳を鍛える大人の計算ドリル」シリーズや数年遅れではじまった「数独」は計算を知的なパズルとして楽しめるものにし、二〇〇七年ごろからはじまったアトラクション施設での脱出ゲームのブームにより、パズルとともに暗号を参加者を謎解きに誘う重要な要素としている。またクイズバラエティ「今夜はナゾトレ」(二〇一六〜)のコーナーで、書籍化されるやベストセラーとなっている「東大ナゾトレ」も一風変わったひらめきに着目するパズルや暗号で人気を博している。こうした時代情勢は、社会のデジタル化とは別にパズルや暗号の謎解きが一般化したことを示しているといっていい。ミステリ小説全体としてはともかく暗号を解く楽しみというものが著しく下がっているどころか、むしろかつてないほど受け入れられている状況といっていいだろう。そうしたなかで、投じられた『涙香迷宮』が人気を博さないわけがなかったのだ。

その竹本健治は、実のところ暗号ミステリを断続的にものしてきた書き手でもある。そのデビュー作『匣の中の失楽』には印象的な「影擬《もど》きにす」と四鬼の暗号、『囲碁殺人事件』(一九八〇)はふたつの棋譜で示された暗号のほか、簡単な暗号談義も行われる。続く『将棋殺人事件』(一九八一)ではアナグラムが手がかりの一つとして提示される程度ではあるが、次の『トランプ殺人事件』(一九八一)では種類の違う四つの暗号が提示される。ある女性の密室からの消失がミステリ的な趣向ではあるものの、それを解き明かすには暗号と正面から向き合わねばならない仕掛けになっているのだ。具体的には、頭文字をひろって解く分置式の暗号と、並べ替えで暗号が解ける転置式の混合式、さらには竹本健治オリジナルと言っていいだろう暗号の解き方がブレンドされている。この『トランプ殺人事件』はその仕掛けからして、『涙香迷宮』と類似的であることは指摘しておきたい。

その後は、ミステリを離れてSF作品を書き続けるが、新本格ミステリムーヴメントに触れ、怪作ともいうべき『ウロボロスの偽書』(一九九一)を生み出す。この小説は暗号そのものは登場しないが、作中で原稿を改竄する人間を突き止めるという稀有な仕掛けを持っている。これに暗号解読と類似した楽しみを見出すことは難しくない。そうした傾向は、たとえば『フォア・フォーズの素数』（二〇〇二）に収録された「フォア・フォーズの素数」や『クレシェンド』（二〇〇三）にもいえる。前者は「4＋4－4－4＝0」といった数式によるパズルを探求する短編で、後者は言語機能自体が精神的魔物と化す異色のホラーなのだ。いずれも数学や言語の機構自体を利用しており、その機構を紐解くことが物語の牽引力となっている。ミステリが持つ推理を促す仕組みをうまく活用してるといっていい。ほかにも『キララ、探偵す。』（二〇〇七）の「キララ、奮戦す。」や『せつないいきもの』（二〇〇八）の「蜜を、さもなくば死を」など、ストレートな暗号ものあり、このような何かしらの仕掛けを解き明かそうとする誘惑や必然性を物語にすえることが実に多い。それについて竹本健治は「パーミリオンのネコ」シリーズ三巻『兇殺のミッシング・リンク』ノベルス版のあとがきで、同シリーズにミステリ色の傾向があることに触れ、このように述べている。

SFのあとがきでミステリについて云々するというのも妙な話だが、どうやらこのあたりの事情は根っから僕の世界観に由来するものらしい。つまり、この世界はそのまま巨大な暗号文で、我々の行為はそれを解読する作業にほかならない、というわけである。

このような感性の持ち主である以上、その作風に暗号らしさや何かの謎を解き明かしたいという衝動が込められるのもうなずけよう。その書き手が、正面から暗号に取り組んだからこそ『トランプ殺人事件』や『涙香迷宮』という傑作が生まれたのだ。

では、『涙香迷宮』で用意された暗号とはいかなるものであったのか。『涙香迷宮』では暗号を解き明かすとともに、同時進行で起こる殺人事件の犯人を指摘するという並走構造を持つミステリであるが、紙幅の都合もあり、本論ではさしあたって前者を検討していきたい。また次の節では具体的にその暗号を検討したいが、差し障りのある読者はそのまま次の第四節へ読み進めてもらいたい。

3．分置式、転置式、隠文式

第一の暗号は、牧場智久が黒岩涙香のエピソードを聞いて発見する。涙香が命名したという連珠（五目並べ）の打ち方に暗号が隠されているのではないかと思いついたのだ。その打ち方とは「峡月」「明月」「嵐月」「水月」「山月」「新月」「残月」「花月」「梅月」「雲月」「松月」「吟月」の十二種。この頭文字を並べた「峡明嵐水山新残花梅雲松吟」で、何か意味のある漢文になるのではというひらめきからだ。

智久は、涙香の命名時では、最初の七種に重きをおいていたということから「峡明嵐水山新残」に絞り込んで考えるものの、どうもしっくりこない。そのうち、残った「花梅雲松吟」に並べ替えのヒントがあるのではないかと思いつく。

そうだとするならば「花梅雲松吟」にはどのような意味があるのか。「花梅雲松吟」をひらがなになおしたうえで、また頭の一字を拾いだす。そこで歴史的仮名遣いを踏まえた上で、この暗号が順番を示すものであると智久は仮定してみる。その順番で「峡明嵐水山新残」を読み替えてみると「峡水残明山嵐新」となる。読み下せば「峡ニ水残リ、明山ニ嵐新タナリ」といった文になると考える。その後、茨城県に明山や竜神峡という渓谷があり、その近くに涙香の隠れ家が見つかるのであった。

ここで行われている暗号は、長田の分類で言えば、頭文字をひろって解く分置式の暗号と、図形を利用した並べ替えで暗号が解ける転置式の混合式となる。その上、暗号の中に手がかりとして暗号が隠されている「花梅雲松吟」の子持ち暗号は、すでに紹介した竹本作品のなかで言及されている。面白いことにその作品で、暗号を解き明かしているのも牧場智久その人なのだ。だから、しれっと一から考えたように作中では語っているが、実はすでに智久は経験済みの方法なのである。

余談だが、子持ち暗号という言葉はその過去の作品に実際に記述されたものであり、おそらく小栗虫太郎『黒死館殺人事件』(一九三四)からの借用と思われる。『黒死館殺人事件』では、ホルバイン『死の舞踏《トーテン・タンツ》』に記されたふたつの英文の暗号が提示される。この暗号を法水麟太郎は子持ち暗号といい、片方の暗号(親)を解くためにはもう片方(子)の暗号を解かねばならないと指摘して見事解き明かすのである。

それはともかく、涙香の隠れ家にやってきた智久と涙香研究家たちは、その地下室の部屋ごとに記された四十八のいろは歌を目にする。そのいろは歌に秘められているのが第二の暗号だ。その美しいいろは歌は小説を参照いただくとして、暗号を発見するきっかけ自体はまたもや智久の疑問からである。「涙香はどうして四十九番目のいろはを隠しておかなかったんだろうという疑問です」と。ただし、さきほどと同じように分置式で頭文字を拾っても意味が通らない。ところが同行する智久のガールフレンド・武藤類子のひらめきで、新たな読み順がわかり、結果として四十九番目のいろは歌が見つかるのだ。分置式自体は先程と同様のものだが、部屋に記されたいろは歌の読み方に図形を利用する転置式における発想の転換が求められていたのだ。

その四十九番目のいろは歌が第三の暗号である。

いちつはにえの　またひさと
あけてゐねうし　きをふめる

われぬからくり　ろんみせよ
なそするゑへこむ　おもほゆや

この意味のとり方から、検討が始まる。旧仮名遣いについては同行していた歌人のアドバイスを受けつつ、次のような読みが提示される。

いちつはにえの　またひさと
あけて囲繞し　季を踏める
割れぬからくり　論見せよ
なそ末へこむ　思ほゆや

このいろは歌には、文字のなりたちや意味に解く手順を示す隠文式という方法で暗号が隠されていたのだ。それを解明するには珍しい漢字の知識が求められるが、結果として一文字の漢字が答えとして導き出される。その漢字が次の暗号を解くヒントなのではと智久は考えるのだ。

第四の暗号は、四十八のいろは歌のうち、意味がよくわからないものとして保留になっていた次の歌のことである。

雀斑似合い　偏奇得ね　そはかすにあひ　へんきえね
蓼抜ける文　これ置くも　たねぬけるふみ　これおくも

一途和流の　徒を目なせ　いちつわりうの　とをめなせ
歩し參らむ夜　八叉路ゆゑ　ほしまゐらむよ　やさろゆゑ

この一行目にある「偏奇得ね」は、「偏消えね」、つまり漢字から偏を取り去るという意味なのではと智久は目星をつける。漢字が当て字で実際は違う意味を指す可能性もあることから、「一途」は「いちつ」と読み、四十九番目のいろは歌の冒頭の「いちつ」を指しているのではと考えるも、どうにもうまくいかない。

実は第三の暗号の答えの導き方が間違っていたのだ。それに気がついた智久は一気呵成に、第四の暗号を解き明かす。その第四の暗号の答えに、一行目の前半と後半で暗示されている文字の操作を加えるとひとつの漢字が導き出される。その漢字を、四十八のいろは歌にもある読み方で読ませることで、「蓼抜ける文」の文意が読み取れることがわかる。

そこで再び三行目、四行目を検討し、やはり四十九番目のいろは歌から抜き出す文字を示していたとわかる。隠文式で分置式の位置を示す方法だ。

そして、第五の暗号は、第四の暗号の解釈で、地下室にあったある図式と組み合わせることで、見事、涙香の宝を見つけ出せたのだった。

4．暗号と世界

第一の暗号、涙香が命名したという連珠の打ち方「峡月」「明月」「嵐月」「水月」「山月」「新月」「残月」

「花月」「梅月」「雲月」「松月」「吟月」の十二種に秘められた意味を読み解く方法には、竹本健治オリジナルの発想がまず必要だった。そのうえで、作中にも書かれている通り論理的発想と言語センスが問われる暗号であり、それはこれ以降の暗号でも同様に求められるものだったといっていい。

ここで整理をしてみよう。第一の暗号は、頭文字をひろって解く分置式の暗号と、図形を利用した並べ替えで暗号が解ける転置式の混合式であった。

第二の暗号は、分置式とひらめきで導く転置式という混合式であった。

第三の暗号は、文字のなりたちやその意味のなかに解く手順を示す隠文式という方法であった。

第四の暗号は、隠文式で隠された意味に暗号の読み方を示す分置式をこめたものだった。

最後の第五の暗号は、シンプルに隠文式であるものを指し示すものだった。

具体的には第三節で説明したように、暗号といってもいくつものバリエーションがある。『涙香迷宮』では、そのバリエーションを踏まえつつ、手がかりを見つけるそのひらめきや解き明かす楽しみを描いているのである。ここまでこだわり抜いた暗号ミステリはなかなかあるものではない。すでにあげた『猿丸幻視行』や、第一八回横溝正史賞佳作に選ばれた尾崎諒馬『思案せり我が暗号』あたりを連想するが、それらに比べて『涙香迷宮』は解き明かすステップそのものをていねいにまた楽しげに描いている。それは『猿丸幻視行』や『思案せり我が暗号』は暗号を解こうとする人間がひとりかふたりであるのに対し、『涙香迷宮』では多人数のディスカッションによって行われているためだ。だから的外れの指摘もあるし、ヒントになるひらめきも描ける。

竹本健治は過去にも『匣の中の失楽』や『ウロボロスの偽書』などで、多人数の推理合戦を得意としていた。登場人物ごとの得意分野の違いやひらめきの差によって、知的な行為に彩りが生まれるのである。それがこの『涙香迷宮』での暗号解読は智久がメインでほかのメンバーが補助的な役目で検討が進むというパターンであるものの、やはり丁々発止のやり取り自体が楽しいのだ。また、読者に対してページを繰る手を止め、辞書を片手に考えれば解けたかもしれないという印象を残す。いや、実際にこれらの暗号は読者も挑戦できるように作られている。日本語の語法や仮名遣い、同じ読みでありながら違う漢字が当てはまること、そうした言語に対するさまざまなアプローチが、暗号を解き明かす一歩となっていることがまざまざとわかるようになっている。

こうした試みは、見方を変えれば、物理学から心理学、古今東西のミステリまでを動員した『匣の中の失楽』をはじめ、ほかの竹本作品にも見いだせる。世界は巨大な暗号文で、我々の行為はそれを解読する作業にほかならないとするならば、世界は解かれることを待っているのだ。おそらく、今後も竹本健治はそのためのさまざまな密室を、暗号を生み出してくれるに違いない。この論考がその暗号を紐解くための一助になっていることを願って筆を置きたい。

2018年

第18回受賞

今村昌弘

『屍人荘の殺人』

東京創元社

◎

諸岡卓真

待機する犯人――今村昌弘『屍人荘の殺人』論

一　はじめに

今村昌弘『屍人荘の殺人』（二〇一七）は、二〇〇〇年代以降の本格ミステリを語る上で欠かせない一冊である。第二七回鮎川哲也賞を受賞して出版された本作は、その後、四つの主要年間ミステリランキングのうち、「このミステリーがすごい！」（宝島社）、「週刊文春ミステリーベスト10」（文藝春秋）、「本格ミステリ・ベスト10」（原書房）の三つで第一位を獲得し[1]、第一八回本格ミステリ大賞も受賞した。文庫版解説で有栖川有栖も述べている通り[2]、デビュー作でこれだけの評価を獲得したというのは破格のことである。さらに、二〇一九年五月からは「少年ジャンプ＋」誌上でマンガ版の連載が始まり、十二月には映画版が公開された。第二作『魔眼の匣《はこ》の殺人』（二〇一九）も好評を博しており、シリーズの人気はいまだ留まるところを知らない。

本作がこれだけの人気を獲得した要因の一つとして、クローズドサークルを形成する仕掛けの妙があるのは間違いない。絶海の孤島や吹雪の山荘など、本格ミステリでは様々な方法で登場人物たちを閉鎖空間に閉じ込める手段が編み出されてきたが、本作はその仕掛けとしてゾンビを導入した。もちろん、ゾンビ（的なもの）[3]を登場させた本格ミステリ作品は、山口雅也『生ける屍の死』（一九八九）、西澤保彦『死者は黄泉が得る』（一九九七）、綾辻行人『Another』（二〇〇九）などの先例があるが、ゾンビをクローズドサークルの形成要因とするというアイディアには新しいところがある。

本作についての主な論考として、すでに笠井潔「外傷と反復——今村昌弘『屍人荘の殺人』」と藤田直哉「ミステリとゾンビ」（これらはともに『ジャーロ』第六三号（二〇一八年三月）の『屍人荘の殺人』特集に寄せられたものである。なお、「ミステリとゾンビ」はのちに『娯楽としての炎上　ポスト・トゥルース時代のミステリ』（二〇一八、南雲堂）に組み込まれた）がある。笠井論、藤田論とも、それまで自身が練り上げてきた理論に基づいて『屍人荘の殺人』を分析している。具体的には、笠井論では「大戦間探偵小説論」（『探偵小説論Ⅰ　氾濫の形式』『同Ⅱ　虚空の螺旋』一九九八、東京創元社）が、藤田論は「現代ミステリ＝架空政府文学論」（『娯楽としての炎上』）がベースとなっている。これらで展開される分析は説得力があり、今後、『屍人荘の殺人』を論じる上では欠かせない視座を与えてくれるものである。

しかし、本稿ではこれらとは少々違った角度から『屍人荘の殺人』を分析してみたい。笠井論、藤田論では、特にその結論部において、本作に二一世紀的な「速い」ゾンビが登場しないことが重視されていたが、本稿ではあえて、ゾンビの「遅さ」にストレートに注目する。

確かに、二一世紀に入って、走ったり知性を持ったり腐らなかったりするゾンビが多く描かれるようになった（もちろん、それが現代社会の様々な事象のメタファーとして機能するということは重要な視点である）。しかし、二〇世紀的なゾンビが描かれなくなったわけではない。新しいゾンビイメージが古いゾンビイメージを駆逐するのではなく、参照できるイメージが増えるのである。そして、それらの中からどのようなイメージが選択され、どう調整されるかは、時代的な要請だけでなく作品の内容によっても決まる。

詳しくは次節で触れるが、『屍人荘の殺人』は意識的に二〇世紀的な「遅い」ゾンビ表象を選択している。本稿では、二〇世紀的ゾンビの採用やその調整による効果を詳細に検討することによって、作品の特徴を明確にしてみたい。

二　認定が速すぎる

さて、ファーストコンタクトをどう描くかというのは、ゾンビものの工夫のしどころである。通常、初期段階で様子のおかしな人間らしきものが発見されても、それがすぐにゾンビと認定されることは少ない。ある程度ゾンビ禍が進み、怪物の生態が一定程度解明された段階で、ゾンビと認定される。場合によっては、それがゾンビであるかどうかを確定するまでの検討過程自体を物語の主要なシークエンスとすることもある。

しかし、『屍人荘の殺人』にはそのような場面はない。肝試し中に遭遇した異様な「人影」について重元充が「ゾンビだ」と呟くと、登場人物たちはあっさりとその認識を共有する。『屍人荘の殺人』の登場人物たちは、ゾンビをゾンビとして認定するスピードが異様に速いのである。

しかも、おかしな言い方になるが、認定するのは普通の（?）ゾンビとしてではない。彼らは（彼らにとっての）現実に出現したゾンビを、映画などでよく見るあのゾンビと同じものと認識し、その知識がそのまま適用できるという前提で行動していくのである。だからこそ、かなり早い段階でゾンビの弱点は脳だと見抜くことができた。

改めて考えるとこれは不思議なことである。確かに、ゾンビらしきものに遭遇したとして、それを「ゾンビ」と呼ぶことはあるかもしれない。しかし、それがフィクションにおけるゾンビと同じ性質を持つとまで一足飛びには判断できないだろう。このようなギャップが存在するにもかかわらず、『屍人荘の殺人』の登場人物たちは、フィクションのゾンビと（彼らにとっての）現実のゾンビをほとんど一瞬で同一視している。

このことはまず、『屍人荘の殺人』の世界では私たちの世界と同じようにゾンビ映画が流通し、それに基づくゾンビイメージが普遍化していることを意味する。これは当然のように思われるかもしれないが、必ずしもそうではない。ゾンビものにおいては、作品世界に既存のゾンビコンテンツへの言及がまったくなく、登場人物たちが事前知識を持たない状態でゾンビに出合うという場合も少なくない。シリーズものの二作目以降であればともかく、ファーストコンタクトにおいては、登場人物にとっては参照枠のない謎の怪物であることも多いのである。そのような中で、最初期の段階で怪物をあのゾンビと認識できたことは本作の特徴といえる。

また、このような描き方が違和感なく多くの読者に受け入れられたということからは、私たちの世界においても、ゾンビに関する共通理解が一般化していることがわかる。今村昌弘も「私の場合、〇〇《ママ》〇映画の要素を盛り込んだのは、それが今の世の中では十分に市民権を得ていると判断したからです。その単語を聞いただけでほとんどの人が同じもの、似たような展開をイメージできると判断した上で、あえてそのオーソドックスな設定、展開にしました。」（「メール対談 今村昌弘×陳浩基」『ミステリーズ！』vol.98、二〇一九年一二月）と述べている通り、本作はゾンビについての共通理解ができているという前提で書かれており、そのためにゾンビイメージも最大公約数的なものが採用されている。

岡本健『ゾンビ学』（人文書院、二〇一七）や藤田直哉『新世紀ゾンビ論　ゾンビとは、あなたであり、わたしである』（筑摩書房、二〇一七）が指摘している通り、二〇〇〇年代以降、ゾンビ・コンテンツは急増し、それに伴ってゾンビイメージも普遍化した。そのイメージはフィクションの世界のみならず、ハロウィーンでのゾンビコスプレなど、現実世界にも溢れ出している状況である。それを踏まえると、『屍人荘の殺人』のゾンビとのファーストコンタクトの場面には、本作が二〇〇〇年代的なゾンビコンテンツである徴《しるし》が埋め込まれているといえる。

三　ゾンビが遅すぎる

前節でも確認したとおり、本作に登場するゾンビ自体は極めてオーソドックスである。笠井論も藤田論も、『屍人荘の殺人』に登場するゾンビはジョージ・A・ロメロ監督『ナイト・オブ・ザ・リビングデッド』（一九六八）を画期とする、遅くて知性のない二〇世紀型のゾンビであるとしているが、それは極めて妥当である。ただ、それでも気になるのは、ゾンビが遅すぎることである。

一般的なゾンビパニックものでは、人間側が閉鎖空間に閉じこもり、それが何かの理由で破られて脱出したり後退したりすることをテンポよく繰り返すというパターンがある。このパターンは、いつ破られるかわからない閉鎖空間での緊張感や、それが破られたときのアクションなどを演出できるものであり、過去から現在まで、手を替え品を替えて様々な意匠が考案されてきた。

もちろん、『屍人荘の殺人』にもそのような場面がないわけではないが、その頻度はかなり低く抑えられている。なぜなら、ゾンビがなかなか閉鎖空間を破ってくれないからだ。葉村たちが出入り口の施錠やバリケードの設置を完了してペンションの二階に閉じこもるのが初日の二二時三〇分、それらの障壁を破って初めてゾンビが侵入するのが翌々日の四時三〇分である。最初の侵入口となる二階の非常扉を破るのに、ゾンビたちは三〇時間をかけたことになる。

遅さと言えば、感染の速度もゆるやかに設定されている。ゾンビ化の原因である細菌またはウイルスに感染するためには、ゾンビにある程度近づかなければならないが、ゾンビ自体のスピードが遅いので自然と感染が広がる速度は遅くなる。また、感染したとしても発症までは三～五時間かかる。本作では嚙まれた直後に劇的にゾンビ化するようなことは起こらない[4]。

運動能力の低さは戦闘能力の低さに直結する。ゾンビものでゾンビを倒す際によく使われるのは銃器であるが、本作には一切登場しない。本作で登場人物たちが手にするのは、刃を潰して装飾用にした剣や槍である。しかし、いささか攻撃力に欠けると思われるそれらの武器を手にしてゾンビと対峙した登場人物たちは負けることがない。唯一、ある人物だけは最後にゾンビに嚙まれてしまうが、その際も相手のゾンビは倒している。要するに、本作においては、武器を持った人間一人とゾンビ一体が戦えば、ほぼ人間が勝つのである。

このような遅くて弱いゾンビの設定はもちろん、作品のトリックとの兼ね合いで決められている。クローズドサークルの中で犯人がトリックを仕掛けるにはそれなりの準備時間が必要である。また、探偵側の現場検証などにかかる時間も考慮しなければならない。その時間を確保する間は、ゾンビは非常扉やバリケードを壊してはならないのである。また、アリバイと関連する発症まで三～五時間という数値については、詳細な検討がなされて設定されているだろう。本作のゾンビイメージは確かにオーソドックスな近代ゾンビのものであるが、その細かなパラメーターは、作品の狙いに合わせて調整されているのである。

四　ゾンビの便利な使い方

ところで、本作ではゾンビは「自分のエゴや心象を投影する」（二二五頁。以下、頁数のみを示した場合は創元推理文庫版『屍人荘の殺人』からの引用）ものと位置づけられ、謎解きのあとでは葉村譲や剣崎比留子らがゾンビに反映していたイメージについて語られる。犯人についても、「人の命を二度奪うという、前代未聞の復讐を可能にせしめた道具だった」（三五九頁）と説明される。本節ではこれを踏まえて、犯人がゾンビにいかなるイメージを投影していたのかを検討していきたい。

本作では登場人物がゾンビの性質を検討する際に、様々な先行作品が参照される。『ナイト・オブ・ザ・リビングデッド』（一九六八）や『バイオハザード』（二〇〇二）、『ショーン・オブ・ザ・デッド』（二〇〇四）など、それらのほとんどはゾンビ映画であるが、その中にゾンビとは無関係のゲーム『レミングス』（一九九一）が含まれているのは興味深い。なぜなら、犯人のゾンビ把握に最も近いと思われるのは、実はこの作品だからである。

屋上からゾンビの群れを眺めながら、立浪波流也は次のように語る。

「まるでレミングスだな」
いつの間にか立浪がそばに来ていた。
「レミングス？」
「ゲームだよ。やったことないか？　ステージに次々と降ってくるレミングっていうネズミに指示を与えてうまくゴールまで誘導してやるんだ。ステージには崖や窪地があって、プレイヤーが指示を出さないとレミングたちはぞろぞろと転落死したり窪地から抜け出せなくなったりする。ちょうどあいつらみたいにな」（二〇三～二〇四頁）

『レミングス』におけるプレイヤーの目的は、自動で動くレミングたちに指示を出し、出口まで導くことである。ゲームを始めると、画面上部に設置された扉から次々とレミングが落ちてくる。レミングの数はステージによって違いがあり、最大で百匹までが出現する。それぞれのレミングは見かけ上も性能もまったく差がなく、同じルールに基づいて自動的に動いていく。そのルールはシンプルで、たとえば、常に前進する、壁に当たると引き返す、足場がないところでは落下するといったものである。

ステージ内にはレミングが自力では突破できない障壁や罠が設けられ、プレイヤーは任意のレミングに指示を出して、それらを乗り越える手助けをしていく。指示できることとしては、立ち止まって壁の役割を担い、接触したレミングを引き返させることができる「ブロッカー」や横方向にトンネルを掘る「バッシャー」、自爆して周囲のオブジェクトを破壊する「ボンバー」などがある。これらの指示を組み合わせ、ステージごとに設定された基準以上のレミングを出口まで到達させればクリアとなる。

このゲームの興味深いところは、プレイヤーの指示は直接的にレミングを出口に向かわせるものではないということである。「フローター」（落下速度を緩やかにする）や「クライマー」（垂直の壁を登れるようにする）など一部の例外はあるものの、レミングへの指示はステージの環境を変えることに主眼が置かれている。プレイヤーの目的は、ステージの環境を変えて出口までの安全なルートを確保することであり、それが完了すれば指示を出す必要はない。環境さえ整えれば、あとは待っているだけでレミングが自動でゴールするのである。

『屍人荘の殺人』に話を戻せば、犯人はゾンビをレミング的なものとして把握しているといえる。とりわけそれは、エレベーターを使ったトリックによく表れている。体の自由を奪った立浪をエレベーターに乗せて一階に送れば、人を襲う性質を持つゾンビが自動で彼を殺してくれるのである。犯人が行ったのは、立浪を一階まで移動させるルートを確保し、エレベーターの重量制限を利用して彼の死体のみが戻ってくる（＝ゾンビがエレベーターに乗れない）ように環境を整えることである。その主眼は環境を変えることであり、それを通してゾンビをコントロールし、間接的に立浪を殺している。しかも、このトリックには、成功するまで繰り返しチャレンジできる時間的余裕まで見込まれている。トライ＆エラーを想起させることまで含めて、『レミングス』の発想と共鳴しているのである。『レミングス』に言及する立浪がこのトリックで殺されるのは皮肉と言うほかない。

五　ゾンビに囲まれて待つということ

犯人はゾンビをレミング的な存在と把握して犯行計画を練るのだが、このことは計画にある特徴を与えることになる。端的にいえば、目的を達するまでに一定の待ち時間が組み込まれるということである。『レミングス』のプレイヤーが、指示を出したあとはレミングの行動を待つしかなかったように、犯人も自らの計画が完了するのを待つ。しかも、その待ち時間はゾンビの遅さに比例して長くなる。

まず、立浪の事件では、犯人は昏睡させた立浪をエレベーターに乗せて一階に送り、そこにいるゾンビに喰わせるというトリックを使っている。このトリックを推理する際、剣崎は「一度目でゾンビが襲ってくれるかはわかりませんので、ひょっとすると何度か手順を繰り返したかもしれませんね」（三二九頁）と述べている。この言葉にあるように、犯行計画には、実際にゾンビが立浪を襲うまで、ある程度の待機時間が組み込まれている。また、ゾンビに襲わせたあとも、死体がゾンビ化するまでは三～五時間のインターバルがあり、被害者を二度殺すという目的を達するためには、この時間も待たなければならない。次に、七宮の事件では、彼が常用する目薬をゾンビの体液が入ったものとすり替えるというトリックが使われている。これは時限トリックの一種であり、正確にいつ発動するかは犯人にもわからない。したがって犯人は、彼が目薬を使いやすい環境を整えてそれが使われるのを待ち、さらにゾンビ化するのを待つことになる。

もちろん、犯行計画に待機時間を織り込むことは、本格ミステリでは珍しくない。しかし、本作では特殊な条件が設定されていることを忘れてはならない。本作の舞台はゾンビによって囲まれている。施錠されたドアやバリケードで侵入を防いでいるとはいえ、それがいつ破られるかは犯人にも予想できない。犯人はこの状況下で犯行計画に長い待機時間を組み込んでいるのである。ゾンビに囲まれながらゾンビを待つという倒錯的なシチュエーションがここにはある。

六　ゾンビの楽園

しかも犯人は、ゾンビに襲われる恐怖を感じながら待っていたわけではない。

「〔…〕エレベーターが二階に戻り、立浪の死体を回収した私は銅像などの後片付けをしながら、彼がゾンビになるのを心待ちにしました。犯行が早朝までかかったのは計画に手こずったからではありません。彼がゾンビ化するまで待っていたからなんです。彼は進藤より少し早く、ちょうど四時間ほどでゾンビとして動き始めました。それを待ちわびていた私は、手にした鎚矛《メイス》を何度も何度も彼の頭に打ちつけました。なんだか、スイカ割りみたいで夏っぽかったですね」（三五九頁）

この言葉に典型的に見られるように、犯人は期待に胸を膨らませながら待つ。というのも、犯人にとってゾンビに囲まれたクローズドサークルは「天啓」をもたらすものであり、復讐という「暗く燃え上がる喜び」を与えてくれるものであるからだ（一四四頁）。

マキシム・クロンブは『ゾンビの小哲学　ホラーを通していかに思考するか』（二〇一九、人文書院、武田宙也・福田安佐子訳）でゾンビへの恐怖や不安の源泉が、人間との「近接性」（あえてわかりやすくいえば類似性――引用者注）にあると指摘し、人間からゾンビへの移行には、「それはまだ人間なのだろうか。いかなる点において、それはわれわれと区別されるのか。また、もしもはや人間でないとすれば、われわれはそれを殺したり実験に供することが許されるだろうか。拷問にかけることはどうか」といった疑問がつきまとうとする。このような葛藤は、犯人には存在しない。前節で確認した通り、犯人はゾンビをレミング的な一種のボットとして見ている。そして、トリックを仕掛けるときにはそれを「もはや人間ではないもの」として扱いながら、「復讐」を遂げる際には「まだ人間であるもの」として扱う。つまり、犯人はゾンビ認識を自分の都合に合わせて切り替えていくことができるのである。そこに人間との「近接性」に基づく恐怖や不安は発生しない。だからこそ、ゾンビに囲まれてゾンビを待つことができる。

このような割り切りは、映画『ゾンビランド』（二〇〇九）を想起させる。伊東美和《よしかず》が「彼ら（主人公のコロンバスやタラハシーたち――引用者注）にとってゾンビ発生後の世界は、危険な無法地帯である以上に、自分たちを縛る法律も道徳もない楽園である。〔…〕世間のはみ出し者だった彼らだが、この「ゾンビランド」なら誰にも邪魔されず好き勝手に遊ぶことができるのだ」と評しているように（伊東美和編『別冊映画秘宝ゾンビ映画大マガジン』二〇一一、洋泉社）、この映画の特徴はゾンビ禍発生後の世界を一種のユートピアに見立てたところにある。犯人の感覚はこの映画の世界イメージと共鳴する。犯人にとって「紫湛荘」は自分を解放できる楽園なのである。

この点は、映画版と比較するとさらに特徴が際立つ。映画版では、最初の段階では「紫湛荘」一階にゾンビが侵入しない、葉村の被災体験やそれに起因する犯人との共犯関係が描かれないなど様々なアレンジがなされているが、本稿の観点から注目したいのは、ゾンビの感染のスピードが上げられたことである。小説では三〜五時間とされていた発症までの時間が、速い場合は数分から数十分に短縮された。その結果、犯人が立浪を殺害する際にゾンビ化まで待つ時間はほとんどなくなり、また、待ち時間に犯人が感じていた「喜び」の描写もなくなった。映画版の「紫湛荘」には、楽園というイメージはほとんど付与されない。[5]

小説版に目を戻せば、「紫湛荘」での犯人の態度は恐ろしいまでに一貫している。本作はどうしても剣崎の緻密で鮮やかな推理に目が行ってしまうが、一方で犯人が計画を完遂していることを忘れてはならない。最終目的である復讐を遂げた犯人は、ゾンビに噛まれたことをきっかけに自分で脳を破壊し、退場する。この行為について、「沙知さんの元に行くのに余計な時間がかかりそうなので」（三六六頁）と語っているものの、実質的には他者に利用され尽くすゾンビになることを回避するものである。犯人の退場が鮮烈な印象を与えるのは、ゾンビを徹底的に利用対象と位置づけるその態度が最期まで一貫しているからだろう。

七　おわりに——その他大勢のゾンビについて

以上を端的にまとめれば、『屍人荘の殺人』はゾンビの遅さを土台として、犯人の異様な思考に基づくトリックが展開される物語であるといえる。とりわけ、期待を胸にゾンビを待つという感覚は、「遅い」ゾンビによって構成されるクローズドサークルだからこそ演出できたものであるだろう。ここに本作の大きな特徴の一つがある。

ペンション内で展開される犯人の思考は異様に思われるが、しかし、実のところそれは私たちにとってどこかなじみ深いものであるともいえる。ゾンビコンテンツを楽しむとき、私たちはゾンビの出現を心待ちにしている。そして、主要キャラクターがゾンビになったときにはそれを「まだ人間であるもの」として把握し、その他大勢のゾンビについては「もはや人間ではないもの」と自在に認識を切り替え、できる限り葛藤を感じないようにしている。犯人の犯行の陰に隠れて目立たないが、本作では葉村をはじめとするその他登場人物たちもゾンビを殺している。そのようなその他大勢のゾンビについて、私たちはそれほど気にしなかったのではないか。

作中では、ゾンビにはそれを見る人のエゴや心証が投影されると語られる。それを踏まえれば、犯人によるゾンビ認識は、私たちのゾンビ認識のカリカチュアであるようにも思われる。

1　なお、「ミステリが読みたい！」（早川書房）は、集計期間がその他のランキングと一ヶ月ずれているため、『屍人荘の殺人』はこの年の投票対象にはなっていなかった。

2　有栖川有栖「怪物的な傑作」、今村昌弘『屍人荘の殺人』東京創元社、創元推理文庫、二〇一九年。

3　「的なもの」としたのは、生き返った死者が何と呼ばれるかは作品によってかなりの違いがあるからである。たとえば、『生ける屍の死』では、一貫して「生ける屍（リヴィングデッド）」という呼称を採用している。

4　マンガ版、映画版ではともに、発症までの時間が短縮されている。マンガ版については連載途中のため、現時点では変更の狙いは不明である。映画版の変更については第六節で述べる。

5　もちろん、だからといって映画版のアレンジが不適切であるというわけではない。犯人の待ち時間が短縮されることによって、その犯行の異常性が減衰され、より観客が感情移入しやすくなるというメリットもある。また、ゾンビの頭部を執拗に破壊する描写がなくなったことも、それに寄与するだろう（ちなみにこの変更は、映画のパンフレットによれば、映倫のレーティングで「G（全年齢対象）」にするための措置でもあったようである）。

※本稿はＪＳＰＳ科研費18K00272の助成を受けた研究成果の一部である。

2019年
第19回受賞

伊吹亜門
『刀と傘　明治京洛推理帖』
東京創元社

◉

浅木原忍

◉著者略歴

浅木原忍（あさぎはら・しのぶ）

青森県生まれ。北海道大学文学部卒業。２００７年より同人小説サークル「Rhythm Five」として活動。２０１６年に同人誌として発行した『ミステリ読者のための連城三紀彦全作品ガイド【増補改訂版】』で第16回本格ミステリ大賞・評論研究部門を受賞。

２０１７年、同書の改訂版を論創社より商業出版。２０１８年、商業版『ミステリ読者のための連城三紀彦全作品ガイド』で第71回日本推理作家協会賞評論・研究部門候補。探偵小説研究会会員。

伊吹亜門『刀と傘　明治京洛推理帖』（以下『刀と傘』）が受賞した第十九回本格ミステリ大賞において、『刀と傘』に次ぐ票を集めたのは、霞流一『パズラクション』と岡崎琢磨『夏を取り戻す』であった。この両作には、現代の本格ミステリを見渡す上で避けて通れないだろう、ひとつの問題意識が通底している。すなわち――本格ミステリにおける「解決」とは何か？　という問いだ。

複数の「解決」が積み上げられ、あるいは並列する多重解決ものにおいては、「真実」と「解決」が単純にイコールで結ばれることはなく、時に「真実」と「解決」は完全に別個の概念として断絶する。『パズラクション』はそうした多重解決ものの優れた作例のひとつに挙げられるだろう。

また、米澤穂信以降の「日常の謎」ブームにおいては、探偵役が「なぜ、何のために謎を解くのか」という命題が問われる作例が多く見られる。謎を解決する行為に、緊急性や倫理的な必然性が少ない「日常の謎」においては、探偵行為そのものがある種の「余計なお世話」になりがちであり、探偵役が真実を解明することと、そして謎を「解決」することの意味がより根源的に問われることになる。『夏を取り戻す』は、そうした「日常の謎」派の問題意識に対する優れた作例のひとつと言える。

本格ミステリにおける「解決」とは何か。探偵が「真実」を解き明かすということは、どういうことなのか。『パズラクション』と『夏を取り戻す』を抑え、二〇一〇年代最後の本格ミステリ大賞を受賞した『刀と傘』は、この問題意識に対し、ふたりの探偵によるある種の多重解決趣向をもって、優れて現代的にアプローチした作品であった。

本稿では『刀と傘』の本格ミステリとしての構造を検討することで、『刀と傘』という作品の有する現代性と、伊吹亜門が選んだその描き方に迫ってみたい。

明治という時代、二人の探偵

『刀と傘』の舞台となるのは、慶応三（一八六七）年から明治七（一八七四）年までの八年間。徳川幕府が倒れ、日本が近代国家への道を歩み始めた、時代の転換期だ。主役を担うのは、若き尾張藩士・鹿野師光と、後の初代司法卿・江藤新平。この二人が探偵役を務める五編の連作からなる本書を貫くのは、混乱の時代の中で立場を変えていく二人の関係の変化であり、それが本格ミステリとしての本書の構造の変化にもなっている。

第一話「佐賀から来た男」では、師光は尾張藩の代表として京都太政官に出仕していた一方、江藤は上洛したばかりの浪人に過ぎない。二人の出会いと時期を同じくして師光の同志であった維新志士・五丁森了介の斬殺事件が起き、二人は五丁森の死の謎に挑むことになる。この事件では江藤の合理的な推論が事件全体の真相を喝破するが、五丁森の屍体が斬り刻まれた理由については、師光は江藤とは異なる結論に達する。

その三年後、第二話「弾正台切腹事件」では、江藤が司法省の設立を目指して太政官に出仕する一方、師光は浪人となっており、二人の立場が完全に逆転している。再会した二人が挑むのは、江藤が間者として弾正台に送り込んだ官吏の、密室での切腹事件。この事件でも江藤が謎を解き、師光が動機について別の解釈に至るという構造は第一話と共通する。だが、本作における江藤の推理は、第一話と比べると明らかに弱い。それが明確に真実を指し示しているという決定的な証拠はないのだ。だが、江藤の立場の変化と、それによる江藤の「正義」の行使――すなわち、江藤が事件を「解決する動機」の面において、それは大きな問題ではなかった。そのことが第二話における「解決」に大きな歪みを生じさせている。

その歪みが決定的になるのが、第三話に置かれることとなった、執筆順では最初となるミステリーズ！新人賞受賞作「監獄舎の殺人」だ。江藤と師光は、ともに司法省の役人として、死刑執行直前の死刑囚が毒殺された謎に挑むが――第一、二話で事件の真相を解明した江藤は、この事件ではがらりと役割を変える。第二話で露《あら》わになった江藤の「正義」は、もはや真実を全く必要としなくなった。動機が問題となる本作で真実にたどり着くのは、第一、二話でも動機の面で江藤と異なる解釈をしてきた師光であり、それ故に師光は江藤が事件の「解決」のために自ら罪を犯したという結論に至る。

第四話「桜」では、倒叙ミステリの形式上犯人視点が多いが、事件を追う視点人物は江藤へと交替し、師光は身を隠しており出番はほんの僅かである。本作は江藤が再び事件全体の謎を解明する名探偵の立場に戻るが、倒叙ミステリの形式を採用することで、江藤が「解決」のために犯人に仕掛けた罠と、その「解決」に込められた意図を最後に師光が解き明かすことで、二人の決別が不可逆のものであることを突きつける。

そして最終話「そして、佐賀の乱」で、師光と江藤は最後の対決を迎えることになる。江藤の視点から、探偵と容疑者として。

師光と江藤――この二人の関係性を本格ミステリの探偵役として見ると、それは単純なダブル名探偵ではない。第一話では江藤の提示する「解決」がほぼ真実を突いており、師光がたどり着く動機面の結論は事件全体の構図には影響しないものであるため、江藤が名探偵、師光がワトソンという形に見える。しかし第二話から江藤は「真実」を解明するという本格ミステリの論理とは別個の論理――自身の「正義」の行使のために事件の解決を利用するという論理で動き出してしまい、第三話ではそのズレが決定的となり、江藤の導き出した解決と、師光のたどり着いた真実は完全に乖離してしまう。それによって生じた二人の対立は第四話に至ってより明確に提示され、そして最終話では師光が江藤を容疑者として捕らえ、最終的には江藤が名探偵として師光の罪を暴くというねじれた構図へと帰着する。作中での二人の立場と関係は、そのまま本格ミステリの探偵としての二人の役割と重なり合い、物語がミステリの構造を、ミステリの構造が物語を変質させていく。

このように、江藤と師光、二人の名探偵による多重解決の趣向が全編に共通すること、また江藤の「正義」と師光の「正義」の対立を通して、名探偵が事件を「解決」するとはどういうことなのか、という問題意識が浮かび上がるという点が、『刀と傘』という作品を見渡す上で重要なポイントとなることは明らかだ。

ここからは、本書の多重解決の趣向についてもう少し詳しく検討していきたい。

拡散する真実——多重解決をめぐって

『刀と傘』における多重解決趣向は、基本的に江藤と師光という二人の探偵によるそれぞれの推理という形で描かれるが、それは決して単純な推理合戦ではなく、二人の探偵の関係が作中で変質していくのに伴い、多重解決の形も変質していく。そして、その中で五編全てに共通するのが、作中で最後に示される解釈が、決して明確に肯定されず、真実が不確定のまま拡散するという点だ。

たとえば「佐賀から来た男」では、五丁森の直接の死因は自害であり、屍体を斬り刻んだのは三柳という事実は明白である。しかし、三柳の行為の意味に対して、師光と江藤は異なる結論に至る。

師光は気付いてしまった。五丁森の屍体に残っていたあの傷痕は、刀を握り慣れない三柳が何とか介、錯をしようとした名残だったのではないか。
（中略）
「三柳は同志を裏切って、しかも我が身のためにその屍体を斬り刻む奴だぞ？　そんな人非人を斬って、どうして君が後悔するのだ」

本編の語り手は師光であり、三柳のことを江藤よりも師光の方がよく理解していることを読者は知っている。だからどうしても師光の解釈を真実として受け取りたくなるが、しかし師光の解釈はあくまで解釈に過ぎず、それが作中で三柳自身によって肯定されることはない。そして師光が三柳の動機をどう解釈したところで、三柳のした行為そのものは変わらない。江藤の視点から見れば江藤の解釈は論理的に妥当であり、師光の解釈は友人ゆえの庇い立てとも受け取れる余地が残される。三柳が屍体を斬り刻んだ理由は保身のためか、それとも介錯のためか、二人の探偵の解釈の差異は解決されないまま拡散する。

この構図は「弾正台切腹事件」でも、大曾根が密室を作った動機の解釈において繰り返される。こちらでもやはり、大曾根を江藤よりもよく知る師光の解釈が、江藤の推理を上書きする確定的な真実として扱われることはなく、師光だけの解釈として拡散する。

第二話までにおいて、師光の解釈は、江藤の推理を否定しない。両者の事件の見方、行為の受け取り方の違いとして並列している。だが、その構図は「監獄舎の殺人」から崩れていく。

この作品では、二重の多重解決が重ね合わされる。第一の多重解決は、事件全体の構図を巡るもの。江藤は「死刑囚を毒殺するのは、その日死刑が執行されることを知らなかった人物である」という（それ単体では十分に妥当性のある）論理で槇村正直を犯人と断定、別件逮捕で自白させようとする。だが師光は動機の観点から、真犯人が斬首を担当する予定だった円理京だと見抜く。この師光の推理（解釈ではなく）には円理の自白という裏付けも与えられ、確固たる真相として提示された――ように見える。

だが、師光はそこで、自身の推理にさらなる解釈を――第二の多重解決を積み重ねてしまう。被害者に毒を盛る動機があった、もうひとりの犯人が存在し得ること――それが江藤新平その人であるという解釈を。

この師光の江藤犯人説は、第二話までの師光による動機を巡る解釈がそうであるように、作中で明確に肯定も否定もされることはない。物語はその手前で断ち切られ、師光の解釈は鮮烈な余韻として残される。

第四話「桜」では、終盤に至ってようやく江藤の前に姿を現した師光が、江藤の犯した証拠の捏造を指摘する。この捏造の指摘は江藤自身の内心描写という形で裏付けが与えられているが、それに続けて師光が指摘する江藤のもうひとつの行為――その師光の推理が当たっていたのか否かは、江藤が内心ですら語ることはない。ただ「莫迦な」と口で否定するだけで。

そして、最終話「そして、佐賀の乱」では、「監獄舎の殺人」の鏡映しのように、事件全体の構図を巡る第一の多重解決と、動機を巡る第二の多重解決という形が繰り返される。「監獄舎の殺人」とは逆の形、師光の推理を江藤が上書きする形で第一の多重解決は確固たる真相に至るが――師光は自身の死をもって、江藤に最後の謎を残した。師光が江藤に罪を着せようとしたのは、江藤の過去の罪を贖《あがな》わせようとした行為だったのか、それとも江藤が危険な佐賀へ帰らぬように足止めするためだったのか――。

師光の行為に対する江藤のこの二通りの解釈は、師光自身からどちらが真実か明かされないまま物語は幕を閉じる。

以上のように『刀と傘』の多重解決趣向は、前半の「佐賀から来た男」「弾正台切腹事件」の二編においては、事件全体の構図に影響しない下手人の動機の解釈を巡るものとして、江藤の推理に対するもう一捻りの添え物として配置される。そこから全体の真ん中に配置された「監獄舎の殺人」で、初めて事件全体の構図を巡るものに直結する多重解決が設定され、これが江藤と師光の断絶の象徴として機能する。そして後半、「桜」では江藤の動機を、「そして、佐賀の乱」では師光の動機を巡る多重解決が提示され、「監獄舎の殺人」における江藤と師光の断絶は永遠のものとして鏡映しにリフレインし、連作は紛れもなく師光と江藤という二人の物語へと収束するのだ。

「元々師光を探偵役として考えていたのですが、歴史上の人物も登場させたいなと思っていたとき、目にとまったのが江藤新平でした。彼の伝記によると、頭が切れる人物であることは確かですが、人の心を慮るのは苦手そうだった。結果論ではありますが、師光がホワイダニットで人間の心理に迫る役、江藤はロジックで事件を解き明かす役、と二人の探偵が活躍するスタイルが生まれました」

「別冊文藝春秋」電子版27号（二〇一九年八月）でのインタビューにおいて、伊吹はこう語る。だが、師光と江藤の二人の関係性を見ていくと、それは単純な「ロジック担当と動機担当」という役割分担に留まってはいない。

第一話や第二話での師光の動機を巡る解釈は、江藤の推理には何の影響も与えない。師光は江藤の推理を否定しないし、江藤の推理に師光の動機の解明は不必要である。そして第三話では、そのこと――江藤の推理における動機の解明の不必要性が、江藤と師光の推理を断絶させ、二人の関係をも断絶させてしまう。第四話で師光が解き明かすのは江藤の推理の誤りではなく証拠の捏造であり、事件の解決をコントロールしようとする意志の所在であって、やはり江藤の推理そのものを否定していない。江藤は動機など必要としない論理の刃で事件を切り裂く探偵であった。そしてだからこそ、彼は最終話で師光の仕掛けた罠を論理によって見抜きながら、その動機を問われたとき、師光の死によって永遠に解決することがなくなった不確定性の前に立ち竦《すく》むしかないのだ。

動機の解釈というものはあくまで解釈であって、たとえ犯人の自白によって肯定されたとしても、それが真実であるという保証はない。そのため、たとえば伊吹が強い影響を受けていると語る連城三紀彦の花葬シリーズなどでは、語り手が自身の推理をひとりで納得して、世間に公表せずに終えるという形の作品がよく見られた（「戻り川心中」や「能師の妻」などが典型）。

しかし、本書における「動機の解釈」の扱い方は、連城三紀彦のそれとはいささか肌合いが異なる。連城三紀彦は、動機の意外性をどれほど追求しても、それが真実である保証がどこにもなく、ミステリであろうとするほど真実が不確定になるというジレンマに悩んだ作家だった。

それに対し、『刀と傘』の「動機の解釈」は、江藤と師光という二人の探偵役を配することで、動機の謎につきまとう真実の不確定性を、二人の探偵の事件に対する向き合い方の違い、そして他者に対する完全な理解の不可能性の問題として処理している。事件の動機を巡る解釈を通して、二人の立場の違い、物の見方の違いを浮き彫りにし、「解決」とは何かを問いかけ、小説的な余韻を残すことにも成功しているこの手法は、連城の悩んだジレンマに対する、非常に有効でスマートな——そして、非常に現代的な解決方法と言えるだろう。

理解と断絶――真実が多層化する時代に

現代のSNS社会は、「私」と全く異なる世界認識を持ち、全く異なる論理で動き、同じ事実から全く異なる物の見方をする人間が驚くほど大勢いるということを、否応なく可視化し続けている。そしてまた、SNSでは事実として示された情報に即座に別の視点からの批判・相対化が為され、何が本当の事実だったのかがどんどん曖昧化し、事実も真実も、見る者の数だけ多層化していく。

そういった状況そのものの是非はともかくとして、「私」がこのSNS社会で生きていくならば、「私」とは異なる論理、異なる真実に基づいて動く他者とどう向き合っていくか、ということは非常に現実的な問題だ。他者には他者の世界認識があり、それに基づいた論理があり、それによって導き出される他者の真実がある。それを理解しようとしなければ、どんなに自分の論理、自分の真実を振りかざしたところで、他者との議論は決して噛み合わない。

もちろん、他者の完全な理解は不可能である。他者をどれだけ理解しようとしても、自分が自分であり、他者が他者でしかない以上、必ずどこかで断絶は生じてしまう。そして、仮に理解できたとしても、決して認めることができない論理は、誰にだって必ず存在するはずだ。理解と受容は全くの別問題である。

他者の論理への理解と、その不可能性――それを『刀と傘』の中で最も端的に示したのが「桜」のラストシーンだ。「監獄舎の殺人」での江藤の行為（正確には、師光がそう推理したこと）によって江藤と師光の道は断絶した。それを受けての「桜」のラスト、江藤の前に現れた師光は江藤の捏造を指摘し、その行為の意図を推理して、それを糾弾する。しかしそれでもなお、その対峙において、師光は江藤の行為に一定の理解を示す。

「あんたは本当に賢い人だ。五丁森の事件の時からそうでした。転んでも只では起きず、目的のためなら手段を選ばン。あんたが目指す理想のためなら、そうでもせンといかンのでしょう。それは分かります」

ただ、と師光は小さく呟いた。

「やり過ぎですよ、あんたは」

司法卿という権力のもと、「監獄舎の殺人」では無実の槇村に冤罪を着せ、「桜」では事件解決のために証拠を捏造し、あるいは師光をも陥れようとした（正確には、師光がそう考えた）江藤の行為に、師光はそれでも、「理想のためなら」「分かります」と言う。

師光は江藤の「正義」がどういうものかを理解できると江藤へ伝える。その上で、師光は江藤のやり方を否定する。だからこそ、その否定は、ただ闇雲に江藤の行為を否定するよりも、はるかに重い。

だが――ここでひとつ、根本的な疑問が立ち現れる。師光は本当に、江藤の全てを理解しているのだろうか？　師光が江藤の行動に対して繰り広げた作中の推理は、本当に正しいのであろうか？

仮に師光の推理が全て正しいとすれば、江藤は「監獄舎の殺人」で間接的な殺人を犯した挙げ句に冤罪を作りだし、「桜」では証拠を捏造し、犯人を自害させようとし、それによって師光を陥れようとしている。だからこそ師光は江藤を糾弾し袂を分かつわけだが、しかしここまで見てきたように、作中にこれらの師光の推理が正しいという保証や明言は極めて少ない。極言すれば、大半は師光の考えすぎ――ある種の妄想である可能性が明確に残されている。

本格ミステリはその構造上、読者はどうしても、作品の最後に提示される推理を自動的に決定的な真相として認識してしまう。「監獄舎の殺人」で最後に提示される推理は、師光による、江藤が平針に毒を盛ったという推理だ。だが、続く二話で視点人物を務める江藤がそれを明確に肯定することはない。それらしきものはただ一箇所、「そして、佐賀の乱」において、師光の仕掛けた罠を解き明かした江藤が、その動機を考えるとき、師光の「正義」の在り方に思いを巡らせる場面だけだ。

　緊張の糸が切れたのか、江藤は崩れるようにして来客用の椅子に腰を落とした。本城と万華が慌てて駆け寄るが、江藤にはもう何か話す気力はなかった。罪には罰。その言葉だけを頭のなかで何度も繰り返す。一人を殺した罪は、一人を殺した罪で償わせる。その罰のために師光は私に罪を用意したのだろうか――静かな雨音を遠くに聞きながら、江藤はそう考えていた。

読者は江藤のこの思考に、即座に「監獄舎の殺人」の師光による江藤犯人説を想起する。平針六五毒殺事件における江藤犯人説を、師光が江藤に直接問いただしていないことは、作中の描写からも明らかであるから、この江藤の思考は師光のあの推理に対する、江藤の自白のように見えてしまう。だが、本当にそうだろうか？　そもそも江藤は本当に平針に毒を盛ったのだろうか。そうだとしても、江藤は平針の死を自分が殺したと認識するだろうか？

師光の推理は、平針への追及を続けたかった江藤と、平針の首を落とす自信がなかった円理が、ともに処刑の延期を目的として別々に死なない程度の毒を盛った結果、毒が致死量に至ってしまったというものだ。

もし仮に、江藤が師光の推理通りに平針に致死量に至らぬ程度の毒を盛っていたとしたら、平針の毒死には相当に驚いたはずだ。江藤の視点から考えられる可能性はふたつ、自分が毒の量を間違えたか、もうひとり別の誰かが毒を追加したか、である。江藤ならば、即座に誰か別の下手人が致死量の毒を追加したと考えるだろう。

そして、作中の描写を見る限り、師光は円理が平針に毒を盛ったことを江藤に伝えていない。伝えていたとすれば、いくら江藤とはいえども槇村犯人説に固執するのをやめ、円理を下手人として捕らえていたはずだ。しかし「監獄舎の殺人」のラストでも、江藤はあくまで槇村犯人説に固執している。なので、師光が真実を伝えるか、円理が直接江藤に自白しない限り、円理が自分と同じ目的で致死量未満の毒を盛った可能性には思い至らないはずである。

だとすれば、仮に江藤が平針に毒を盛っていたとしても、江藤は自分が平針を殺したという認識には至らないはずなのだ。江藤が盛ったのはあくまで致死量未満の毒に過ぎず、平針を毒殺したのは、毒殺するという明確な意志を持って毒を盛った下手人である――というのが、平針毒殺事件に対する江藤の認識となるはずである。もちろん、江藤が平針に毒を盛っていなかった場合は言うまでもない。事実がどちらであっても、江藤自身には平針を殺した意識はないはずなのだ。

そう考えると、師光の「正義」を巡る江藤の思考の意味も変わってくる。江藤は大曾根から、師光の信じる正義が「罪には罰を」であると聞かされる。そして、江藤はその言葉を師光に掛け、師光が強烈な反応を示したことに、江藤自身が驚く。それはつまり、師光の動機がそれであったことに対する驚きと戸惑いである。

一人を殺した罪は、一人を殺した罪で償わせる。その罰のために師光は私に罪を用意したのだろうか――

この江藤の思考には、ひょっとしたらこんな言葉が続いたのかもしれない。

だが、師光はいったい誰を殺した罪で私を罰しようとしたのだろう？

このことを踏まえて「監獄舎の殺人」を読み直してみると、師光の江藤犯人説を示す伏線は、作中にほとんどないことに気付く。仕込もうと思えばいくらでも伏線は仕込めたはずだ。たとえば江藤が平針の毒死を告げられて不自然なほど驚くとか、そういう場面を挿入するだけでも江藤犯人説はさらに説得力を増したはずである。だが、作者である伊吹がそうしなかったということは――つまり、江藤が平針に毒を盛ったか否かは、物語上はどちらでも構わないということだ。問題になるのは、それが真実か否かではなく、師光がそう考えたということなのである。

江藤と師光が袂を分かつことになったのは、江藤が平針を毒殺したからではない。師光がそう考えたからなのだ。そして、そのことを江藤に直接問いたださなかった。師光が江藤という人物に対する理解を、そこで固定してしまったがためである。

師光が円理の犯行を江藤に告げなかったのは、おそらくは円理の動機への同情から罪に問うのは忍びないと考えたのだろう。しかし、だとしても、師光がただ一言、江藤に「あんたが毒を盛ったのか」と問いただしていれば、物語の結末は違ったものになっていたかもしれない。

そして、さらに想像を逞しくするならば――「そして、佐賀の乱」で師光が江藤を捕らえたのは、江藤への疑念を問いただすこともせずに一方的に袂を分かったことへの贖罪と、それでも拭いきれない江藤への疑念との間での煩悶の現れであり、江藤による師光の動機についての推理は、ひょっとしたら両方ともが正しかったのかもしれない。

ともあれ、『刀と傘』の現代性は、このような江藤新平と鹿野師光の「正義」の描き方に端的に表れている。明治の世に司法制度を確立するという大目的のために小さな事件の解決を利用する江藤の「正義」を、作者である伊吹は、たとえば「権力の暴走」のカリカチュアとして描くこともできたはずだ。だが、伊吹はそうしなかった。先に述べたとおり、江藤の「正義」への対立軸である師光に、江藤の「正義」を「理想のためなら」「分かります」と言わせている。その上で、最終話で師光が江藤に冤罪を着せようとしたように、師光の正義の方がより正しいという書き方もしていない。

そして、師光が果たして江藤の全てを理解しているのかどうかは、作中で決して明確にされることはない。師光の江藤に対する理解は、ただ師光だけの解釈に過ぎないのではないか。「莫迦な」という江藤の嗄《か》れた一言が、最終話を読み終えた後に読み返すことで、より深い余韻をもたらすのだ。

ここに、作者である伊吹の明確な、この作品を異なる「正義」の対立の物語、そしてその互いの「正義」に対する、完全な相互理解の決定的な不可能性の物語として書こうとする意志が表明されている。江藤の「正義」が暴走しているとすれば、最終話で江藤に冤罪を着せようとした師光もまた同様である。だからこそ師光は自刃して果てるわけだが——それすらも、江藤による師光の解釈でしかない。師光の真の動機は、江藤ひとりの中の多重解決として、真実は師光の死によって拡散してしまう。師光から見た江藤の「正義」も、江藤から見た師光の「正義」も、全ては解釈に過ぎず、他者を理解することの不可能性の前に、二人の物語は幕を下ろす。

現代は、多様な論理、多様な「正しさ」が林立している。その中で、自身の論理、自身の「正しさ」に照らして、どうしても相容れない論理、相容れない「正しさ」を持つ他者と直面したとき、「私」はどうすればいいのか。そして、「私」の信じる「正しさ」は、「私」による他者の理解は、本当に「正しい」のだろうか。その「正しさ」はいったい、誰が決めるのだろうか。

この問いに、今のところ「正しい」答えはない。『刀と傘』の多重解決趣向のように、真実が拡散し多層化する中で、「私」はもがいていくしかない。

以上見てきたように、『刀と傘』という作品は、主として動機の解釈を巡る真実の不確定性を、二人の探偵による多重解決の構図を通して、人それぞれの物の見方の違い、他者理解の不可能性として処理することで、小説的な余韻を残しつつ、優れた現代性を獲得することに成功している。

明治という時代設定、多重解決という趣向を用いて巧みに現代と斬り結びつつ、あくまで端正な時代ミステリとして完成されている『刀と傘』という作品が、二〇一〇年代最後の本格ミステリ大賞を受賞したという事実は、今世紀の本格ミステリを今後語る上で、ひとつのマイルストーンになり得るだろう。

とはいえ、伊吹亜門という作家にとってはこれは本格ミステリ作家としてのスタート地点に過ぎない。鹿野師光シリーズ（？）が、そして伊吹亜門という作家が今後、どのような方向性を目指すかはまだ誰にもわからない。実際、伊吹が『刀と傘』刊行後に「ミステリーズ！Ｖｏｌ．94」に発表した短編「囚われ師光」は、鹿野師光が語り手ではあるが江藤新平は登場せず、多重解決の要素もない、シンプルな脱獄ものの時代ミステリであった。

二〇二〇年代の本格ミステリの中で、これから伊吹亜門という作家がどのような謎と論理、そして解決を見せてくれるのか。今はただ、それをひとりの本格ミステリの読者として、楽しみに待ちたい。

2020年
第20回受賞

相沢沙呼『medium』講談社
◉
飯城勇三

※相沢沙呼の『medium』の真相を明かしている。

第二十回《本格ミステリ大賞・小説部門》を受賞した相沢沙呼の『medium』に対する私の評価は、この本に収録されている拙稿（大山誠一郎『密室蒐集家』論）と同じになる。

大山誠一郎は、『密室蒐集家』において、〝推理〟を用いて密室ミステリに新たな光を当て、〈意外な真相の物語〉にして〈意外な推理の物語〉を描き出すことに成功した。

相沢沙呼は、『medium』において、〝推理〟を用いてどんでん返しミステリに新たな光を当て、〈意外な真相の物語〉にして〈意外な推理の物語〉を描き出すことに成功した。

ただし、その「描き出す」手法はまったく異なっている。だからこそ、『medium』はユニークな作品であり、《本格ミステリ大賞》にふさわしい作品なのだ。以下では、この観点から、『medium』を見ていくことにしよう。

〈意外な真相の物語〉として

本作の特徴の一つに、〈どんでん返しミステリ〉として、ミステリ・ファン以外にも人気を博し、大いに売れた、という点がある。同じような受け入れ方をされたのが、第四回の受賞作である歌野晶午の『葉桜の季節に君を想うということ』。だが、細かく見ると、読者のこの二作の受け入れ方には、異なる点がある。具体的に言うならば、『葉桜』は、読者が「どんでん返しがある」と知らずに読む方が意外性を味わうことができるのに対して、『medium』は、読者が「どんでん返しがある」と知って読む方が意外性を味わうことができる。本作では、膨大な量の伏線がミスリードを誘うように仕掛けられているため、読者が「どんでん返しは何だろう」と考えながら読み進めると、このミスリードに引っかかり、結末で驚かされるからだ。

ここで、「どんでん返しがあると知って読み進める」という行為に違和感を感じた人がいると思うが、別におかしくはない。実は、この十六年間に、読者の読み方と作者の書き方が変化しているのだ。

もともと、〈どんでん返しミステリ〉は、宣伝や書評が難しかった。「この本にはどんでん返しがあります」と言っては、読者の驚きを奪うことになるからだ。しかし、二〇〇二年に貫井徳郎の『慟哭』の文庫版がベストセラーになったのは、北村薫が帯に寄せた「読み終えてみれば《仰天》」という文――「本作は結末でビックリさせるタイプです」と明かしている文――によるところが大きい。もちろんこれは、少数のミステリ・ファンしか買わない高価な単行本ではなく、多くの一般読者が買う文庫であることを計算に入れての言葉だったのだろう。その計算通りに、この文庫版は、ミステリ・ファン以外の層に読まれ、好調な売れ行きを記録した。ただし、ミステリ・ファンが北村薫の言葉を頭に入れて読み進めるならば、『葉桜』同様、結末を見抜ける可能性は高い。

この二冊のベストセラーが火付けとなり、出版社は、過去の〈どんでん返しミステリ〉を、ど、ん、で、ん、返、し、があることを謳って再刊していった。それと併せて、新刊でも、出版社や書店がどんでん返しがあることを堂々とアピールするようになり、作家も最初から「どんでん返しがあると思って読む人」を想定して書くようになった。最近では何と、どんでん返しをテーマとするアンソロジーまで出ているのだ。もはや、「どんでん返しがあると知って読んだら面白くないじゃないか」と考える私のような読者は、文字通り、前世紀の遺物だと言えるだろう。

この変化の理由は、今世紀では、「自分が読みたいタイプの本だけ読む」人が大幅に増えた点にある。インターネットの発展やメディアの多様化などにより、一人の人間があれもこれも手を出すことは不可能になった。限られた読書時間と金を、興味のない本に費やしたくはない。結末まで読んで、自分の期待した内容ではなかったら、時間と金の無駄ではないか。だったら、本を買う前に、自分の読みたいタイプかどうかを確認しなければならない――今世紀の読者は、こう考えるのだ。〈どんでん返し〉以外でも、〈バカミス〉や〈イヤミス〉といった、結末のタイプを示唆するようなレッテルが貼られることが多いのは、これが理由だろう。何しろ今世紀は、福袋の袋が透明になっている時代なのだから。

前置きが長くなってしまったが、『medium』は、この、「どんでん返しを期待する読者」をも驚かせるべく書かれている。もちろん、一般読者が何も考えずに読んでも驚くだろう。だが本作は、「どんでん返しがあると思って読み進める読者を驚かせなければならない」という、高いハードルを軽々と越え、ラストでは、一般読者のみならず、ミステリ・ファンさえも驚くのだ。それは、この本が『このミステリーがすごい！』と『本格ミステリ・ベスト10』で共に一位を獲得するという快挙を成し遂げたことが証明し、その二冠を記した新しい帯で、何人ものプロの作家が称賛の声を上げていることが証明し、そして何よりも、《本格ミステリ大賞》を受賞したことが証明している。

作者はいかにして、「どんでん返しがある」と思って用心深く読み進めるミステリ・ファンを欺くことに成功したのだろうか？　以下では、見事に欺かれた私自身を――素直でない面倒くさい読み方をするミステリ・ファンの一人を――サンプルにして、その手法の考察を進めていくことにする。

私が本作のどんでん返しを見抜くことができなかった最大の理由は、「連続殺人鬼は香月だった」という真相がメインだと思い込んだことだった。表2の文の後半、「一方、巷《ちまた》では姿なき連続殺人鬼が人々を脅かしていた。一切の証拠を残さない殺人鬼を追い詰めることができるとすれば、それは翡翠の力のみ。だが、殺人鬼の魔手は密かに彼女へと迫っていた――。」を読み、目次を読んだ私は、「本作の構成は、それぞれ独立した三つの短篇があるが、一篇一篇に連続殺人鬼の正体に関する伏線が仕込まれていて、最終話でそれがすべて回収される、といったものだろう」と考えた。これは、新本格以降の作家の連作短篇集でよく使われる手法なので、他のミステリ・ファンも、同じことを考えたと思う。

そして、プロローグに入り、香月が連続殺人鬼の捜査を依頼されるシーンを読むと、さっそく、彼の独白が気になった。

「この依頼を承諾するかどうかは、慎重に判断する必要がある」

「城塚翡翠は、その力で殺人鬼に辿《たど》り着《つ》くことができるだろうか」

叙述トリックを用いたミステリを何冊も、いや、何十冊も読んでいる私は、ここで、「香月は連続殺人鬼なので、依頼を受けるかどうか慎重になるし、依頼を受けた場合、自分が犯人であることを翡翠が突きとめるかどうかを気にしているのではないか」と考えたわけである。

この可能性を頭に入れて読み進めると、四四pには、「(香月は)たんに、犯罪者の心理に対しての洞察と描写に、多少の自信がある程度だった」という文が登場。一八六pでは、翡翠が香月に「殺人鬼の役ですよ。お得意のはずです」と言い、二五七pでは、殺人犯が香月に、「あなたなら、わかってくれるかなって、そう思って」と言う。ますます疑惑は深まっていった。

疑惑が確信に変わったのが、二一二pの「(香月は)珍しくスケジュールが目白押しで、事件の捜査は警察に任せて、二日間、片付けるべき自分の仕事に集中していた」という文。この具体性に欠けた文を読んで、私は、叙述トリックを用いたアガサ・クリスティーの傑作に登場する、「二、三、しなければならないことがあったので、私はそれを片付けた」という文を思い出したからだ。そして、この「片付けるべき自分の仕事」が何だったのかは、二七三pでわかる。この日は、連続殺人鬼が、新たな殺人を犯した日だったのだ。

ここまで怪しいと、九四pで連続殺人鬼の名前が〝鶴岡文樹〟だとわかっても、「香月史郎はペンネームで、本名が鶴岡文樹なのだな」と考え、二六五pで連続殺人鬼に捕らえられた翡翠が「先生、助けて」と言っても、「どこかにいる先生（香月）に助けを求めているのではなく、目の前にいる香月に助けを求めているのだな」と考えることになる。

そしてクライマックス。連続殺人鬼の正体をあらわした香月は翡翠を殺そうとする。私はこのどんでん返しを見抜くことができたのだ——

——という優越感は、次のシーンで打ち砕かれる。「連続殺人鬼は香月」という真相は、正解ではあっても、メインの真相ではなかった。メインのどんでん返しは、探偵に関する真相だったのだ。

翡翠は、霊媒能力などなく、推理のみで真相を突きとめていた——。

翡翠は、早い段階で香月が連続殺人鬼であることを見抜き、共に行動しながら網を絞っていた——。

では、この二つの真相がもたらす意外性は、どこから生まれているのだろうか？　「特殊設定ミステリと思わせて、実はそうではなかった」という意外性だろうか？　確かにそれもある。だが、これでは連続殺人鬼がらみのプロットが抜けてしまう。私見では、この意外性は——拙著『エラリー・クイーン論』で提示した——〈犯人の物語〉と〈探偵の物語〉のせめぎ合いから生じているのだ。

例えば、クイーンの『ギリシャ棺の謎』における中盤の意外性は、エラリーが推理した〈ハルキス犯人説〉

が、犯人が用意した偽の解決だったことから生じている。つまり、普通のミステリは〈犯人の物語〉の上位に〈探偵の物語〉があるのに対して、『ギリシャ棺』では、〈犯人ハルキスの物語〉の上位にある〈探偵の物語〉のさらに上位に〈犯人の物語〉があり、それが驚きを生み出しているのだ。さらに、〈探偵の物語〉は、犯人が名探偵のためにあつらえた〝偽りの〟物語だったことも、この驚きを増している。

本作の場合は、まず、われわれが読み進めてきた〈霊媒探偵・翡翠の物語〉と並行して、〈連続殺人鬼・香月の物語〉が進んでいたことを知らされ、（それを見抜いていなかった読者は）驚きを感じる。そしてさらに、並行して進んでいた〈霊媒探偵・翡翠の物語〉と〈連続殺人鬼・香月の物語〉の上位に〈名探偵・翡翠の物語〉があったことを知らされ、より大きな驚きを感じるわけである。さらに、〈霊媒探偵・翡翠の物語〉は、連続殺人鬼・香月のためにあつらえた〝偽りの〟物語だったことも、この驚きを増している。

そして、物語のこの構成を隠し通すために作者が用いたのが、読者には「連続殺人鬼＝香月」という真相が、この作のメインだと思わせるという手。前述のように、香月が連続殺人鬼であることを示す手がかりは、ミステリ・ファンが注意して読めば気づくレベルになっている。このため、私のような読者は、「作者の仕掛けを見抜いたぞ」と考えてしまい、そこで思考停止ならぬ推理停止に陥ってしまうわけである。

これが作者の計算であることは、三二〇pを読めばわかる。そこでは翡翠が、こう語っているのだ。

記述におけるこうしたサトルティは、推理小説にも転用できそうじゃありません？　わかりやすい謎を提示し、あえて読者に解かせ、それを解決しないまま物語を進めて、まったく違う答えや隠されていた最大の謎を示すのです。

ここで指摘しておきたいのは、「連続殺人鬼＝香月」という真相自体は、間違ってはいないこと。つまり、作者は真相をミスリードしているわけではない。〈連続殺人鬼・香月の物語〉の上位に、もう一つの物語があることを伏せているのだ。

二つ目の手法も、私の騙されっぷりを紹介しよう。翡翠の初登場場面では、私は彼女がインチキ霊媒師である可能性も考えた。「客の職業を当てる」というのは、インチキ占い師がよくやる手で、待合室に隠しカメラや盗聴器を仕込んでおく場合が多い、というのを知っていたからだ（確か、ＴＶドラマ『ミセス・コロンボ』のエピソードの一つが、こういう話だった）。

だが、この考えはすぐに放棄した。本作が、〈特殊設定ミステリ〉の新機軸を狙った作品だと思ったからというのが、その理由。表2の前半の文を引用するなら、「推理作家として難事件を解決してきた香月史郎《こうげつしろう》は、心に傷を負った女性、城塚翡翠《じょうづかひすい》と出逢う。彼女は霊媒であり、死者の言葉を伝えることができる。しかし、そこに証拠能力はなく、香月は霊視と論理の力を組み合わせながら、事件に立ち向かわなくてはならない。」という物語だと考えたわけである。

今世紀の本格ミステリには、特殊設定を導入したものが多い。三一九ｐの翡翠の言葉を借りるならば、「先生がそういったもの（超常現象）を信じたい気持ちもわかります。特殊設定ミステリも流行っていますからねぇ」。そして、その中には、特殊設定によって、〝推理〟に新たな光を当てようと試みたものも多い。《本格ミステリ大賞》受賞作に限っても、城平京『虚構推理』、麻耶雄嵩『さよなら神様』、鳥飼否宇『死と砂時計』、今村昌弘『屍人荘の殺人』といった作品が挙げられる。

本作の場合は、プロローグの言葉を借りるならば、「霊視によってもたらされた情報を分析し、科学捜査に役立てることが可能な論理へと媒介（「medium」の訳語の一つ）すること」が〝新たな光〟となる。さしずめ、『虚構推理』と『さよなら神様』の組み合わせと言ったところか。あるいは、やはり《本格ミステリ大賞》を受賞した笠井潔の『オイディプス症候群』に登場する矢吹駆の「本質直観による推理」――本質直観で見抜いた真相に合わせて手がかりを解釈する――の変形と言えるかも知れない。

そして、第一話を読むならば、翡翠が霊視した被害者が見た光景――「あの子がなにか探してる」――から、香月が推理を重ねて真相を突きとめる場面が登場。続けて、他者に説明するために、真相から逆算した霊視抜きの推理が披露される。続く第二話、第三話も同様。つまり、この三篇では、「霊視をデータに用いて真相を突きとめる推理」と、「その真相から逆算して作り上げた、霊視のデータを用いない推理」の二種類の推理が描かれていることになる。どちらのタイプの推理も、他のミステリでは読むことができないユニークなものなので、まさに〝推理の新機軸〟と言えるだろう。

――と考えた読者は、もはや、「翡翠の霊視はイカサマではないか」と疑うことはできなくなる。そして、新機軸の〈推理の物語〉を楽しみながら読み進め、最後に驚くわけである。

三つ目の手法は、翡翠のキャラクター設定。本人の三二〇pの台詞を借りると、「超常の力を持てあまして戸惑う、ドジだけど可愛らしい孤独な女性」となる。これはラノベなどでよくあるメインヒロイン設定に他ならない。そして、こういうヒロインには〝裏〟はない。ツンデレが可愛いのは、〝デレ〟の部分が読者にはダダ漏れだからなのだ。

おそらく、読者の大部分は、翡翠の設定をラノベに沿っていると考えるに違いない。同じ作者のマツリカ・シリーズがそうだし、作者自身がラノベを書いているし、ラノベ風のキャラ造形は最近の流行だからだ。また、《本格ミステリ大賞》の受賞作でも、乙一の『ＧＯＴＨ　リストカット事件』や森川智喜『スノーホワイト』は、ラノベとして書かれている。こういった知識を持っている読者は、翡翠は典型的なラノベ風ヒロインだと考え、彼女が演技をしている可能性が考えられなくなるわけである。

加えて作者は、作中レベルでも、翡翠が演技をしている可能性を読者の目から遠ざける手を打っている。またしても私自身の話だが、第一話の駅前のシーンを読んだ時、私は不自然さを感じた――が、翡翠が演技をしているとは考えなかった。なぜかというと、この段階では、翡翠が香月を欺く理由がないと思ったからだ。だが、実際は、彼女は初対面のときから、香月を人殺しではないかと怪しんでいたのだ――刑事コロンボのように（前世紀のネタで失礼）。

ただし、この翡翠に関する設定を、最後の最後で、作者はもう一回、ひっくり返している。本作のエピローグは、翡翠の助手の千和崎の視点から描かれている。そして、彼女の視点から描かれた翡翠は、「探偵や奇術師としては超一流だが、ドジだけど可愛らしい孤独な女性」に他ならない。そして、千和崎はこう述懐する。「なにか仮面をかぶらなければ、（香月と）闘えなかったのではないだろうか」と。つまり、翡翠が真相説明時に見せた、香月を見下した余裕綽々《よゆうしやくしやく》の態度は、自分の弱さを隠すための仮面だったというわけである。

私は本稿で、「〈霊媒探偵・翡翠の物語〉と〈連続殺人鬼・香月の物語〉の上位に〈名探偵・翡翠の物語〉がある」と指摘している。しかし、さらにその上に、〈殺人鬼に対して必死に名探偵であろうとする弱く傷つきやすい探偵・翡翠の物語〉があったのだ。

もっとも、千和崎の述懐も、百パーセント信用できるわけではない。例えば、翡翠は三五三ｐで、過去に何度か「お金持ちを引っかけて大金を巻き上げ」たことがあったと言っているが、千和崎はこの件を知らないように見えるからだ。

また、三五九pで翡翠は、「わたしは人間の微表情を読むのが得意です。（略）倉持さんといらっしゃったとき、この人（香月）はわたしに霊視されては困る秘密を抱えているのだろうと思いました」と語る。確かに、この程度なら、特殊な能力がなくてもできるだろう。ところが、三一八pでは、「わたし、人間の心理を読むのは得意なんです。あなたからは、人殺しの匂いがしました」と語っているのだ。これは、普通の人には無理に見える。「人殺しの匂い」を感じるというのは、霊視ならぬ霊嗅ではないだろうか？

ここまで考察した三つの手法によって、作者は、ミステリ・ファンが「どんでん返しがある」と思って読み進めても驚く、〈意外な真相の物語〉を生み出した。これは、実に見事な達成であり、これだけでも評価に値する。だが、最初に述べたように、本作は〈意外な推理の物語〉としても優れているのだ。次節では、そちらの観点から見ていこう。

〈意外な推理の物語〉として

『medium』を〈意外な推理の物語〉として見ていく前に、みなさんに質問したい。本作を〈どんでん返しもの〉として見た場合、何がひっくり返っているのだろうか？　第一話〜第三話で明かされた事件の真相は、何もひっくり返ってはいない。第四話で明かされた連続殺人鬼の正体に関しても、ひっくり返っているわけではない。

答えは、「真相ではなく、そこにたどり着くまでのルート」、すなわち「推理」がひっくり返っている、となる。

では、そのひっくり返される推理とは、どのようなものだろうか？　前述したように、各話の解決篇で提示される推理は、以下の二種類がある。

①霊視をデータに用いて真相を突きとめる推理。

②その真相から逆算して作り上げた、霊視のデータを用いない推理。

そして、第四話では、翡翠は通常のミステリの通常の名探偵が行う通常の推理（③）によって犯人を突きとめていたことがわかる。その後で、香月がその真相を推理できるような霊視のデータをでっち上げたという次第。

この三種類の内、①と②は、真相から逆算してでっちあげた推理なので、穴があろうが、無理があろうが、問題ではない。実際、翡翠も「苦しいロジックでした」（三三五ｐ）と言っているくらいである。だが、③は違う。翡翠は犯行現場の状況から、通常の論理で真相を推理したのだから、通常の推理と同じ基準で評価できることになる。連続殺人鬼の正体を突きとめる推理もまた、同じ基準が適用できる。

そして、この推理に対する私の評価は高くない。なぜならば、『密室蒐集家』以前の大山作品と同じく、翡翠の推理には、「説得力が感じられない」ものが、いくつかあるからだ。

例えば、連続殺人鬼が途中から遺体処理の手口を変えたこと――シャワーと漂白剤で遺体を洗い流すようになったこと――について、翡翠は「犯人は警察にＤＮＡを採取されたため、死体からＤＮＡが検出されるのを、これまで以上に恐れるようになったから」と推理する。確かに、香月が警察にＤＮＡを採取されたという記述は四三ｐにあるので、手がかりは描かれていると言えるだろう。

しかし、『密室蒐集家』論で述べたように、この推理は、作中の犯人の立場に立っていない。作中の犯人の立場で考えると、ＤＮＡを検出されるのを防ぎたいなら、土中に埋めるか、水中に沈めるか、焼いてしまえばいいからだ。そして香月には、わざわざシャワーや漂白剤で洗い流すという手間をかけてまで死体を警察に発見させる理由はない――少なくとも、本篇を読んだ限りでは。だから、翡翠のこの推理を高く評価することはできない。

他の推理も同じで、第三話では、「犯人が被害者の爪を切ったのは、凶器であるスカーフの繊維が爪に残るのを避けるため」という推理が出てくるが、これもまた、犯人の立場に立っていない。なぜならば、そんな面倒なことをやるより、スカーフ以外を凶器に使う方が容易で安全だからだ。例えば、見た目は同じでも材質が異なるスカーフを用意すれば問題はなくなるし、それが駄目なら、紐をスカーフに隠して首に回してから、スカーフを外して紐で絞めても、犯行は可能だろう。

ただし、『medium』の場合は、こういった批判は難しい。なぜならば、この③の推理を基に、①と②の推理を作り出す必要があるからだ。③が必然性に裏打ちされた完璧な推理だったら、別解ならぬ別推理は――特に②は――作り出すのが途方もなく難しくなってしまうに違いない。

では、なぜ私は、本作を〈意外な推理の物語〉として高く評価したのだろうか？　実は、ちょっとした叙述トリックを用いたのだ。私は、『密室蒐集家』は、〈〝意外な推理〟の物語〉として評価して、『medium』は、〈意外な〝推理の物語〟〉として評価したというわけである。つまり、大山誠一郎は、密室を利用して意外な推理を描くことに成功し、相沢沙呼は、推理を利用して意外な物語を描くことに成功したのだ。

ここで本稿を終わりにできないこともないが、本作の推理に関しては、さらなる考察をしたい。というのも、私は、〝推理〟に関しては、翡翠が第四話で語る次の二点が重要だと思っているからだ。

一つ目は、第二話の事件での自身の推理を語る前の台詞――

手がかりはすべて揃っています。（略）推理小説なら、ここで読者への挑戦状が挟まれるタイミングです。さて、探偵はどのようにして犯人を特定することができたのか？　あなたは手がかりを元に、同じ推理を組み立てることができますか？

二つ目は、第三話の事件での自身の推理を語る前の台詞――

ドラマだったら、ここで暗転して、先生に問いかけたいところです。さて、推理に必要な証拠はすべて揃っています。スカーフを手がかりに、美人霊媒師翡翠ちゃんが、どのように論理を組み立てたのか、いいいいい推理を推理することができますか？

この二つは、翡翠が香月に向かって語っている台詞だが、もちろん、作者が読者に向けた〈挑戦状〉に他ならない。ただし、「事件の真相を当てよ」ではなく、「探偵の推理を当てよ」と挑戦している点が、他の大部分のミステリにおける挑戦状とは違っている。実は、これはエラリー・クイーンの挑戦文なのだ。

私は、『エラリー・クイーン論』などで、クイーンの国名シリーズの挑戦は、「事件の真相を当てよ」ではなく、「探偵の推理を当てよ」だと主張している。読者に〈犯人当て〉を挑むと、フェアかどうかの判断基準は読者に渡ってしまう。そこで、〈推理当て〉にして、フェアプレイの基準を「エラリーが与えられた手がかりだけで犯人を当てたというのは正しいか」に変えたわけである。この基準の導入こそが、国名シリーズが「フェアプレイの本格ミステリ」として、高く評価される理由なのだ。

一方、相沢沙呼は、『medium』に「探偵の推理当て」を導入することによって、推理に二つの効果を与えることを狙ったように見える。

前述のように、翡翠の推理には、犯人の立場を考えていないという欠点がある。しかし、翡翠がそういう点は考慮しないタイプの探偵である以上、彼女の推理を当てようとする限りは、それは問題にはならない。これが一つ目の効果。

前述のように、本作では翡翠のラノベ風行動に、探偵としての裏の意味があったことが、意外性を生みだしている。作者が読者に味わってほしいのは、明らかにこの部分だろう。最終解決における翡翠の説明の大部分が、この裏の意味についてであることも、それを裏付けている。だが、「犯人を当てよ」と挑戦したら、読者はどうするだろうか？　前に戻って確認するのは、犯行現場の状況や、関係者の証言に違いない。ところが、「翡翠の推理を当てよ」と挑戦したら、読者が前に戻って確認するのは、翡翠の言葉や行動になり、初刊の帯の「すべてが、伏線。」の伏線の回収を行うことになる。これこそが、作者の求める読み方なのだ。

ここまで『medium』で用いられた手法を見てきたが、いずれも、ここ二十年以内に流行したものだと言える。〈どんでん返しがあることを謳ったミステリ〉も、〈特殊設定ミステリ〉も、〈ラノベ風キャラ造形〉もそうだし、「犯人視点で描きながら読者にはそれを悟らせない叙述」もそう。クイーンの国名シリーズは戦前だが、「犯人や探偵の物語のメタレベル化」や「推理当て」といった観点からの評価は、やはり最近のものに他ならない。翡翠による〝香月の推理の操り〟は、〈後期クイーン的問題〉とも言える。

こういった、過去の蓄積の上に築かれた作品が、《本格ミステリ大賞》の二十回目の受賞作になったことを、本格ミステリの一ファンとして喜びたい。そして、今後は、『medium』をも取り込んで発展させた作品が生まれることを期待しよう。本格ミステリとは、そういうことを可能にするジャンルなのだから。

本格ミステリ 二一世紀を振り返る

二〇〇〇〜二〇二〇年

◉

円堂都司昭

一　本格ミステリ大賞のスタートまで

本書は、本格ミステリ大賞小説部門の歴代受賞作を対象にした評論集である。ここでは初回の受賞作や候補作が発表された二〇〇〇年から二〇一〇年までの本格ミステリをめぐるトピック、ジャンル周辺や社会の事項を年ごとにふり返る。だが、そのためにはあらかじめ、本格ミステリ大賞を主催する本格ミステリ作家クラブが設立された経緯や、直前のジャンルの状況を記しておく必要があるだろう。

一九九〇年代は、大沢在昌『新宿鮫』シリーズ、船戸与一『砂のクロニクル』、宮部みゆき『理由』、髙村薫『レディ・ジョーカー』、馳星周『不夜城』、桐野夏生『ＯＵＴ』、東野圭吾『白夜行』など（広義の）ミステリで多くの力作が書かれ、売上の面でも文芸書の中心を占めるようになっていた。分厚い超大作が少なからず刊行され、社会問題を扱ったシリアスな作品も書かれるなど、ミステリというジャンルで様々なチャレンジがみられた。

そうしたなかでミステリのブックガイドとして大きな力を持つようになったのが、一九八八年を初回として毎年発表されている「このミステリーがすごい！」のランキングである。作家や書評家などジャンルの愛好家たちの投票によって順位が決められるもので、ファンが注目するだけでなく、書店が「このミス」に基づいて本を陳列するようになった。投票によるランキングとしては、以前から週刊文春ミステリーベスト10が存在したが、「このミス」はそれ以上の影響力を持ったといっていい。本稿で先にあげた書名も、その上位になった作品からピックアップしたものだ。

初期の「このミス」は、匿名座談会に代表される歯に衣着せぬ物言いが話題になり、物議も醸した。標的になったのが、新本格ミステリである。不可解な謎と明晰な推理を主眼とする本格ミステリは、松本清張以後の社会派隆盛、冒険小説の台頭などに押され、一部の作家が気を吐いていたものの、ミステリ全体のなかで脇に追いやられる時代が長く続いた。だが、綾辻行人『十角館の殺人』（一九八七年）を一つの契機として謎解きのリバイバルである新本格ムーヴメントが起きた。ほぼ同じ頃に始まった「このミス」の投票でも、新本格の作品はしばしばランキングに入った。しかし、誌面ではこのジャンルの作家への批判や揶揄が語られ、それに対する反論もなされる状態だった。

また、ミステリのプロの作家と評論家が参加した団体である日本推理作家協会では、この分野の長編小説、短編小説、評論研究を対象として毎年、日本推理作家協会賞を選んできた。同賞に関しては、一九九二年に長編部門で綾辻『時計館の殺人』が受賞したのを皮切りに、新本格系の作品がしばしば受賞するようになる。だが、広義のミステリのなかで本格が脇に追いやられている、ハードボイルドと本格のように小説の狙いが異なり同じ尺度で測れないはずのものを比べているといった不満が、本格の書き手の間にあったことは否めない。その点は、「このミス」に対してと同様である。

そして、「このミス」的なジャンル愛好家の投票によるランキング作成という意味では、本格限定版ともいえる『本格ミステリ・ベスト10』（探偵小説研究会編著）が、スタートした（ランキング発表は一九九七年から、ムック刊行は一九九八年から）。

一方、本格ミステリの発展のために年間のジャンル最優秀作を表彰する賞が必要だとして、賞を運営する団体の設立が構想される。十七人の作家が発起人となり、ジャンルにかかわる作家、評論家などに呼びかけた結果、二〇〇〇年十一月三日に都内の日本出版クラブ会館で設立総会が開かれ、本格ミステリ作家クラブが正式に発足した。初代会長になったのは、有栖川有栖である。「文学賞が乱立する中においても、本格ミステリとしての評価を第一義とした賞の制定には大きな意味があると信じる」とした同日付の本格ミステリ作家クラブ設立宣言の前段では、ジャンルに関して次のような史観が明記されていた。

江戸川乱歩や横溝正史の尽力で日本に移植された本格ミステリは、第二次大戦後の時代に大きく飛躍した。さらに一九八七年の綾辻行人のデビュー以降、未曾有のジャンル的繁栄をとげつつあることは周知の通りである。だがこのムーヴメントを支えてきた作家の多くは、広範な支持を受けたことに甘んじることなく、さらなるジャンルの発展を望んでいる。

この宣言には、新本格ムーヴメント以降の本格ミステリの歩みをさらに進めていこうという、ジャンルをになう書き手たちの気概が示されていた。

数多い文学賞のなかで本格ミステリ大賞の特徴となっているのは、予選を経てからは少数の選考委員で受賞作を決める一般的な文学賞とは違い、会員の投票で選出されること。また、対象となる一年の間に出版される膨大な作品から各人が好みの作品に投票するだけではただの人気投票になってしまう。このため本格ミステリ大賞では最初に会員による推薦作アンケートを行い、その結果を踏まえた予選委員の討議によって大賞候補作を決定。全候補作を読んだ人のみが投票できると定めている。また、記名投票は書名を記すだけでなく二百字から四百字（それ以上もＯＫ）の選評を付すルールになっている。プロの作家や評論家の選評がこれだけ集まる文学賞は他にないだろう。この仕組みによって、簡単なコメントのみの「このミス」や「本格ミステリ・ベスト10」のお祭り的な投票ランキングとも違うものになっている。

日本推理作家協会賞でもそうだが、ジャンル発展のためには創作だけではなく評論も不可欠との判断から、本格ミステリ大賞には小説部門と評論・研究部門が設けられた。ただ、小説部門は書籍化された作品が対象であり、日本推理作家協会賞のような短編を対象とした部門はない。本格ミステリ作家クラブでは、それを補完するものとして、作品選考委員によってセレクトされたベスト短編アンソロジーを毎年発売している。また、本格ミステリへの多大な功績に対する特別賞が、ジャンルの重鎮で新進の発掘育成にもとり組んだ鮎川哲也（二〇〇一年の第一回。翌年逝去）、新本格ムーヴメントを牽引した編集者である宇山日出臣と戸川安宣（二〇〇四年の第四回）、後の世代に影響を与えた探偵小説雑誌「幻影城」の編集長だった島崎博（二〇〇八年の第八回）に与えられた。

本格ミステリ大賞に関しては、受賞作が決定する開票を会員が出席する公開の場で実施することも特徴だ。封筒が切られ、とり出された投票の内容が読みあげられるたび、会場のスクリーンに映された各候補作の棒グラフに一票ずつ加算されていく。そんな公開開票式はスリリングであり、本格ミステリらしい遊び心や儀式性をあわせもっている。また、賞の贈呈式が催されるだけでなく、二〇〇七年の第七回以降は、両部門の受賞者が出席した記念トークショーを開くのが恒例となった（二〇二〇年はコロナ禍で見送り）。二〇〇一年から二〇一〇年までの会員の選評と第七回から第十回までの受賞記念トークショーの抄録は、本格ミステリ作家クラブの設立十周年を記念して編まれた『本格ミステリ大賞全選評　２００１-２０１０（第１回～第10回）』で読むことが可能である。

二　本格ミステリをめぐる線引きの変化

本格ミステリ作家クラブの設立と本格ミステリ大賞の創設は、このジャンルのアイデンティティを主張するものだった。それは、広義のミステリのなかにあって本格の独自性を示す行為であっただけでなく、結果的にもう一つの線引きを行うことになった。

　新本格ムーヴメントでは、綾辻行人、我孫子武丸、法月綸太郎、麻耶雄嵩など京都大学推理小説研究会出身の作家が一つの軸になっていたが、彼らの後輩である清涼院流水のデビュー作『コズミック　世紀末探偵神話』（一九九六年）は議論を呼んだ。千二百個の密室で千二百人が殺されるという大がかりな設定に対し、解決は言葉遊びのようなものだったのである。トリックや推理よりも、日本探偵倶楽部（ＪＤＣ）に所属する集中考疑の鴉城蒼司、神通理気の九十九十九《つくもじゅうく》、傾奇推理の龍宮城之介など、個々が特徴的な必殺技を持つ探偵たちのキャラクターの面白さ、設定の奇矯さで読ませる話であり、その点が批判された。先輩作家たちの作風とは重点が異なる清涼院は、本格ミステリ作家クラブに非参加だったし、そこで一つの線引きがあったといっていい。

　小説だけでなく、映像やコミックにも本格ミステリ作品は多く存在している。一九九四年から放映された三谷幸喜脚本の倒叙ものドラマ『古畑任三郎』や、一九九二年から雑誌連載された原作天樹征丸・作画さとうふみや『金田一少年の事件簿』と一九九四年から連載の青山剛昌『名探偵コナン』がミステリの入門だったという人も多いだろう。後者のコミック二作は何度も映像化されており、自らへの影響を語るミステリ作家もいる。だが、それは映像やコミックに含まれたミステリ要素に関しての話だ。清涼院のＪＤＣシリーズの場合は、アニメ、コミック、ゲームなどからむしろキャラや設定への興味を受け継いだのである。

　ただ、清涼院登場以前から、島田荘司、有栖川有栖、京極夏彦などの作品に関し、謎解きへの興味よりもキャラの魅力に萌える読者は少なからず存在した。それらを題材にしたファン制作の同人誌がコミケなどで売られ、男性キャラ同士を組みあわせたＢＬ作品も書かれていた。コミック、アニメ、ゲームなどの影響が濃く、ライトノベル的でもあった清涼院のＪＤＣシリーズは、そうしたキャラクターに対する需要に応える作風だったのだ。

当時、推理よりキャラに萌える層への本格マニアの反発は大きかったが、やがて清涼院の影響を受けた新人やライトノベル的な作風の後進作家が増え、次第に珍しくなくなっていく。乙一や米澤穂信などライトノベル出身作家の一般文芸進出が相次ぎ、ミステリ要素とキャラのバランスがとれた作品も多く書かれるようになる一方、西尾維新、舞城王太郎など清涼院以後の流れに登場した作家たちが本格から遠ざかりつつ新たなムーヴメントを作った。二〇〇〇年代半ばには「このライトノベルがすごい！」（二〇〇四年スタート）の発刊に代表されるようにライトノベルを語り論ずるブームが起き、文芸誌やカルチャー誌が特集記事を組むなどした。

これに対し、一般文芸のほうでコミック、アニメ的なイラストを使った表紙デザインを採用する例が増え、キャラクターノベル的な作風も当たり前になる。かつての一般文芸とライトノベルの中間のようなテイストの作品が多くなった。本格ミステリでは、令嬢刑事と毒舌執事のやりとりがコミカルで第八回本屋大賞を受賞した東川篤哉『謎解きはディナーのあとで』（二〇一〇年）が、代表例だろう。

本格ミステリ小説においてキャラをどう書くか、リアリティの水準をどうとらえるかをめぐる考えかたの線引きが、時代を経るにつれ変わっていったわけだ。そのことが、本格ミステリ大賞の受賞作や候補作の変遷にもあらわれている。

以下に各年のまとめを掲げる。【出来事】では国内外の大きな出来事をとりあげ、ミステリと関係が深い法の制定や改正、メディア環境の変化などを特に重視して記した。【主要な作品】は本格ミステリ大賞候補作、各種ランキング上位などからピックアップし、どんな時期に作品が発表されたかがわかりやすいように刊行年ベースで記載している。したがってその作品の各賞受賞の記述は、おおむね翌年のことである。

［二〇〇〇年（平成十二年）］

【出来事】

システム内で西暦の下二桁だけを使っているため二〇〇〇年になればコンピュータが誤作動するとY2K問題が懸念されたが、大きな混乱はなかった（一月）。この年の流行語には「IT革命」も。法令では該当行為の罰則を定めたストーカー規制法が施行（十一月）、少年法改正で刑事罰対象年齢が十六歳以上から十四歳以上に引き下げられた（十一月）。


【主要な作品】

この年を対象期間とした第一回本格ミステリ大賞小説部門の受賞作は、倉知淳『壺中の天国』。地方都市の連続殺人を扱ったミッシングリンクものだ。一方、「本格ミステリ・ベスト10」と「このミステリーがすごい！」の両方で一位になったのは、泡坂妻夫『奇術探偵曾我佳城全集』。マジシャンを探偵役にして二十年にわたり書かれたシリーズの集大成である。同作も本格ミステリ大賞候補作になったが、投票では『壺中の天国』と一票差で惜敗した。

他に同賞候補になったのは、鍾乳洞や鬼の伝説といった横溝正史的な探偵小説の風情がありつつ、内外の文学作品からの引用をちりばめ著者の才人ぶりを印象づけた殊能将之『美濃牛』と、異端の民俗学者・蓮丈那智が謎を解く連作短編集でシリーズ化された北森鴻『凶笑面』など。

麻耶雄嵩『木製の王子』は、名探偵木更津悠也、如月烏有という著者の定番キャラクターが登場する長編だった。特異な一族の住む館という本格らしい設定だが、アリバイものとしてアバンギャルドな試みをしている。西澤保彦『依存』は、大学の友人たちが推理談義を繰り広げるシリーズの長編で、中心人物・匠千暁の母子関係が掘り下げられる。

横山秀夫『動機』は県警の内紛を扱った警察小説だが、本格ミステリとしても評価された。警察手帳の紛失を語った表題作は、第五十三回日本推理作家協会賞短編部門を受賞。

権田萬治・新保博久監修『日本ミステリー事典』が刊行され、第一回本格ミステリ大賞評論・研究部門を受賞した。都筑道夫の大部のエッセイ『推理作家の出来るまで』は、戦後ミステリ史を知るための貴重な史料でもあった。

【新人】

第十七回メフィスト賞を受賞した古泉迦十『火蛾』は修行者たちの連続殺人を扱い、イスラム神秘主義という題材ならではの展開で注目を集めた。第一回本格ミステリ大賞の候補にもなり、将来が期待される新人だったが、その後は作品を発表していない。また、一九九八年に『コールド・ゲヘナ』が第五回電撃ゲーム小説大賞銀賞となり作家として歩み始めていた三雲岳斗は、一九九九年に第一回日本SF新人賞を獲得した『M．G．H．　楽園の鏡像』を二〇〇〇年に刊行。宇宙の無重力状態で墜落死が起きるSFミステリだった。

同年には、第五回新潮ミステリー倶楽部賞を受賞した『オーデュボンの祈り』で伊坂幸太郎もデビューしている。同作は、人語を喋り未来を予見できる案山子が解体され殺されるファンタジー的な内容だった。

【その他】

一九九九年に放映されたミステリ・ドラマ『ケイゾク』の完結編となる映画『ケイゾク／映画』が公開。テレビでは同傾向の『QUIZ』も放映されたが、本格色の強いドラマとして評価がより高かったのは、『ケイゾク』と同じく堤幸彦演出の『ＴＲＩＣＫ』である。また、ドラマでは本格テイストの回も多い『相棒』がスタートし、人気シリーズとなる。

［二〇〇一年（平成十三年）］

【出来事】

一府二十二省庁から一府十二省庁へ中央省庁が再編された（一月）。小泉純一郎内閣が発足し、聖域なき構造改革を打ち出した（四月）。アメリカで同時多発テロ事件が発生し、テロとの戦いを掲げた同国はアフガニスタンを攻撃（九月）。アメリカを支持する日本はテロ関連法案を成立させ、自衛隊の海外での支援活動を拡大する（十月）。配偶者の暴力と被害者の保護に関するＤＶ防止法が施行（同）。

【主要な作品】

山田正紀『ミステリ・オペラ』が、第二回本格ミステリ大賞だけでなく第五十五回日本推理作家協会賞を受賞。両賞の同時受賞はこれが初めて。芦辺拓は過去と現代それぞれの密室事件の解明を通して歴史を描く『時の密室』が評価される一方、エラリー・クイーン編集の雑誌に掲載された未完の小説を題材にした『グラン・ギニョール城』が本格ミステリ大賞候補になった。殊能将之も『美濃牛』の石動戯作が探偵を務める第三長編『鏡の中は日曜日』で再び冴えをみせ、二度目の候補に。同シリーズでは、大胆な仕掛けを施した第二長編『黒い仏』も話題になった。他に、因習の残る閉鎖的な島で連続殺人が起きる小野不由美『黒祠の島』、短編集全体で普通ではない謎を解いてみせた斎藤肇『たったひとつの』も大賞候補に選ばれた。

デビュー作『ＵＮＫＮＯＷＮ』に続き自衛隊内の出来事を扱った古処誠二の第三長編『未完成』も評価されたが、著者はその後、ミステリから遠ざかり戦記小説を多く書くようになる。この年の（広義の）ミステリ界最大の話題作は、宮部みゆき『模倣犯』だった。連続女性誘拐殺人事件の犯人が、マスコミを利用して世間を翻弄する大作であり、トリッキーな要素も含んでいた。

評論研究では、アガサ・クリスティ『そして誰もいなくなった』の精緻な解読を含む若島正『乱視読者の帰還』が、本格ミステリ大賞を受賞。また、小山正とバカミスミステリーズ編『バカミスの世界　史上空前のミステリガイド』の刊行は、とんでもない発想を「バカミス」と呼んで愛でたこの時期の流行を示していた。

【新人】

考古学者シュリーマンが登場する『黄金の灰』でデビューした柳広司はこの年、第十二回朝日新人文学賞受賞作『贋作『坊ちゃん』殺人事件』も刊行。大倉崇裕は、表題作が第四回創元推理短編賞佳作だった落語ミステリの作品集『三人目の幽霊』が初の書籍化。第十一回鮎川哲也賞受賞の門前典之『建築屍材』は、密室の人間消失を扱っていた。鳥飼否宇は、老荘思想の村を舞台にした『中空』で第二十一回横溝正史ミステリ大賞優秀賞を受賞。米澤穂信が、第五回角川学園小説大賞ヤングミステリー&ホラー部門奨励賞受賞の『氷菓』でデビューした。また、第十九回メフィスト賞を受賞した舞城王太郎『煙か土か食い物』が、独自なリズムの文体とミステリのガジェットの乱暴な蕩尽《とうじん》で注目される。

【その他】

原書房が、ミステリの新レーベル「ミステリー・リーグ」をスタートした。ゲームでは法廷バトルものの『逆転裁判』がヒット。以後はシリーズ化され、様々なメディア展開が行われた。

［二〇〇二年（平成十四年）］

【出来事】

公立学校の完全週休二日制実施（四月）。プロバイダ責任制限法施行（五月。発信者情報の開示請求に関して定めた法律）。日韓共同大会のサッカー・ワールドカップ開幕（五月）。住民基本台帳ネットワークシステム開始（八月）。日朝首脳会談が開催され（九月）、日本人拉致被害者五名が帰国（十月）。

【主要な作品】

ライトノベル雑誌「ザ・スニーカー」が初出だった乙一『ＧＯＴＨ　リストカット事件』と、笠井潔の矢吹駆シリーズの第五長編『オイディプス症候群』が、第三回本格ミステリ大賞小説部門を受賞した。笠井は『探偵小説論序説』で同賞評論・研究部門にも選ばれている。その他、小説部門の候補になったのは、第五十五回日本推理作家協会賞短編部門を受賞した「都市伝説パズル」を含む法月綸太郎の作品集『法月綸太郎の功績』、第五十六回日本推理作家協会賞長編及び連作短編集部門を受賞した有栖川有栖『マレー鉄道の謎』、西澤保彦のミッシングリンクもの『聯愁殺』だった。

第五十五回日本推理作家協会賞短編部門の受賞作が表題作の光原百合『十八の夏』は、花がモチーフの作品集。自身の眼病体験やペダントリーを織りこみ不条理を描いた山口雅也『奇偶』には、原発事故発生の設定もあった。連城三紀彦が誘拐ものの『人間動物園』、多視点の語りに工夫をこらした『白光』と二つの力作を発表したのも注目された。

評論・研究では、蔵書がある土蔵の映像を収めたＣＤ－ＲＯＭを付録にした新保博久・山前譲編著『幻影の蔵　江戸川乱歩探偵小説蔵書目録』が、第五十六回日本推理作家協会賞評論その他の部門を受賞した。

【新人】

光文社の新人発掘企画カッパ・ワンの第一弾で石持浅海『アイルランドの薔薇』、東川篤哉『密室の鍵貸します』など四作が送り出された。自身も版画家で絵画を題材にした柄澤齊のミステリ・デビュー作『ロンド』

は、「このミステリーがすごい！」八位になるなど注目度が高かった。坂木司『青空の卵』は、ひきこもりが探偵役の日常の謎。メフィスト賞受賞作では第二十三回の西尾維新『クビキリサイクル　青色サヴァンと戯言遣い』、第二十四回の北山猛邦『『クロック城』殺人事件』が、どちらもライトノベルやアニメの影響をうかがわせる作風だった。

【その他】

文藝春秋が創業八十周年記念として叢書「本格ミステリ・マスターズ」を始動した。初回配本は山田正紀『僧正の積木唄』、島田荘司『魔神の遊戯』など。一方、講談社ノベルスは創刊二十周年として、森博嗣、殊能将之、高田崇史などメフィスト賞作家が密室をテーマに書き下ろした中編を袋とじで刊行する「密室本」を発刊。これらが記念事業だったのに対し、新たな販売スタイルを探る試みだったのが祥伝社の書下ろし「400円文庫」。架空都市「まほろ市」の設定を共有し、倉知淳、我孫子武丸、麻耶雄嵩、有栖川有栖が競作したのが目を引いた。また、親本は一九九三年刊だった貫井徳郎『慟哭』の文庫版が、書店店頭のプッシュでベストセラーになった。このケースは以後、販促の一つの模範となる。

〔二〇〇三年（平成十五年）〕

【出来事】

アメリカ軍主体の有志連合がイラク戦争開始（三月）。大量破壊兵器保有を理由にした開戦だったが、それは発見されなかった。中国でSARS（新型肺炎）が流行しWHOが世界的警報発令（同）。個人情報保護法成立（五月）。有事関連三法成立（六月）。東京、大阪、名古屋で地上デジタルテレビ放送開始（十二月）。はてなダイアリー（正式版）サービス開始（同）。

【主要な作品】

歌野晶午『葉桜の季節に君を想うということ』が「本格ミステリ・ベスト10」と「このミステリーがすごい！」で一位となり、第四回本格ミステリ大賞と第五十七回日本推理作家協会賞を受賞。本格ミステリ大賞の他の候補は、有栖川有栖の国名シリーズ『スイス時計の謎』、阪神・淡路大震災と酒鬼薔薇聖斗事件を題材にした笹健二『赫い月照』、座敷童子を扱った小野不由美『くらのかみ』、落語を題材にした大倉崇裕の初長編『七度狐』だった。

ハイジャックされた機内にいた青年が探偵役となる『月の扉』で石持浅海の注目度が上昇。西澤保彦『神のロジック　人間のマジック』は、閉鎖的な施設を舞台に大きな仕掛けを施した。また、若手は「きみとぼく」の狭い世界を書いているとした二階堂黎人発言など、自身への批判をネタにしたのが西尾維新『きみとぼくの壊れた世界』。ジャンル界隈の世代や考えかたの差を象徴する作品だった。

評論では、新旧の作品を通してジャンルの趣向を考察した千街晶之『水面《みなも》の星座　水底《みなそこ》の宝石』が、本格ミステリ大賞を受賞した。

【新人】

第十三回鮎川哲也賞を受賞した森谷明子『千年の黙《しじま》　異本源氏物語』は、紫式部が探偵役。カッパ・ワン第二期で刊行の相原大輔『首切り坂』は、首なし地蔵にまつわる明治末の話である。第二十七回メフィスト賞受賞の生垣真太郎『フレームアウト』は、アメリカを舞台にした殺人フィルムをめぐる内容だった。

【その他】

東京創元社は一九九二年から発行のミステリ専門誌「創元推理」を二〇〇一年には「創元推理21」と改題しサイズも変えて刊行してきたが、後継雑誌として「ミステリーズ！」を新たに創刊。それにあわせ従来の創元推理短編賞をミステリーズ！短編賞と改称した（二〇〇四年にミステリーズ！新人賞とさらにあらため現在に至る）。

講談社は、一九九四年創刊の「メフィスト」が新本格以降のミステリと伴走するとともに、編集者が選ぶメフィスト賞を設け多くの新人を輩出してきた。同誌から派生する形で「ファウスト」が創刊された。誌面の軸となったのは、舞城王太郎、佐藤友哉、西尾維新といったメフィスト賞の新世代。同年に講談社は、清涼院流水のＪＤＣシリーズのトリビュート企画として、シリーズの設定を借りた西尾、舞城の作品を刊行した。同社では、新本格の仕掛け人として知られた宇山日出臣の企画でジュブナイル叢書「ミステリーランド」も始動。子ども向けとは思えない大胆な作品も登場し、話題を呼ぶようになる。一方、東京創元社は、構成の妙で魅せた伊坂幸太郎『アヒルと鴨のコインロッカー』から、新しい叢書「ミステリ・フロンティア」をスタートした。

［二〇〇四年（平成十六年）］

【出来事】

山口県で鳥インフルエンザ発生（一月）。自衛隊先遣隊イラク到着（同）。ソーシャル・ネットワーキング・システムmixiの運営開始（二月）。法改正で製造業への人材派遣解禁（三月）。イラク武装勢力に日本人三名が拉致され自己責任論が噴出（四月）。Winny（ファイル共有ソフト）開発者が逮捕（五月。二〇一一年に無罪確定）。「オレオレ詐欺」の多様化で「振り込め詐欺」に呼称変更（十二月）。

【主要な作品】

しばらく長編を発表していなかった京大推理小説研究会出身作家三名の新作が揃って発表され、本格ミステリ大賞候補になったことが話題になった。受賞したのは、急逝した彫刻家の周辺で首切り殺人が起きる法月綸太郎『生首に聞いてみろ』である。綾辻行人の館シリーズで最長の巨編となった『暗黒館の殺人』、同じく洋館が舞台のクローズドサークルものでありながら作者らしくひねった結末が訪れる麻耶雄嵩『螢』も候補になった。

この他にも、中国の古典の世界で不可解な事件が起きる芦辺拓『紅楼夢の殺人』、警察小説に本格ミステリの技巧をとり入れた横山秀夫の短編集『臨場』が候補になった。

同年度の評論・研究部門は、天城一著・日下三蔵編『天城一の密室犯罪学教程』が受賞している。天城はこれが初の単独著書だったが、小説の実作と解説が収められ、実践と理論の両面から密室に迫った濃密な内容だった。

一方、日本推理作家協会賞では、貴志祐介『硝子のハンマー』と戸松淳矩『剣と薔薇の夏』が受賞した。閉鎖空間で殺人事件が発生する前者は、著者初の本格ミステリで介護ザルや介護ロボットが登場する。後者は万延元年に遣米使節団がニューヨークを訪れる歴史ミステリ。

恋愛小説のようでありながら結末の意外さにやられ、伏線の存在に後になって気づく乾くるみ『イニシエーション・ラブ』も大きなインパクトを残した。また、米澤穂信『さよなら妖精』は、ユーゴスラビアから来た少女と日本の高校生の交流のなかで日常の謎が描かれるとともに、過酷な海外情勢も語る力作だった。

【新人】

第三十回メフィスト賞の矢野龍王『極限推理コロシアム』は、犯人当てとデスゲームが合体した設定で同年にドラマ化された。第三十一回同賞受賞の辻村深月『冷たい校舎の時は止まる』は、異空間となった校舎に閉じこめられた高校生たちが、同級生の飛び降り自殺について考える異色の作品だった。

村崎友は、宇宙を舞台にした密室もの『風の歌、星の口笛』で第二十四回横溝正史ミステリ大賞を受賞。また、以前から短編や翻訳を発表していた大山誠一郎が、初の作品集『アルファベット・パズラーズ』を発表した。

【その他】

コミックでは、単行本化の始まった原作大場つぐみ・作画小畑健『DEATH NOTE』が人気になった。同作は、様々なルール設定や駆け引きに本格ミステリ的なマインドが感じられる作品だった。映像では松本清張『砂の器』、森村誠一『人間の証明』と往年の名作のドラマ化が相次いだ。「このライトノベルがすごい！２００５」が発売され、以後も年一回刊行される。洋画では『ＳＡＷ』のどんでん返しが評判になった。

〔二〇〇五年（平成十七年）〕

【出来事】

殺人事件の公訴時効が十五年から二十五年に延長された（一月）。地球温暖化問題で京都議定書発効（二月）。個人情報保護法全面施行（四月）。靖国・教科書問題をめぐり北京で反日デモが激化し、日本大使館も投石される（同）。総選挙で自民党が大勝し（九月）、争点だった郵政民営化法成立（十月）。建築士による耐震強度偽装が発覚（十一月）。日本の人口が統計開始以来初の自然減と判明（十二月）。

【主要な作品】

東野圭吾『容疑者χの献身』が「このミステリーがすごい！」一位に加え「本格ミステリ・ベスト10」一位になったことに対し、二階堂黎人が同作を本格ではないと批判し論争が勃発。「ミステリマガジン」二〇〇六年三月号～十二月号の誌上討論のほかブログなどで多くの作家や評論家が意見を表明した。なかでも同作を難易度が低いと断じた笠井潔は大量の批判文を書き、環境管理社会の模型であるとまで議論を広げた。だが、論争の最中、『容疑者χの献身』は第六回本格ミステリ大賞を受賞。本格ミステリ作家クラブ設立時の発起人十七人に名を連ねていた二階堂、笠井は数年後、それぞれ自己都合で退会している。

この回の同賞ではほかに、島田荘司らしい大がかりな仕掛けの『摩天楼の怪人』、閉鎖状況のなかで密室の扉の向こう側を推理する石持浅海『扉は閉ざされたまま』、長編二作目にして大胆なチャレンジをした道尾秀介『向日葵の咲かない夏』、柄刀一の前衛的な設定の作品集『ゴーレムの檻』が候補になった。

北村薫『ニッポン硬貨の謎』は、エラリー・クイーンの来日時に事件が起きる設定の小説だが、本格ミステリ大賞評論・研究部門を受賞した。作中で語られるクイーン論など批評性が高い作品と評価されたためである。

小学生が探偵団を組んでいるだけでなく、すべてを知っている神様の子どもまでいる設定の麻耶雄嵩『神様ゲーム』は、問題作として話題になった。児童向けレーベル「ミステリーランド」から刊行されたというのに著者ならではの毒は薄められていなかったからだ。

我孫子武丸は、新興宗教を舞台にした『弥勒の掌』を発表した。

【新人】

第五十一回江戸川乱歩賞の薬丸岳『天使のナイフ』は、少年犯罪をテーマにしつつ意外性も用意された社会派の本格作品だった。第五回ホラーサスペンス大賞からは特別賞の『背の眼』で道尾秀介がデビュー。加藤実秋は第十回創元推理短編賞受賞作を表題作にした『インディゴの夜』が初の単行本。同じ回に同賞を受賞した獅子宮敏彦も四つの不可能犯罪を書いた『砂楼に登りし者たち』を上梓した。第二十五回小説推理新人賞受賞の長岡弘樹は、日常の謎を扱った『陽だまりの偽り』が単行本デビューだった。「キリング・タイム」で第二十六回小説推理新人賞受賞の蒼井上鷹は、同短編を収めた『九杯目には早すぎる』を刊行。


【その他】

映像では、京極夏彦『姑獲鳥の夏』の実相寺昭雄監督による映画化、筒井康隆『富豪刑事』のドラマ化などが目立った。

〔二〇〇六年（平成十八年）〕

【出来事】

ライブドア・堀江貴文社長、村上ファンド・村上世彰代表が証券取引法違反で逮捕（一月、六月）。連続幼女誘拐殺人事件で宮﨑勤被告の死刑確定（一月）。フィッシング詐欺で国内初摘発（二月）。オウム真理教元代表・松本智津夫被告の死刑確定（九月）。第一次安倍晋三政権発足（同）。愛国心、郷土愛をポイントにした改正教育基本法成立（十二月）。ニコニコ動画サービス開始（同）。ケータイ小説ブーム。


【主要な作品】

親がいずれも病院に勤務する二家族をめぐる出来事を描いた『シャドウ』で第七回本格ミステリ大賞を受賞した道尾秀介は、霊現象探究所の真備庄介シリーズの第二作『骸の爪』も評判がよかった。他に本格ミステリ大賞の候補になったのは、京極夏彦『邪魅《じゃみ》の雫』（現時点において百鬼夜行シリーズで書かれた最後の長編）、樹木が移動する謎を扱った鳥飼否宇『樹霊』、対人地雷をテーマにした石持浅海の短編集『顔のない敵』、絵画修復士を主人公にした柄刀一『時を巡る肖像』だった。

怪奇幻想作家を探偵役にして本格ミステリとホラーを融合した三津田信三『厭魅《まじもの》の如き憑くもの』の評価

も高かった。著者の代表作となった刀城言耶シリーズは、同作から始まった。『夏期限定トロピカルパフェ事件』は、日常の謎ものの青春ミステリを多く書いてきた米澤穂信のなかでもミステリ・ランキング上位に入った作品。『刑事コロンボ』好きの大倉崇裕による『福家警部補の挨拶』は、質の高い倒叙ミステリ短編集だった。有栖川有栖『乱鴉《らんあ》の島』は、孤島を舞台にポーの詩や拝金主義のIT社長、先端医療をモチーフにとりこんだ内容だった。

評論では、京大推理小説研究会出身で同サークル出身の新本格系作家たちの先輩にあたる巽昌章が、同時代作品を論じた『論理の蜘蛛の巣の中で』で本格ミステリ大賞と日本推理作家協会賞を受賞した。また、探偵小説研究会が同人誌「CRITICA」を創刊した。

【新人】

第五十二回江戸川乱歩賞の鏑木連『東京ダモイ』は、首切りの謎を追う作品。第十六回鮎川哲也賞の麻見和史『ヴェサリウスの柩』は、解剖実習で遺体の腹部から四行詩が出てくるという魅力的な発端だった。著者自身も医師である海堂尊の第四回『このミステリーがすごい！』大賞受賞作『チーム・バチスタの栄光』は、医療ミステリの人気シリーズとなる。二〇〇三年に第四十二回オール讀物推理小説新人賞を受賞した門井慶喜は『天才たちの値段』が初の単行本。

【その他】

ゲームでは我孫子武丸シナリオの『かまいたちの夜』シリーズが『かまいたちの夜×3　三日月島事件の真相』で完結。コミックでは『DEATH NOTE』のほか、原作城平京・作画水野英多『スパイラル　推理の絆』、原作綾辻行人・作画佐々木倫子『月館《つきだて》の殺人』が完結した。また、映像では倒叙ものの人気ドラマ『古畑任三郎』の完結編が放映された。

［二〇〇七年（平成十九年）］

【出来事】

アップルがiPhone発表（一月）、日本発売は翌年。防衛庁が防衛省に昇格（同）。各国の政府や企業の機密情報をネット公開するウィキリークスの存在が初公表（同）。第一回東京マラソン開催（二月）。記録管理のずさんさが判明し消えた年金問題発覚（同）。参院選大敗後の安倍晋三首相が急遽退陣会見（九月）。食品偽装が相次いで判明。非正規雇用のネットカフェ難民の増加がクローズアップされた。

【主要な作品】

クローズドサークルを扱ってきた学生アリスシリーズの新作である有栖川有栖『女王国の城』が、第八回本格ミステリ大賞を射止めた。他の候補は、三津田信三の刀城言耶シリーズの第三長編『首無《くびなし》の如き祟るもの』、密室に徹底的にこだわった柄刀一の巨編『密室キングダム』、閉鎖状況で殺人ゲームが展開される米澤穂信『インシテミル』、ネット上に密かに集うものたちが推理ゲームのために殺人を犯す歌野晶午『密室殺人ゲーム王手飛車取り』。

自転車選手をめぐる物語にミステリの仕掛けを組みこんだ近藤史恵『サクリファイス』は、第十回大藪春彦賞を受賞。大ベテランの山沢晴雄は日下三蔵編『離れた家　山沢晴雄傑作集』が初の単行本化であり、天城一に次いで再評価の波が訪れた。また、この年には米澤穂信が『インシテミル』以外に古典部シリーズの日常の謎で『遠まわりする雛』を、道尾秀介が交通事故に関連した犬の奇妙な行動を追った『ソロモンの犬』と耳を使う私立探偵が語り手の『片眼の猿　One-eyed monkeys』を発表。旺盛な執筆力をみせた。

評論・研究では、論理学から本格ミステリのロジックを検討した小森健太朗『探偵小説の論理学　ラッセル論理学とクイーン、笠井潔、西尾維新の探偵小説』が、本格ミステリ大賞を受賞。同書にもエラリー・クイーン論で影響を与えた法月綸太郎は、『名探偵はなぜ時代から逃れられないのか』、『複雑な殺人芸術』という日本編と海外編に分けたミステリ評論集を刊行した。

【新人】

メフィスト賞では、第三十五回でパラレルワールドの日本を舞台に新旧様々な作品へのオマージュをちりばめた古野まほろ『天帝のはしたなき果実』、第三十六回で読者を犯人にした深水黎一郎『ウルチモ・トルッコ　犯人はあなただ！』（文庫化で『最後のトリック』に改題）が受賞した。第十七回鮎川哲也賞の山口芳宏『雲上都市の大冒険』は、脱獄と殺人を題材にした古風な探偵小説の味わいの作品。同賞第十六回佳作入選の似鳥鶏も『理由あって冬に出る』でデビューした。第三回ミステリーズ！新人賞受賞作が表題作の滝田務雄『田舎の刑事の趣味とお仕事』は、脱力系のユーモアミステリでありながらロジックはしっかりしている。同賞を「殺三狼」で同時受賞した秋梨惟喬も同短編を含む『もろこし銀侠伝』を上梓した。また、カッパ・ワンから高校生が探偵役の詠坂雄二『リロ・グラ・シスタ　the little glass sister』が刊行された。

【その他】

理論社が、中高生向けの叢書「理論社ミステリーYA！」をスタートした。コミックでは、ルールに基づいて嘘をつく力で競う甲斐谷忍『LIAR GAME』がドラマ化され注目された。また、小説ならではのトリックと思われた伊坂幸太郎『アヒルと鴨のコインロッカー』が中村義洋監督の工夫によって映画化され高評価を得る。新たな年刊ムック「本格ミステリー・ワールド」が始動したが、監修の島田荘司とともに誌面の中心になったのは「本格ミステリ・ベスト10」批判派の二階堂黎人だった（二〇一七年版で休刊）。

〔二〇〇八年（平成二十年）〕

【出来事】

後期高齢者医療制度施行（四月）。ツイッター日本語版公開（同）。フェイスブック日本語版開始（五月）。秋葉原無差別殺傷事件発生（六月）。ゲリラ豪雨頻発（七月）。改正性同一性障害特例法成立で成人後の戸籍の性別変更可能になる（同）。リーマン・ショック発生（九月）。バラク・オバマがアメリカ大統領に当選（十一月）。日比谷公園で年越し派遣村開設（十二月）。

【主要な作品】

辻真先が自作小説の登場人物の名義で発表した牧薩次『完全恋愛』が、第九回本格ミステリ大賞受賞。純愛をテーマに三つの時代の事件を描いた作品だった。他の候補作は、幼稚園児が誘拐される連城三紀彦『造花の蜜』、人間消失と童謡殺人をモチーフにした三津田信三の刀城言耶シリーズ第四弾『山魔《やまんま》の如き嗤《わら》うもの』、幻想的な要素を含む柄刀一の短編集『ペガサスと一角獣薬局』、翌年からの実施が決定していた裁判員制度を事前にとり入れた芦辺拓『裁判員法廷』。

また、闇金被害者を中心とする詐欺師グループの復讐劇を語った道尾秀介『カラスの親指　by rule of CROW's thumb』と、太平洋戦争前に設立されたスパイ養成機関を背景に謀略戦を描いた柳広司『ジョーカー・ゲーム』が第六十二回日本推理作家協会賞を受賞している。道尾は同作だけでなく、バンドの練習スタジオで殺人事件が起きる『ラットマン』も同年のミステリ・ランキングに送りこんだ。一方、長岡弘樹の作品集『傍《かた》聞《ぎ》き』は、表題作が第六十一回日本推理作家協会賞短編部門を受賞した。

舞城王太郎は、大量のガジェットと奇っ怪な理論を詰めこんだ怪作『ディスコ探偵水曜日』を発表。

評論では、新本格以降のミステリをテーマパークやウェブとの類比で論じた円堂都司昭『「謎」の解像度《レゾリューション》　ウェブ時代の本格ミステリ』が本格ミステリ大賞と日本推理作家協会賞を受賞した。また、新本格にも大きな影響を与えた一九七〇年代後半の雑誌「幻影城」を回顧した本多正一編『幻影城の時代　完全版』が両賞の候補となり、若い書き手による同時代ミステリの評論を集めた限界小説研究会編『探偵小説のクリティカル・ターン』が本格ミステリ大賞候補になった。

【新人】

メフィスト賞の第三十七回は孤島の館ものである汀こるもの『パラダイス・クローズド　THANATOS』、第三十八回は怪談の真相を探る輪渡颯介の時代ミステリ『掘割で笑う女　浪人左門あやかし指南』が受賞した。第十八回鮎川哲也賞は学園七不思議に関連した謎を語った七河迦南『七つの海を照らす星』。島田荘司との共著があった小島正樹は、資産家夫人の法要のたびに殺人が起きる『十三回忌』で単独デビューを果たした。

【その他】

前年秋に東野圭吾の『探偵ガリレオ』『予知夢』を原作にした福山雅治主演のドラマ『ガリレオ』が放映されヒットしたが、その劇場版として同じキャスト、スタッフで『容疑者χの献身』が映画化された。本格ミステリ界の論争など世間一般には関係なく、映像化は商業的に成功。東野圭吾の人気はさらに高まり、以後は作品の映像化がますます盛んになる。

［二〇〇九年（平成二十一年）］

【出来事】

被害者参加制度で遺族が公判に初参加し意見述べる（一月）。裁判員制度が施行（五月）。新型インフルエンザ流行、WHOがパンデミックと判定（六月）。衆議院議員選挙で民主党が大勝し政権交代へ（八月）。消費者庁発足（九月）。厚生労働省、日本の貧困率は二〇〇七年調査で一五・七％と発表（十月）。民主党政権、行政刷新会議で事業仕分け開始（十一月）。契約打ち切りの派遣切りが問題になる。

【主要な作品】

衆人環視の湖で不審死が起きる三津田信三『水魑《みづち》の如き沈むもの』と、特異な設定で注目された『密室殺人ゲーム王手飛車取り』の続編である歌野晶午『密室殺人ゲーム2.0』が第十回本格ミステリ大賞を同時受賞した。三津田の刀城言耶シリーズは、候補三回目での獲得である。受賞した二作に一票差で敗れた綾辻行人『Another』は、眼帯姿の少女がいる中学校のクラスを舞台にしたホラーとミステリのハイブリッド。同作はアニメ化、映画化などメディアミックスが展開され、シリーズ化される人気作となる。また、大聖堂で事件が発生する深水黎一郎『花窗玻璃』、米澤穂信のリドルストーリーばかりの短編集『追想五断章』も同賞候補になった。米澤はこの年、『秋季限定栗きんとん事件』も発表している。

「このミステリーがすごい！」一位になったのは、加賀恭一郎刑事が日本橋人形町を捜査する東野圭吾『新参者』。また、殺害された女子高生が図書館司書をモデルにポルノまがいの小説を書いていたという西澤保彦『身代わり』は、複雑な人間模様を浮かび上がらせる作品だった。

評論では、江戸川乱歩、横溝正史、小栗虫太郎、山田風太郎などを評した谷口基『戦前戦後異端文学論』が、本格ミステリ大賞評論・研究部門を受賞。また、千街晶之他『本格ミステリ・フラッシュバック』は、新本格以前の社会派隆盛だった時期の本格作品をふり返る内容だった。

【新人】

島田荘司一人で選考するばらのまち福山ミステリー文学新人賞が創設され、第一回は相貌失認をモチーフにした松本寛大『玻璃の家』が受賞、高校演劇部メンバーの過去と現在を並行して描いた水生大海『少女たちの羅針盤』が優秀作となった。第十九回鮎川哲也賞の相沢沙呼『午前零時のサンドリヨン』では、女子高生マジシャンが日常の謎を解く。また、すでに短編を発表していた円居挽《まどいばん》は、古くから伝わる私的裁判での丁々発止を描く『丸太町ルヴォワール』で単行本デビュー。二階堂黎人と共作を発表していた千澤のり子も『マーダーゲーム』で単独デビューした。

【その他】

島田荘司選のアジア本格リーグシリーズが刊行され、台湾で催された第一回島田荘司推理小説賞で寵物先生『虚擬街頭漂流記』が受賞するなど、アジアでの本格ミステリの広がりや日本の新本格からの影響を印象づけた。

［二〇一〇年（平成二十二年）］

【出来事】

日本年金機構発足（一月）。ドバイに世界一の超高層ビルのブルジュ・ハリファがオープン（同）。iPad発売(同。日本では五月)。平成の大合併が終結し市町村数が三分の一に(三月)。殺人事件の公訴時効廃止(四月)。戸籍上は生存しているが生死や居所不明の高齢者が多数いると発覚し社会問題に（七月）。尖閣諸島で中国漁船が海上保安庁巡視船に衝突（九月)。

【主要な作品】

麻耶雄嵩『隻眼の少女』は、書名通りで巫女姿の探偵役が登場し、一九八五年と二〇〇三年の二つの時代を舞台に展開する。麻耶は同作が第十一回本格ミステリ大賞と日本推理作家協会賞をW受賞したのに加え、謎解きなど使用人にやらせておけという思い切った設定の『貴族探偵』も好評だった。また、魔術が存在する一二世紀の西洋を舞台にした米澤穂信の特殊設定ミステリ『折れた竜骨』は、第六十四回日本推理作家協会賞を獲得。世界的企業の令嬢である刑事の出合った事件を執事が推理する東川篤哉のユーモアミステリ『謎解きはディナーのあとで』は、第八回本屋大賞に輝き二〇一一年のベストセラー首位になった。同年の本格ミステリ大賞の候補には『折れた竜骨』、『謎解きはディナーのあとで』も名を連ねていたのだからレベルの高い戦いだったといえる。他の候補作をみると、芦辺拓『綺想宮殺人事件』は法月綸太郎のエラリー・クイーン論からミステリ界に広まった現代思想を援用した評論やペダントリーを小説の形で風刺して批判する内容。一方、浮世絵師・東洲斎写楽の正体については諸説あるが、この謎に島田荘司が挑んだのが『写楽　閉じた国の幻』だった。現代編で推理が展開されるのと並行して、蔦屋重三郎を主人公とする江戸編で写楽の生きた時代が描かれる構成だ。

また、寡作のイメージが強かった倉知淳が『こめぐら　倉知淳作品集』と『なぎなた　倉知淳作品集』という短編集を二冊同時刊行したのも注目された。

『綺想宮殺人事件』もそうだったが、法月綸太郎から始まるいわゆる「後期クイーン問題」に言及した本が相次いだ。その評論では、飯城勇三『エラリー・クイーン論』が本格ミステリ大賞を受賞し、諸岡卓真『現代本格ミステリの研究』も同賞候補になった。

【新人】

若きピアニストの周辺で不審な出来事が続く中山七里『さよならドビュッシー』が第八回『このミステリーがすごい！』大賞を受賞。第四十三回メフィスト賞の天祢涼『キョウカンカク』では、特殊能力を持つ美少女探偵が活躍した。「砂漠を走る船の道」で第五回ミステリーズ！新人賞受賞の梓崎優は、同作を含む『叫びと祈り』で単行本デビュー。第二回ばらのまち福山ミステリー文学新人賞の叶紙器『伽羅の橋』は、大阪大空襲を背景に大胆な仕掛けを施した。第二十回鮎川哲也賞は、いずれも海外が舞台の安萬純一『ボディ・メッセージ』、月原渉『太陽が死んだ夜』が受賞した。

【その他】

本格ミステリ作家クラブが、設立十周年を記念する出版やイベントを展開した。東野圭吾『新参者』が阿部寛主演でドラマ化され、以後もスペシャルや劇場版が企画されるヒット作になる。

本格ミステリ
二一世紀を振り返る

二〇一一〜二〇一九年

◉

諸岡卓真

一　はじめに――本稿の目的と留意点

本稿は二〇一一年から二〇一九年までの本格ミステリに関するトピックを概観するものである。単純に需要の大きさから見れば、この九年間を通して、継続的に人気を博していた本格ミステリ関連のコンテンツはテレビドラマ『相棒』とマンガ・アニメ『名探偵コナン』、そして東野圭吾の小説作品である。『相棒』は第九シーズンから第一八シーズンまでが放映され、コンスタントに視聴率を獲得し続けた。この間、杉下右京の相棒は神戸尊、甲斐享、冠城亘と変わっている。『名探偵コナン』はコミックスの七十一巻から九十七巻までが刊行された他、映画も毎年公開され、特に一八年の『名探偵コナン ゼロの執行人』および一九年の『名探偵コナン 紺青の拳《フイスト》』は日本での興行収入が九〇億円を突破するほどであった。また、東野圭吾作品も毎年発表され、頻繁に映像化されたこともあいまって、年間ベストセラーの常連となっていた。

これらのように継続してメガヒットするコンテンツが存在した一方で、出版に関する状況は年々厳しくなっていったというのが、この期間の実情である。『出版指標 年報 二〇一九年版』の「取次ルート経由の出版販売額の推移」によれば、出版物（書籍と雑誌）の推定販売金額は一一年の一兆八〇四二億円から一八年の一兆二九二一億円と、およそ三割減少している（電子書籍の売上げは年々伸びているが、出版物の販売減少額を埋めるまでには至っていないとのこと）。

とりわけ雑誌の退潮は著しく、一六年には雑誌の販売額が書籍の販売額を初めて下回っている。二節の各年概説でも記述するように、一五年には『ミステリマガジン』が月刊から隔月刊となり、一六年には『ジャーロ』『メフィスト』が電子書籍のみでの刊行に移行した。一〇年代半ばに相次いだミステリ系雑誌の頒布形態の変化の背景を大きく捉えれば、先述したような雑誌出版を取り巻く厳しい状況があるのである。

　とはいえ、一年ごとに本格ミステリのトピックを拾っていけば、必ず明るい話題が見つかるのも事実である。たとえば、それぞれの年の本格ミステリ大賞候補作を眺めればわかるように、本格ミステリの流れは途切れることなく、毎年レベルの高い作品が発表され続けた。さらには有力な新人も続々と登場し、精力的に作品を発表し続けている。各種のミステリランキングを眺めれば、「新本格」の初期、あるいはそれ以前にデビューした作家も、九〇年代や〇〇年代にデビューした作家も頻繁に選ばれていることがわかる。そのようななかからは、一一年のベストセラーランキング第一位を獲得した東川篤哉『謎解きはディナーのあとで』（一〇）や、いま現在も大きな話題となっている今村昌弘『屍人荘の殺人』（一七）のような人気作品が登場している。小説以外のメディアでも、映画『イニシエーション・ラブ』（一五）、ドラマ『貴族探偵』（一七）、『アンナチュラル』（一八）など、良質なコンテンツが発表されてきた。

　本稿は、そのような本格ミステリの流れを概観するための一助となるよう作成したものである。紙幅の都合で、各年の細かな情報については言及できなかったが、もし、特定の年のさらに詳しい情報を知りたい場合は、後述する各種ミステリランキングの当該年度版や、日本推理作家協会編『ザ・ベストミステリーズ推理小説年鑑』（講談社）巻末の記事などを参照していただきたい。いずれもその年々の様々な情報が非常に細かく記載されており、当時を知るための第一級の史料となっている。本稿は現時点のジャンルの状況を踏まえた上で改めて本格ミステリの歴史を整理し直したものであるが、年刊のランキング本は一年ごとのジャンルの空気を缶詰のように封じ込めている。実際に手に取れば、その年の雰囲気がそのまま味わえるはずである。本稿がそれぞれの年の本格ミステリへの入り口として機能すれば幸いである。

各年の概説に入る前に、いくつかの留意点を記しておきたい。各年は一五〇〇字程度で記述するようにし、主要なタイトルをピックアップしながら、一年ごとの主要な話題をコンパクトに確認できることを意識して構成した。これを通して、九年間の大まかな流れを把握できるようにすることが最大の目的である。

トピックは【出来事】【主要な作品】【新人】【その他】の四つのカテゴリに分類して示した。【出来事】の項にはその年の代表的な出来事を列挙した。本格ミステリには直接的には関係のない話題が主であるが、その年をイメージしながらジャンルについて検討する上で必要な情報であると考えている。【主要な作品】には代表的な本格ミステリ作品（小説、評論）を挙げている。

小説については、選定の土台となる資料として、本格ミステリ大賞の候補作のほか、「週刊文春ミステリーベスト10」（文藝春秋）、「このミステリーがすごい！」（宝島社）、「本格ミステリ・ベスト10」（原書房）、「ミステリが読みたい！」（早川書房）の四つのミステリランキングを参照した。また、一七年度までは、「本格ミステリー・ワールド」（南雲堂）の「黄金の本格ミステリー」も参照している。

作品選定にはどうしても論者の主観が排除できないが、本稿では一応のところ、本格ミステリ大賞の候補作に選定されているものの他、複数のミステリランキングで10位以内にランクインした本格ミステリ作品を優先するという原則を立てている。また、その後の売上やメディア化も踏まえて、重要と思われるものについてはランキングに入っていなくても言及している。評論については、原則として本格ミステリ大賞受賞作と候補作からピックアップすることとした。

また、ある作品についてどの年のトピックとして言及するかについては、すべて単行本の発表年を基準とした。この点については、まず、本格ミステリ大賞の受賞年度と発表年が常に一年ずつずれることに留意してほしい。これは本格ミステリ大賞が、前年に発表された作品を選考対象としているためである。また、各種ミステリランキングについても、集計期間のずれに注意が必要である。具体的には、「週刊文春ミステリーベスト10」「このミステリーがすごい！」「本格ミステリ・ベスト10」は前年の十一月から当年の十月までの作品を対象としており、「ミステリが読みたい！」は前年の十月から当年の九月までの作品を対象としている。したがって、作品選定にあたっては、当該年度のランキングだけでなく、次の年のランキングも参照している（ただし、最も新しい二〇一九年については、本稿執筆時点でランキングが発表されていないため、当該年度のランキングのみ参照）。なお、作品のタイトルについては原則として副題を割愛したが、メインタイトルのみではシリーズの他の作品と区別できない場合は副題も記している。

【新人】の項には、その年にデビューした作家のなかから、その後の活躍なども加味して選定して紹介した。新人賞については受賞年と受賞作の刊行年がずれることがあるが、基本的には刊行年を基準として言及している。なお、「ミステリーズ！新人賞」などの短編を対象にした新人賞受賞者については第一作の刊行時に、受賞年を併記する形で紹介している。また、新人賞投稿時と刊行時で著者名（ペンネーム）や受賞作タイトルが変更されることがあるが、これは出版時の著者名、タイトルで統一した。

【その他】の項には、映画やドラマ、マンガなど、小説以外のメディアで話題になった作品を挙げた他、本格ミステリ、あるいは出版関連などで重要と思われるトピックを挙げた。

二　各年概説

［二〇一一年（平成二十三年）］

【出来事】

東日本大震災が発生（三月）。三陸沖を震源とするマグニチュード九・〇の揺れと大津波による被害、さらには東京電力福島第一原子力発電所の事故の影響はいまだに継続している。FIFA女子ワールドカップドイツ大会でなでしこジャパンが初の世界一に（七月）。地上アナログ放送が停波、地上デジタル放送へ移行（七月。ただし、岩手、宮城、福島は一二年三月まで延期）。

【主要な作品】

一一年刊行の本格ミステリ小説で、各種ランキングで高く評価されたのは、皆川博子『開かせていただき光栄です』、麻耶雄嵩『メルカトルかく語りき』、法月綸太郎『キングを探せ』、貴志祐介『鍵のかかった部屋』など。

『開かせていただき光栄です』は一八世紀末のロンドンを舞台に解剖教室での不可解な事件を描いた作品で、翌年の第十二回本格ミステリ大賞を受賞した。『メルカトルかく語りき』は収録された五つの短編のいずれもがロジカルに構築されているものの、最終的に導かれる結論が異様であるという実験的な作品。『キングを探せ』は四重の交換殺人という複雑な事件を扱った快作であった。『鍵のかかった部屋』は『硝子のハンマー』（〇四）から始まる〈防犯探偵・榎本〉シリーズの第三作で、一二年にドラマ化された。

この年の作品が選考対象となる第十二回本格ミステリ大賞の候補作には、『開かせていただき～』『メルカトル～』『キングを探せ』のほか、城平京『虚構推理』と彩坂美月『夏の王国で目覚めない』が選ばれた。『虚構推理』は、フェイクニュースやポスト真実といった話題を先取りするようにインターネットに存在する真偽不明の情報とその操作を軸としたプロットが展開された作品で、『開かせていただき〜』と同時に大賞を受賞した。なお、〈虚構推理〉シリーズは一五年から漫画化、二〇年にアニメ化されることになる。『夏の王国で〜』は架空の推理劇を演じる最中に事件が起こるという、虚構と現実のアイデンティティの不安定さをテーマにした作品であった。

このほか、のちにドラマ化（一三）や映画化（一八）などのメディア展開がされることになる三上延『ビブリア古書堂の事件手帖 栞子さんと奇妙な客人たち』もこの年の発表である。

評論・研究では笠井潔『探偵小説と叙述トリック』が刊行され、第十二回本格ミステリ大賞を受賞した。笠井は『探偵小説論序説』（〇二）に続く、評論・研究部門での二度目の受賞となった。

【新人】

アガサ・クリスティー賞が開始され、第一回の受賞者として森晶麿（『黒猫の遊歩あるいは美学講義』）がデビューした。第二十一回鮎川哲也賞からは『眼鏡屋は消えた』で山田彩人がデビュー。長沢樹（『消失グラデーション』／第三十一回横溝正史ミステリ大賞）、深木章子（『鬼畜の家』／第三回ばらのまち福山ミステリー文学新人賞）、一田和樹（『檻の中の少女』／第三回ばらのまち福山ミステリー文学新人賞）、乾緑郎（『完全なる首長竜の日』／第九回『このミステリーがすごい！』大賞）ら、現在まで継続して活躍している作家が続々と登場した。

【その他】

イギリスＢＢＣ制作の『SHERLOCK』が日本で初めて放映され、ミステリ好き、ホームズ好きの注目を集めた。また、〈安吾捕物帖〉シリーズをはじめとする坂口安吾の探偵小説を原案としたアニメ『UN-GO』が放映された。前年の九月に発表された東川篤哉『謎解きはディナーのあとで』が大ブレイクしたのもこの年のトピック。第八回本屋大賞受賞やテレビドラマ化の影響もあり、一作目と二作目（一一）の合計が二百六十万部に達し（『出版年鑑』）、日本の出版史上でも特筆される大ベストセラーとなった。

［**二〇一二年（平成二十四年）**］

【出来事】

新本格二十五周年。アマゾン、楽天、グーグルが電子書籍の販売を開始。復興庁の発足（二月）、東京スカイツリーの開業（五月）、ロンドンオリンピック・パラリンピック（七月〜九月）、第二次安倍内閣のスタート（十二月）などがあった。

【主要な作品】

『十角館の殺人』（一九八七）から二十五年目にあたるこの年、綾辻行人は、〈館〉シリーズの新作『奇面館の殺人』を発表し、各種ミステリランキングを賑わした。また、有栖川有栖『江神二郎の洞察』、芦辺拓『スチームオペラ』など、「新本格」初期から活躍している作家の作品のほか、三津田信三『幽女《ゆうじょ》の如き怨むもの』、高野史緒『カラマーゾフの妹』なども高く評価された。

『江神二郎の洞察』は第八回本格ミステリ大賞を受賞した『女王国の城』（〇七）に続く、シリーズ第五作の短編集。『スチームオペラ』は蒸気機関都市を舞台にしたスチームパンク・ミステリの傑作。『幽女の如き怨むもの』は遊郭で起きた連続身投げ事件に刀城言耶が挑む、シリーズ第八作となる長編である。『カラマーゾフの妹』は、ドストエフスキー『カラマーゾフの兄弟』で描かれた事件の謎に挑んだ意欲作で、第五十八回江戸川乱歩賞を受賞した。

翌年の第十三回本格ミステリ大賞では、前述の『スチームオペラ』のほか、大山誠一郎『密室蒐集家』、深木章子『衣更月家の一族』、天祢涼『葬式組曲』、長沢樹『夏服パースペクティヴ』と二〇〇〇年以降にデビューした作家（正確には、大山誠一郎以外は一〇年以降のデビュー）の作品が並び、新しい書き手の勢いも印象づけることになった。

評論・研究では福井健太『本格ミステリ鑑賞術』が第十三回本格ミステリ大賞を受賞。限界研編『21世紀探偵小説』（第十三回本格ミステリ大賞候補作）もこの年に発表されている。また、週刊文春の臨時増刊号として『東西ミステリーベスト100』が刊行された。一九八五年以来二十七年ぶりのオールタイムベスト企画として話題を呼んだ。

【新人】

第二十二回鮎川哲也賞を受賞した青崎有吾『体育館の殺人』が話題となった。本作は緻密なロジックによる謎解きを描ききり、「本格ミステリ・ベスト10」第五位にランクインした。青崎はその後も『水族館の殺人』（一三、第十四回候補）、『図書館の殺人』（一六）など、推理の快楽を堪能できる作品を発表する一方、『アンデッドガール・マーダーファルス1』（一五）などキャラクター性を押し出した作品で作風を広げていくことになる。また、〈スープ屋しずくの謎解き朝ごはん〉シリーズ（一四〜）の友井羊（『僕はお父さんを訴えます』／第十回『このミステリーがすごい！』大賞 優秀賞）、〈珈琲店タレーランの事件簿〉シリーズ（一二〜）の岡崎琢磨（『珈琲店タレーランの事件簿 また会えたなら、あなたの淹れた珈琲を』／第十回『このミステリーがすごい！』大賞 隠し玉）、〈天久鷹央の推理カルテ〉シリーズ（一四〜）の知念実希人（『誰がための刃』／第四回ばらのまち福山ミステリー文学新人賞）ら、のちの人気シリーズの書き手がデビューしたこともこの年の特徴である。さらに、芦沢央が『罪の余白』で第三回野性時代フロンティア文学賞を、浅倉秋成が『ノワール・レヴナント』で第十三回講談社ＢＯＸ新人賞Powersを受賞してデビューした。一〇年に第七回ミステリーズ！新人賞を受賞した美輪和音は、初の単著『強欲な羊』を刊行。また、同じく一〇年に第一回創元ＳＦ短編賞山田正紀賞を受賞した宮内悠介も『盤上の夜』を刊行した。

【その他】

『Another』と『氷菓』という、本格ミステリ作品を原作とするアニメの良作が放映された。『Another』は綾辻行人が〇九年に発表した小説作品のアニメ化であるが、原作でも重要な、あるトリックの再現がとりわけ見事。『氷菓』は米澤穂信の〈古典部〉シリーズ（〇一〜）を原作とするものである。原作を丁寧に解釈しており、特に自主制作映画をめぐる謎が展開される『愚者のエンドロール』のエピソードは、映像になったことで魅力が増した。テレビドラマでは、フジテレビの「月９」枠で貴志祐介の〈防犯探偵・榎本〉シリーズ（〇四〜）を原作とする『鍵のかかった部屋』が放送された。

［二〇一三年（平成二十五年）］

【出来事】

東日本大震災の被災地を舞台にしたＮＨＫの朝ドラ『あまちゃん』（四月〜九月）が大ヒット。「じぇじぇじぇ」が流行語になった。二〇二〇年の東京夏季オリンピック・パラリンピックの開催が決定（九月）。田中将大擁する東北楽天ゴールデンイーグルスが球団初の日本一に輝いた（十一月）。

【主要な作品】

各種ランキングでは、法月綸太郎『ノックス・マシン』、長岡弘樹『教場』、小林泰三『アリス殺し』、梓崎優『リバーサイド・チルドレン』、麻耶雄嵩『貴族探偵対女探偵』などが人気を集めた。『ノックス・マシン』は「ノックスの十戒」をテーマにしたＳＦ的色合いの濃い短編集である。長岡弘樹『教場』は切れ味の鋭いプロットが見所の連作短編集で、二〇年には木村拓哉主演でドラマ化された。『アリス殺し』はその後、『クララ殺し』（一六）、『ドロシイ殺し』（一八）が発表され人気シリーズとなった。〈貴族探偵〉シリーズ第二作『貴族探偵対女探偵』も前作『貴族探偵』（一〇）と合わせて一七年にドラマ化されている。『リバーサイド・チルドレン』はデビュー作『叫びと祈り』（一〇）も高く評価された著者の初長編である。この梓崎を含め、デビューして間もない作家の活躍も目立ち、深木章子『螺旋の底』、青崎有吾『水族館の殺人』などの作品も話題になった。

翌年の第十四回本格ミステリ大賞では、『ノックス・マシン』『教場』『水族館の殺人』『螺旋の底』のほか、一〇年に『キャットフード』で単行本デビューした森川智喜の第二作『スノーホワイト』が候補作となった。本作は四つのミステリランキングではいずれも上位十作品に入っていなかったが、「真実を知る鏡」という特殊なアイテムの存在を前提にしたプロットが高く評価され受賞に至った。

評論・研究ではアガサ・クリスティーの『アクロイド殺し』を詳細に分析した内田隆三『ロジャー・アクロイドはなぜ殺される？』が刊行され、翌年、第十四回本格ミステリ大賞を受賞した。

【新人】

第四十七回メフィスト賞を受賞した周木律『眼球堂の殺人』が発表された。放浪の天才数学者を探偵役に、怪しげで大がかりな仕掛けを組み込んだ建物を舞台にした本作は、「新本格」らしい作品として注目を集めた。本作からはじまる〈堂〉シリーズは一九年の『大聖堂の殺人』まで七作品が発表され、完結している。第二十三回鮎川哲也賞は市川哲也『名探偵の証明』。名探偵の存在そのものを問う意欲作だった。『ロスト・ケア』で第十六回日本ミステリー文学大賞新人賞を受賞したのは葉真中顕（なお、葉真中はこれ以前に別名義で児童文学作品を発表している）。これ以降、ハイレベルなミステリ作品を連発することになる。第三回アガサ・

クリスティー賞には三沢陽一『致死量未満の殺人』が選ばれた。織守きょうやが『霊感検定』で第十四回講談社BOX新人賞Powersを受賞してデビューした。織守は一五年には『記憶屋』で第二十二回日本ホラー小説大賞読者賞を受賞し、同作は二〇年に映画化されることになる。一〇年に第七回ミステリーズ！新人賞の佳作となった深緑野分は、初の著書となる『オーブランの少女』を上梓している。

【その他】

三上延『ビブリア古書堂の事件手帖』がテレビドラマ化、東川篤哉『謎解きはディナーのあとで』がオリジナルストーリーで映画化された。ゲームを原作とするアニメ『ダンガンロンパ』が放送された他、同シリーズのオリジナルスピンオフ小説として北山猛邦『ダンガンロンパ霧切〈1〉』『同〈2〉』が発表された。以降、ゲーム作品のノベライズやスピンオフ小説の執筆に本格ミステリ作家が起用されることが少しずつ増えていくことになる。

［二〇一四年（平成二十六年）］

【出来事】

ディズニーのミュージカル映画『アナと雪の女王』が公開された（三月）。消費税が五％から八％に引き上げられた（四月）。ＳＴＡＰ細胞の改ざん・ねつ造が問題化（四月）。広島での豪雨による土砂災害（八月）や御嶽山噴火（九月）などの自然災害も発生した。

【主要な作品】

ランキングで票を集めたのは麻耶雄嵩『さよなら神様』、米澤穂信『満願』、連城三紀彦『小さな異邦人』、下村敦史『闇に香る嘘』（新人の欄も参照）、芦辺拓『異次元の館の殺人』、岡田秀文『黒龍荘の惨劇』、北山猛邦『オルゴーリェンヌ』（ただし十一月刊行のため、次年度のランキング投票対象）など。

『さよなら神様』は〇五年の『神様ゲーム』以来のシリーズ第二作。麻耶は前年、『貴族探偵対女探偵』で「本格ミステリ・ベスト10」第一位を獲得していたが、『さよなら神様』でも同ランキングの第一位となり、二年連続一位となった。また、第十五回本格ミステリ大賞も受賞している（第十一回の『隻眼の少女』（一〇）以来、二度目の受賞）。『満願』は「願い」をテーマにした六つの短編が収められている上質な作品集。一八年にはこのうちの三作品がドラマ化された。『小さな異邦人』は前年に亡くなった著者のオリジナル短編集。『女王』『処刑までの十章』も刊行され、綾辻行人らによる傑作選『連城三紀彦レジェンド』も編まれるなど注目を集めた。『異次元の館の殺人』は並行世界での多重推理という凝った構成が決まる快作である。『黒龍荘の惨劇』は、明治期という舞台と現代性を感じさせるプロットを違和感なく融合させた作品。『オルゴーリェンヌ』は『少年検閲官』（〇七）以来七年ぶりの続編で、前作同様、書物の所有が禁じられた世界を舞台にしている。

翌年の第十五回本格ミステリ大賞では、『さよなら神様』と『黒龍荘の惨劇』のほか、山本弘『僕の光輝く世界』、霞流一『フライプレイ！』、鯨統一郎『冷たい太陽』が候補となった。麻耶以外はそれぞれ自身初のノミネートであった。

評論・研究では、クリスティー作品の全作レビューを行った霜月蒼『アガサ・クリスティー完全攻略』が第十五回本格ミステリ大賞と第六十八回日本推理作家協会賞（評論その他の部門）をW受賞。本格ミステリ大賞は前年から二年連続でクリスティー関連書の受賞となった。

【新人】

早坂吝が『〇〇〇〇〇〇〇〇殺人事件』で第五十回メフィスト賞を受賞してデビュー。タイトル当てという試みもさることながら、想像の斜め上方向へ展開する謎解きが大きな話題を呼んだ。第三十四回横溝正史ミステリー大賞からは、藤崎翔が『神様の裏の顔』でデビュー。最終候補作『人間の顔は食べづらい』でデビューした白井智之も、鬼畜系本格ミステリとでも言うべき作風でその後も活躍を続けることになる。過去四度、江戸川乱歩賞の最終候補作に残っていたという下村敦史は、『闇に香る嘘』でついに第六十回江戸川乱歩賞を受賞。目の不自由な主人公が中国に残された兄にまつわる謎を追究するという物語は、人物造形やプロットの巧みさが高く評価され、「週刊文春ミステリーベスト10」第二位、「このミステリーがすごい！」第三位などを獲得した。第二十四回鮎川哲也賞は、内山純『Ｂ（ビリヤード）ハナブサへようこそ』が受賞した。〈謎好き乙女〉シリーズ（一五～一六）で人気を博すことになる瀬川コウが、『完全彼女とステルス潜航する僕等』でデビューしたのもこの年である。

【その他】

富士見Ｌ文庫と新潮文庫ｎｅｘという新しい文庫レーベルが創刊された（ただし、新潮文庫ｎｅｘは新潮文庫内の一シリーズという扱い）。内容的にも読者層的にも、一般文芸とライトノベルの中間（あるいは両取り）を狙ったレーベルかと思われる。新潮文庫ｎｅｘには知念実希人、相沢沙呼、森川智喜らの新作のほか、のちには島田荘司〈御手洗潔〉シリーズの既刊などが収録されることになる。

［二〇一五年（平成二十七年）］

【出来事】

江戸川乱歩没後五十年。お笑いコンビ「ピース」の又吉直樹が『火花』で第百五十三回芥川賞を受賞し、ベストセラーに（七月）。第八回ラグビーワールドカップで日本が南アフリカを逆転で破り、注目を集める（九月)。マイナンバー制度が開始された(十月)。

【主要な作品】

各種ミステリランキングで評価を集めたのは深水黎一郎『ミステリー・アリーナ』、井上真偽『その可能性はすでに考えた』(新人の項も参照)、米澤穂信『王とサーカス』『真実の10メートル手前』(後者は十二月刊行のため、次年度のランキング投票対象)、倉知淳『片桐大三郎とXYZの悲劇』、鳥飼否宇『死と砂時計』、深緑野分『戦場のコックたち』、有栖川有栖『鍵の掛かった男』、など。

『ミステリー・アリーナ』は出演者が早押しで謎解きを競うテレビ番組で、十五通りもの「解決」が提示される極めて密度の高い多重解決もの。『その可能性はすでに考えた』も多重解決ものであり、論理を駆使して奇蹟の存在を論証しようとする探偵の姿が印象的である。『王とサーカス』は『さよなら妖精』(〇四)に登場した太刀洗万智が主人公となった〈ベルーフ〉シリーズ第一作。真実を伝えることの苦さを描くビターな本格。シリーズ第二作となる短編集『真実の10メートル手前』も好評を博した。『片桐大三郎とXYZの悲劇』『死と砂時計』は個々の短編のレベルが高いのはもちろん、連作としての仕掛けも見事な短編集。『戦場のコックたち』は、第一次大戦中を舞台に「日常の謎」を描くという捻《ひね》った舞台設定が特徴である。『鍵の掛かった男』は、大阪・中之島のホテルで死んだ作家の謎を追いかけるなかで、その土地の来歴までもが紐解かれる。〈火村英生〉シリーズのなかでも異色の作品である。

翌年の第十六回本格ミステリ大賞では、『死と砂時計』『ミステリー・アリーナ』『その可能性はすでに考えた』の他、大山誠一郎『赤い博物館』、平石貴樹『松谷警部と三ノ輪の鏡』が候補となった。『赤い博物館』は警視庁の犯罪資料館に配属された面々が迷宮入り寸前の謎に挑む短編集。一六年にはドラマ化もされた。『松谷警部と～』は、『松谷警部と三鷹の石』(一四)に続くシリーズ第三弾。本シリーズはスポーツがモチーフになっているが、今回はカーリングがテーマである。

評論・研究部門では同人誌として刊行された浅木原忍『ミステリ読者のための連城三紀彦全作品ガイド 増補改訂版』が翌年の第十六回本格ミステリ大賞を受賞。一七年には大幅加筆の上、商業出版された。

【新人】

本年は多数の有力作家が登場した年であった。井上真偽が第五十一回メフィスト賞受賞作『恋と禁忌の述語論理《プレディケット》』で、呉勝浩が第六十一回江戸川乱歩賞受賞作『道徳の時間』でそれぞれデビュー。第二十二回日本ホラー小説大賞からは、澤村伊智（『ぼぎわんが、来る』／大賞）が登場。受賞作は『来る』というタイトルで一八年に映画化されることになる。第十三回『このミステリーがすごい！』大賞からは、降田天（『女王はかえらない』／大賞）、辻堂ゆめ（『いなくなった私へ』／優秀賞）、山本巧次（『大江戸科学捜査 八丁堀のおゆう』／隠し玉）らが登場した。『うそつき、うそつき』で第五回アガサ・クリスティー賞を受賞した清水杜氏彦もこの年のデビューである。なお、清水は同年に第三十七回小説推理新人賞も受賞している。

【その他】

『ミステリマガジン』が隔月刊化。講談社の文庫新レーベル、講談社タイガが創刊され[1]、西尾維新や森博嗣などの新作がラインナップされた。京極夏彦の〈百鬼夜行〉シリーズの世界観をシェアし他の作家が物語を展開する「薔薇十字叢書」が、出版社とレーベルをまたぐ形で開始された。映画では乾くるみの同名小説（〇四）を原作とする『イニシエーション・ラブ』が公開された。作中の重要なトリックもメディアの特性を生かしつつ巧妙に組み込まれており、原作を知っている視聴者をも驚かせた。ドラマでは西尾維新の小説を原作とする『掟上今日子の備忘録』が放送された。

［二〇一六年（平成二十八年）］

【出来事】

熊本地震発生（四月）。イギリスのＥＵ離脱が国民投票で決定（六月）。天皇陛下の「お気持ち」ビデオメッセージ公表（八月）。映画『君の名は。』公開（八月）、日本映画歴代二位の興行収入を記録した。アメリカ大統領選挙でドナルド・トランプが勝利（十一月）。ＳＭＡＰ解散（十二月）。


【主要な作品】

竹本健治『涙香迷宮』、井上真偽『聖女の毒杯 その可能性はすでに考えた』、白井智之『おやすみ人面瘡』、青崎有吾『図書館の殺人』、芦沢央『許されようとは思いません』、市川憂人『ジェリーフィッシュは凍らない』（新人の項も参照）、西澤保彦『悪魔を憐れむ』（ただし十一月刊行のため、翌年のランキング投票対象）などがランキングでは人気を集めた。

『涙香迷宮』は、作者オリジナルのいろは歌四十八首が挿入されるのみならず、それらが事件の謎を解く暗号にもなっているなど、数々の超絶技巧で読者を圧倒、翌年の第十七回本格ミステリ大賞を受賞することとなった。『聖女の毒杯』は奇蹟を論証しようとする探偵が再登場、結婚式の最中に発生した飛び飛びの毒殺というユニークな謎に挑む。『おやすみ人面瘡』は全身に「顔」のようなものが発症する病が蔓延しているという特殊設定のもと、多重推理を展開する作品。『図書館の殺人』は〈裏染天馬〉シリーズの第四作で、「平成のクイーン」とも呼ばれる著者のロジックが冴える逸品。青崎はこの年、『アンデッドガール・マーダーファルス２』『ノッキンオン・ロックドドア』も刊行するなど大活躍であった。『許されようとは思いません』は、連城三紀彦作品を彷彿とさせる意外な結末の作品を集めた短編集。『ジェリーフィッシュは凍らない』は、

「ジェリーフィッシュ」という架空の浮遊艇内での連続殺人事件を扱ったクローズドサークルもので、語りの巧妙さが際立つ作品である。『悪魔を憐れむ』は、〈匠千暁〉シリーズ久々の中短編集。特に表題作は推理の密度が高く評価が高かった。

翌年の第十七回本格ミステリ大賞では、『涙香迷宮』『聖女の毒杯』『おやすみ人面瘡』『悪魔を憐れむ』のほか、早坂吝『誰も僕を裁けない』が候補となった。本格ミステリと社会派の融合をうたった作品で、確かに両方のテーマを接続しているものの、その方向性が予想外である。

評論・研究部門では、喜国雅彦・国樹由香によるユニークな読書案内『本格力 本棚探偵のミステリ・ブックガイド』が大賞を受賞した。

【新人】

市川憂人が『ジェリーフィッシュは凍らない』で第二十六回鮎川哲也賞を受賞してデビュー。以降、毎年コンスタントにハイレベルな作品を発表し続ける。一四年に「消えた脳病変」で第十一回ミステリーズ！新人賞を受賞した浅ノ宮遼は、受賞作を含む第一短編集『片翼の折鶴』を刊行。第六十二回江戸川乱歩賞からは佐藤究が登場。受賞作の『ＱＪＫＪＱ』は、猟奇殺人犯一家（！）で育った女子高生を主人公にしたサスペンスであった。第三十六回横溝正史ミステリ大賞からは、逸木裕が『虹を待つ彼女』でデビューしている。

【その他】

江戸川乱歩作品の著作権保護期間が終了。その影響か、乱歩作品の復刊や新アンソロジーの刊行が相次いだ。『ジャーロ』が春号から、『メフィスト』がvol.2から、それぞれ電子版のみでの発行に移行した。識者による「黄金の本格ミステリー」や様々な評論・レビューなどを発表していた『本格ミステリー・ワールド』が休刊となった。ドラマでは有栖川有栖の小説を原作とする『臨床犯罪学者 火村英生の推理』が放映された。

［二〇一七年（平成二十九年）］

【出来事】

新本格三十周年。日本推理作家協会設立七十周年。プレミアムフライデー開始（二月）。ニンテンドースイッチ発売（三月）。森友問題発覚（二月）。北朝鮮が中距離弾道ミサイルを発射、北海道上空を通過（八月）。


【主要な作品】

第二十七回鮎川哲也賞受賞作の今村昌弘『屍人荘の殺人』が各種ミステリランキングを席巻。「本格ミステリ・ベスト10」「週刊文春ミステリーベスト10」「このミステリーがすごい！」でそれぞれ第一位を獲得した（十月刊行のため、「ミステリが読みたい！」は次年度の対象作品となり、第二位を獲得）。新機軸のクローズドサークル内で起こる不可解な殺人事件の謎を緻密な推理で解明する本作は、翌年、第十八回の本格ミステリ大賞も受賞することになる。メディア化の動きも速く、一九年にはマンガ化、映画化されている。この年のランキングでは他に、伊坂幸太郎『ホワイトラビット』、有栖川有栖『狩人の悪夢』、貴志祐介『ミステリークロック』、市川憂人『ブルーローズは眠らない』、古処誠二『いくさの底』などに票が集まった。

『ホワイトラビット』はどこかかみ合わない籠城事件をサプライズに転変させる語りが冴える作品。『狩人の悪夢』は「眠ると必ず悪夢を見る部屋」のある建物の近隣で起きた事件の謎を鋭いロジックで解明する本格ど真ん中の一作。『ミステリークロック』は密室をテーマにした〈防犯探偵・榎本〉シリーズの第四作となる短編集。『ブルーローズは眠らない』は前年の『ジェリーフィッシュは凍らない』に続くシリーズ第二作。青いバラを巡る複雑かつ緻密なトリックが楽しめる。『いくさの底』は日本軍政下のビルマを舞台にして、戦時下という特殊状況を背景とした謎解きを描いた作品で、第七十一回日本推理作家協会賞を受賞した。

翌年の第十八回本格ミステリ大賞では、『屍人荘の殺人』『ミステリークロック』『いくさの底』の他、相沢沙呼『マツリカ・マトリョシカ』と似鳥鶏《にたどりけい》『彼女の色に届くまで』が候補となった。『マツリカ・マトリョシカ』は「日常の謎」の範疇で密室の謎を扱い、なおかつ多重推理ものになっているという凝った作品。本作と『彼女の色に届くまで』は、美術に関する謎を扱っており、青春小説としても楽しめる。「新本格三十周年」関連では、記念アンソロジーとして、綾辻行人ら「新本格」初期にデビューした七名による『7人の名探偵』が刊行されたほか、東川篤哉やはやみねかおるら十二名の作家による『謎の館へようこそ 白』『謎の館へようこそ 黒』も刊行された。

評論・研究では、評論とパスティーシュが併録された飯城勇三『本格ミステリ戯作三昧』が大賞を受賞した（『エラリー・クイーン論』（一〇）に続き、二度目の大賞受賞）。日本推理作家協会七十周年記念として、書評・評論コンクールが開催された（一八年まで）。

【新人】

前述の今村昌弘の他、柾木政宗が『NO推理、NO探偵?』で第五十三回メフィスト賞を受賞してデビューした。デビュー作は本格ミステリに対するメタ的な視点を織り込みながらトリックを仕掛けた作品であったが、その後もジャンルへの自己言及を含むタイプの新作を発表している。光文社の本格ミステリ新人発掘プロジェクト「カッパ・ツー」からは阿津川辰海が登場した。デビュー作の『名探偵は嘘をつかない』はゲーム〈逆転裁判〉シリーズを彷彿とさせる、アイディア満載の作品であった。一三年に第十回ミステリーズ！新人賞を受賞した櫻田智也は、第一短編集『サーチライトと誘蛾灯』を上梓した。

【メディア化・その他】

麻耶雄嵩の〈貴族探偵〉シリーズを原作とするテレビドラマ『貴族探偵』がフジテレビの「月9」枠で放

映された。マンガでは、青山剛昌『名探偵コナン』の世界累計発行部数が二億冊を超えたことが話題になった。また、篠原健太『彼方のアストラ』（一六年連載開始）が完結し、終盤の展開で読者を驚かせた。有名ミステリマンガの犯人役に焦点を当てた船津紳平『金田一少年の事件簿外伝 犯人たちの事件簿』（金成陽三郎・天樹征丸・さとうふみや原作）、かんばまゆこ『名探偵コナン 犯人の犯沢さん』（青山剛昌原案）の刊行が開始された。

［二〇一八年（平成三十年）］

【出来事】

平昌冬季オリンピックで羽生結弦が二大会連続の金メダル獲得（二月）。大阪府北部地震（六月）、西日本豪雨（六月〜七月）、記録的猛暑（六月〜八月）、台風二十一号（九月）、北海道胆振東部地震（九月）など、大規模災害が頻発。安室奈美恵が引退（九月）。著作権の保護期間が五十年から七十年に延長（十二月）。


【主要な作品】

十一月に刊行された伊吹亜門『刀と傘』が、翌年の第十九回本格ミステリ大賞を受賞し、さらに一九年度のランキングでも高く評価された（十一月刊行のため次年度の対象）。伊吹は「監獄舎の殺人」で一五年に第十二回ミステリーズ！新人賞を受賞していたが、著書としては本作が一作目となる。一八年度のランキングで目立ったのは、有栖川有栖『インド倶楽部の謎』、市川憂人『グラスバードは還らない』、三津田信三『碆霊《はえだま》の如き祀るもの』、東野圭吾『沈黙のパレード』、若竹七海『錆びた滑車』など。

『インド倶楽部の謎』は『モロッコ水晶の謎』（〇五）以来久々に国名を冠した〈火村英生〉シリーズ。神戸異人館街の屋敷を舞台に、予言を信じる者たちのグループで起こる事件を追う。『グラスバードは還らない』

は『ジェリーフィッシュは凍らない』から始まるシリーズの第三作で、透過率を操作できるガラスで作られた迷路のような空間での事件を描く。『砮霊の如き祀るもの』は四つの怪談に隠された謎に刀城言耶が得意の多重推理で挑む。終盤で明かされる異様な動機が印象的である。『沈黙のパレード』は「ガリレオ」こと湯川学が秋祭りのパレード当日に起きた事件の真相に迫っていく。真相自体に到達するのは難しくないが、それをどう処理するかがむしろポイントになる。『錆びた滑車』は『プレゼント』（九六）に始まる〈葉村晶〉シリーズの第六作。このシリーズは二〇年に「ハムラアキラ」のタイトルでテレビドラマ化されることになる。

翌年の第十九回本格ミステリ大賞では『刀と傘』（大賞）、『砮霊の如き祀るもの』の他、大山誠一郎のアリバイをテーマとした短編集『アリバイ崩し承ります』（二〇年にドラマ化）、霞流一の多重推理もの『パズラクション』、東京創元社のミステリ・フロンティア百冊目となる岡崎琢磨『夏を取り戻す』が候補となった。評論・研究部門では、中相作『乱歩謎解きクロニクル』がノミネートされ、見事大賞を受賞した。

【新人】

木元哉多が『閻魔堂沙羅の推理奇譚』で第五十五回メフィスト賞を受賞しデビュー。同シリーズは一八年中に四冊というハイペースで刊行された。メフィスト賞からは他に、秋保水菓（『コンビニなしでは生きられない』／第五十六回）らが登場している。第二十八回鮎川哲也賞を受賞したのは川澄浩平『探偵は教室にいない』。第十六回『このミステリーがすごい！』大賞からは、蒼井碧（『オーパーツ 死を招く至宝』／大賞）、宮ヶ瀬水（『三度目の少女』／隠し玉）らが登場した。受賞歴はないものの、鵜林伸也が初の著書『ネクスト・ギグ』を刊行し好評を博した。

【その他】

後半にサプライズのある『カメラを止めるな！』が低予算のインディーズ映画ながら話題に。映画『名探偵コナンゼロの執行人』の興行収入が九〇億円を突破した。テレビドラマでは法医学ミステリ『アンナチュラル』の質の高さが印象的だった。『探偵が早すぎる』もこの年にドラマ化されている。三谷幸喜がアガサ・クリスティー『アクロイド殺し』をアレンジした『黒井戸殺し』も良作。マンガでは、田村由美『ミステリと言う勿れ』の連載が始まった（ただし、これより前に読み切り掲載あり）。

［二〇一九年（平成三十一年／令和元年）］

【出来事】

シアトルマリナーズのイチローが現役を引退（三月）。令和へと改元（五月）。京都アニメーション放火殺人事件（七月）。ラグビーワールドカップ日本大会開催（九月〜十一月）。消費税が八％から十％に引き上げられると同時に軽減税率が導入される（十月）。台風十九号が上陸し東日本の広範囲に甚大な被害が発生（十月）。


【主要な作品】

各種ランキングで票を集めたのは相沢沙呼『medium』、今村昌弘『魔眼の匣《はこ》の殺人』、阿津川辰海『紅蓮館の殺人』、青柳碧人『むかしむかしあるところに、死体がありました。』、柄刀一『或るエジプト十字架の謎』、平石貴樹『潮首岬に郭公の鳴く』など。

『medium』はそれまで「日常の謎」のイメージが強かった著者が殺人事件を扱い、伏線の妙で読者を感嘆させた。本作は翌年の第二十回本格ミステリ大賞を受賞した。『魔眼の匣の殺人』は『屍人荘の殺人』（一七）の続編で、「二日間で男性二人、女性二人の四人が死ぬ」という予言を巡る事件が描かれる。謎解きの密度が前作以上と高く評価された。『紅蓮館の殺人』はエラリー・クイーン『シャム双子の謎』よろしく、山火事で孤立した館を舞台とした作品。緻密な謎解きもさることながら、探偵とは何かという問いが切実に迫ってくる結末も強い印象を残す。『むかしむかし～』は一寸法師や花咲かじいさんなどの昔話の世界を特殊設定ミステリの舞台に見立てたユニークな作品。特殊な道具や能力が絡む謎解きはまさに本格ミステリのそれである。『或るエジプト十字架の謎』はクイーン国名シリーズをモチーフにした短編集。どの話でも凝ったトリックと南美希風の端正な推理が楽しめる。『潮首岬に郭公の鳴く』は函館を舞台に、芭蕉の句が残された事件の謎を追うもの。捜査が進む中で、函館という土地や人の姿が析出されていくのが印象的である。このほか、白井智之『そして誰も死ななかった』、澤村伊智『予言の島』なども高評価を得ており、特殊設定ものへの注目が集まった年であるといえる。ランキングの投票対象期間外となる十一月、十二月には、青崎有吾『ノッキンオン・ロックドドア〈2〉』、法月綸太郎『赤い部屋異聞』などが刊行された。

翌年の第二十回本格ミステリ大賞では、『medium』『紅蓮館の殺人』『或るエジプト十字架の謎』の他、学園を舞台にした特殊設定ものの浅倉秋成『教室が、ひとりになるまで』と忍法帖ミステリの安萬純一『滅びの掟』が候補となった。

評論・研究では、長山靖生『モダニズム・ミステリの時代』が刊行された（翌年の本格ミステリ大賞を受賞）。また、メフィスト評論賞の第一回受賞作品として、琳「ガウス平面の殺人」が選ばれた。

【新人】

第二十九回鮎川哲也賞を受賞した方丈貴恵『時空旅行者の砂時計』は、タイムトラベルとクローズドサークルを融合させた特殊設定もの。鮎川賞関連では、第二十七回（十七年）の優秀賞となった一本木透『だから殺せなかった』も刊行された。メフィスト賞からは、『絞首商會』（第六十回）の夕木春央らがデビューした。第二十二回日本ミステリー文学大賞新人賞を受賞した辻寛之『インソムニア』は、陸上自衛隊のＰＫＯ

活動における「証言」の食い違いを巡る社会派の謎解きを描いた作品。第九回アガサ・クリスティー賞は折輝真透『それ以上でも、それ以下でもない』が受賞した（穂波了『月の落とし子』と同時受賞。穂波は〇六年にデビューした作家の別名義とのこと）。折輝は第四回ジャンプホラー小説大賞金賞を受賞した『マーチング・ウィズ・ゾンビーズ』も刊行している。第二十一回ボイルドエッグス新人賞の坪田侑也『探偵はぼっちじゃない』は、著者の若さも話題になった。第十七回『このミステリーがすごい！』大賞からは、『クサリヘビ殺人事件』（隠し玉）の越尾圭らがデビューしている。

【その他】

ハヤカワ時代ミステリ文庫が創刊された。テレビドラマ『あなたの番です』がヒット。怪しげな人物が多数登場したこともあり、ＳＮＳなどで視聴者による推理合戦が盛り上がった。映画では今村昌弘の同名小説を原作とした『屍人荘の殺人』が公開された。告知などで〇〇〇の情報を伏せているのは映画でも継続。

1

これと関連して講談社ノベルスの刊行点数が減少したことが注目できる。『出版年鑑』のデータによれば、〇一年から一〇年までの十年間は平均して年間五十五・八冊が刊行されており（最高は〇二年の六十六冊、最低は〇六年の四十六冊）、一三年までもそのほぼ同水準で推移してきたが（一一年五十一冊、一二年四十四冊、一三年四十八冊）、一四年には三十四冊、一五年には二十五冊と大きく数を減らした。この傾向は現在も続いており、一九年は十冊まで冊数を減らしている（なお、『出版年鑑』は二〇一八年版までの発行のため、一九年のデータについては紀伊國屋書店bookwebのデータを参照した）。

※本稿はＪＳＰＳ科研費18K00272の助成を受けた研究成果の一部である。

本格ミステリ大賞
受賞作・候補作リスト

小説部門

回（年）		タイトル	作者	票数
第1回（2001年）	受賞	『壺中の天国』	倉知淳	13
	候補	『奇術探偵曾我佳城全集』	泡坂妻夫	12
		『凶笑面』	北森鴻	9
		『火蛾』	古泉迦十	9
		『美濃牛』	殊能将之	7
第2回（2002年）	受賞	『ミステリ・オペラ 宿命城殺人事件』	山田正紀	28
	候補	『鏡の中は日曜日』	殊能将之	9
		『黒祠の島』	小野不由美	7
		『グラン・ギニョール城』	芦辺拓	5
		『たったひとつの』	斎藤肇	5
第3回（2003年）	受賞	『GOTH リストカット事件』	乙一	16
		『オイディプス症候群』	笠井潔	16
	候補	『法月綸太郎の功績』	法月綸太郎	12
		『マレー鉄道の謎』	有栖川有栖	6
		『聯愁殺』	西澤保彦	4

※候補作（獲得票順、同票の場合はタイトル五十音順）

回		作品	作者	票数
第4回（2004年）	受賞	**『葉桜の季節に君を想うということ』**	**歌野晶午**	24
	候補	『スイス時計の謎』	有栖川有栖	16
		『赫い月照』	谺健二	10
		『くらのかみ』	小野不由美	6
		『七度狐』	大倉崇裕	2
第5回（2005年）	受賞	**『生首に聞いてみろ』**	**法月綸太郎**	19
	候補	『紅楼夢の殺人』	芦辺拓	17
		『暗黒館の殺人』	綾辻行人	13
		『螢』	麻耶雄嵩	7
		『臨場』	横山秀夫	3
第6回（2006年）	受賞	**『容疑者Xの献身』**	**東野圭吾**	17
	候補	『摩天楼の怪人』	島田荘司	15
		『扉は閉ざされたまま』	石持浅海	12
		『向日葵の咲かない夏』	道尾秀介	8
		『ゴーレムの檻』	柄刀一	7
第7回（2007年）	受賞	**『シャドウ』**	**道尾秀介**	17
	候補	『邪魅の雫』	京極夏彦	11
		『樹霊』	鳥飼否宇	8

回	区分	作品	作者	票
		『顔のない敵』	石持浅海	7
		『時を巡る肖像』	柄刀一	7
第8回（2008年）	受賞	**『女王国の城』**	**有栖川有栖**	20
	候補	『首無の如き祟るもの』	三津田信三	15
		『密室キングダム』	柄刀一	9
		『インシテミル』	米澤穂信	6
		『密室殺人ゲーム王手飛車取り』	歌野晶午	4
第9回（2009年）	受賞	**『完全恋愛』**	**牧薩次**	23
	候補	『造花の蜜』	連城三紀彦	13
		『山魔の如き嗤うもの』	三津田信三	11
		『ペガサスと一角獣薬局』	柄刀一	6
		『裁判員法廷』	芦辺拓	4
第10回（2010年）	受賞	**『水魑の如き沈むもの』**	**三津田信三**	16
		『密室殺人ゲーム2.0』	**歌野晶午**	16
	候補	『Another』	綾辻行人	15
		『花窗玻璃 シャガールの黙示』	深水黎一郎	8
		『追想五断章』	米澤穂信	7

回	区分	作品	著者	票数
第11回（2011年）	受賞	**『隻眼の少女』**	**麻耶雄嵩**	20
	候補	『折れた竜骨』	米澤穂信	18
		『写楽 閉じた国の幻』	島田荘司	10
		『謎解きはディナーのあとで』	東川篤哉	4
		『綺想宮殺人事件』	芦辺拓	1
第12回（2012年）	受賞	**『虚構推理 鋼人七瀬』**	**城平京**	19
		『開かせていただき光栄です DILATED TO MEET YOU』	**皆川博子**	19
	候補	『キングを探せ』	法月綸太郎	8
		『メルカトルかく語りき』	麻耶雄嵩	8
		『夏の王国で目覚めない』	彩坂美月	2
第13回（2013年）	受賞	**『密室蒐集家』**	**大山誠一郎**	19
	候補	『スチームオペラ 蒸気都市探偵譚』	芦辺拓	13
		『衣更月家の一族』	深木章子	7
		『葬式組曲』	天祢涼	6
		『夏服パースペクティヴ』	長沢樹	2

回		作品	作者	
第14回（2014年）	受賞	**『スノーホワイト 名探偵三途川理と少女の鏡は千の目を持つ』**	**森川智喜**	24
	候補	『水族館の殺人』	青崎有吾	14
		『螺旋の底』	深木章子	7
		『教場』	長岡弘樹	6
		『ノックス・マシン』	法月綸太郎	3
第15回（2015年）	受賞	**『さよなら神様』**	**麻耶雄嵩**	19
	候補	『僕の光輝く世界』	山本弘	16
		『フライプレイ！』	霞流一	8
		『黒龍荘の惨劇』	岡田秀文	7
		『冷たい太陽』	鯨統一郎	4
第16回（2016年）	受賞	**『死と砂時計』**	**鳥飼否宇**	20
	候補	『ミステリー・アリーナ』	深水黎一郎	15
		『その可能性はすでに考えた』	井上真偽	9
		『松谷警部と三ノ輪の鏡』	平石貴樹	5
		『赤い博物館』	大山誠一郎	3
第17回（2017年）	受賞	**『涙香迷宮』**	**竹本健治**	17
	候補	『聖女の毒杯 その可能性はすでに考えた』	井上真偽	15

		『悪魔を憐れむ』	西澤保彦	10
		『誰も僕を裁けない』	早坂吝	7
		『おやすみ人面瘡』	白井智之	6
第18回（2018年）	受賞	**『屍人荘の殺人』**	**今村昌弘**	14
	候補	『いくさの底』	古処誠二	12
		『マツリカ・マトリョシカ』	相沢沙呼	7
		『彼女の色に届くまで』	似鳥鶏	6
		『ミステリークロック』	貴志祐介	6
第19回（2019年）	受賞	**『刀と傘　明治京洛推理帖』**	**伊吹亜門**	16
	候補	『夏を取り戻す』	岡崎琢磨	11
		『パズラクション』	霞流一	11
		『アリバイ崩し承ります』	大山誠一郎	6
		『碆霊の如き祀るもの』	三津田信三	5
第20回（2020年）	受賞	**『medium　霊媒探偵城塚翡翠』**	**相沢沙呼**	24
		『教室が、ひとりになるまで』	浅倉秋成	11
		『或るエジプト十字架の謎』	柄刀一	9
		『紅蓮館の殺人』	阿津川辰海	9
		『滅びの掟　密室忍法帖』	安萬純一	7

評論・研究部門

回（年）		タイトル	作者	票数
第1回（2001年）	受賞	**『日本ミステリー事典』**	**権田萬治・新保博久** 監修	10
	候補	『POSシステム上に出現した「J」』	円堂都司昭	8
		『ミステリ評論革命』	佳多山大地・鷹城宏	7
		『推理作家の出来るまで』	都筑道夫	4
第2回（2002年）	受賞	**『乱視読者の帰還』**	**若島正**	13
	候補	『ミネルヴァの梟は黄昏に飛びたつか？』	笠井潔	6
		『『妾の罪』における叙述トリックの位相』	小森健太朗	4
		『中国の箱の謎』	鷹城宏	2
		『論理の蜘蛛の巣の中で』	巽昌章	2
第3回（2003年）	受賞	**『探偵小説論序説』**	**笠井潔**	12
	候補	『殺す・集める・読む 推理小説特殊講義』	高山宏	10
		『怪奇幻想ミステリ150選』	千街晶之	6
		『迷宮逍遙』	有栖川有栖	3
第4回（2004年）	受賞	**『水面の星座 水底の宝石』**	**千街晶之**	18

回	区分	作品名	著者	票
	候補	『中国ミステリー探訪』	井波律子	8
		『世界の果てのカレイドスコープ』	野崎六助	2
		『越境する本格ミステリ』	小山正・日下三蔵 監修	0
		『ミステリイは誘う』	春日直樹	0
第5回（2005年）	受賞	**『天城一の密室犯罪学教程』**	**天城一** 著・**日下三蔵** 編	16
	候補	『子不語の夢』	浜田雄介 編	13
		『探偵小説と日本近代』	吉田司雄 編著	2
		『名探偵ベスト101』	村上貴史 編	2
第6回（2006年）	受賞	**『ニッポン硬貨の謎』（クイーン論として）**	**北村薫**	14
	候補	『探偵小説と二〇世紀精神』	笠井潔	11
		『ヒッチコック「裏窓」ミステリの映画学』	加藤幹郎	9
		『ミステリー映画を観よう』	山口雅也	1
第7回（2007年）	受賞	**『論理の蜘蛛の巣の中で』**	**巽昌章**	16
	候補	『探偵小説と記号的人物』	笠井潔	6
		『刑事コロンボ完全捜査記録』	町田暁雄 監修	5
		『戦後創成期ミステリ日記』	紀田順一郎	4
第8回（2008年）	受賞	**『探偵小説の論理学 ラッセル論理学とクイーン、笠井潔、西尾維新の探偵小説』**	**小森健太朗**	10

	候補	『法月綸太郎ミステリー塾 日本編／海外編』	法月綸太郎	9
		『名探偵たちのユートピア』	石上三登志	9
第9回（2009年）	受賞	『「謎」の解像度《レゾリューション》 ウェブ時代の本格ミステリ』	円堂都司昭	13
	候補	『幻影城の時代 完全版』	本多正一 編	7
		『本格ミステリ・フラッシュバック』	千街晶之 他	3
		『探偵小説のクリティカル・ターン』	限界小説研究会 編	2
		『密室入門！』	有栖川有栖・安井俊夫	2
第10回（2010年）	受賞	『戦前戦後異端文学論』	谷口基	11
	候補	『英文学の地下水脈』	小森健太朗	10
		『アジア本格リーグ』島田荘司 選【出版企画に対して】		4
		『ミステリ・ジョッキー2』	綾辻行人・有栖川有栖	3
		『都筑道夫ポケミス全解説』	小森収 編集	1
第11回（2011年）	受賞	『エラリー・クイーン論』	飯城勇三	14
	候補	『現代本格ミステリの研究』	諸岡卓真	7
		『物語日本推理小説史』	郷原宏	4
		『図説 密室ミステリの研究』	有栖川有栖 監修	2
		『日本探偵小説論』	野崎六助	1

回	区分	作品	著者	票
第12回（2012年）	受賞	『探偵小説と叙述トリック』	笠井潔	10
	候補	『謎解き名作ミステリ講座』	佳多山大地	8
		『少年少女 昭和ミステリ美術館』	森英俊・野村宏平	6
		『乱歩彷徨』	紀田順一郎	5
		『ミステリで読む現代日本』	野崎六助	2
第13回（2013年）	受賞	『本格ミステリ鑑賞術』	福井健太	12
	候補	『21世紀探偵小説 ポスト新本格と論理の崩壊』	限界研 編	5
		『インド・ミステリ通史の試み』	波多野健	3
		『「黄色い部屋はいかに改装されたか？ 増補版」解説』	法月綸太郎	1
		『本格ミステリ・ディケイド300』	探偵小説研究会 編	1
第14回（2014年）	受賞	『ロジャー・アクロイドはなぜ殺される？』	内田隆三	11
	候補	『日本推理小説論争史』	郷原宏	4
		『エラリー・クイーンの騎士たち』	飯城勇三	3
		『日本探偵小説を読む 偏光と挑発のミステリ史』	押野武志・諸岡卓真 編著	2
		『変格探偵小説入門』	谷口基	0
第15回（2015年）	受賞	『アガサ・クリスティー完全攻略』	霜月蒼	21
	候補	『路地裏の迷宮踏査』	杉江松恋	6

		『大癋見《おおべしみ》警部の事件簿』	深水黎一郎	3
		「情報化するミステリと映像」	渡邉大輔	1
		「ループものミステリと、後期クイーン的問題の所在について」	小森健太朗	1
第16回（2016年）	受賞	**『ミステリ読者のための連城三紀彦全作品ガイド 増補改訂版』**	**浅木原忍**	9
	候補	『サイバーミステリ宣言！』	一田和樹 ほか	4
		『本の窓から』	小森収	4
		『謎と恐怖の楽園でミステリー批評55年』	権田萬治	3
		『乱歩ワールド大全』	野村宏平	3
第17回（2017年）	受賞	**『本格力 本棚探偵のミステリ・ブックガイド』**	**喜国雅彦・国樹由香**	11
	候補	『現代華文推理系列』全三集	稲村文吾 訳	5
		『ぼくのミステリ・クロニクル』	戸川安宣 著・空犬太郎 編	2
		『顔の剥奪 文学から〈他者のあやうさ〉を読む』	鈴木智之	1
		『鉄道ミステリーの系譜 シャーロック・ホームズから十津川警部まで』	原口隆行	0
第18回（2018年）	受賞	**『本格ミステリ戯作三昧』**	**飯城勇三**	13
	候補	『【「新青年」版】黒死館殺人事件』	小栗虫太郎・山口雄也 註・校異・解題	8
		『江戸川乱歩と横溝正史』	中川右介	3
		『乱歩と正史 人はなぜ死の夢を見るのか』	内田隆三	2
		『ミステリ国の人々』	有栖川有栖	1

第19回（2019年）	受賞	『乱歩謎解きクロニクル』	中相作	9
	候補	『娯楽としての炎上』	藤田直哉	7
		『刑事コロンボ読本』	町田暁雄	3
		『21世紀本格ミステリ映像大全』	千街晶之 編著	3
		『本格ミステリ漫画ゼミ』	福井健太	0
第20回（2020年）	受賞	『モダニズム・ミステリの時代　探偵小説が新感覚だった頃』	長山靖生	10
	候補	『シャーロック・ホームズ語辞典』	北原尚彦 文・えのころ工房 絵	7
		『探偵が推理を殺す　多元化する社会と本格ミステリ』	小田牧央	3
		『短編ミステリーの二百年1』	小森収 編	3
		『江戸川乱歩新世紀　越境する探偵小説』	石川巧・落合教幸・金子明雄・川崎賢子 編	0

本格ミステリの本流

本格ミステリ大賞20年を読み解く

2020年12月10日　第一刷発行

編　者　　南雲堂
著　者　　浅木原忍／飯城勇三／乾くるみ／
円堂都司昭／大森滋樹／佳多山大地／
小森健太朗／千街晶之／杉江松恋／
千澤のり子／蔓葉信博／法月綸太郎／
波多野健／諸岡卓真／渡邉大輔

発行者　　南雲一範
装丁者　　坂野公一（welle design）
校　正　　株式会社歐来堂
発行所　　株式会社南雲堂
東京都新宿区山吹町361
郵便番号162-0801
電話　(03)3268-2384
ファクシミリ　(03)3260-5425
URL　http://www.nanun-do.co.jp
E-Mail　nanundo@post.email.ne.jp

印刷所　　図書印刷株式会社
製本所　　図書印刷株式会社

ISBN978-4-523-26600-6 C0095

The Mainstream of
Honkaku Mystery

2001–2020